DAS SALZ DIESER ERDE

JJ MARSH

PREWETT
BIELMANN

*Ich widme dieses Buch allen medizinischen Berufen,
und ganz besonders Dr. Michael Thiel, der mein Augenlicht gerettet
hat.*

PROLOG

Quis tumidum guttur miratur in Alpibus?
(Wen wundert schon der Anblick eines geschwollenen Halses in den
Alpen?)

— Juvenal, *Satire Nr. 13*

August 1901

Mitleid war das Einzige, was Clothilde nicht ertragen konnte. Die zusammengekniffenen Lippen und der entsetzte Gesichtsausdruck ihres Bruders waren genau das, was sie verdiente. Von ihrer älteren Schwester erwartete sie Empörung, Abscheu, Beschämung, alles andere als Mitleid. Trotzdem füllten sich Margots Augen damit und sie streckte eine Hand aus. Clothilde sank tiefer in die Kissen.

„Oh, meine geliebte Schwester", flüsterte sie. „Du brauchst keine Angst zu haben. Thierry und ich werden uns um dich kümmern, sei dir gewiss. Was für ein Unglück, dabei bist du selbst kaum mehr als ein Kind!"

„Ja, ein Kind!" Thierrys Stimme war voller Wut. „Wer immer sich an dir vergangen hat, wird dafür büßen müssen, dafür sorge ich."

Margot nahm ein Taschentuch aus dem Ärmel ihrer Bluse und tupfte sich die Tränen weg. „Lass uns nicht voreilig sein, Thierry. Ich weiß, das ist ein fürchterlicher Schock, aber wir müssen an den Ruf der Familie denken. Vielleicht lässt sich der Mann, der dafür verantwortlich ist, doch noch dazu bewegen, sie zu heiraten. Das würde das Problem lösen."

Ein Anflug von Widerwillen verdrängte Clothildes Beschämung. „Ihr könnt ihn weder bestrafen noch ihn zwingen, mich zu heiraten, wenn ihr nicht wisst, um wen es sich handelt."

Ihre Sturheit rief bei Margot keine Gegenreaktion hervor, ihr Ausdruck blieb weiterhin voller Mitleid.

Thierry hingegen verfügte über genug Zorn für sie beide. „Wenn du von dieser Familie Unterstützung erwartest, wirst du uns verdammt noch mal sofort seinen Namen nennen!"

Die Heftigkeit, mit der er das sagte, und die Verwendung eines Schimpfwortes ließ Margot erneut in Tränen ausbrechen, woraufhin sie sich vom Sessel erhob und sich neben Clothilde auf die Chaiselongue setzte. „Bitte, Thierry", keuchte sie, „mäßige deinen Ton. Du strapazierst nicht nur meine Nerven, auch die Dienerschaft kann alles mithören."

Thierry trat ans Fenster und starrte hinaus, seine Haltung kerzengerade.

„Du bist aufgebracht, meine Liebste, und wer kann dir das verdenken?" Margot trat näher heran. Sie ergriff die Hand ihrer Schwester und streichelte sie. Clothilde war machtlos und konnte nicht entkommen. „Aber jetzt brauchen wir etwas Pragmatismus. Weißt du zufällig, wann das Ereignis in etwa stattfinden soll?"

Die ausweichende Formulierung ärgerte Clothilde. Hatte sie die Fakten nicht ganz unverblümt dargestellt, um Missverständnisse zu vermeiden? „Du meinst, wann mein Baby kommt? Ich kann es nicht genau sagen, aber ich schätze, nächsten Februar."

„Februar!" Thierry explodierte. „Jetzt ist September und somit bist du schon im zweiten Trimester. Das schließt eine medizinische Maßnahme aus und lässt uns herzlich wenig Möglichkeiten." Er schritt auf dem Teppich vor dem Kamin auf und ab, die Hände hinter dem Rücken verschränkt. „Die zweitbeste Möglichkeit, dieses Fiasko zu beheben, ist, dich in ein Sanatorium zu schicken und das Kind zur Adoption freizugeben."

„Nein. Ich werde dieses Baby nicht aufgeben. Niemals."

„Clothilde, du bist noch keine achtzehn Jahre alt", gab Margot flehentlich zu bedenken. „Du bist noch nicht mal dazu in der Lage, auf dich selbst aufzupassen! Und selbst wenn das der Fall wäre, wie würden wir die Anwesenheit eines Babys in einem Haushalt mit zwei unverheirateten Schwestern erklären?"

„Unmöglich!" Thierry hielt inne und starrte sie mit einem unerbittlichen Blick an. „Nach allem, was unsere Eltern erreicht haben, finde ich es unerträglich, dass du Schande über dieses Haus bringst. Wenn du darauf bestehst, den Bastard zu behalten, dann nicht unter diesem Dach."

„Thierry!" Margots Schluchzen war das einzige Geräusch im Raum, während Thierry sie anfunkelte und Clothilde ihre weinende Schwester tröstete.

„Wir können sie nicht auf die Straße setzen!" Margots Worte waren undeutlich. „Das wäre nicht anständig!"

„Ja, damit, was unanständig ist, kennt sie sich ja anscheinend bestens aus."

Clothilde wollte aufstehen, aber Margot hielt sie am Arm fest.

„Bleib sitzen, meine Liebste, wir werden schon einen Weg finden, das zu regeln."

Thierry richtete seine Manschetten. „Es gibt einen anderen

Weg. Ein Arbeitskollege hat eine ähnliche Situation gemeistert, als sein Sohn ein Mädchen ungewollt zur Mutter gemacht hat. In einigen abgelegenen Alpentälern nehmen Bäuerinnen in Ungnade gefallene Frauen auf, wenn sie dazu bereit sind, sich ihren Unterhalt zu verdienen. Ich werde mich diskret erkundigen. Wenn ich mich recht erinnere, war der Ort, an den sie das Mädchen geschickt haben, im Mattertal, nördlich von Visp."

„Aber ich spreche kein Deutsch", protestierte Clothilde.

Thierry schritt aus der Tür und sagte, bevor er sie hinter sich schloss: „Dann wirst du es eben lernen."

1

———

Wer glaubte wohl, es gebe Bergbewohner
Mit Wammen so wie Stier', an deren Hals
Ein Fleischsack hing?

— Shakespeare, *Der Sturm*

März 1916

Im Schlafzimmer war es nie still. Jede Nacht war eine Symphonie der Geräusche, von ihrer Mutter, die sich unruhig hin und her wälzte, über die plötzlichen Schreie eines ihrer Brüder bis zu den Bewegungen der Ziegen in der Etage darunter. Doch Seraphine hatte gelernt, zwischen den nächtlichen Geräuschen und jenen des Erwachens zu unterscheiden. Sobald der dreijährige Henri die Augen aufschlug, hatte sie weniger als zwei Minuten Zeit, um aufzustehen, ihn in die Arme zu nehmen und ihn auf den Nachttopf zu setzen. Wenn das nicht schnell genug ging, war ihre erste Aufgabe des Tages das Schrubben des Bodens. Jetzt, wo es morgens heller war und die

Temperatur ein paar Grad über Null lag, wehrte er sich nicht mehr so heftig. Der Winter war ein endloser undankbarer Kampf gewesen: Jedes Mal, wenn sie ihn aus seinem Bettchen zog, erntete sie Schreie, Schluchzen und wild fuchtelnde Hände.

Sie hatte Verständnis für ihn. Es war grausam, aus dem warmen Bett gerissen zu werden, sich auszuziehen und im Halbdunkel sein Geschäft verrichten zu müssen. Nur durch Routine konnte sie ihrem Bruder beibringen, dass er sofort nach dem Aufwachen auf die Toilette gehen musste. Sie belohnte ihn immer mit einem Kuss und einer Umarmung und einer weiteren Stunde in seinem Bettchen, wenn die Tortur vorbei war. Für sie gab es diesen Luxus nicht. Sie zog sich an, leerte den Nachttopf und wappnete sich für den Tag. Unten in der Küche brannte das Feuer, der Topf kochte und das Baby saugte an Mutters Brust.

Seraphine nahm den Topf vom Herd und kippte das Wasser vorsichtig über die Teeblätter im Kupferkessel. Erst letztes Jahr war er ihr aus den Händen geglitten und sie hatte sich das eigene Schienbein verbrüht, das noch immer einen leuchtend roten Fleck und eine Narbe von den Verbrennungen aufwies.

„Guten Morgen, Maman. Hat Anton die Nacht durchgeschlafen?", fragte sie ihre Mutter und blieb stehen, um das flaumige Köpfchen des Säuglings zu streicheln, während er gestillt wurde.

Ihre Mutter starrte mit leerem Blick auf das Feuer, kaute auf ihrer Lippe und stützte ihr Kinn in den Nacken.

„Madame Clothilde Widmer, Ihre Tochter spricht mit Ihnen. Das Baby hat durchgeschlafen, ja?"

Clothildes Gesicht verwandelte sich und es erschien der normale, müde, enttäuschte Gesichtsausdruck. „Guten Morgen, *ma fille*. Das hat er. Und Henri? Keine Unfälle?"

„Nein, ich war heute schnell genug. Er hat seine Pflicht erledigt und ist wieder ins Bett gegangen. Ich kümmere mich erst um die Ziegen und bringe ihn dann zum Frühstück runter."

„Nur, wenn er wach ist. Wenn nicht, lass ihn ruhig dort."

„Natürlich nur, wenn er wach ist." Sie schlüpfte in ihre Jacke, steckte ihre Füße in ein Paar Stiefel und öffnete die Tür zum Stall. Der warme Mief von Tierkörpern und Atem begrüßte sie, ebenso wie ein Dutzend rechteckiger Pupillen und ein schwanzwedelnder hellbraun-schwarzer Rüde. Sie kraulte sein weiches Fell und ließ den Hund raus. Dann packte sie ein paar Armvoll Heu aus dem Getreidespeicher und verstreute es in der Mitte der Krippe, wobei sie versuchte, es gleichmäßig zu verteilen. Auf ihrem robusten kleinen Schemel melkte sie die Ziegen und füllte einen Eimer nach dem anderen für die Milchkanne. Dann holte sie eimerweise Wasser aus der Regentonne und spülte die Kanäle von den Ausscheidungen der Tiere, bevor sie die Tränken füllte. Nachdem die Ziegen gefüttert, gemolken und getränkt worden waren, öffnete sie den Hühnerstall und sammelte die Eier ein. Die Hühner gackerten und trippelten in den Obstgarten, wo sie mit ihren wachen Augen den Boden nach Würmern absuchten.

Der Morgen war hell, kühl und klar. Die ersten Sonnenstrahlen tauchten die Berge in ein rosafarbenes Licht und ließen die schneebedeckten Hänge erstrahlen. In der Hoffnung auf gutes Wetter und einen Tag mit den Ziegen auf den Wiesen steckte Seraphine die Eier in ihre Schürzentaschen, nahm einen halben Eimer warme Milch und ging zum Bauernhaus zurück, der Bernhardiner dicht auf ihren Fersen.

Clothilde war schon auf den Beinen, das schlafende Baby auf den Rücken geschnallt. Ohne aufzublicken, als Seraphine durch die Stalltür zurückkam, schenkte sie den Tee ein. Mutter und Tochter bewegten sich wie ein Uhrwerk, kreuzten sich, arbeiteten sich zu und gingen aneinander vorbei, während sie das Morgenmahl zubereiteten, ohne ein Wort zu verlieren. Die

Küche, in der es nach gebackenem Teig und frischer Milch duftete, schien ihre Laune zu heben. Auf Clothildes Gesicht breitete sich ein Lächeln aus, als sie sich an den abgenutzten Holztisch setzten und dunkles Brot mit Butter und der Marmelade vom letzten Jahr aßen.

„Rate mal", sagte Clothilde und klopfte an das Glas.

Jedes Jahr spielten sie das gleiche Spiel. Eingekochte Früchte, mit Zucker gesüßt und mit getrockneten Äpfeln eingedickt, standen in passenden Gläsern in der Speisekammer und wurden den ganzen Winter über aufbewahrt, bis der Frühling zurückkehrte. Es gab keine Etiketten, nur eine Farbe, die auf den Geschmack hinwies. Als Seraphine klein war, schmeckten die Marmeladen rot oder schwarz. Mit vierzehn Jahren war ihr Gaumen jedoch gereift.

„Aprikose. Oder vielleicht gelbe Pflaume?"

„Quitte. Erinnerst du dich, wie Henri krank wurde, als er rohe Quitten aß, während wir sie pflückten?"

Seraphine schluckte, ihr Gewissen plagte sie, weil sie ihn einmal mehr vernachlässigt hatte. Sie war für ihren Bruder verantwortlich, und jeder Unfall oder jedes Missgeschick war ihre Schuld. „Ich erinnere mich. Armer Henri."

Ihre Mutter leerte ihren Becher Milch und löste das Tuch mit dem Baby. „Halte ihn einen Moment, während ich den Haferbrei koche." Mit ihrem Zeigefinger hob sie den karierten Vorhang am Fenster an. „Dem Herrn sei Dank, der Nebel hat sich verzogen. Es gibt eine Welt da draußen und wir sind nicht mehr allein. Wenn Henri wach ist und du ihn gefüttert hast, solltest du ihn und die Ziegen auf die Weide bringen. Ich bringe die Kannen für den Milchwagen hinunter." Sie nahm einen gusseisernen Topf aus dem Regal über ihrem Kopf und knallte ihn auf den Herd.

Das Baby schreckte auf und öffnete alarmiert die Augen, bevor es sie wieder schloss.

Seraphine starrte das Kind verwundert an. Ihre beiden Halbbrüder litten an einer häufigen Krankheit, die als Kretinismus bekannt war. Henri war taubstumm mit rudimentären Fähigkeiten und würde wahrscheinlich vor seinem zehnten Geburtstag sterben. Antons unförmiger Kopf und seine langsamen Reaktionen, genau wie die seines Bruders, ließen alle annehmen, dass seine Entwicklung ebenso beeinträchtigt sein würde.

Für eine Frau wie Clothilde, deren Ehemann zur Verteidigung der Schweizer Grenzen einberufen wurde, war die Geburt zwei solcher Kinder eine unmögliche Last. Aber was, wenn dieses Baby anders war?

„Maman?", flüsterte Seraphine und traute sich kaum, den Gedanken auszusprechen. „Ich glaube, Anton kann uns hören."

Clothilde stellte den Brei weg und starrte ihre Tochter an. „Wovon sprichst du?" Hinter ihrer Wut verbargen sich Hoffnung und Verzweiflung.

„Als du die Pfanne auf die Herdplatte gestellt hast, hat ihn das das Scheppern aufgeschreckt. Es hat ihn geweckt."

„Du irrst dich, Seraphine. Er ist ein Kretin, genau wie Henri. Er hört nicht, spricht nicht, ist nutzlos." Trotz ihrer harschen Worte kam sie durch den Raum und betrachtete den kleinen Jungen.

Niemand konnte sagen, dass er mit seinem knubbeligen Kartoffelkopf und den asymmetrischen Gesichtszügen hübsch war, aber er hatte weiche Haut, rosige Lippen und eine winzige pfirsichfarbene Nase. Seraphine versuchte keinen der Kommunikationsstile, die sie bei Henri anwandte – auf die Wange pusten, auf die Schulter klopfen, sich in sein Blickfeld bewegen – sondern wartete einfach nur angespannt ab, was ihre Mutter tun würde. Sie zwang sich, still sitzen zu bleiben und sich nicht schützend um den Säugling zu schmiegen, wie sie es bei Henri schon so oft getan hatte.

Clothilde schnippte mit den Fingern in der Nähe des Ohrs des Kindes. Er rührte sich nicht. Ihr Gesicht verhärtete sich und Seraphine wünschte, sie hätte ihre Beobachtung für sich behalten, bis sie sich ganz sicher war. Dann klatschte ihre Mutter ihre knochigen Hände mit einem Peitschenknall zusammen, der laut genug war, um die Toten zu wecken.

Abrupt riss Anton die blauen Augen auf und öffnete beide Hände wie winzige Sternschnuppen. Einen Moment lang starrte er Seraphine mit einem Blick voller ernster Vorwürfe ins Gesicht. Die Welle der Liebe, die sie überschwemmte, war unbändig. Sie beugte sich vor, um seine unebene Stirn zu küssen, obwohl er seine Augen bereits wieder geschlossen hatte.

Ihre Mutter kehrte zu den Haferflocken zurück, ihr Rücken steif und kompromisslos. „Warten wir ab", grunzte Clothilde. „Man muss immer auf das Schlimmste gefasst sein."

Geräusche über ihrem Kopf machten das Mädchen auf die Bewegungen ihres Bruders aufmerksam. Seraphine steckte das Baby in die unterste Schublade der Kommode, den einzigen Ort, an dem es nicht herausfallen konnte. Er reagierte nicht auf die Veränderung des Winkels oder der Struktur und schlief ohne zu murren weiter. Sein Bruder hingegen rüttelte bereits an den Gitterstäben seines Bettchens und machte mit einem vogelähnlichen Krächzen auf sich aufmerksam.

Als sie den Raum betrat, reagierten seine Augen auf die Bewegung und er lächelte sein schiefes Lächeln. Er zerrte an den Gitterstäben, als ob er sie herausreißen wollte.

„Guten Morgen, Henri! Wie hast du geschlafen?" Sie hob ihn aus dem Bettchen auf den Boden und wischte ihm mit ihrem Taschentuch die Nase ab. Zu ihrem Erschrecken schien sein Hals noch mehr geschwollen zu sein als gestern. Sie fing seine fuchtelnden Hände ein und versuchte, seine Aufmerksamkeit zu gewinnen. Sie hatten eine rudimentäre Zeichensprache entwickelt, die in weniger als drei von fünf Fällen funktionierte. Trotzdem versuchte Seraphine es weiter.

Wenn er weinte oder sich aufregte, zeigte sie auf die betreffende Körperstelle und rollte sich mit schmerzverzerrtem Gesicht zusammen. Henri verstand es, für ein Nein den Kopf zu schütteln und für ein Ja zu nicken. Wenn sie es schaffte, dass er sich lange genug konzentrierte, konnte sie den Grund für seinen Kummer manchmal herausfinden. Heute war er aufgeregt, aber das konnte alles Mögliche sein: Sonnenschein, der Geruch von Haferflocken oder etwas so Einfaches wie die Tatsache, dass er nicht in seinem eigenen Kot lag.

Sie drückte ihre Finger an seinen Hals und berührte die schlaffe Stelle sanft, aber fest genug, um festzustellen, ob es wehtat. Der Junge schien zu verstehen und hob sein Kinn, damit sie ihn untersuchen konnte. Sein Krächzen und Gackern ging unaufhörlich weiter, doch Seraphine spürte keine Vibrationen durch den Klumpen. Sie nahm sein Gesicht in ihre Hände und sah ihm in die Augen. Sie tippte an ihren eigenen Hals und mimte die Schmerzgeste.

Es dauerte einen Moment, bis in seinen Augen ein Licht aufging. Dann griff er nach vorn, um sie zu umarmen und ihren Hals zu streicheln. Sie lachte halb gerührt und halb verzweifelt, dann versuchte sie es erneut. Zu spät, seine Aufmerksamkeitsspanne war abgelaufen. Sie half ihm beim Anziehen, wobei sie seinen starken Körpergeruch bemerkte, und stellte sich der Realität. Er musste gewaschen werden. Den Jungen zu waschen war eine enorme Anstrengung, denn er wehrte sich mit aller Kraft. Die Prozedur erschöpfte sie beide, sodass sie mit blauen Flecken übersät war und er wütend weinte, wenn sie fertig waren. Aber sie konnte nicht zulassen, dass er an seinem eigenen Schmutz erstickte. Wenn es auf der Weide warm war, konnte sie ihn vielleicht dazu bringen, mit den Ziegen im Bach zu planschen. Das war besser als nichts.

Er polterte die Treppe hinunter und piepste und quietschte vor Freude, als er den Hund sah. Barry hatte offiziell keinen Zutritt zur Küche, außer wenn er nützlich war. Und der zottelige Bernhardiner war immer nützlich. Er kannte seinen Platz und nahm seine Pflichten ernst. Er unterstützte Clothilde und Seraphine, indem er Hühner bewachte, Ziegen hütete, auf Babys aufpasste und Tränen auffing. Er wedelte mit dem Schwanz, als Henri die letzten paar Stufen hinunterstolperte und dem zottelligen Gefährten um den Hals fiel.

Sie saßen am Tisch und aßen schweigend ihre Haferflocken, als Barry, der vor dem Ofen lag, sein Haupt erhob. Der Hund neigte den Kopf zur Seite und ein leises Knurren drang aus seiner Kehle. Clothilde legte den Löffel weg, ihr Blick war misstrauisch. Vom Weg unterhalb des Hofes kamen das Knarren von Wagenrädern, das Wiehern eines Maultiers und der unverwechselbare Klang eines jodelnden Mannes. Seraphine stand auf und ging zum Fenster, wobei sie darauf achtete, dass Henri nichts von ihrer Nervosität mitbekam.

Eine Gestalt wedelte mit einigen Papieren in der Luft herum. Er deutete auf den Briefkasten, warf die Papiere ein und kehrte mit einem fröhlichen Gruß zu seinem Gefährt zurück. Seraphine winkte ihm mit der Hand zu und drehte sich mit dem Rücken zur Küche, um Henris Aufmerksamkeit nicht zu erregen. Barry stand neben ihr und wartete auf Anweisungen.

„Eine Postlieferung! Die erste seit Wochen", murmelte sie ihrer Mutter zu. „Von hier aus kann ich nicht sehen, wer das ist. Soll ich runtergehen und nachsehen, was er gebracht hat?"

„Warte, bis er weg ist", zischte Clothilde. „Diese Leute leben vom Klatsch und Tratsch."

Der Mann und sein Maultier gingen weiter die ländliche Straße hinauf. Als er nicht mehr in Sicht war und seine Jodler in der Ferne verklangen, zuckte Clothilde mit dem Kopf, wie eine Amsel, die den Himmel nach Falken absucht. Das war das

Signal, die Erlaubnis für ihre Tochter, sich in Bewegung zu setzen. Um kein Geschrei zu provozieren, öffnete Seraphine den Schrank und ließ ein paar Rosinen in Henris Schüssel fallen. Er begann aufgeregt zu quieken und stieß die getrockneten Früchte mit seinem Löffel an, und Seraphine wusste, dass sie sicher in die Scheune schlüpfen konnte. Sie ließ Barry den Vortritt und zog ihre Stiefel erst an, als die Küchentür geschlossen war.

Der wolkenfreie Himmel verdoppelte die Kraft der Sonne an diesem Morgen, erhellte die Landschaft, die lange von Wolken und Nebel verdeckt gewesen war, und heizte ihren schwarzen Mantel auf, sodass sie sich draußen wärmer fühlte als drinnen. Sogar Barry freute sich über den Wetterumschwung und marschierte wie ein stolzes Pony den Feldweg entlang, den Schwanz als feierliche Flagge hoch erhoben. Doch die Angst vor dem, was im Briefkasten war, dämpfte Seraphines Laune. Mitteilungen aus der Außenwelt brachten öfter schlechte als gute Nachrichten.

Seit die Armee ihren Stiefvater zur Verteidigung der Schweizer Grenze einberufen hatte, maßen sie Telegrammen oder Briefen eine ganz andere Bedeutung zu. Seine Einheit war Teil des bewaffneten Widerstands und bisher nicht im Kampf aktiv gewesen. Aber das hätte sich schon vor Wochen ändern können, ohne dass Clothilde oder Seraphine etwas davon mitbekommen hätten. Nervosität verlangsamte ihre Schritte. Sie starrte auf den Briefkasten, als könnte sie erahnen, was sich darin befand. Er wurde so selten benutzt, dass der Schlüssel längst verloren gegangen war, der Metallbehälter fror im Winter zu und sammelte im Herbst Spinnweben. Barry blieb an der Straße stehen und wartete, um ihre Absichten abzuschätzen. Weiter ins Dorf oder zurück nach Hause?

Der Briefkasten war ungewöhnlich voll. Sie nahm jede Sendung einzeln heraus und versuchte die Poststempel zu entziffern. Ein Brief aus Basel, ein schwerer Umschlag aus Sion, zwei handgeschriebene Notizen aus der Gegend und ein in Stoff eingewickelter Klumpen von der Größe einer Socke. Seraphine nahm alles auf die Arme und pfiff Barry zu, der gerade die Fußspuren des Postboten beschnüffelte. Als sie aufblickte, sah sie das Gesicht ihrer Mutter am Küchenfenster, der Ausdruck schwierig zu deuten.

Aus leidvoller Erfahrung wusste Seraphine, dass ihre Mutter sich vor lauter Vorfreude und Interesse an der Post wie eine Schildkröte zurückziehen würde. Clothilde erzählte erst dann von wichtigen Neuigkeiten, wenn sie die Informationen selbst verdaut hatte. Was ihre kleinen Brüder betraf, so schlief Anton weiterhin in der Schublade und Henri, der sein Frühstück aufgegessen hatte, klopfte sich jetzt mit dem Löffel gegen das Gesicht.

„Komm, *mon petit chou*, wir gehen mit den Ziegen auf die Weide." Obwohl sie wusste, dass er nur die Vibrationen ihrer Brust spürte, wenn sie ihn in den Schlaf sang, sprach sie immer laut, um ihre Gesten zu begleiten, in der vagen Hoffnung, dass er vielleicht Lippenlesen lernen würde. Sie streckte eine Hand aus und weitete ihre Augen, um ihre Aufregung zu zeigen. Der Junge antwortete mit einem breiten Grinsen und rutschte von der Bank. Seine kurze Hose reichte nur bis zum Knie, eine lächerliche Tradition in diesem Bergklima. Henri reagierte schlecht auf Kälte, seine Lippen und Fingerspitzen färbten sich innerhalb weniger Minuten blau. Während ihre Mutter den Poststapel sortierte, schnappte sich Seraphine ein Paar Unterkleider von der Trockenstange und stopfte sie in ihre Schürze. Die Schelte würde sich lohnen, solange es ihr kleiner Bruder warm hatte. Sie drückte Anton einen Kuss auf die Stirn, nahm Henris Hand und pfiff Barry zu.

„Seraphine?"

„*Oui*, Maman?"

„Dieser Brief. Er ist vom Kanton. Du musst dieses Jahr zur Schule gehen."

Seraphine blieb stehen, ihre Hand an der Scheunentür, und verstand absichtlich falsch. „Ich gehe schon zur Schule. An den meisten Tagen während der Schulzeit gehe ich zu Fuß ins Dorf, selbst im schlimmsten Schnee. Ich mag die Schule."

„Du weißt, was ich meine. Nicht im Dorf. Es heißt, dass du ab September mit den Älteren nach St. Niklaus gehen musst. Ich habe es schon zweimal verschoben, aber jetzt sagen sie, dass deine Zeit gekommen ist. Jeder muss die Schule bis zum sechzehnten Lebensjahr besuchen, um das Mindestmaß an Bildung zu erreichen. Es gibt keine Ausnahmen. Außerdem bist du zu groß für die Grundschule und sie brauchen Platz für die nächste Gruppe der Jüngeren. Anscheinend kehren die Dinge zur Normalität zurück." Sie stieß einen scharfen Atemzug aus. „Hier ist nichts normal. Wie soll ich das allein schaffen, wenn ich den Hof führen muss, dein Vater nichts als schmutzige Wäsche nach Hause bringt und ich zwei schwachsinnige Söhne habe?"

Alle Luft war aus Seraphines Lunge entwichen. Die Schule war ihr Zufluchtsort, ein sicherer Hafen und die einzige Zeit, in der sie atmen konnte. Jeden Abend betete sie, dass sie mit dem Postauto nach St. Niklaus fahren und zu ihren Mitschülern gehen durfte. Ihr Gebet stand allerdings im Widerspruch zu einem anderen Wunsch: ihre Brüder zu beschützen und ihre Mutter zu unterstützen. Ihre Erlösung würde die Zerstörung ihrer Familie bedeuten. Ein unmögliches Dilemma, aber jetzt schien die Entscheidung nicht mehr bei ihnen zu liegen.

„Bis September ist es noch lange hin. Vielleicht ist der Krieg bis dahin vorbei und Papa kann nach Hause kommen. Lass uns abwarten, ja? Henri und ich werden heute die Ziegen auf die Weide treiben. Vielleicht sollte ich etwas Brot und Käse mitnehmen, damit wir nicht vor Sonnenuntergang runterkommen müssen."

Ihre Mutter beobachtete sie mit Adleraugen, als sie einen halben Laib Brot, einige Käsestücke, ein paar Essiggurken und zwei schrumpelige Äpfel in ein Tuch wickelte. Sie konnten Wasser aus dem Bach trinken. Wenn sie an diesem Nachmittag zurückkehrten, würde ihre Mutter vielleicht bereit sein, ihr zu erzählen, was in den anderen Umschlägen und dem Jutesäckchen war.

„Du hast eine Unterhose von der Stange genommen, nicht wahr? Ich bin doch nicht blöd."

Seraphine nahm das Kleidungsstück aus ihrer Tasche, ließ aber nicht davon ab. „Wenn er nicht friert, geht er ganz normal mit. Wenn er anfängt zu zittern und zu weinen, habe ich mehr zu tun, als die Ziegen zu hüten."

„Der Junge ist verweichlicht. Er muss für ein Leben in den Bergen abgehärtet werden. Wenn du ihn wie ein Haustier behandelst, wird sein Leben noch härter."

„Schwerer als es ohnehin schon ist? Er kann weder hören noch sprechen noch auf sich selbst aufpassen. Henri könnte ohne ... uns nicht überleben."

Clothilde bemerkte ihr Zögern sofort. „Ohne uns? Ohne dich! Das wolltest du doch sagen, oder? Beide Jungen wären ohne ihre liebevolle Schwester tot. Wie kann es sein, dass jeder alles besser weiß als die Frau, die sie geboren hat? Du verwöhnst und verhätschelst das Kind wie ein Schoßhündchen. Alice aus Dijon schickt mir ein garantiertes Heilmittel für meinen Sohn. Sein Vater sagt, er sei ein Kümmerling und sollte ertränkt werden. Nimm die verdammte Unterhose und lass mich in Ruhe!"

Es war gefährlich, weiter nachzufragen, aber Seraphine musste es tun. „Unsere frühere Nachbarin Alice? Gefällt es ihr in Dijon? Geht es ihr gut?"

„Sie lebt, mehr kann ich dir nicht sagen. Sie ist immer noch so geschwätzig wie eh und je. Es gibt ein Heilmittel, schreibt sie, eine spezielle Chemikalie, die man ins Salz mischt. Sie hat mir ein Fläschchen geschickt. Anscheinend bist du nicht die Einzige, die mich für dumm hält. Nimm das und wirf es auf den Kompost." Sie schob Seraphine den Jutesack zu und richtete sich auf. „Willst du den Morgen nutzen oder den ganzen Tag hier sitzen?"

Seraphine nahm den Sack und Henris Unterwäsche mit in die Scheune und spitzte die Ohren, um zu hören, ob sie es sich in letzter Minute anders überlegt hatte. Nichts kam. Sie packte alles in ihren Rucksack, holte ihr Buch aus dem Versteck auf dem Dachsparren und machte sich auf den Weg.

Der Weg zu den oberen Weiden dauerte normalerweise eine Stunde, aber da Henris kurze Beine regelmäßige Pausen erforderten, stand die Sonne schon hoch am Himmel, bevor sie den perfekten Platz gefunden hatten. Etwa einen halben Tagesmarsch unterhalb der Schneegrenze lag eine lange, abschüssige Wiese, auf der die Ziegen grasen konnten. Ihre Glocken läuteten in unregelmäßigen Abständen. An unbeschwerten Tagen improvisierte Seraphine eine fröhliche Melodie zu ihrem Geläut, ihre Stimme klar wie eine Flöte in der Bergluft. Heute war sie nicht in der Stimmung für Musik. Sie schickte Henri los, um Steine zu sammeln, was ihn für eine Weile beschäftigen würde. Barry bezog am anderen Ende der Wiese Stellung und streckte sich auf einem langen Felsen aus, von dem aus er die Herde überblicken konnte.

Seraphine zählte die Ziegen erneut, mehr aus Gewohnheit als aus Sorge, denn ihr Vertrauen in den Hund war grenzenlos. Sie breitete eine abgenutzte Decke im Gras aus und schlug ihr Buch auf, um zu Joggeli und seinen Birnen zurückzukehren. Ihre Gedanken schweiften ab und kehrten zu dem lästigen Thema Schule zurück. Irgendwie musste sie ihre Mutter davon überzeugen, dass ihre Anwesenheit im Unterricht von höchster Wichtigkeit war. Die Schule und die Bücher, die sie sich auslieh, waren das Einzige, was Seraphine für sich selbst hatte. Sie liebte ihre Familie, ihre Brüder, die Tiere und ihr hübsches kleines Gehöft in den Voralpen, aber das konnte sicher nicht Alles sein, was ihr Leben ausmachte.

Sie gehörte nicht zu jenen Frauen, die ihre Tante so gerne beschrieb, zu den furchtlosen Wesen, die Berge besteigen oder die Welt bereisen wollten, als ob sie Männer wären. Auf jeden Fall hatten solche Frauen reiche Familien und freie Zeit, um sich solchen Expeditionen zu widmen. Tante Margot meinte es gut, das wusste sie, aber ihre Versuche, den aufkeimenden Ehrgeiz in Seraphine anzufachen, zeigten, wie wenig sie wusste. Es war nicht nur unsensibel, einem vierzehnjährigen Mädchen zu sagen, dass es nicht in die Fußstapfen seiner Mutter treten muss, sondern es war auch völlig unrealistisch. Sowohl ihre Tante mütterlicherseits als auch ihr Onkel genossen ein komfortables Leben und hatten Zeit für Aktivitäten wie Lesen oder Reisen, während Clothilde ihr hartes von Pech durchzogenes Dasein zu meistern hatte. Kein Wunder, dass Maman ihre wohlhabenden Geschwister wenig liebte.

Trotzdem sehnte sich Seraphine danach, etwas mehr von der Schweiz zu sehen als ihren eigenen Hinterhof. Menschen aus der ganzen Welt reisten in ihr wunderschönes Tal und brachten Geschichten aus dem Stadtleben oder von Reisen über den Ozean aus fernen Ländern mit. Andere Länder faszinierten sie, aber keines hatte mehr Anziehungskraft als ihr eigenes. Über die Boulevards von Genf oder Lausanne zu schlendern, die Hauptstadt Bern zu besuchen, um die Bären zu sehen, den Gotthardpass zu überqueren und ins Tessin hinunterzufahren oder einfach mit der Eisenbahn von Visp nach Sitten zu reisen, füllte den Quell ihrer Fantasie.

Es war nicht gesund, über solche Themen nachzudenken,

und Seraphine konzentrierte sich wieder auf das Hier und Jetzt. Henris ständiges Gegacker und Gekrächze war verstummt. Sie rappelte sich auf und suchte die Wiese nach dem Jungen ab. Das Rauschen des Baches, der von der Schneeschmelze angeschwollen war und von kommenden sonnigen Tagen kündete, das Bimmeln der Ziegenglocken und die Anwesenheit des wohlwollenden Bernhardiners gaben ihr Sicherheit, aber nirgendwo konnte sie einen anderen Menschen entdecken.

Sofort machte sich Panik breit. Seraphine stellte sich vor, wie sie seinen durchnässten Körper mit dem Gesicht nach unten aus Wasser ziehen würde, das nicht tiefer als eine Pfütze war. Oder wie sie über eine Klippe spähte, um zu sehen, wie sein Körper weit unten an zackigen Felsen zerschellt war. Sie rannte bergauf, angetrieben von der Angst um ihren Schützling, und weigerte sich, den egoistischen Funken Hoffnung anzuerkennen, er habe tatsächlich ein plötzliches und friedliches Ende gefunden. Zum Wohle aller.

Geblendet von verfrühten Tränen der Trauer übersah sie die kleine Vertiefung im Gras, als sie am Bach entlang spurtete. Von der Baumgrenze aus war es leichter zu erkennen. Barry trottete bereits darauf zu und die beiden trafen sich an der gleichen Stelle, wo sie ihren Bruder schlafend im Gras fand, jede seiner kleinen Fäuste um einen Kieselstein geballt. Sein Schnarchen mit offenem Mund hallte so laut wider, dass Seraphine sich fragte, wie sie ihn hatte überhören können. Sie holte die Decke und legte sie über ihren schlafenden Bruder. Sie ging um die Herde herum, während sich ihr Puls wieder normalisierte, und freute sich mit Barry an ihrer Seite über einen Moment des Friedens.

Alles war gut.

Zu ihrer Linken breitete sich das Tal unter ihren Füßen aus, mit winzigen aneinandergereihten Häusern. Zu ihrer Rechten zeichneten die Berggipfel scharfe Silhouetten in der Mittagssonne, ohne einen Schatten zu werfen. Die Ziegen hatten genug Gras, um nicht herumzustreifen, Henri war vom Aufstieg erschöpft und was ihre Sorgen anging, die konnten bis morgen warten. In ihrer Schürze fand sie ein Stück getrocknetes Schweinsohr und bot es Barry an. Er nahm es mit so viel Feingefühl wie ein französischer König und kehrte zu seinem Thron zurück. Sie packte den Jutesack aus und starrte auf den Inhalt. Ein Glasgefäß, das mit einem verschnürten Korken verschlossen war und unschuldig aussehende rosafarbene Kristalle enthielt. Ein garantiertes Heilmittel? Eher unwahrscheinlich, aber es war ja auch nicht mehr als Salz. Wenn es nur den kleinsten Unterschied für einen ihrer Brüder bewirken konnte, musste sie es versuchen.

Heute war alles in Ordnung.

2

Ich bin zufrieden.
Ich habe die wichtigsten Merkmale der Schweizer Landschaft gesehen
- den Mont Blanc und den Blähhals - und jetzt ab nach Hause.

— Mark Twain

Juli 1916

Jeder Soldat träumte vom Ende des Krieges. Anfang August 1914 wurden alle Schweizer Männer im wehrfähigen Alter eingezogen und zur Verteidigung ihres Heimatlandes abgestellt. General Wille, der Oberbefehlshaber der Streitkräfte, hatte den Auftrag, die Souveränität und Neutralität der Schweiz zu schützen. Die Truppen besetzten die Grenzen im Nordwesten des Landes, um sich gegen eine Invasion der Krieg führenden Nachbarn zu verteidigen und zu verhindern, dass streitlustige Armeen die deutsch-französische Frontlinie überschreiten würden. Die Männer waren in ständig wechselnder Besetzung monatelang im Dienst.

Grenzbesetzung bedeutete lange Perioden der Untätigkeit und der Verstärkung der Verteidigungsanlagen, unterbrochen von regelmäßigen Fehlalarmen wegen eines feindlichen Einfalls. Viele Männer, die von ihrem Hungerlohn nichts nach Hause schicken konnten, sehnten sich danach, aus ihren trostlosen Verhältnissen auszubrechen und sich den Kriegstreibern entgegenzustellen. Auch ein Igel muss irgendwann aus dem Winterschlaf erwachen. Kein Wunder also, dass die Bereitschaft, für das eigene Land zu kämpfen, sich entweder in Langeweile auflöste oder als übertriebene Angriffslust aufloderte.

Eines Tages, so sagten sie sich, *wird das alles vorbei sein.* Inmitten der Erleichterung, die Verteidigungslinie endgültig verlassen zu können, träumten die Männer davon, ihr Leben wieder in die Hand zu nehmen. *Was wirst du bei deiner ersten Mahlzeit zu Hause essen? Kannst du dir vorstellen, wieder deine eigene Kleidung zu tragen und ein Bier zu trinken? Wer wird seiner Freundin einen Heiratsantrag machen?* Solche Szenen spielten sich in ihrer Fantasie ab, während sie in den Schützengräben oder rudimentären Baracken wachlagen, die Gewehre an der Seite, nach Sirenen oder der endgültigen Entlassung horchend. Quer durch alle Ränge sehnten sie sich nach der großen Ankündigung, dass die Angreifer zu einer diplomatischen Lösung gelangt waren, gefolgt vom Befehl, sich vom Militärdienst zurückzuziehen.

Als es andersherum passierte, wusste niemand, wie er sich verhalten sollte.

Ein Trupp von fünfzig Männern aß in einem schwach beleuchteten Zelt ein Frühstück aus Brot, Käse und gepökeltem Speck, als der Hauptmann ein Dutzend Namen vorlas. Einer von ihnen war Favre, Bastian.

„Die Männer, die ich erwähnt habe, kehren ab sofort zu ihrer Rolle in der Gesellschaft zurück. Packt eure Sachen zusammen und begebt euch um zehn Uhr zu den Militärlastwagen. Diejenigen, die übrig bleiben, werden auf die Lager an der Basis verteilt und warten auf weitere Anweisungen. Vielen Dank für eure Loyalität gegenüber unserem Land und der Schweizer Armee. Wir Maulwürfe kommen aus unseren Löchern hervor."

Die Männer jubelten, wie erwartet, aber nicht mit der ungehemmten Freude, die *sie* erwartet hatten. Eine Einheit, die monatelang gemeinsam trainiert, gelebt, gegessen und geschlafen hatte, war nun in nützliche Bürger und Soldaten aufgeteilt. Wie konnte sich da einer von ihnen freuen?

Die Verabschiedung war gedämpft und unsicher, als Bastian seinen provisorischen Schlafsaal verließ, der einzige seiner Kompanie, der ins normale Leben zurückgerufen wurde.

„Viel Glück, auch wenn du es nicht brauchst."

„Trink ein Bier für mich, und zwar ein großes."

„Geh, sei ein guter Arzt. Du warst ein mieser Soldat, also solltest du in irgendetwas brillieren."

Er lachte und schüttelte die Hände seiner Kameraden. „Wir sollten hier zusammen abhauen. Du hast mir beigebracht, wie man erwachsen wird. Ich wünschte ..."

Gubler schnaubte. „Du hast noch einen weiten Weg vor dir, bis du erwachsen bist. Verschwinde von hier und mach etwas, auf das wir stolz sein und sagen können: ‚Ich kannte diese Zwiebel schon, bevor sie spross'. Und wenn nicht, sei auf der Hut, wir werden dich finden."

Bastian warf einen letzten Blick auf die Männer, die er wie seine Brüder kannte, und salutierte standesgemäß. Dann schulterte er sein Gepäck und kletterte den Hang hinauf ins Sonnenlicht.

. . .

Der Lastwagen fuhr sie zu einer Auffangstation, wo er und seine Milizkollegen „abgefertigt" wurden. Ein dienstbeflissener Mann, der kaum ein oder zwei Jahre älter war als Bastian, stempelte seine Papiere ab und schaute über seine Brille. „Sie studieren in Zürich?"

Bescheidenheit war Bastians übliches Verhalten. „Ich hoffe, ich kann mein Studium fortsetzen, ja."

„Nehmen Sie sich vor den Radikalen in Acht. In der Stadt wimmelt es von Männern, die zwar viel reden, aber noch nie etwas getan haben. Nehmen Sie Ihre Papiere und viel Glück. Der Nächste!"

In einem anderen, kleineren Lastwagen befanden sich nur zwei Soldaten und ein Unteroffizier. Inzwischen war die Sonne untergegangen und er konnte von den Gesichtern seiner Kameraden nur noch Schatten und hellere Flächen über ihren feldgrauen Uniformen erkennen. Bastian salutierte, als er seinen Rucksack und sein Gewehr unter die Plane wuchtete und grüßte auf Deutsch und Französisch.

Der Unteroffizier sprach auf Deutsch, seine Stimme war rauchgeschwängert. „Wir sind jetzt alle gleich, mein Freund. Wir brauchen nicht zu salutieren oder irgendeine andere Form von Ehrerbietung zu zeigen. Wie gesagt: Wir sind Zivilisten. Zigarette?"

Die beiden anderen Soldaten griffen eifrig zu, aber Bastian schüttelte den Kopf und bereitete seine übliche Ausrede eines Lungenleidens vor.

„Natürlich nicht! Du bist der Arzt, jetzt erkenne ich dich." Der Feldwebel steckte seine Zigaretten in die Brusttasche und seine Augen funkelten im Licht der Streichhölzer, als er einatmete. „Du hast bei zwei meiner Männer gute Arbeit geleistet. Einer hatte einen verfaulten Zahn und der andere einen gebrochenen Daumen, erinnerst du dich?"

Bastian hatte während seiner Zeit beim Militär Dutzende von kleineren Verletzungen mit unterschiedlichem Erfolg behandelt. Er konnte sich an keinen der Vorfälle erinnern, die der Unteroffizier erwähnte. „Wie ich damals sicher schon sagte, bin ich noch kein Arzt. Ich bin nicht mehr als ein Medizinstudent, der seinen Kameraden helfen will. Um ehrlich zu sein, hatten wir einen Tierarzt in unserer Kompanie, dessen Behandlungen viel effektiver waren als meine. Sind die beiden Männer wieder gesund?"

Der Lkw neigte sich nach links, als der Fahrer einstieg, etwas Unverständliches schreite und den Motor startete. Die Männer sicherten ihre Rucksäcke und machten sich auf eine holprige Fahrt gefasst.

„Wohin fahren wir?", fragte der jüngere der beiden Soldaten.

„Nach Baden." Die Zigarette des Unteroffiziers glühte im Halbdunkel. „Von dort aus geht es mit dem Zug in unsere Heimatstädte." Er warf dem dünnen Mann, der an seiner Zigarette zog, einen kühlen Blick zu. „Woher kommst du?"

„Aus Winterthur. Meine Familie und ich sind Obstbauern."

„Und du?"

„Ich bin Holzhändler aus Brugg. Ob es etwas gibt, wohin ich zurückkehren kann, werden wir sehen." Die Stimme des Mannes klang so hoffnungslos, dass Bastian Angst hatte, ihm ins Gesicht zu blicken.

„Was ist mit dir, Medizinmann? Dein Französisch klingt besser als dein Deutsch, also gehe ich davon aus, dass du nach Westen reist."

Wenn die Stimme des Brugger Holzfällers flach war, war die von Bastian Favre unsicher. „Ich komme aus Fribourg, und ja, Französisch ist meine Muttersprache. Hier leben meine Familie und meine Freunde, hier bin ich aufgewachsen und hier fühle ich mich zu Hause, würde ich sagen. Bis zu meinem Dienstantritt habe ich an der Universität in Fribourg studiert. Nun steht in den Papieren, die ich heute erhalten habe, dass ich meine medizinische Ausbildung in Zürich fortsetzen muss." Seine Stimme war kurz davor zu brechen, also drehte er sich um und blickte vom Heck des Lastwagens auf die sich entfernende Landschaft. Traurigkeit machte sich in ihm breit, und er bedauerte plötzlich, dass er sich von einem Abschnitt seines Lebens verabschieden musste, von dem er sich immer nur gewünscht hatte, dass er endlich vorbei wäre.

Der Laster holperte und schlingerte über die Landstraßen, bevor er eine glattere Oberfläche fand und an Geschwindigkeit zulegte. Das Motorengeräusch und der Wind, der durch die Planen peitschte, erforderten mehr Anstrengung für eine lockere Unterhaltung, als jeder Mann Kraft hatte, und so ging die Fahrt schweigend weiter. Die Nacht brach an, als das Armeefahrzeug sie am Bahnhof Baden absetzte. Die beiden Soldaten verabschiedeten sich hastig von ihren Kollegen und stürzten davon, um ihre jeweiligen Bahnsteige aufzusuchen. Der Unteroffizier schüttelte Bastians Hand und starrte ihn mit einem strengen Blick an.

„Du solltest Zürich nicht einfach so abtun, junger Mann. Es handelt sich um eine Stadt des Lernens, des Denkens und der Ideen, manche übertrieben und albern, andere jedoch ernsthaft und unbefangen. Sei dir deinen Prinzipien bewusst. Höre zu und lerne. Begebe dich nie, und das meine ich ernst, in extreme Enden irgendwelcher unreifen Ideologien. Du bist ein Wissenschaftler und jede These verlangt nach Beweisen."

Seine Rede beunruhigte Bastian. „Sie haben jeden von uns nach seinem Beruf gefragt, Herr Unteroffizier. Aber Ihren haben sie nicht genannt. Darf ich fragen, welcher Beruf auf Sie wartet?«

Der Unteroffizier neigte anerkennend den Kopf. „Ich war Grundschullehrer. Ich habe ein Auge für Begabungen. Mein

Zug fährt in acht Minuten, also verabschiede ich mich und wünsche dir viel Glück."

Bastian sah ihm nach und ließ seinen Blick zu den Anzeigetafeln schweifen. In einer halben Stunde fuhr ein Zug nach Zürich. Als Armeeangehöriger brauchte er keine Fahrkarte. Er schlenderte durch den Bahnhof und suchte nach etwas Bezahlbarem zu essen. An einem kleinen Stand stellte er sich in die Reihe, zählte seine Münzen und bestellte eine kleine Brezel. Die Frau ignorierte ihn und füllte eine große Brezel mit Schinken und Käse und lehnte sein Geld ab. Ein Mann hinter ihm gab ihm ein paar Münzen und kaufte ihm ein Bier. Schüchterne Blicke und respektvolles Nicken begleiteten ihn den ganzen Weg zum Zug und in die Stadt. Die Schweiz schätzte die Opfer, die ihre Armee brachte. Zum ersten und hoffentlich zum letzten Mal war Bastian froh, Soldat zu sein.

Die Universität befand sich neben der Eidgenössischen Technischen Hochschule, die von ihren Studenten immer noch „Poly" genannt wurde, auf einem beeindruckenden Gelände mit Sicht über die Stadt Zürich. Solche Bildungsstätten verdienten ihre erhabene Lage. Darunter reihten sich Banken, Finanzunternehmen und andere Geschäftshäuser aneinander, je nach Tageszeit lange Ströme von Arbeitern verschluckend oder ausspuckend. Hoch über ihren Köpfen, am Fuße des Zürichbergs, richteten die zukünftigen Wissenschaftler, Ingenieure, Chemiker und Ärzte ihren Stundenplan nach Vorlesungen und Experimenten aus. Wenn die jungen Geister die Gelegenheit hatten, die Straßen der Stadt zu erkunden, war es oft eine Erleichterung, diese wieder hinter sich zu lassen und in die Polybahn zu steigen, um aus dem Alltag himmelwärts zu steigen, zurück in die erhabenen Sphären der Elfenbeintürme.

Und um von der Natur überwältigt zu werden.

Am Ende des Zürichsees erinnerten hoch aufragende Berggipfel alle Einwohner, vom Straßenfeger bis zum Geschichtsprofessor, an ihre Bedeutungslosigkeit. Letztendlich waren sie alle Ameisen, gefangen im ewigen Kampf, dem Unausweichlichen zu trotzen. Die Wissenschaft konnte lediglich versuchen zu verstehen, wie die Welt funktionierte, und davon träumen, sie zu verbessern.

Philosophische Betrachtungen waren eine angenehme Art, sich den Nachmittag zu vertreiben, aber Bastian hatte Arbeit zu erledigen. Vor einer Stunde hatte er sich mit dem festen Vorsatz an seinen Schreibtisch gesetzt, seiner Mutter zu schreiben. Weniger als vier Zeilen waren bis jetzt zu Papier gebracht.

Liebe Maman,

ich schreibe dir mit den besten Nachrichten. Aus dem Militärdienst entlassen, darf ich mein Studium wieder aufnehmen. Wider Erwarten kommt mein früherer Platz in Freiburg nicht mehr infrage. Stattdessen hat der Erziehungsrat deinen Sohn an die Universität Zürich berufen. Obwohl ich diese Ehre zu schätzen weiß, ...

Wie sollte man den Zwiespalt von Privileg und Verlust ausdrücken? Jeder Versuch, den er unternahm, klang unhöflich und respektlos gegenüber seiner Familie. Es war unmöglich, seine Begeisterung zu verbergen, nicht einmal durch einen banalen Reisebericht und die nüchterne Feststellung der Tatsachen. Doch Bastian war frei und konnte seine überschäumende Freude nicht verbergen. In dieser Einrichtung, in dieser Stadt, zu dieser Zeit schienen seine Chancen grenzenlos. Er brauchte sie nur zu ergreifen.

Er war bereit. Speziell für das Licht.

Die Monate, in denen er sich meist im Dunkeln über Land oder bei Tageslicht durch Gräben bewegt hatte, machten Bastian gierig nach Sonnenschein, nach einem Himmel mit oder ohne Wolken, nach hohen Fenstern und weiten Ausblicken. Jeden Morgen wachte er in seinem winzigen Studentenzimmer mit den ersten Sonnenstrahlen auf und genoss die Farben eines neuen Tages, die sein Herz erfüllten. Er schloss nie die Fensterläden, aus Angst, einen Moment der Dämmerung, des Sonnenaufgangs, des Sternenhimmels oder des festsitzenden Nebels zu verpassen. Er saugte alles in sich auf. Bastian sehnte sich nach Regenbögen. Ein Mann hätte den ganzen Tag im Bett bleiben und Wunder erleben können.

Doch im Bett zu bleiben war keine Option. Vorlesungen, Mittagessen mit Kollegen, praktische Vorführungen, nachmittägliche Waldspaziergänge und gesellige Abende in der Altstadt, bei denen er sich über die neue Wissenschaft oder die alte Politik austauschen konnte, nahmen jeden Augenblick von Bastians Tag in Anspruch. Er bemühte sich, mit der Unmenge von Ideen, die ihm begegneten, Schritt zu halten und führte ein Tagebuch, weil er befürchtete, eine zufällige Bemerkung oder ein radikales Konzept zu vergessen. Es gab einfach nicht genug Zeit zum Nachdenken.

Sonntagmorgens ging er in die Kirche. Nicht des Glaubens wegen, der war in diesen Tagen ohnehin umstritten, sondern um die Kunst im Fraumünster zu genießen. Ein Buntglasfenster hinter der Orgel, das von einem Engländer namens Heaton geschaffen wurde, und jahrhundertealte Fresken boten ihm etwas jenseits von Gebeten. Bastian glaubte zwar, aber in Form von Optimismus. Er und seine Zeitgenossen konnten die Zukunft gestalten, das Leben zum Besseren verändern, Fortschritt statt Stillstand. Als er den grünen Turm verließ, um die Limmat zu überqueren, hallte der Chor noch immer in seinen Ohren nach und in seinen Augen tanzten leuchtende Farben.

I n den Hörsälen der Hochschule und der Uni dominierten die Männer, aber auch weibliche Gesichter waren durchaus vertreten. Unter Bastians Bekannten befanden sich Damen aus

Russland, Ungarn, Schottland, Frankreich und Italien, neben Kollegen aus Deutschland und natürlich der Schweiz. Es dauerte eine Weile, bis er sich vom Soldaten zum Studenten umgewandelt hatte, aber eines hatte er bei der Armee gelernt: sich klaglos an seine Umstände anzupassen. Hier konnte er die Zeit mit jedem verbringen, der ihn interessierte, anstatt mit dem Mann in der nächsten Koje Phrasen zu dreschen. Bastian dinierte, debattierte und diskutierte oder schlenderte einfach mit Menschen, deren Gesellschaft ihm Freude bereitete, durch die Altstadt. Seine engsten Freunde waren Julius, ebenfalls Medizinstudent aus St. Gallen, eine Schottin namens Flora, die Architektur studierte, und Walter, dessen Spezialität es war, unaufhörlich zu Plappern.

„Ich bin kein Wissenschaftler, sagte ich zu ihm, ohne die geringste Hoffnung, von dem guten Mann verstanden zu werden. Er ist ein Akademiker mit so viel Fantasie wie ... wie ... einer von denen." Walter gestikulierte zu einem vorbeifahrenden Tram. „Immer im Kreis auf denselben parallelen Linien, niemals von der vorgeschriebenen Route abweichend. Ein Künstler braucht Zeit und Freiheit, um sein Metier zu finden. Das sich mit der Entwicklung des Geistes verändert. Darauf zu bestehen, ein vorgegebenes Thema zu finden und daran festzuhalten, lässt die Fantasie verhungern. Nimm mich, zum Beispiel."

„Ich wünschte, jemand würde das tun", erwiderte Flora und hob ihren Rock, um auf den Bürgersteig der Zähringerstraße zu wechseln.

Julius gab sein schallendes Lachen von sich und bot ihr seinen Arm an. „Aber, aber, Flora, sei doch nicht so respektlos. Vergiss nicht, dass wir uns in der Gegenwart eines Künstlers befinden."

„Wirklich? Ich kann mich nicht erinnern, dass er das jemals erwähnt hat." Sie legte ihre Hand in seine Ellenbogenbeuge.

„Ihr könnt euch darüber lustig machen", fuhr Walter fort und trat neben Bastian, „aber ich fordere euch heraus, die Wahrheit meines Arguments zu verneinen. Die Kunst befindet sich in einem ständigen Entwicklungsprozess."

„Die Medizin hingegen stagniert", entgegnete Bastian. „Deshalb leben wir immer noch in Angst vor Rachitis, Cholera, Diphtherie und Skorbut, aber zum Glück haben wir die Kunst als unseren Trost."

„Es liegt mir fern, die Arbeit von Pasteur und Co. zu leugnen. Mir geht es darum, dass die Kunst der Seele eine Stimme verleiht. Als solche kann sie nicht auf die gleiche Weise geschult oder untersucht werden wie Mathematik. Ihre Grenzen sind vorgegeben. Die Kunst jedoch kennt kein Limit. Ich werde es euch demonstrieren!"

„Verschone uns!", rief Flora in spöttischem Ton.

„Fürchte dich nicht, schöne Frau. Ich werde euch nicht meine eigenen Kreationen zumuten."

„Weil es keine gibt?", fragte Julius.

Walter huschte voraus und schüttelte den Kopf, als wäre er eine Taube. „Hier ist es! Spiegelgasse! Kommt, meine Dame und die skeptischen Herren der Wissenschaft. Darf ich euch die Kunst in ihrer radikalsten und revolutionärsten Form vorstellen? Haltet euch fest und seid offen, denn hier ist das Cabaret Voltaire!"

Bastian spähte die schmale Gasse entlang und fing Floras zynischen Blick auf. „Ist doch mal was anderes als ein Bierkeller. Warum nicht?"

„Ein Bierkeller ist etwas für Bauern", erklärte Walter. „Währschaftes, schweres Essen, starkes Bier und langweilige Gesprächsthemen. Ein Kabarett ist wilde Hemmungslosigkeit, ein Austausch von Ideen, Protest mit Schönheit verwoben. Hier schwelgen wir in Poesie, Tanz, Musik und Wein! Hier ernähren wir uns von Ideen! Hier sind wir frei, uns auszudrücken!"

Er öffnete die Tür und ging hinein.

Bastian und Julius traten zur Seite, um Flora den Vortritt zu lassen.

Sie knickste und murmelte zu Bastian: „Nichts kann diesen Mann davon abhalten, sich auszudrücken. Abgesehen von einem Kissen auf seinem Gesicht.“

3

———

*Das heißt auf Deutsch: die Gastfreundschaft der Schweiz ist über alles
zu schätzen.*

— Hugo Ball, Eröffnungs-Manifest, 1. Dada-Abend

Juli 1916

„**D**as ist der Ort, wo man sein muss, Julius, ich sag's dir.
Stell dir vor, die gesamte Berliner und Münchner Elite,
von der viele russische Emigranten sind, zieht durch die Kaffee-
häuser von Zürich. Wenn sie sich mit unseren eigenen Künst-
lern zusammentun, wird die Stadt zu einem Schmelztiegel.
Schau mal da rüber, aber bitte nicht starren. Der Mann in Weiß
ist Alexander Sacharoff, so zart wie ein Rehkitz. Die Anmut, die
dieser Mann besitzt, verdient Applaus, egal ob er eine Straße
überquert oder seine Beine übereinanderschlägt. Ich bin mir
ziemlich sicher, dass das bezaubernde Geschöpf gegenüber
seine Tanzpartnerin ist, die Frau von Derp, deren Ruf für sich

spricht. Erinnerst du dich an sie? Sie spielte die Hauptrolle in Reinhardts Theaterstück, wie auch immer es hieß. Nein, daran erinnere ich mich auch nicht. Das macht nichts. Die beiden können jedem im Raum den Kopf verdrehen, ob hier oder im Café Odeon."

Julius ließ seinen Blick durch den Raum schweifen, wobei er nicht länger bei Sacharoff und seiner Partnerin verweilte als bei allen anderen. „Er zieht auf jeden Fall die Aufmerksamkeit auf sich. Nicht zuletzt, weil er so androgyn ist. Bevor du es erwähnst, ja, ich habe das Gerücht gehört und du kannst mir die schmutzigen Details ersparen."

„Welches Gerücht? Es gibt so viele! Flora, komm mit nach vorn in die Nähe der Bühne. Ich möchte, dass du den besten Platz bekommst, wenn Emmy Hennings auftritt. Das ist der Grund, warum die Dada-Bewegung fortschrittlich und radikal ist, denn Frauen nehmen den gleichen Stellenwert ein wie Männer. Ihre Lyrik ist beeindruckend und stellt oft die Monologe von Hugo Ball oder Tristan Tzara in den Schatten. Wo ist Bastian? Ich vermute, er versteckt sich im Hintergrund und hat Angst vor der Avantgarde."

„Mach dich nicht lächerlich, er ist auf die Toilette gegangen. Apropos Monologe, lieber Walter, würdest du deinen unterbrechen und mir etwas zu trinken holen? Ich habe das Gefühl, ich werde etwas brauchen."

Julius machte einen Kellner auf sich aufmerksam und bestellte eine Karaffe Rotwein und vier Gläser. „Schon arrangiert, *Flower of Scotland*, denn wir sind uns einig. Walter sagt, dieser Ort sei größtenteils von russischen und deutschen Auswanderern bevölkert. Mir ist egal, woher sie kommen, solange sie einen anständigen Weinkeller unterhalten. Ah, Bastian, zieh diese Stühle herüber, damit wir uns setzen und die Show genießen können."

Walter entfernte sich, um mit anderen Zuschauern zu

schwatzen, und ließ seine Freunde in geselligem Schweigen sitzen. Julius betrachtete mit kritischem Auge die Kunstwerke an den Wänden und belauschte Walters Tratsch.

„Max, wusstest du, dass Diaghilew in Lausanne ist?"

„Ja, das habe ich gehört. Er gründet eine Ballettkompanie und setzt seine Zusammenarbeit mit Strawinsky fort."

„Welch großes Glück für die Schweiz!"

„Das ist es, was Kunst für die russische Seele bedeutet, Walter. Wir mögen Vertriebene sein, aber wir hören nie auf zu erschaffen."

„Wie wahr. Ich werde dich vielleicht in meinem nächsten Artikel zitieren. Diaghilew ist nicht der einzige Choreograf im Land. Rudolf von Laban unterrichtet eine Gruppe ein Stückchen weiter unten am See."

„Ich weiß! Obwohl wir uns noch nicht vorgestellt wurden, habe ich ihn schon zweimal gesehen und beide Male erkannt. Tanz ist mein liebstes Ausdrucksmittel."

Ein Mann unterbrach sie. „Walter Brunn! Wir haben dich gestern Abend im Zähringer vermisst. Sag mal, was weißt du über die Zimmerwald-Konferenz?" Er senkte die Stimme und führte Walter in eine schummrige Ecke.

Zwei Frauen hatten Hocker direkt vor sie hingestellt und versperrten ihnen teilweise die Sicht. Sie unterhielten sich auf Hochdeutsch. Julius beugte sich zu Flora und sprach auf Englisch.

„Hast du jemals einen hässlicheren Hut gesehen?"

Flora schüttelte sich vor leisem Kichern, während die Frauen unbeirrt weiterredeten. „Lass mich dir sagen, wer noch hier in Zürich ist. Else Lasker-Schüler! Ja, die Dichterin. Ich war erstaunt, sie im Café de la Terrasse zu sehen. Die üblichen Gefolgsleute umringen sie und stellen endlose oberflächliche Fragen über ihre Poesie. Sie zieht Bonbons aus ihrem Dekolleté und wirft sie jedem zu, der sie ärgert oder auch erfreut."

„Wirklich? Wie herrlich! Die ganze Stadt ist voll von Exzentrikern, Dichtern, Radikalen, Schriftstellern, Tänzern, Idealisten und Komponisten. Ein Käfig voller brillanter Schmetterlinge, nicht wahr?"

Walter kam mit einem Glas klarer Flüssigkeit zurück. „Die Aufführung fängt gleich an! Siehst du die Frau, die auf diesem Fass sitzt? Nein, nicht sie, die daneben. Das ist Sophie Täuber, die Bildhauerin und Puppenmacherin, die wie eine Rauchfahne tanzt. Meine Freunde, es ist wirklich ein Privileg, hier zu sein."

„Das hoffe ich doch", erklärte Julius und drehte seinen Kopf wie eine Eule. „Sonst würde der stickige Raum und der Gestank aus der Wurstfabrik diesen Ort unerträglich machen."

„Pssst, der erste Akt beginnt."

Eine Frau mit schwarzer Bemalung um die Augen betrat die Bühne, ein graues Tuch verdeckte kaum ihre Kurven, und begann mit einem seltsamen Tänzeln und Singen, das mit einer Wiederholung des Wortes Dada endete. Das Publikum jubelte und applaudierte, bis das schemenhafte Wesen die Bühne verließ.

Sofort setzten die Frauen vorn ihr Gespräch fort. „In unserer Pension gibt es eine Küche, aber ich finde sie widerwärtig, weil sie mit Kindern, Katzen und Ausländern überfüllt ist. Ich muss zugeben, dass es nicht gerade das vornehmste Viertel ist, mit diesen geschwätzigen Prostituierten, die rund um die Uhr plappern, aber der Fluss und der See sind nur ein paar Minuten entfernt. Wasser beruhigt das Gemüt."

Julius hielt sich die Augen zu und wünschte, er könnte dasselbe mit seinen Ohren tun. Als er seine Hände wegnahm, sah er die Fassungslosigkeit auf Bastians Gesicht. „Was soll ich sagen? Ich bin genauso verwirrt wie du, mein Freund. Walter, kannst du uns helfen zu verstehen, was diese Aufführung vermitteln sollte?"

„Es ist Anti-Kunst. Performance als Rebellion. Nichts weiter als Unsinn, der die Ästhetik ablehnt. Kunst als Revolution. Lieder voller Protest und Wut sind das Lebenselixier des Kabaretts. Die Essenz des Dadaismus ist der von der Form befreite Ausdruck. Wenn du zu spießig bist, um das zu würdigen, kannst du gern gehen. Ich bleibe bei meinen Mit-Visionären."

Mit einem schadenfrohen Lachen leerte Flora die Karaffe in ihre Gläser. „Ich liebe Performance-Kunst. Ich kann die ganze Nacht hier sitzen und die Bühnenvignetten als kleine Unterbrechungen des Hauptprogramms ertragen."

Die Frau mit dem hässlichen Hut sprach weiter, ihre Stimme schrill. „Auf der anderen Seite des Platzes, an dem ich wohne, leben zwei politische Agitatoren. Ja, genau die. Ein Ehepaar, ganz nett, wenn man sich unterhält, aber im Gespräch neigen sie dazu, einen aufdringlichen Ton anzuschlagen. Ich nehme an, Sibirien hat diese Wirkung auf einen Menschen."

Flora verbarg einen Lachanfall als Husten. Walter nahm sein Glas und ging mit einem herablassenden Kopfschütteln davon.

„Das Ambiente ist nicht nach meinem Geschmack", erklärte Julius. „Bastian? Wollen wir gehen?"

„Ja, ich würde eine ruhigere Ecke mit anständiger Gesellschaft vorziehen. Flora?"

„Pst! Ich könnte etwas verpassen."

Die Frau mit dem zweithässlichsten Hut schüttelte den Kopf, ihre Federn wedelten durch Rauchschwaden. „Deine Wohnung ist das Paradies im Vergleich zu meiner. Man könnte meinen, in der oberen Etage liefen Elefanten herum. Wenn es doch nur Elefanten wären! Nein, diese donnernden Füße gehören drei lauten, quengelnden Kindern, die morgens, mittags und abends das ganze Haus stören. Ich habe es noch nie bereut, eine alte Jungfer zu sein, aber seit ich unter dieser Familie wohne, bin ich täglich dankbar, dass ich kinderlos bin. Gegen exotische Kreaturen hätte ich nichts einzuwenden, sie würden zumindest die Neugierde wecken. Habe ich dir schon vom Nilpferd erzählt?"

Floras Lachen war unbändig und erregte Aufmerksamkeit. Mit einem Winken an den empörten Walter begleiteten Bastian und Julius sie nach draußen.

4

Die Müh hat mir schon einen Kropf gemacht,
Wie's Wasser Katzen in der Lombardei

— Michelangelo, *Sonett Nr. 5*

Dezember 1916

Die Kinder stürmten aus dem Schulgebäude, atemlos vor Vorfreude, und riefen sich über die Schultern gute Wünsche für die Festtage zu.

„Frohe Weihnachten! *Joyeux Noël!*"

„Danke! Merci! Gleichfalls!"

Einige rannten den Hügel hinunter, andere mühten sich nach oben und wieder andere drängelten sich um einen Platz im Postauto. Seraphine, die zwei Jahre älter war als ihre Mitschüler, stand etwas abseits an der Bushaltestelle, mit ein paar Schritten Sicherheitsabstand zum ungestümen Haufen. Sie waren harmlos. Im Allgemeinen wurde Seraphine aufgrund ihrer Größe, ihres Alters und ihrer Geduld mehr respektiert als die meisten Mädchen. Die Lehrerin setzte sie oft als Assistentin im Französischunterricht ein und vertraute sowohl auf ihren Akzent wie auch ihre Gutmütigkeit.

Jetzt, wo der Winter eingebrochen war und die Regierung das Autofahren verboten hatte, um Treibstoff zu sparen, rollten außer dem Schulbus und landwirtschaftlichen Maschinen nur wenige Motorfahrzeuge über die Straßen. Bis zum Tauwetter im Frühling, das noch in weiter Ferne zu liegen schien, würden Bergsteiger und Ausflügler kaum noch unterwegs sein. Es war schon dunkel, als das Postauto durch den Schnee knirschte und die Leute mit seinem Hupen aus ihren Häusern lockte. Seraphine warf einen Blick über ihre Schulter und sah, dass die Fenster im Schulgebäude bereits schwarz waren. Keine Schule mehr. Sie seufzte und schulterte ihren Rucksack, das Gewicht wirkte beruhigend. Ihre Lehrerin, Frau Fessler, hatte ihr erlaubt, eine Auswahl an Büchern aus den Schulregalen mitzunehmen, damit sie in den dunklen Tagen des Dezembers etwas zu tun hatte.

Die Türen des Busses öffneten sich und die Kinder drängten hinein, um der Kälte zu entfliehen. Aus irgendeinem Grund übte der hintere Teil des Fahrzeugs auf die Knaben die größte Anziehungskraft aus, und der Wettbewerb um jene Plätze war hart. Seraphine stand draußen und beobachtete, wie sich ein halbes Dutzend kleiner Körper auf die besten Plätze drängte, wobei die Trennung zwischen den Geschlechtern eindeutig war. Die Mädchen saßen vorn, die Jungen hinten. Normalerweise platzierte sie sich irgendwo in der Mitte, eine typische Friedensstifterin. Meistens funktionierte das auch.

Der Lärm von über zwanzig aufgeregten Kindern auf dem Nachhauseweg in die Weihnachtsferien sprühte nur so vor Begeisterung und Vorfreude. In drei Wochen würden dieselben Kinder voller Eifer in die Schule zurückzukehren und dabei noch lauter sein. Seraphine wickelte ihren Schal etwas fester um ihren Hals, stieg ins Postauto und nickte dem Fahrer zu. Er grüßte sie mit ihrem Namen und versuchte, ihr in die Augen zu sehen, aber sie hielt ihren Blick gesenkt und setzte sich allein in das Mittelabteil.

Auch ihr Vater war auf dem Rückweg nach Hause. Er würde vielleicht schon daheim sein, wenn das Postauto sie am Ende der Gasse absetzte, seine Stiefel im Flur, seine Stimme die Küche ausfüllend. Sie konnte sich nicht entscheiden, ob sie das glücklich oder traurig machte. Für sich selbst fühlte sie nichts. Für ihre Mutter war sie überglücklich, erleichtert und stolz. Für ihre Brüder empfand sie ein tiefes Grauen. Josef Widmer weigerte sich zu akzeptieren, dass ein Kind, das aus seinen Lenden stammte, derart stark behindert sein konnte wie Henri oder Anton. Obwohl es überall um ihn herum Beweise für Kretinismus gab, schob er die Schuld auf Clothilde und ihr schlechtes Blut. Niemand wagte es, das Offensichtliche auszusprechen, nämlich dass Clothildes Kind aus einer früheren Ehe nicht an der gleichen Krankheit litt. Selbst wenn es jemand getan hätte, würde Josef die offensichtlichen Beweise ignorieren. Seiner Meinung nach lag das Problem bei seiner Frau.

Bis jetzt hatte Seraphine es meistens geschafft, die Schwellung ihres eigenen Halses zu verbergen. Viele ihrer Klassenkameraden trugen die gleichen Beulen, manche kaum merklich, andere unübersehbar. In den Wintermonaten konnte sie das leichte Wachstum vielleicht vor ihrem Vater verbergen, aber den scharfen Augen ihrer Mutter entging nichts.

Clothilde wusste auch vor Seraphine, dass sie zur Frau wurde. In ein paar scharfen Sätzen vermittelte die Mutter ihrer Tochter die Tatsachen: Es war die Last einer jeden Frau, Seraphine hatte die Verantwortung, sich sauber zu halten, und sie wäre gut beraten, ihre Brust zu binden. Nein, es war nicht wie eine Kinderkrankheit. Es würde jeden Monat wiederkommen, bis sie eine Großmutter war. Als Seraphine diese Information verinnerlicht hatte, nahm sie ihren Mut zusammen und fragte, wie sie die Schwellung an ihrem Hals behandeln könne. Ihre Mutter hatte keine Antwort.

Das Postauto schaukelte die Strecke entlang, in jedem Dorf leuchteten kleine Fenster, die die Heimkehrer willkommen hießen. Jedes Mal, wenn sich die Türen öffneten, um ein Kind in den Schnee zu entlassen, ertönten Weihnachtswünsche aus dem Bus. Als sie an der Reihe war, blieben nur noch die Hirtenkinder und der Busfahrer übrig, um ein herzliches „Frohe Weihnachten!" zu rufen.

Sie drehte sich um, um zu winken, und der Busfahrer ergriff ihren Arm.

„Eine Kleinigkeit für dich." Er gab ihr ein Päckchen und drückte ihre Hand mit behandschuhten Fingern. „Ich wünsche dir frohe Festtage."

„Merci. Ihnen auch!"

Sie sah ihm kurz in die Augen und schritt dann vorsichtig die nassen Stufen hinunter und hinaus in die Kälte. Barry wartete, sein Fell war mit einem dünnen Film aus Schneeflocken bedeckt. Er drückte seine Nase in ihre Hand und umrundete sie, sein übliches Signal zur Eile. Sie stapfte den Weg hinauf, die Augen auf das Bauernhaus gerichtet, um abzuschätzen, was sie dort erwarten würde. Vorsichtshalber steckte sie das Päckchen des Busfahrers in ihre Hosentasche.

Sie und Barry betraten die Scheune, die Ziegen raschelten, sie klopfte den Schnee aus ihrem Mantel und zog ihre Stiefel aus. Für einen Moment verlor sie das Gleichgewicht und stieß mit der Schulter gegen die Wand, an der die Ziegenhalsbänder mit den Glöckchen hingen. Sie hätte ihre Ankunft genauso gut jodeln können.

Die Tür sprang ruckartig auf und da war er: Josef, Papa, das Oberhaupt der Familie.

„Seraphine! Na endlich! Jetzt sind wir komplett." Er

begrüßte sie mit den üblichen drei Wangenküssen und umarmte sie innig. „Komm rein. Bring auch Barry mit. Er war für zwei Jahre der Mann im Haus und zumindest seine Anwesenheit am Feuer wird deinen Bruder beruhigen. Meine Ankunft hat die Ordnung etwas durcheinandergebracht, fürchte ich."

Die Ordnung schien sofort wiederhergestellt, als Seraphine die warme und dampfende Küche betrat. Henri hörte auf zu weinen und rannte zu Seraphines Röcken, umklammerte ihre Beine und wischte sein Gesicht an ihrem Knie ab. Ihre Mutter nickte ihr kurz zu und deutete, ohne ihr Rühren zu unterbrechen, auf den Teppich neben ihren Füßen. Anton lag in einer Blechwanne, nackt und zitternd, die Augen geschlossen, Lippen und Haut aschfahl. Er gab keinen Laut von sich.

„Es kam an beiden Enden heraus, also habe ich ihn da reingesetzt. Ausgerechnet an diesem Tag musste das passieren. Kümmere dich um ihn, ja?"

Seraphine löste Henri von ihren Röcken, führte ihn zum Kamin und winkte Barry hinzu. Als der Junge damit beschäftigt war, mit dem Hund zu kuscheln, ging sie zur Badewanne und zog ihren kleinen Bruder aus dem lauwarmen Wasser. Über dem Waschbecken spülte sie den Unrat von seinen Beinen. Sie trocknete ihn vorsichtig ab und band eine Serviette um seine Lenden. Dann knöpfte sie ihre Bluse auf und legte ihn darunter auf ihre Haut, direkt an ihr Herz. Sein kleiner Körper war eiskalt und sie japste nach Luft, als sie mit ihm in Berührung kam. Sie schlang ihre Arme um ihn und drückte ihr Kinn an seinen Kopf.

„Dein Vater hat Hammelfleisch mitgebracht! Heute Abend werden wir uns sattessen und Gott dafür danken, dass er meinen Mann, deinen Vater und unseren Beschützer sicher in unsere Arme zurückgeführt hat."

Ob sie sich nun freuen oder beten sollte, wusste Seraphine nicht. Sie schaukelte ihren Bruder hin und her und ließ ihren

Blick durch den Raum schweifen, um zu sehen, wie es Henri ging. Der Junge gab weiterhin kleine Schluchzer von sich, die von Barrys dickem Fell gedämpft wurden. Ihr Vater sprach, als wäre niemand außer seiner Frau im Raum und erzählte Geschichten von Gewalt und Aggression, die wenig mit dem Krieg zu tun zu hatten.

„Aufgrund dieser und anderer Vorfälle, die für die Ohren einer Dame nicht geeignet sind, sind einige hochrangige Vertreter der Armee auf mich aufmerksam geworden. Sie boten mir eine halbpermanente Stelle beim Militär an, ein beeindruckendes Gehalt und die Möglichkeit, meine eigene Grenzpatrouille zu kommandieren. Sie hätten sich keinen besseren Mann aussuchen können. Ich kenne jedes Tal, jede Bergwand, jede Stadt und jeden Fluss zwischen den drei Ländern. Mein Französisch ist fast so gut wie mein Deutsch, und obwohl ich nie als Italiener durchgehen würde, was ich auch nicht möchte, kann ich mich gut verständlich machen." Er schlug mit der Faust in seine Handfläche.

Clothilde drehte sich nicht zu ihrem Mann um, sondern rührte weiter. „Wir müssen dich beglückwünschen. Die letzten Jahre haben uns alle verarmen lassen. Zu hören, dass du einen regelmäßigen Lohn bekommst, um deine Familie zu unterstützen, ist ein Grund zum Feiern. Setzt euch. Lasst uns essen. Seraphine, wenn dein Bruder essen will, muss er mit an den Tisch kommen."

Mit leichten Gesten winkte sie Henri an den Tisch und mimte das Essen. Das war eines der wenigen Zeichen, die er immer verstand. Sie positionierte sich zwischen ihre Eltern und ihren Bruder, denn sie wusste, dass Henris gieriges Schlürfen für Unmut sorgen könnte. Sie aßen mit Begeisterung und lobten das Hammelfleisch, das Gemüse und das Brot. Nach ein paar Bissen rührte Anton sich, als ob auch er mitessen wollte. Seraphine tauchte ihren Löffel in die Schüssel, gerade so viel, dass sie etwas von der reichhaltigen Brühe auffangen konnte. Sie knöpfte ihr Hemd auf, legte ihre Hand um Antons Kopf und träufelte etwas Flüssigkeit zwischen seine Lippen. Er reagierte eifrig und schluckte alles, was in seinen Mund kam. Der Rest durchtränkte Seraphines Unterhemd. Sie wiederholte die Geste noch dreimal und aß selbst einige Happen, um zu sehen, ob er in der Lage war, diese ungewöhnlich reichhaltige Nahrung zu verdauen.

Sie war so sehr auf den Säugling konzentriert, dass der Schrei ihres Vaters ein Schock für sie war.

„Nein, du Schwachkopf! Gib dem Hund niemals Fleisch zu fressen!" Mit einer heftigen Ohrfeige fegte Josef Widmer seinen Sohn von der Küchenbank auf den Boden.

Henri heulte vor Schreck und Schmerz auf. Josef öffnete das Scheunentor und schickte Barry mit einem Tritt nach draußen. Seraphine bemerkte, wie der Hund trotz gesenktem Kopf und eingezogenem Schwanz den Hammelklumpen fest in seinem Kiefer hielt. Die kühle Luft des Ziegenstalls erfüllte die Küche. Antons Mund öffnete sich für mehr und nun protestierten zwei Lungenpaare lauthals gegen ihr Elend.

„Maman, warum bleibe ich nicht hier unten bei den Jungs? Du und Papa könnt oben schlafen und euch ausruhen. Ich habe alles, was ich brauche, um mich um die beiden zu kümmern. Ich räume auf. *Bonne nuit*, schlaft gut."

Das musste man ihnen nicht zweimal sagen. Josef leerte seine Suppe augenblicklich, und nach einem letzten angewiderten Blick auf den bedauernswerten Henri folgte auch Clothilde ihrem Mann die Holztreppe hinauf.

Sie wartete, bis alles still war, half ihrem Bruder auf die Beine und gab ihm den Rest der Suppe mit einer Prise Salz. Seine Tränen verschwanden postwendend, nicht aber die Beule an seiner Schläfe. Das besondere Salz, auf das Seraphine all ihre Hoffnungen setzte, versteckte sie im Hühnerstall. Jeden Morgen gab sie einige Prisen auf ein Stück Papier, damit sie es leicht wegwerfen konnte, falls man sie erwischte. Jetzt mischte sie ein paar Körner in die warme Milch und fütterte Anton mit einer halben Flasche, während sie Haferflocken für den Morgen einweichte und Knochen aus der Pfanne abnagte. Sie selbst nahm nie auch nur einziges Körnchen Salz zu sich. Ihrer Meinung nach wäre das Diebstahl gewesen, die Bedürfnisse ihrer Brüder waren viel größer als ihre.

Als es ruhig wurde und die Knaben schliefen, öffnete sie heimlich das Scheunentor und ließ Barry herein. So leise sie konnte, nahm sie zudem ein halbes Dutzend Holzscheite vom Außenstapel, um damit das Feuer die ganze Nacht über in Gang zu halten.

Auf den Ziegenfellen vor dem glühenden Feuer kauerten drei Menschen und ein Hund dicht beieinander. Seraphine drapierte ihren Mantel über ihre Brüder und schloss die Augen. Erst dann erinnerte sie sich an das Geschenk des Busfahrers. Vorsichtig, um die schlafenden Jungen nicht zu stören, zog sie das Päckchen aus ihrer Hosentasche, löste den Knoten der Schnur und fuhr mit den Fingern über ein glattes Oval. Sie hob es gegen das Licht des Feuers und sah, dass es wie ein Schachbrett gemustert war und von einer Messingspange zusammengehalten wurde.

Mit einem Klick öffnete sich das Objekt in zwei Hälften: eine Puderdose mit einem Spiegel. Ein Gegenstand für eine Dame. Oder eine schmerzhafte Erinnerung an ihre eigene Hässlichkeit. Sie schob es so tief es ging zurück in ihre Hosentasche.

Die ganze Zeit, in der Josef zu Hause war, wandelte Seraphine auf einem schmalen Grat. Wenn sie sich zu lange draußen aufhielt, wurde es ihr kalt, aber sie blieb nur ungern drinnen. Josef mochte es nicht, wenn sie las, und er fand immer eine Aufgabe, um sie zu beschäftigen.

„Es ist nicht gesund, den Kopf in ein Buch zu stecken. Wenn du dich für eine Dame der Muße hältst, dann denk noch mal nach. Müßiggang ist aller Laster Anfang. Geh und hacke etwas Holz für das Feuer."

Meistens landete sie in der Scheune, Anton an ihre Brust gebunden. Seine Gesundheit war immer noch angeschlagen und Henri litt ständig unter der Kälte. Auf dem Küchenboden zu schlafen machte die Situation nicht besser, aber die Vorstellung, oben zu übernachten, war undenkbar. Es mochte zwar wärmer sein, aber die Sorge, Henris Grunzen oder Antons Schniefen könnte den Stiefvater verärgern, würde sie kein Auge zutun lassen. Da war die Küche die bessere Option.

Sie versuchte mehrmals zu fragen, wie lange sie mit der väterlichen Anwesenheit gesegnet sein würden, aber vergeblich. Eines Morgens kam ihre Mutter mit der Schubkarre die Auffahrt herauf, die Verachtung stand ihr ins Gesicht geschrieben. In der Hand hielt sie einen Brief.

„Margot lädt uns zu einem „Familienweihnachtsfest" ein. Ha! Selten etwas so Lächerliches gehört! Wer kümmert sich um die Tiere, während wir das Haus verlassen, um französisches Feingebäck und Foie gras zu essen? Diese Frau hat selbst nicht mehr Verstand als eine Gans. Schon das Angebot ist eine Beleidigung. Wir sind arbeitende Menschen und haben keine Lust, an den Brosamen ihres Reichtums und Komforts zu knabbern. Sie hat keine Ahnung, was ein „Familienweihnachtsfest" mit *meiner* Familie zu Besuch bedeuten würde. Sieh sie dir bloß an!"

Seraphine tat genau das. Henri schaukelte neben dem Feuer hin und her und gluckste kleine bedeutungslose Laute. Aus der Kommodenschublade hustete Anton mit der Regelmäßigkeit einer tickenden Uhr. Seraphine selbst hatte sich bemüht, im grauen Licht des Winternachmittags ein Johanna Spyri Buch zu lesen.

„Ja, sieh sie dir bloß an." Josef hörte auf, seine Stiefel zu polieren, seine Fingernägel schwarz, und kratzte sich mit einem verschlagenen Grinsen am Kinn. „Vielleicht würde den Kindern ein Tapetenwechsel gut tun. Schade, dass wir sie nicht begleiten können, aber irgendjemand muss ja auf dem Hof arbeiten. Wir sind dankbar für das Angebot von Tante Margot und ein Aufenthalt von zwei Wochen wäre akzeptabel. Unsere finanziellen Verhältnisse beschränken uns darauf, für die Hinreise aufzukommen. Wir vertrauen darauf, dass sie bereit ist, die Rückreise für unsere kleinen Lieblinge zu finanzieren. Wenn nicht, kann sie die Kinder gerne behalten."

Zur Abwechslung traf die Wucht seiner Worte die Mutter mehr als die Tochter. Clothilde verzog das Gesicht zu einer Maske des Schmerzes, die nur Seraphine sah, da Josef sich wieder in seine Stiefel vertieft hatte. Sie strich den Brief auf dem Tisch glatt und fasste sich.

„Das Mädchen ist vierzehn, sie kann nicht allein reisen. Jemand aus dem Dorf muss als Aufsichtsperson fungieren. Ich werde Margot eine Nachricht schreiben, die Seraphine heute Nachmittag abschicken soll. Darin teile ich meiner Schwester mit, wann sie ihre drei Gäste erwarten darf. Sind sie erst angekommen, wird es zu spät sein für Diskussionen, und sie kann sie über Weihnachten beherbergen. Aber hör zu, Josef Widmer, meine Kinder gehören hierher zu mir. Kein Mitglied meiner Familie nimmt sie mir weg. Dies ist bloß vorübergehend. Seraphine, geh nach oben und packe, was du und deine Brüder für die Zeit brauchen."

Für Seraphine überstiegen zwei Wochen bei Tante Margot und die Flucht vor Josef Widmer ihre Vorstellungskraft. Ihre beiden kleinen Brüder warm, wohlgenährt und in Sicherheit zu wissen, war unfassbar. Sie sprach, ohne nachzudenken. „Was ist mit Barry?"

„Hunde feiern kein Weihnachtsfest. Er ist ein Arbeitshund und bleibt hier."

Die Tochter eines örtlichen Schneiders reiste mit Seraphine und den Knaben bis nach Visp. Die Reise begann bei strahlendem Sonnenschein und mit viel Optimismus. Clothilde winkte ihnen vom Ende der Einfahrt aus zu, eine Rötung ihrer Gesichtszüge das einzige Zeichen von Ergriffenheit. Es war schade, dass sie sich nicht von Barry verabschieden konnten, aber er war bereits mit Josef und den Ziegen auf der Weide. Auf dem ganzen Weg ins Dorf piepste und zwitscherte Henri vor Aufregung, was Seraphine trotz ihres Unbehagens zum Schmunzeln brachte. Der alte, schimmlige Lederkoffer war schwer, ihre Schultern verkrampften unter dem Gewicht von Anton auf ihrer Vorderseite und ihrem Rucksack auf dem Rücken, aber sie schafften es rechtzeitig ins Dorf, um im Postauto Platz zu nehmen.

Die Einheimischen waren hilfsbereit, verstauten ihren Koffer, lächelten über Henris sinnloses Geschwätz und machten Platz für ihre Taschen. Die Tochter des Schneiders teilte einen Apfel mit ihr und das Postauto fuhr pünktlich ab. Seraphine war auf der längsten Reise ihres Lebens. Sie hatte Tränen in den Augen, als der Bus von der Haltestelle abfuhr und um die Ecke bog, sodass sie einen kurzen Blick vom Hügel erhaschen konnte, auf dem sie wohnte. Der Hof war nicht mehr zu sehen, aber sie wusste, dass er da war. Ein Teil von ihr wollte sich auf diesen Weg zurück in die Sicherheit begeben, aber das war Feigheit. Auf jeden Fall war es jetzt zu spät.

In Visp begannen die Probleme. Der Bahnhof war voller

Menschen, mehr Menschen als Seraphine je gesehen hatte. Das Schneidermädchen sorgte dafür, dass sie den richtigen Bahnsteig fanden und verabschiedete sich von ihnen. Sie saßen auf der Bank und starrten auf das Gewühl, bis der Zug einfuhr. Die Größe, der Lärm und der plötzliche Ansturm der Menschen überwältigten Henri und er geriet in Panik. Schreiend vor Angst wollte er fliehen und schlug mit den Fäusten um sich, als Seraphine versuchte, ihn zum Einsteigen zu bewegen. Die Leute starrten auf das Spektakel, Seraphine ließ ihrem Koffer fallen und Anton fing an, heiser zu schluchzen. Henri krümmte sich und schlug zu, wobei er einen strafenden Schlag nach dem anderen auf ihren Unterarmen landete. Ein böser Gedanke schoss ihr durch den Kopf.

Sie könnte ihn loslassen. Einfach seine Handgelenke freigeben und ihn gehen lassen. In wenigen Sekunden würde er unter einen Zug oder einen Bus fallen und alles wäre vorbei. Keine Verantwortung mehr. *Lass ihn los.*

Von hinten nahm ein großer Mann in Uniform Henri unter einen Arm, ohne auf die umherfuchtelnden Gliedmaßen des Jungen zu achten. Mit der anderen Hand hob er ihren armseligen Koffer hoch und gab ihr ein Zeichen, ihm zu folgen. Er zwängte Henri in ein Abteil, verstaute den Koffer über ihren Köpfen und gab sich als Schaffner zu erkennen. Mit dem Versprechen, sie sicher zu ihrer Tante zu bringen, schloss er mit ernsthafter Miene die Tür. Die plötzliche Stille verwirrte Seraphine, ihr Herz raste. Wie immer bei Henris Wutausbrüchen begann auch dieser als wilder Hagelsturm und endete als leichte Frühlingsbrise. Er drückte bereits sein tränenverschmiertes Gesicht gegen das Fenster und gab kleine heisere Laute der Belustigung von sich. Seraphine unterdrückte den Drang, ihm den Rotz aus dem Gesicht zu wischen, aus Furcht, einen weiteren Wutanfall zu provozieren. Stattdessen klemmte sie sich eine Saugflasche unter die Achselhöhle und nahm

Anton in den Arm. Während die Milch warm wurde, sang sie, um sich und die Jungen zu beruhigen.

Da sie in einem Abteil für sich waren, riskierte sie einen Griff in ihre Innentasche, um ein Briefchen Papier hervorzuholen. Sie schraubte den Deckel von der Saugflasche und streute drei Körner Salz in Antons Milch. Ihre Gedanken flogen zurück zum Hühnerstall, wo das magische Heilmittel auf ihre Rückkehr wartete. Sie hätte das Fläschchen mit Salz mitnehmen können, aber sie vermutete, dass es zu Hause noch nützlich sein würde. Den Geräuschen von oben nach zu urteilen und vorausgesetzt, dass Seraphines Berechnungen richtig waren, würde ihre Mutter in den nächsten Monaten schwanger werden. Clothilde mochte kein Vertrauen in die Ärzteschaft haben, aber Seraphine war überzeugt. Gesundheit durch Heimlichkeit, niemand brauchte davon zu erfahren.

Der Zug rumpelte aus dem Bahnhof und durch das Tal und bot so viele visuelle Reize, dass Seraphine müde wurde. Als die Lokomotive Sion passierte, waren alle drei Familienmitglieder eingeschlafen.

Ein sechster Sinn weckte sie, so wie jeden Morgen. Antons Windel musste gewechselt werden, Henri hatte einen Besuch im Bad nötig und sie sollte sich um ihre eigene Aufmachung kümmern. Sie lockte Henri mit dem Versprechen eines getrockneten Apfelringes in die winzige Toilette. Als der Schaffner die Haltestelle in Montreux ankündigte, hatte sie es geschafft, alle drei auf ein respektables Niveau zu bringen. Ihre naive Vorstellung, was als respektabel galt, währte allerdings nicht lange.

Der Schaffner begleitete sie auf den Bahnsteig und rief einen seiner Kollegen, der mit einem Nicken auf sie zukam. *„Ah,* *oui, les enfants.* Hier entlang, meine Kleinen. Eure Tante wartet auf euch."

Mit einer Hand fest um Henris Handgelenk geklammert und nach einem vertrauten Gesicht suchend, nahm Seraphine die Blicke zunächst nicht wahr. Erst als eine Frau zurücktrat und *„Quel horreur!"* rief, wurde ihr bewusst, dass ihre kleine Gruppe so viel Aufmerksamkeit erregte wie ein Zirkus. Anton, der auf ihrer Hüfte saß, sabberte mit schlaffem Kopf an ihrer Schulter. Henri gackerte und johlte beim Anblick so vieler Fremder und versuchte wieder und wieder, auf sie zuzustürzen, als wolle er ihnen die Hand schütteln.

Wie sich Ohren an den Druck des Abstiegs aus alpinen Höhen gewöhnen, so konnte sie auch das Getuschel hören.

„Ich hatte die Gerüchte gehört, hielt sie aber für übertrieben."

„Hör auf zu starren, Louise, sie können nichts dafür."

„Dutzende von ihnen sind da oben, wie in einer Monstrositätenschau."

„Weiche zurück, Charles, wir wissen nicht, ob sie ansteckend sind."

„Ehrlich gesagt, bin ich nicht überrascht. Sieh nur, wie jung die Mutter ist!"

„Seraphine, *ma chérie!* Ich bin so froh, dass du hier bist!" Tante Margot ging in die Knie und streckte ihre Arme aus. Wie immer reagierte Henri auf körperliche Gesten, eilte zu seiner Tante und schlang seine Arme um ihren Hals. Ein Uniformierter nahm dem Schaffner Seraphines Koffer ab und sie war geistesgegenwärtig genug, sich beim Zugbeamten zu bedanken. Jemand nahm ihr Anton und den Rucksack ab. Tante Margot schlang ihre Hände um ihr Gesicht und küsste sie, ihre Augen füllten sich mit Tränen.

„Meine liebste, kostbare Nichte, wie mutig du bist, so weit zu kommen! *Bienvenue à* Montreux, seid willkommen, meine Gäste."

Seraphine schaute zurück auf die Lästerer.

„Diese furchtbaren Leute verdienen nicht die geringste Aufmerksamkeit. Siehst du den Blick in ihren Augen? Das, mein liebes Mädchen, ist Ignoranz. Deshalb sollten sie bemitleidet werden, während du alles Gute auf der Welt verdienst. Komm, das Automobil wartet.“

„Ein Automobil?“

Auf der Fahrt vom Bahnhof Montreux zu Tante Margots Villa veränderte sich etwas. Henri drückte sein Gesicht an das Fenster, Anton hustete und Seraphine machte große Augen. Doch die neue Landschaft und die neue Art des Reisens schüchterten sie nicht so sehr ein, dass sie sich zurückzog. Sie saß aufrecht und nahm jedes Detail in sich auf. Straßen, Bäume, verschnörkelte Tore, modisch gekleidete Stadtbewohner und die Weite des Genfersees sprachen sie an.

Als sie in der Villa ankamen, kümmerte sich ein Diener um ihre Habseligkeiten, während ein Dienstmädchen in der Bibliothek Tee servierte. Seraphine hatte noch nie so viele Bücher gesehen. Ihre Einbände schienen in der Nachmittagssonne zu glänzen, jedes versprach ein Tor in eine andere Welt.

Willkommen, flüsterten sie, *wir gehören dir.*

Mitte Januar kehrte Seraphine mit zwei Koffern und ohne ihre Brüder auf den Hof zurück.

Noch am selben Nachmittag, an dem sie mit dem Zug in Montreux angekommen waren, rief Tante Margot einen Arzt für Anton, weil sie sich Sorgen über seine Atemgeräusche machte. Innerhalb von vierundzwanzig Stunden lag der kleine Junge in einem Kinderkrankenhaus und wurde wegen Tuberkulose behandelt. Er kämpfte noch drei Tage und Nächte weiter, bevor er der Weißen Pest erlag. Weder Seraphine noch ihre Tante konnten ihn sehen, aus Angst vor einer Ansteckung. Sein Tod war wie eine ausgehende Kerze, ein kleines Leben, leise ausgelöscht.

Tag für Tag redete Tante Margot Seraphine ein, dass sie keine Schuld daran trug. Die Krankheit wurde durch Tröpfchen oder direkten Kontakt übertragen, nicht durch Nachlässigkeit oder unregelmäßige Temperaturen. Tatsächlich waren alpine Sanatorien beliebte Erholungsorte für diejenigen, die es sich leisten konnten. Irgendjemand musste die Krankheit auf Anton übertragen haben, und angesichts seines Zustands war es ein Wunder, dass er so lange überlebt hatte.

Seraphine hörte höflich zu, aber innerlich war sie untröstlich. Es war ihre Schuld. Sie war überzeugt, dass das spezielle Salz, das sie ihm ins Essen getan hatte, Anton getötet hatte. Sie hatte den Jungen vergiftet. Von diesem Moment an schwor sie sich, nie wieder etwas an Henris Essen zu verändern, oder an dem von anderen. Sich in die Natur einzumischen ging nie gut aus.

Via Telegramm kam von St. Niklaus die Erlaubnis, Anton im Familiengrab zu beerdigen. An einem trüben, grauen Tag am Lac Leman berührte der Anblick seines kleinen weißen Sarges die Herzen der Menschen. Während Seraphine jede Nacht in ihre Kissen weinte und für die Seele ihres Bruders betete, war Henri ahnungslos. Brüderliche Trauer oder familiärer Verlust bedeuteten nichts für ihn. Er war glücklicher als je zuvor und wer konnte es ihm verdenken? Sonnenschein, Wärme, Trost, Essen und endlose Unterhaltung erfüllten sein Dasein. Seraphine hatte ihn noch nie so reaktionsschnell und umgänglich erlebt. Täglich badete er in warmem Wasser, planschte und lachte in der riesigen Wanne, beaufsichtigt von einem Dienstmädchen. Er aß frisches Obst und rannte mit einem Drachen durch die Gärten. Er ließ ihn nie in den Himmel steigen, sondern zog das farbenfrohe Spielzeug gurrend und gackernd hinter sich her.

Ihre Tante zeigte sich ihrer Nichte und ihrem Neffen gegenüber sehr großzügig, erfreute sich an Henris guter Laune und ließ Seraphine Zeit, zu trauern. Als Onkel Thierry – Margots und Clothildes Bruder – zwei Tage vor Weihnachten heimkehrte, waren sie für das Fest vollzählig. Sie feierten mit einem Kirchenbesuch und einem geselligen Abendessen und überreichten sich Geschenke. Was sie aß und bekam, waren flüchtige Erinnerungen, unvergesslich blieb ihre alles ausfüllende Dankbarkeit.

Drei Tage vor ihrer Rückreise in die Alpen saß sie auf einem Fensterplatz und blickte auf das Wasser, unfähig, sich an dieser Schönheit zu erfreuen oder ihre bleierne Hoffnungslosigkeit abzuschütteln. Auf der anderen Seite des Zimmers döste Henri mit offenem Mund auf dem Teppich vor dem Kamin, vom Dienstmädchen beaufsichtigt. Wenigstens einer von ihnen war zufrieden.

Ihre Tante und ihr Onkel kamen aus dem Esszimmer und luden sie zu einem Spaziergang an der Promenade ein. Henri schlief weiter und das Dienstmädchen machte einen Knicks, um anzuzeigen, dass sie auf ihn aufpassen würde. Seraphine wickelte sich in ihren neuen Wintermantel und folgte ihren Gastgebern nach draußen an die frische Luft.

Wasservögel kreischten und stritten sich um einen Platz auf Bojen oder Steinbrocken, während Spatzenschwärme den Spazierenden von einem kahlen Baum zum anderen folgten.

„Seraphine?" Die Stimme ihrer Tante war sanft.

„Oui, madame?"

„Dein Onkel Thierry und ich, *Chérie*, wir haben einen Vorschlag."

Thierry räusperte sich. „Das mag nach dem Verlust von Anton unsensibel und plötzlich erscheinen, und ich entschuldige mich, wenn du dich durch meine Worte unwohl fühlst. Vor allem aber möchten Margot und ich, dass du ehrlich bist."

Seraphine ging weiter, aus Angst vor dem, was sie sagen könnten. „*D'accord*."

„Im Rahmen meiner Arbeit habe ich von einem Krankenhaus in Bern erfahren. Es ist ein Ort, an dem junge Menschen wie Henri behandelt werden. Ausgebildete Krankenschwestern und Ärzte kümmern sich um diese Jungen, untersuchen ihre Entwicklung und gehen auf ihre Bedürfnisse ein. Es handelt sich um ein staatliches Programm, sodass die Familien nicht zur Finanzierung herangezogen werden. Trotzdem solltest du wissen, dass ich eine Spende für wohltätige Zwecke gemacht habe."

Margot trat näher und verschränkte ihren Arm mit dem von Seraphine. „Henri wird von Fachleuten betreut, warm gehalten, dreimal am Tag etwas zu essen bekommen und hat die Möglichkeit, mit anderen Kindern zu spielen. Thierry und ich werden ihn regelmäßig besuchen, um uns von seinem Wohlergehen zu überzeugen. Wir wissen beide, wie sehr du dich um deine Brüder kümmerst. Nach Anton ist der Zeitpunkt denkbar ungünstig, dafür habe ich vollstes Verständnis. Was wir vorschlagen, ist eher eine vorübergehende Trennung. Wie ihr wollen wir das Beste für Henri."

„Maman und Josef ..." Seraphine schluckte den schmerzhaften Kloß in ihrem Hals hinunter. „Das ist nicht meine Entscheidung."

„Wenn du bereit bist, Henri diese Chance zu geben, kann ich Clothilde und Josef telegrafieren, um es zu erklären." Margot legte eine Hand auf Seraphines Schulter.

Thierry fügte seine Meinung hinzu. „Unsere Schwester kann manchmal stur sein, wie wir alle wissen, aber das Wohl ihres Sohnes ist für uns alle von größter Bedeutung."

„Ich verstehe."

Sie gingen weiter und drehten sich instinktiv gegen den Wind in Richtung Park.

Es vergingen einige Augenblicke, bevor Margot wieder sprach. „Seraphine, es geht nicht nur um Henri, sondern auch um dich. Thierry und ich würden dir gerne ein Zuhause anbieten. Vor mir sehe ich ein aufgewecktes, hübsches Mädchen, das mehr verdient als ein armseliges Dasein als Magd ihrer Mutter. Du kannst hier bei uns leben, Henri besuchen, wann immer du willst, zur Schule gehen, unsere Bibliothek nutzen und dein Potenzial entfalten."

Sie liefen die gepflegten Wege des Parks entlang, wichen Pfützen aus und grüßten Passanten. Ihre hübschen, aber unpraktischen Stiefel und ihre warme Pelerine täuschten alle und es fühlte sich beinahe so an, als ob sie dazugehören würde. Aber man stelle sich ihre geblähten Nasenlöcher und hochgezogenen Augenbrauen vor, wenn sie ihren Hals gesehen hätten.

„Das Krankenhaus hört sich nach dem richtigen Ort für Henri an. Ich werde ihn natürlich vermissen, aber ich will vor allem, dass er glücklich ist. Was mich betrifft, so muss ich zum Hof zurückkehren. Bitte haltet mich nicht für undankbar. Eure Freundlichkeit mir und meinen Brüdern gegenüber berührt mich zutiefst und ich werde nie vergessen, was ihr für Anton getan habt. Ihr seid gute Menschen und ihr habt euch gegenseitig. Wenn Josef weg ist, hat meine Mutter niemanden. Nächste Woche würde ich gerne nach Hause zurückkehren."

5

———

*Jede Minute der Stunde eines Verliebten ist mehr wert als ein ganzes,
einfältiges Leben.*

— Aphra Behn, *Der Wanderer*

März 1917

Es war nicht das erste Mal, dass eine Frau Bastians Herz gebrochen hatte. Im Alter von acht Jahren hatte Genevieve Dupin ihn zugunsten eines Klassenkameraden zurückgewiesen, einem schlaksigen Jungen, dessen Namen Bastian aus seinem Gedächtnis gestrichen hatte. Ihre gefühllose Geste hatte ihn zutiefst erschüttert und ihn zum Schwur verleitet, sich nie mehr mit Mädchen abzugeben. Während seines ersten Jahres an der medizinischen Fakultät fragte er sich, ob dieser unüberlegte Schwur in der Primarschule sein zukünftiges Liebesleben verflucht hatte. Er fand mit Leichtigkeit Freundinnen, aber keine zeigte Interesse an mehr als Freundschaft.

Im zweiten Jahr wurde sein Flirt mit einer hübschen Kellnerin im Café de la Presse durch den Ruf in den Dienst am Vaterlande unterbrochen. Er war sich sicher, dass Bastian Favre dazu verdammt war, als Jungfrau zu sterben. Das war das erste und letzte Mal, dass er versucht hatte, Gedichte zu schreiben. In der Armee lernte er eine ganze Menge über Sex. Zwar nicht aus erster Hand, aber die Anekdoten seiner Mitsoldaten öffneten ihm die Augen für wesentlich mehr Möglichkeiten als bisher angenommen.

Im Frühjahr 1917 war der Krieg noch nicht vorbei, aber die Neutralität der Schweiz wurde sowohl von den Zentralmächten als auch von der Entente respektiert. Die Kämpfe würden sicher nicht auf Schweizer Boden übergreifen. Die Bevölkerung freute sich und nahm dankbar alles an, was das Leben zu bieten hatte. Zürich war voll von aufregenden, schönen Menschen, die sich ihres Körpers sicher und reif für Abenteuer waren. Julius, der gut aussehende Teufel, konnte kaum einen Raum betreten, ohne dass sich die Frauen wie Schmetterlinge um ihn scharten. Er war höflich und charmant, löste sich aber immer wieder mit weltmännischer Anmut los, um sich zu seinen Freunden zu gesellen: Bastian, Flora und dem stets wortgewandten Walter.

„... aus dieser Perspektive betrachtet, wer kann da widersprechen? Es ist in der Tat ein imperialistischer Krieg, denn der Sieger wird die Beute unter den kapitalistischen Kriegstreibern aufteilen und das Proletariat dezimiert zurücklassen. Hallo, Julius. Ich dachte, ich hätte einen Luftzug gespürt. Das muss das ganze Wimperngeklimper gewesen sein."

Julius küsste Flora auf beide Wangen, schüttelte Bastian und Walter die Hand und setzte sich mit übereinandergeschlagenen Beinen hin, den Rücken zum Rest des Raumes gewandt. „Gibst du noch immer den Bolschewismus wieder, den du gestern Abend im Café Zähringer gehört hast? Wenn ja, dann wundert es mich, dass Flora und Bastian noch nicht dem Tod durch Narkolepsie erlegen sind. Was trinken wir heute Abend?"

„Oeil de Perdrix", entgegnete Flora. „Das ist ein fein abgestimmter Rosé, den ich bis gestern noch nicht kannte, aber jetzt bin ich eine treue Anhängerin. Bastian versichert mir, dass er in der Westschweiz sehr beliebt ist, möchtest du ein Glas?"

„Bestell dir ein Bier, Mann", spottete Walter. „Du schlürfst Roséwein wie die verweichlichten Mitglieder der Bourgeoisie, was bist du für eine Enttäuschung."

Julius schaute über seine Schulter und bevor er auch nur die Hand heben konnte, kam eine Kellnerin mit einem frischen Glas herbeigeeilt.

„*Danke vielmals*", sagte er und schenkte ihr ein breites Lächeln. Das Mädchen zog den Kopf ein, kicherte und räumte einen Nebentisch ab, um ihr Erröten zu verbergen.

Flora verdrehte für einen Moment die Augen. „Funktioniert dein hypnotischer Zauber auch bei Männern? Wenn ja, dann verzaubere Walter bitte so, dass er das Thema wechselt. Ich würde dich ja bitten, ihn komplett zum Schweigen zu bringen, aber das übersteigt selbst deine Kräfte."

Julius schüttete ein wenig Wein in sein Glas, schwenkte es, schnupperte und kostete. Würde Bastian den Mann nicht so sehr mögen, müsste er ihn verabscheuen. Er war intelligent, bedacht und offen für Ideen. Er forderte ihre Professoren mit genau dem richtigen Maß an höflicher Ehrerbietung heraus, damit sie bereit waren, sich auf eine Debatte einzulassen. Er sang im Kapellenchor, kannte die besten Restaurants, Skipisten und exklusiven Bars, sprach Französisch, Italienisch und Englisch und verstand sich auf Themen, die Bastian fürchtete, wie Literatur, Frauen und Wein.

„Er ist angenehm, für einen *Apéro* geeignet, aber für meinen Gaumen etwas zu süß. Walter, du hast dich über die moralische Integrität dieses Konflikts geäußert, oder? So unverschämt es auch sein mag, sich ohne Kontext an einem Gespräch zu beteiligen, muss ich dich daran erinnern, dass wir zu viert an diesem

Tisch sitzen. Nur eines unserer Mitglieder hat im Krieg eine Rolle gespielt. Flora kann man nicht wegen ihres Geschlechts tadeln." Er nahm ihre Hand und küsste ihre Finger. „Mein Vater hat dafür gesorgt, dass ich in der Verwaltung eingeteilt werde, und wegen deines Beins warst du vom Militärdienst befreit. Was haben wir für ein Glück! Wenn ein frischgebackener Sozialdemokrat einem ehemaligen Soldaten, Mitglied des Proletariats, einen Vortrag darüber hält, wie die Arbeiterklasse als Kanonenfutter für die räuberische Elite verheizt wird, klingt das hohl, unklug und geradezu unverschämt." Er kam jeglichen Protesten zuvor und griff über den Tisch hinweg nach Walters Bier. Er leerte es in drei Schlucken und schmatzte mit den Lippen. „Eigentum ist Diebstahl, ist es nicht so?"

„Julius, die Botschaft, die ich diesen frivolen Dilettanten vermitteln will, zeugt eben gerade von meiner Unterstützung von Leuten wie Bastian. Ich bin kein zimperlicher Pazifist! Ich glaube an den bewaffneten Widerstand gegen den wahren Feind. Die herrschenden Klassen sind wehrlos gegen die Massen der vereinigten Arbeiter! Wenn sich die Bauern gegen die Adligen erheben, werde ich an vorderster Front stehen, mit dem Bajonett in der Hand und dem Siegeswillen im Herzen."

„Was ist mit deinem kaputten Bein?", fragte Flora mit einem schelmischen Gesichtsausdruck. „Wird es wieder ganz gesund, wenn es sich um einen Klassenkampf und definitiv nicht um einen Krieg der Bourgeoisie handelt?"

Bastian lachte prustend und rief der Kellnerin eine weitere Bestellung zu. Während zwei weiteren Runden ließ der Enthusiasmus des Debattierens merklich nach, und schließlich stand eine Entscheidung an.

„Essen!", rief Flora aus. „Das Raclette-Lokal ist zwei Straßen weiter und ich habe Lust auf Käse. Wer kommt mit?"

„Ich!", rief Bastian, der bemerkte, dass er mehr als nur ein bisschen betrunken war.

Julius stand auf und warf ein paar Münzen auf den Tisch." Heute Abend nicht. Ich habe vor, an einem dieser politischen Treffen teilzunehmen. Der russische Exilant hält eine Rede, und wenn Walter die Rhetorik des Mannes nicht übertreibt, wird es mir eine große Genugtuung sein, seinen Hochmut zu zerpflücken. Bis morgen."

Er und Walter verließen das Café mit einer flüchtigen Verabschiedung. Ein kühler Hauch wehte über Bastians Stirn und er sah den Tatsachen ins Auge. Noch mehr Wein und Kirsch und eine fette Mahlzeit mit Käse und Kartoffeln würden seinem Verdauungstrakt wohl bleibenden Schaden zufügen. Ein kluger Mann würde nach Hause ins Bett gehen.

„Sieht so aus, als blieben nur wir beide übrig, mein Freund", bemerkte Flora und suchte in ihrer perlenbestickten Tasche nach ihrer Geldbörse.

„Bitte, Flora, lass mich bezahlen. Ich bestehe sogar darauf, denn der Wein war meine Idee."

„Wie du meinst. Das ist sehr nett von dir. Aber vielleicht möchtest du ja noch eine Weile bleiben. Da sitzt ein hübsches Mädchen am Fenster, das die Augen nicht von dir lassen kann. Du brauchst nur rüber zu gehen und sie nach ihrem Namen zu fragen."

„Das kann ich nicht." Bastian errötete noch mehr als die kichernde Kellnerin. „Ich kann es nicht so gut mit den Frauen. Wir sollten gehen." Er fummelte in seiner Tasche nach ein paar Franken und stand auf.

Die kühle Luft der Nacht war wie eine sanfte Hand auf seiner Stirn. Sie liefen schweigend an geschlossenen Buchläden und belebten Cafés vorbei, bis Bastian bemerkte, dass sie sich der Polybahn näherten.

„Flora, du wolltest doch zu Abend essen. Ich bin auch hungrig und könnte eine Stärkung gebrauchen."

Sie ließ ihre Hand aus seiner Armbeuge gleiten und wandte

sich ihm zu. „Ich werde dich versorgen. Beantworte mir eine Frage. Du sagst, du kannst es nicht gut mit den Frauen. Ist das aus Unwissenheit oder Erfahrung?"

Trams ratterten vorbei und die Straßenlaternen glitzerten im Wasser der Limmat. Bastian griff auf seinen typischen Trick zurück, wenn er Zeit zum Nachdenken brauchte. „Wie meinst du das?"

Flora lachte und führte ihn zur Standseilbahn. „Deine bisherigen romantischen Begegnungen müssen enttäuschend gewesen sein. Ich bin keine Hellseherin, Bastian, aber ich spüre, dass du dich zu den Frauen hingezogen fühlst, sie aber gleichzeitig fürchtest. Wenn du mich als aufdringlich empfindest, steht es dir völlig frei, meine Einmischung zu ignorieren."

Sie setzten sich in die Polybahn, Flora hatte sich wieder bei ihm eingehängt. Als sie die Steigung hinaufschwirrten, ließ er etwas zurück. Peinlichkeit, Naivität, falsche Weltgewandtheit – all das hatte er am Fuße des Hügels abgeladen.

Nachdem sich die anderen Studenten in Richtung ihrer Schlafsäle aufgemacht hatten, ergriff Bastian das Wort.

„Du bist sehr aufmerksam, Flora. Ich bin noch Jungfrau. Ich fühle mich, als ob ich aus einem Klub ausgeschlossen wäre. Jeder ist Mitglied, vom Deppen bis zum Genie. Mein Gott, sogar Walter hatte ein Verhältnis mit dieser Tänzerin. Aber nicht ich. Nein, ich gehöre nicht dazu. Mit meinen zweiundzwanzig Jahren habe ich noch nie ein Mädchen geküsst. Ich wüsste nicht mal, wie."

Flora drückte seinen Arm. „Jeder Medizinstudent weiß, dass Theorie kein Ersatz für Praxis ist."

Bastian hielt stolpernd an. „Ich habe getrunken."

„Ich auch. Zu deinem Glück bin ich auf Architektur spezialisiert. Ist das Fundament erst einmal gelegt, schränkt dich nur noch deine Vorstellungskraft ein."

. . .

Und so begann er seine neue Studienrichtung – die Erforschung der berauschenden, süchtig machenden fleischlichen Gelüste. Seine Lehrerin war geduldig, mal ermutigend und mal fordernd, bestand auf guten Manieren und tolerierte seine Übereifrigkeit. Denn wie ein Kind, das eine neue Fähigkeit erlernt, wollte er ständig üben. Flora nahm ihn zweimal in der Woche zu sich ins Bett, am Mittwochabend und am Sonntagmorgen, wenn ihre Vermieterin in der Kirche war. Bastian sehnte sich nach mehr und dachte an kaum etwas anderes, wenn sein Gehirn nicht gezwungen war, sich mit Vorlesungen zu beschäftigen.

Ihre Intimität, die oft erotisch, manchmal sinnlich und gelegentlich zärtlich war, beschränkte sich auf das Schlafzimmer. Flora lehnte jede Zurschaustellung von Zuneigung in der Öffentlichkeit ab und gab ihm zu verstehen, dass ihre Affäre eine private Angelegenheit war. In Cafés, Konzerthallen oder Bierkellern gehörte er einfach zur Clique. Egal wie gering der Abstand zwischen ihren Körpern in der vergangenen Nacht gewesen war, am nächsten Tag war sie unantastbar und distanziert wie immer.

Verletzt durch ihre Entscheidung, an einem Mittwochabend eine von Julius' Choraufführungen zu besuchen und ihn damit um das zu bringen, was er am meisten begehrte, bestrafte er sie. Er ging ihr auf dem Universitätsgelände aus dem Weg, nahm seine Mahlzeiten in einem Café statt in der Mensa ein und besuchte mit den Jungs aus seinem Wohnheim das Kino, anstatt mit seinen Freunden etwas trinken zu gehen. Am Samstag plante er, einzulenken und ihr einen Ölzweig anzubieten, denn auf den Sex am Sonntagmorgen wollte er keinesfalls verzichten. Er wollte ihr seine Liebe erklären und seinen Wunsch äußern, ihre Beziehung öffentlich zu leben. Er würde hart bleiben. Als junges, verliebtes Paar war es nur natürlich, weniger Zeit mit

Walter und Julius und dafür mehr *á deux* zu verbringen. Sicherlich würden sie Gegenstand von Klatsch und Tratsch sein, aber verliebten sich junge Menschen nicht ständig?

Er probte verschiedene Reden, während er vom Paradeplatz über die Bahnhofstraße ging und dabei eine Sprüngli-Schachtel umklammerte, die er sich kaum leisten konnte. Um seine Aufrichtigkeit zu beweisen, war es das wert. Nur ein verliebter Mann würde seiner Geliebten die teuersten Pralinen der Stadt schenken. *Flora, ich kann meine innersten Gefühle nicht länger unterdrücken.* Der Züghusplatz war überfüllt mit Paaren, die vor den Cafés saßen oder Hand in Hand über den Platz schlenderten. Weniger als die Hälfte trug Eheringe. *Du bist alles, was ich mir von einer Frau erträumt habe. Ich muss Tag und Nacht an dich denken.* Eine Brise, die den Duft von geschmolzenem Käse herüberwehte, erinnerte ihn an die Nacht, in der sie zum ersten Mal miteinander geschlafen hatten. Als sie ihn verführte, ihm Käse, Gewürzgurken und trockenes Brot zu essen gab und ihn dann erneut verführte. *Unerfahren in manchen Bereichen, ja, aber niemals naiv. Ich weiß, was ich will.* Er bog durch eine Seitenstraße zum Münsterhof ab, wo die Straßenlaternen auf dem nassen Kopfsteinpflaster den Eindruck vermittelten, man würde durch ein Kunstwerk gehen. *Ich will deine Hand halten, dich küssen, meinen Arm um deine Taille legen und der Welt mit dem größten Stolz verkünden: „Sie gehört zu mir!"* Als er am Fraumünster vorbeikam, wandte er seinen schuldbewussten Blick ab, denn seit er mit Flora zusammen war, hatte er keinen einzigen Gottesdienst mehr besucht.

Der April war ein Zauberer, der die Menschen mit warmen Winden und blauem Himmel nach draußen lockte, nur um ihnen dann einen Hagelsturm an den Kopf zu schleudern. Bastian war so sehr mit seinen Reden beschäftigt, dass er die aufgewühlten Wolken erst bemerkte, als ihm der Schneeregen ins Gesicht peitschte. Er überlegte, ob er über die Brücke rennen und ein paar Haltestellen mit dem Tram fahren sollte, aber er wollte nicht riskieren, dass seine kostbare Pralinenschachtel durchnässt wurde. Er kehrte um, suchte Schutz unter dem Dachvorsprung der Kirche und sah die Lichter eines Cafés, das er noch nie zuvor bemerkt hatte. Das Café de la Presse lag an einer Ecke des Platzes, als ob es sich verstecken wollte. Seine Miene entspannte sich. Vor langer Zeit, in einer anderen Stadt, in einem früheren Leben, hatte er einem hübschen Mädchen in einem anderen Café de la Presse den Hof gemacht. Das war ein Zeichen.

Er steckte die Schachtel unter seine Jacke und lief über das Kopfsteinpflaster in Richtung der kleinen Bar. Die Preise waren auf dieser Seite des Flusses exorbitant hoch, also würde er einen Espresso trinken, höchstens ein Bier, und gehen, wenn der letzte Wind des Winters verweht war. Er strich sich die eisigen Reste von den Schultern, klopfte seinen Hut gegen die Wand und griff nach der Türklinke.

Wenn man verliebt ist, führt die gesteigerte Aufmerksamkeit dazu, dass das Objekt der Begierde überall auftaucht. Nur um dann als schlichter, größer, dünner, kantiger oder mit einem ganz anderen Gang abgetan zu werden. Flora war schwer zu verwechseln. Sie war eine der zierlichsten Frauen, die er kannte, aber sie hatte eine überragende Ausstrahlung. Ihre grüne Haube umrahmte das Koboldgesicht mit dem spitzen Kinn und den großen Augen, das widerspenstige Haar, die sommersprossigen Wangen, die sie partout nicht pudern wollte. Niemand sah so aus wie Flora. Deshalb konnte die Frau, die im hinteren Teil des Raumes saß, ihren Blick auf ihren Begleiter gerichtet und ihre Hände in seinen verschränkt hatte, keine andere sein als die Frau, die er liebte.

Er trat von der Tür weg, mit dem Rücken an die Wand gepresst, und sein Fuß sank in eine Pfütze. Das Wasser sickerte durch das abgenutzte Leder und durchnässte seine Socke. Sein

Atem wurde schwer und röchelnd. Sie war eine flatterhafte Dilettantin! Wer war sein Herausforderer? *Nicht Julius, bitte nicht Julius.* Sonst würde er seine zwei engsten Freunde auf einen Schlag verlieren.

Er schob sich den Hut tief ins Gesicht und beugte sich vor, um durch die beschlagenen Fenster zu schauen. Der Mann war weder einer seiner Freunde noch jemand anderes, den er erkannte. Graues Haar, ein steifer Kragen und so vertraut mit ihr, dass seine Finger ihre Wange, ihr Kinn und ihre Lippen berührten und sogar ihr Knie streichelten. Dies war kein onkelhafter Beschützer, sondern ein Raubvogel, der seine Beute umkreist.

„Entschuldigung?"

Bastian sprang auf und machte Platz für drei junge Lehrlinge, die vor Selbstbewusstsein strotzten. Er täuschte reife Distanziertheit vor, duckte sich aber aus dem Licht, für den Fall, dass es Flora und ihrem Verehrer gelingen sollte, ihre Blicke voneinander zu lösen. Der Schneeregen wurde zu Eisregen, als er das Limmatquai entlangrannte, wobei seine Jacke, sein Hut und seine Kartonschachtel mit jedem Schritt durchnässter wurden. Er war schon fast bei der Polybahn, als sich ihm jemand in den Weg stellte.

„Gehst du mir auch aus dem Weg? Oder kann ich dich in eine kleine Bar einladen, in der wir garantiert niemanden aus unserem Bekanntenkreis treffen werden?"

„Julius!" Schon beim Anblick des Mannes war die Ordnung wiederhergestellt. „Ja, das würde mir sehr gefallen."

Bei einem Glas Portwein erzählte Bastian von seinem Kummer und seinen Pralinen. Julius bezeichnete die Trüffel als ausgezeichnet und den emotionalen Tiefpunkt als reine Erfindung.

„Verrat, *mon brave*, ist, wenn Vertrauen zerstört wird. Zwei Menschen treffen eine Abmachung, sei es beruflich oder privat.

Eine Partei verstößt gegen die vereinbarten Bedingungen. In solchen Fällen kann die geschädigte Partei tatsächlich von Verrat sprechen. Ich frage mich, so taktlos das auch klingen mag, ob unsere gemeinsame Freundin dir zugesichert hat, dass die Vereinbarung nach deinem Belieben fortgesetzt wird?"

„Julius, wie kannst du das fragen? Sieh dir diese Pralinen an! Sie waren als Geste gedacht, um meine Zuneigung zu beweisen. Ich lege dieser Frau mein Herz und meine Seele zu Füßen, aber sie spielt mit ihnen wie eine Katze mit einer Spitzmaus."

„Ich glaube, ich werde eine Praline mit Karamell probieren. Wusstest du, dass Walter wieder einmal sein Metier gewechselt hat? Diese Woche will er Dichter werden, beeinflusst von diesem Iren. Ich fürchte, das wird kein Erfolg. Seine ersten Texte sind derivativ und langweilig. Außerdem ist er durch die unausweichliche Tatsache vorbelastet, dass er aus Dietikon und nicht aus Dublin stammt. Ich würde ihm raten, mehr Zeit mit dir zu verbringen, um sich deinen Hirngespinsten und buntem Umgang mit Worten hinzugeben. Die Karamellpralinen sind gut, aber sie können den Trüffeln nicht das Wasser reichen."

Bastians Fuß war nass, sein Herz schmerzte und er zog Wein dem Portwein vor, hatte aber keine Ahnung von den Preisen in diesem schicken Lokal. Er nahm noch einen Schluck aus dem kleinen Glas und schob es weg. „Ich bin ein Einfaltspinsel, ungebildet und unbeholfen. Kein Wunder, dass sie einen älteren Mann bevorzugt."

„Bastian, mein Freund, mein Mitstreiter, du solltest verstehen, dass wir für unser Glück selbst verantwortlich sind. Aber *Die Blume* für deine fehlgeleitete Zuneigung verantwortlich zu machen, ist unvernünftig und ich glaube, du bist dir dessen bewusst. Sie hat dir alles beigebracht, was du wissen musst. Geh und teile dein Wissen oder zumindest deine Pralinen mit der Welt."

„Nur ein Mann, der mit deinem Aussehen und Charme

gesegnet ist, würde annehmen, dass es so einfach ist. Zürich ist voll von Kosmopoliten, mit denen ich einfach nicht mithalten kann. Vielleicht habe ich in den Bergen mehr Glück."

Anstatt über Bastians düsteren Tonfall zu lachen, fasste sich Julius ans Kinn und starrte mit nachdenklicher Miene in den Kamin. „Mit den Bergen meinst du wohl die Walliser Alpen, wo du deine Muttersprache sprechen kannst?"

„Die Frage der Sprache beschäftigt mich nicht mehr. Ich spreche zwar weniger gut Schweizerdeutsch als Französisch, aber im Großen und Ganzen komme ich mit beiden Sprachen gut zurecht. Aber jetzt hast du mich neugierig gemacht."

„Und das zu Recht. In unserem nächsten und letzten Jahr müssen alle angehenden Mediziner eine Ausbildung absolvieren, und zwar an einer Stelle, die wir uns selbst erworben haben. Natürlich hat diese lästige Verpflichtung jeden Studenten dazu gebracht, sich so oft wie möglich und überall wie wild zu bewerben oder aber den elterlichen Einfluss geltend zu machen." Als er Bastians alarmierten Blick sah, schüttelte er lachend den Kopf. „Zumindest die Studenten, die nicht völlig von der Lust besessen sind. Liege ich mit meiner Annahme falsch, dass du kein einziges Angebot für eine Assistenzstelle nach dem Sommer hast? Nein, das dachte ich mir. Da der Regen aufgehört hat, lass uns die Rechnung bezahlen und an die frische Luft gehen. Eine Idee keimt auf und ich bin bereit, sie mit niemandem außer dir zu teilen."

Appenzell Ausserrhoden. Schon der Name schien unzugänglich zu sein. Trotzdem war er dankbar. Während sich viele seiner Mitstudenten um die wenigen verbleibenden Optionen in den Städten Zürich, Luzern oder Basel stritten, hatte Bastian eine erstklassige Stelle ergattert, ohne einen Finger zu krümmen. Im Krankenhaus von Herisau,

70 Kilometer östlich von Zürich und auf dem Lande, sollte er dem Chefarzt assistieren. Das war nicht wirklich fair, denn viele seiner Klassenkameraden hatten große Anstrengungen unternommen, um eine ähnliche Stelle zu bekommen, aber Bastian konnte kein schlechtes Gewissen bei sich ausmachen. Dankbarkeit, zweifellos, aber Schuldgefühle, nein. Er lehnte sich an das Fenster des Zuges und sah zu, wie die Vorstädte dem ländlichen Grün wichen.

Ein Gentleman stellt sein Glück nie in Frage. So etwas konnte nur Julius sagen. Sein Becher quoll über, während andere sich um den Bodensatz stritten. Wenn jemand, der viel Glück hatte, bereit war zu teilen, würde niemand außer einem Idioten ablehnen. Bastian mochte vieles sein, aber er war kein Idiot. Der Kern des Problems war die Spezialisierung. Julius wusste bereits, auf welchem Gebiet der Medizin er seine beachtlichen Fähigkeiten einsetzen wollte: in der Ophthalmologie, dem Studium des Auges. Deshalb war es undenkbar, seine Zeit damit zu vergeuden, alles von der Podologie bis zur Pädiatrie auszuprobieren. Das Universitätsspital Zürich war die naheliegende Wahl. Der Mann konnte sogar in seinen eigenen Räumlichkeiten auf dem Campus bleiben.

Wo Bastian wohnen würde, stand noch nicht fest. Von den vielen Angeboten, die Julius erhalten hatte, war dasjenige, das er an Bastian weitergab, das am wenigsten konkrete. Die Stelle des Assistenten des Chefarztes erforderte einen fähigen Mediziner, der sowohl in der Allgemeinmedizin als auch in der Verwaltung kompetent war. Eine Unterkunft und ein kleines Stipendium zur Deckung der Unkosten wurden zur Verfügung gestellt.

Bastian dachte an Julius, der auf seinem Sofa saß und an seinem Champagner nippte, und lachte voller Bewunderung. Er würde seinen Freund vermissen. Er würde auch Flora vermissen, jetzt, wo die Neudefinition ihrer Verbindung überwunden war. Er würde sogar Walter vermissen. Der Gedanke an Letzteren trübte seine gute Laune und er hielt inne, um zu überlegen, warum. Das Schimpfwort, das Walter neben „Spießer" am häufigsten benutzte, war das Wort „Dilettant". Damit meinte er eine Person, die ohne Engagement zwischen Berufen, Liebhabern oder Studienfächern hin- und herpendelte. Die Ironie dabei war, dass von allen, die sie kannten, niemand diese Bezeichnung mehr verdiente als Walter selbst.

Bin ich ein Dilettant? Bastian betrachtete seine eigene Situation objektiv und fand gute Gründe, dieser Meinung zu sein. Als er angewiesen wurde, Freiburg zu verlassen und sein Studium in Zürich fortzusetzen, leistete er dem Befehl ohne Widerrede Folge, als ob er keinen eigenen Willen hätte. In seinen Vorlesungen, in seinem gesellschaftlichen Leben und auf seinem Karriereweg reagierte er auf stärkere Persönlichkeiten. Es kam selten vor, dass er freiwillig einen Plan vorschlug. Er passte sich an, als Soldat, als Student und als Sexualpartner, weil er tat, was man ihm sagte. Wenn es jemals einen Zeitpunkt im Leben gab, an dem man handeln musste, dann war es jetzt, bei seinem ersten Ausflug in die Berufswelt.

Die kleine Stadt Herisau war ein unbeschriebenes Blatt, dem Bastian Favre seinen Stempel aufdrücken konnte. Er war ein Mann von Welt, der sich sowohl im Militärbunker als auch in der Universität wohlfühlte und über ein breites Wissen verfügte. Hier würde er reifen und seinen eigenen Willen entwickeln.

„Herr Doktor? Ihr neuer Assistent, Herr Favre." Die ernste Krankenschwester bedeutete Bastian einzutreten und zog von dannen.

Eggenberger zog die Augenbrauen hoch und runzelte dann die Stirn. Er sah jugendlich aus, sein Haar war glatt geölt, sein

Schnurrbart und sein Bart ordentlich gestutzt. Er stand auf und streckte eine Hand aus.

„Herr Favre. Welch großes Glück für unsere Praxis! Ein frischer wissenschaftlicher Geist und ein französischsprachiger Kollege noch dazu. Der Zeitpunkt könnte nicht besser sein. Junger Mann, Sie sind mein Kundschafter, mein Bergführer, mein Experte für den Feldeinsatz. Ich habe die Absicht, Sie in Ihrer dringlichsten Mission zu unterrichten. Sagen Sie mir, hat das Dienstmädchen Ihren Koffer ausgepackt? Heute Abend benötigen Sie formelle Kleidung, denn Sie sind zum Abendessen mit meiner Frau und meiner Familie sowie einigen angesehenen Persönlichkeiten aus der Region eingeladen. Ich muss gestehen, dass ich enttäuscht war, als Julius Zürich seinem Heimkanton vorgezogen hat, aber sein Vorschlag für einen Ersatz entspricht glücklicherweise den Bedürfnissen aller. Setzen Sie sich, setzen Sie sich. Ich kann meine Pflichten nicht ignorieren und bitte Sie daher um Geduld, wenn ich weggerufen werde. Trotz aller Unterbrechungen, begeben wir uns auf die Entdeckungsreise. Was ist Ihr besonderes Interesse? Was hat man Ihnen an der Uni beigebracht?“

Bastian rang nach einer Antwort. „Ich habe mich noch nicht auf ein Fachgebiet festgelegt. An der Uni habe ich von allem ein bisschen gelernt.“

Eggenberger klatschte seine Handflächen zusammen. „So soll es auch sein. Alles zu seiner Zeit. Unsere Zeit ist heute. Sagen Sie mir, sind Sie bereit, in meinem Auftrag zu reisen? Es gibt einige interessante Experimente in anderen Gegenden des Landes, über die ich gerne mehr erfahren würde. Ich glaube, dass sie den Menschen in Appenzell zugutekommen können, aber ich bin an meine Praxis gekettet. Sie hingegen könnten frei umherwandern, nach Wissen suchen und es nach Herisau zurückbringen.“

„Ich wäre gerne bereit, während meines Jahres bei Ihnen zu reisen und mehr zu lernen, Herr Doktor."

„Wie gesagt, das ist ein großes Glück und ich bin mir sicher ..."

Die Krankenschwester klopfte an die Tür.

„Ich komme gleich!", rief Eggenberger und senkte seine Stimme. „Oh je, sie hat wieder schlechte Laune. Das merke ich an der schroffen Art, wie sie klopft. Eine gute Frau, wirklich, auch wenn sie aus Urnäsch stammt. Denken Sie daran: sie bellt, beißt aber nicht. Sie sind hier herzlich willkommen, Herr Favre, und ich freue mich auf unsere Zusammenarbeit."

6

———

*Die Schweizer hätten die größten Revolutionäre von allen werden können,
denn fast jeder hat eine Waffe zu Hause.*

— Wladimir Iljitsch Uljanow

Dramatische Szenen am Zürcher Hauptbahnhof
Text von Walter Brunn

Zürich, 9. April 1917

Der russische Exilant Wladimir Iljitsch Uljanow (*Nom de Guerre* Lenin), Redner, Agitator und politischer Organisator der europäischen Linken, bestieg heute im Zürcher Hauptbahnhof einen Zug, der erste Schritt auf seiner Reise zurück in die Heimat.

Eine Gruppe von dreißig Emigranten, darunter auch Lenins

Frau Nadezhda Krupskaya, wird von der Schweiz aus durch Deutschland, Schweden und Finnland reisen und schließlich Petrograd erreichen. Seit der kürzlichen Absetzung von Zar Nikolaus II. befindet sich das russische Volk in offener Revolte. Die Kontrolle über das Land liegt vorübergehend in den Händen der sowjetischen Übergangsregierung, die größtenteils aus der Bourgeoisie besteht – ein Zustand, der die Radikalen im Exil erzürnt.

Nach der Rückkehr in sein Heimatland plant Uljanow/Lenin die Errichtung einer „Diktatur des Proletariats". Mit anderen Worten: Er will eine russische Revolution anführen, eine Absicht, die der politische Brandstifter schon lange verfolgt. „Darum muss das Augenmerk *vornehmlich* darauf gerichtet sein, die Arbeiter auf das Niveau von Revolutionären zu *heben*, keineswegs aber darauf, sich selbst unbedingt auf das Niveau der „Arbeitermasse" *hinabzubegeben*", schreibt er in seinem Pamphlet *Was tun?*, das er 1902 veröffentlichte.

Die Polizei marschierte am Züricher Hauptbahnhof auf, nachdem sich eine Menge von über hundert wütenden russischen Sympathisanten versammelt hatte, die die abreisenden Exilanten als „Verräter, Spione und Provokateure" beschimpften und behaupteten, der Transport werde vom Kaiser finanziert. Da sich Russland und Deutschland im Krieg befinden, bezweifeln einige Kommentatoren diese Anschuldigung, während andere glauben, die Entfesselung eines störenden Einflusses auf die instabile Situation in Petrograd würde dem Feind nützen.

Eine Quelle, die den Organisatoren des Transports nahesteht, sagte: „Die Entente-Mächte haben revolutionären Gruppen die Durchfahrt verweigert. Deshalb müssen Lenin und seine Genossen durch Gebiete reisen, die von den Mittelmächten kontrolliert werden. Daraus lässt sich nur eine Schlussfolgerung ziehen: Deutschland hofft, dass die Gruppe ihr erklärtes Ziel erreichen wird – den Rückzug Russlands aus dem Krieg.“

Transport und Route sind vor allem den diplomatischen Bemühungen der Schweizer Sozialdemokraten Robert Grimm und Fritz Platten zu verdanken, letzterer ein enger Mitarbeiter Lenins. Diese beiden Männer schafften das unmögliche Kunststück, eine sichere Passage durch deutsches Hoheitsgebiet auszuhandeln. Experten nehmen an, dass der stimmgewaltige Revolutionär seine Rolle in der Umsetzung eines gut vorbereiteten Plans sieht, was auch von Lenins eigenem Sendeschreiben an seine Schweizer Anhänger gestützt wird. Seiner Meinung nach stellt Russland die erste Etappe einer unausweichlichen europaweiten Machtübergabe an das Volk dar.

Der marxistische Agitator, der einst für drei Jahre nach Sibirien verbannt worden war und zuvor in europäischen Städten wie Prag, London und Bern gelebt hatte, war seit dem 21. Februar 1916 in Zürich ansässig. Er verbrachte viele produktive Stunden in der Zentralbibliothek und schrieb Abhandlungen und Traktate, die zum Sturz von Regierungen anhalten. Sein aktuelles Werk *Der Imperialismus als höchstes Stadium des Kapitalismus* dürfte seiner Zeit voraus sein.

Doch selbst in der Linken wurde er wegen seiner kompromisslosen Haltung von einigen Seiten kritisiert. Auf der berüchtigten Zimmerwalder Friedenskonferenz von 1915 waren er und Leo Trotzki mit dem Abschlussmanifest unzufrieden. Die drei Hauptpunkte – ein Frieden ohne Annexionen, ein Frieden ohne Kriegsbeiträge und die Selbstbestimmung der Völker – gingen ihrer Meinung nach nicht weit genug. Sie plädierten nachdrücklich dafür, den Krieg zwischen den Nationen durch einen bewaffneten Klassenkampf zu ersetzen. Es überrascht nicht, dass sie von den anderen sozialistischen Anwesenden überstimmt wurden.

Die Zeit konnte der bolschewistischen Rhetorik wenig anhaben. Auf dem Trittbrett des Zuges, den Hut in der Hand, richtete Lenin einige Worte des Abschieds an Zürich. Er drückte seine Enttäuschung über den zersplitterten Charakter der Schweizer Linken in den schärfsten Worten aus und nannte sie „Sozialpazifisten". Er zitierte ihren Unwillen, die Regierung zu stürzen, obwohl es eine aufrichtige und radikale Gruppe gab, die sich für den wahren Sozialismus einsetzte, und räumte gleichzeitig ein, dass ihr wahrer Kern weniger als zwanzig Personen umfasste.

Mit einem letzten Ausruf rief er einem Freund zu: „Entweder werden wir in drei Monaten am Galgen baumeln oder wir werden an der Macht sein!"

Das Bahnpersonal versiegelte den Zug als Sicherheitsmaßnahme und die Lokomotive fuhr in Richtung Norden ab. Die Reise könnte Wochen dauern, mit der Bahn über Land, mit dem Schiff über die Ostsee und auf verschlungenen Pfaden durch Finnland. Und das alles in feindlichem Gebiet und mit ungewissem Empfang am Ziel.

Was aus der radikalen Schweizer Linken wird, bleibt abzuwarten, aber Lenin kehrt in sein Land zurück, mit der festen Absicht, einen weiteren Krieg anzuzetteln. In diesem Fall geht es nicht um Grenzstreitigkeiten, sondern um den ultimativen Machtanspruch. Die Revolution, die er fordert, steht auf der Kippe.

7

———————

Schon zwei Mal endete mein Leben ohne zu enden
Und doch bleibt abzuwarten
Ob die Ewigkeit mir
Ein drittes Mal enthüllt

So groß, so hoffnungslos, sich vorzustellen
Wie diese zweimal geschahen
Trennung ist alles, was wir vom Himmel wissen
Und alles, was wir von der Hölle brauchen

— Emily Dickinson

März 1918

In den ersten Monaten des Jahres 1918 war der Hof ein miserabler Ort zum Leben. Still, dunkel und bitterkalt war das Haus mehr Grab als Heim. Der Schmerz des Verlustes überschattete das Dasein. Zwei Todesfälle, der von Anton vor über einem Jahr und der des Babys, mit dem Clothilde Mitte Februar schwanger war, ließen die beiden Frauen hilflos zurück, ohne gemeinsame Sprache, über ihren Schmerz zu reden. Durch die Abwesenheit von Henri und Josef schlummerte der Hof vor sich hin und die Frauen taten, was Frauen am besten können: warten.

Im Januar begann die Schule und Seraphine konnte für einen Großteil des Tages entfliehen. Ihre Erleichterung war vermischt mit Schuldgefühlen und Entschlossenheit. Wenn sie zu Hause blieb, würde ihre Mutter nichts anderes tun, als ins Feuer zu starren. Ohne ihre Tochter war sie gezwungen, die Ziegen zu füttern und zu melken, Holz zu sammeln und ihr Haus instand zu halten. Eines Morgens, als sie die Eier einsammelte, fand Seraphine das besondere Salz, das sie ganz vergessen hatte. Als Kind hatte sie manchmal Lebewesen verletzt oder sogar getötet, nur weil sie helfen wollte. Das Küken, von dem sie glaubte, es sei zu schwach, um sich selbst aus der Schale zu picken, starb nach ihrer gut gemeinten Hilfe. Die Katze, die in einem Baum festsaß, endete mit einem gebrochenen Schwanz, nachdem sie hochgeklettert war, um sie zu „retten". Aber diese Fälle waren nichts im Vergleich zu ihrer ignoranten und arroganten Einmischung in die Ernährung ihres Bruders, die zu seinem frühen Tod geführt hatte. Sie streute das Salz in den Schnee und betete zu Anton um Vergebung.

Ende Februar kam Post, die erste seit zwei Monaten. Das Päckchen war von Tante Margot. Es enthielt ein brandneues Buch für Seraphine und einen langen und begeisterten Bericht über Henris Leben im Berner Knabenheim. Clothilde las den Brief durch, reichte ihn Seraphine und sagte nichts weiter. Die Adresse des Absenders auf dem zweiten Brief deutete darauf hin, dass Josef in Graubünden war, aber das war alles, was Seraphine daraus schließen konnte, da ihre Mutter den Brief in ihre Schürze steckte, ohne ein Wort zu lesen. Der dritte Brief war eine offizielle Einladung. Dr. Bayard von der Praxis St. Niklaus wollte sich an alle Einwohner wenden, um über die Gesundheit im Tal zu sprechen. Er wollte eine Behandlung des Kropfes durch den Konsum von Jodsalz vorschlagen.

Das Thema löste in Seraphine heftige Schuldgefühle aus. Es war aufbereitetes Salz, das Anton getötet hatte. Aber wenn der Arzt es empfahl, war es vielleicht nicht giftig. Ihre Selbstzweifel blieben unbemerkt, weil Clothilde die ganze Idee als Hirngespinst abtat.

„Salz?", spottete Clothilde. „Glaubst du, das ist etwas Neues? Junge Leute wissen natürlich immer alles besser. Diese lästige Hexe Alice aus Dijon hat mir vor einem Jahr dieses „magische Salz" geschickt! Sie sagte, es sei das französische Heilmittel, mit dem man den Kropf behandeln könne. Ich warf es weg und vergaß es. Eine Beleidigung! Was zum Teufel weiß sie schon davon, wie es ist, Kinder großzuziehen?" In der Küche wurde es still und Seraphines Enttäuschung wuchs. Ihre Mutter ging mit ihrem Garn zur Bank an der Eingangstür, dicht gefolgt von Barry.

Seraphine setzte sich neben sie in die schwache Wintersonne. Sie blickte über das Tal und erinnerte sich an ihre heimlichen Experimente mit dem Inhalt des Jutesäckchens. Offensichtlich war ihr Wissen beschränkt, warum sollte sie also nicht auf Experten hören?

„Maman, deshalb sollten wir hingehen und hören, was er zu sagen hat. Der Arzt glaubt, dass er Menschen wie uns helfen kann. Bei dem Vortrag soll es darum gehen, was mit Henri, Anton und all den anderen passiert ist. Sie verlangen nur, dass man das richtig aufbereitete Salz nimmt. Es soll gegen die Schwellungen und ... andere Probleme helfen. Nichts wie eine Operation oder Medikamente, nur Salz."

„Er wird die Dorfbewohner überzeugen, natürlich wird er das. Die Schafe, der ganze dumme Haufen, folgen jedem

Gerücht, das in Umlauf ist, und benutzen selten ihren Kopf. Nun, ich gehe nicht hin und du wirst es auch nicht tun."

Barry schlug einmal kurz mit dem Schwanz, als Seraphine seine schwarz-braunen Ohren kraulte.

„Ärzte verbreiten keine Gerüchte. Sie wollen den Menschen mit Wissenschaft helfen. Wenn dieses Salz dies hier reduzieren kann", sie deutete auf ihren geschwollenen Hals, „dann will ich wissen, wie und warum. Du solltest dich aus den gleichen Gründen dafür interessieren, was sie zu sagen haben." Sie hielt sich gerade noch davon zurück, die letzte gescheiterte Schwangerschaft zu erwähnen.

Clothilde warf ihr Strickzeug weg. „Hör mir zu, du eigensinnige kleine Madam, geh zu der Versammlung, wenn du glaubst, dass es so wichtig ist. Welchen Blödsinn sie dir auch immer einreden wollen, du kannst es selbst testen und mich da raushalten. Diese verblendeten Mediziner würden uns alle im Namen der Forschung vergiften. Nichts kann Buben wie Henri oder Anton heilen, genauso wenig wie der Hokuspokus dieser Mediziner unsere Kröpfe verringern kann. Das ist unsere Last. Je eher du lernst, damit zu leben, desto besser für uns alle. Wie komme ich nur zu so einem naiven Kind?"

Zu Hause sprachen sie nicht mehr über das Thema, obwohl in der Schule aus dritter oder vierter Hand berichtet wurde, was der Arzt sagen würde und wie die Auswahl der Probanden erfolgen sollte. Am Tag der Versammlung zog Seraphine ihre Stiefel an, wickelte sich einen Schal um den Hals und schwang ihren Rucksack auf den Rücken. Barry kam, als sie nach ihm pfiff.

„Du bist sicher, dass es dir nichts ausmacht, wenn ich den Hund mitnehme?"

„Wenn du darauf bestehst, nach der Schule zu bleiben, um dir diesen Blödsinn anzuhören, brauchst du ihn, um sicher nach

Hause zu kommen. Trödel nicht herum, steig einfach in das Postauto, sobald es vorbei ist."

„Danke. Keine Sorge, ich bin nicht blauäugig und werde mich nicht einschüchtern lassen. Ich will einfach nur lernen. *Bonne journée*, Maman."

Clothildes Nadeln klapperten, ihr Gesicht glühte rosa im Morgenlicht. „Sei vorsichtig, Seraphine, du bist so jung und vertrauensvoll. Nimm alles mit einer Prise Skepsis auf."

„So wie eine Prise Salz?" Seraphine blieb stehen und schaute über ihre Schulter.

Clothilde verzog verlegen das Gesicht. „Du weißt, was ich meine." Ein seltenes Lachen drang aus ihrer Brust. „Pass gut auf dich auf, *ma chérie*. Ich brauche dich."

Zwanzig Minuten vor dem größten Ereignis seit der *Fasnacht* ging Seraphine durch die engen Straßen zum Hotel Lochmatter, in dem sich die Arztpraxis befand. Sie wagte es nicht, hineinzugehen, sondern blieb stehen, um das Plakat zu lesen, das draußen an der Tafel hing. Einer der Bergführer trat heraus und setzte sich seinen breiten Hut auf den Kopf, um seine Augen vor der Sonne zu schützen.

„*Hoi, Meitli*", grüßte er in sanftem Ton. Diese Männer beeindruckten und schüchterten jeden in der Region mit ihren übermenschlichen Leistungen ein, sodass Seraphine nur anerkennend mit dem Kopf nicken konnte. Barry wedelte mit dem Schwanz.

„Du kommst zur Versammlung? Kluges Mädchen. Der Doktor will dem Tal helfen, weil er einer von uns ist. Viel Vergnügen." Mit diesen Worten schritt er in Richtung Bahnhof davon.

Viel Vergnügen? Wahrscheinlich nicht bei einem Vortrag eines Doktors. Das andere, was der Mann gesagt hatte, hallte in ihren Ohren wider. *Er ist einer von uns.* Ja, er lebte unter ihnen, aß dasselbe Essen, saugte die Sonne und den blauen Himmel in sich auf oder schützte sich vor Wind und Schnee, genau wie alle anderen. Wenn die richtige Menge Salz auch nur einem einzigen Menschen helfen konnte, musste Seraphine lernen, wie.

Der Gemeindesaal war zu klein, um all die Menschen aus den angrenzenden Regionen unterzubringen, also drängten sie sich unter mürrischem Gemurmel in die Kirche. Nur Dr. Bayard konnte so viele Dorfbewohner an einem kühlen Frühlingsabend versammeln. Praktisch jede Familie hatte in seiner Praxis schon seine Hilfe in Anspruch genommen. Die Atmosphäre wurde von Unsicherheit überschattet, die Leute waren hin- und hergerissen zwischen der Freude, Nachbarn und Bekannte zu treffen und dem Zynismus, den sie sich aus Angst vor Enttäuschungen antrainiert hatten. Als der Arzt mit seiner Frau eintraf, verstummten die fröhlichen Gespräche zu respektvollem Geflüster.

Dr. Bayard, ein hagerer, drahtiger Mann, glatt rasiert, mit hoher Stirn und beginnender Glatze, begrüßte viele der Anwesenden mit Namen. Seine Frau lächelte und erlaubte dem Priester, sie zu einem Stuhl im Kirchenschiff zu begleiten. Sie war eine hübsche Frau, soweit Seraphine das unter dem Hutrand feststellen konnte. Als sie sich auf den Stuhl setzte und dem Publikum zuwandte, ging ein Raunen durch die Menge. *Sie ist guter Hoffnung!* Es war nicht zu übersehen, dass sie ihren Körper vorsichtig senkte und sich schwer auf den Arm des Priesters stützte. Und wie sie ihre behandschuhten Hände über ihrem Bauch faltete, es gab keinen Zweifel. Sie war schwanger.

Eine angemessene Reaktion auf eine solche Enthüllung war nicht immer offensichtlich. Die Menschen suchten nach Anhaltspunkten, ob sie Anteil nehmen oder sich freuen sollten. Als zum Beispiel Seraphines eigene Mutter mit Henri schwanger wurde, war das ein Grund zum Feiern. Hatte sie nicht das Glück, eine junge, starke Witwe zu sein, die einen anständigen Bauern heiratete? Mit der einen gesunden Tochter war sie tatsächlich gesegnet, ein zweites Kind zu bekommen. Doch nachdem Henris Zustand augenscheinliche Tatsache geworden war, erntete ihr dicker Bauch zwei Jahre später mehr mitleidige Blicke als Glückwünsche.

Frau Bayard war jedoch anders. Als Frau eines Arztes war sie reich und hatte weniger zu befürchten, zumal sie bereits ein normales Mädchen zur Welt gebracht hatte. Deshalb nickten ihr viele der Frauen im Publikum anerkennend zu. Sie lächelte schüchtern und konzentrierte sich auf ihre sauber geschnürten Stiefel, die gerade noch unter dem Saum ihres Rocks zu sehen waren. Seraphine betrachtete sie mit unverhohlener Neugierde und bewunderte die satten Farben und Stoffe, die ihren Körper bedeckten. Wie die meisten ihrer Nachbarinnen trug Seraphine robuste Kleider in Erdtönen, die kaum vom Boden zu unterscheiden waren. Im Kerzenlicht der Kirche leuchtete Frau Bayard wie ein kostbares Juwel, die Perlen auf ihrem Mantel spiegelten Violett- und Blautöne wider, während eine Brosche an ihrem Hals bei jeder Bewegung silbern aufblitzte. Unter ihren Handschuhen, so vermutete Seraphine, mussten Ringe mit Rubinen oder Diamanten stecken.

Barry setzte sich auf und begann, mit dem Hinterbein gegen sein Ohr zu treten. Die Bewegung brachte das Glöckchen an seinem Halsband zum Klingen und der Raum wurde still, als wäre es ein Befehl zur Stille. Seraphine legte dem Hund eine Hand auf den Kopf, aber der Arzt bewegte sich bereits auf die Kanzel zu und nutzte die Unterbrechung. Er räusperte sich und schaute sie alle durch seine runde Brille an.

„Guten Abend, liebe Freunde. Ich danke euch aufrichtig, dass ihr zu dieser Versammlung gekommen seid. Ich werde euch nicht lange von euren Stuben fernhalten. Jeder hier kennt mich schon lange, nicht nur als euren Nachbarn, sondern auch als euren Arzt, einen Mann der Medizin, der sich für die Gesundheit der Region Nikolai und Mattertal einsetzt. Ich wage zu behaupten, dass ich mir nach vielen Jahren des Dienstes in unserer Gemeinde euer Vertrauen erarbeitet habe." Er hielt inne und ein Chor gemurmelter Zustimmung hallte durch das Gebäude.

„Ich danke euch", fuhr er fort. „Ich lebe, um euch allen zu dienen. Schaut euch jetzt in diesem Raum um."

Sein Befehl löste Verwirrung aus und alle sahen sich gegenseitig an.

„Schaut euch in diesem Raum um, sage ich, und betrachtet einfach eure Freunde und Nachbarn. Sucht dann nach einer Familie, die nicht von den Problemen betroffen ist, die dieses Tal heimsuchen. Ihr wisst, wovon ich spreche, auch wenn ihr euch weigert, es selbst zu benennen. Mein Thema ist: Kropf und Kretinismus. Könnt ihr die Nichtbetroffenen an einer Hand abzählen?" Seine Stimme war so laut geworden, dass einige in den Kirchenbänken zusammenzuckten.

Dass er die Last, die sie alle trugen, so offen aussprach, war ein Schock. Es war eine Einmischung, eine Bloßstellung, als ob er ihnen die Kleider vom Leib gerissen hätte. Frau Bayard hob ihren Blick nicht vom Boden.

Die Stimme des Arztes wurde leiser. „Um eure Seele zu pflegen, vertraut ihr auf den Priester, Pater Gratteau. Um euren Körper und den eurer Kinder zu pflegen, vertraut ihr auf mich. Heute Abend bitte ich euch, einen Schritt weiterzugehen. Wenn ein Fremder ins Dorf reiten und euch Heilung für eure Krankheiten versprechen würde, hättet ihr recht, ihm zu misstrauen. Ich bin kein Fremder und verspreche kein Allheilmittel. Tatsächlich verspreche ich nichts anderes als ein Experiment, das unser Leben verändern kann oder auch nicht.

Es wurde viel über die Ursache dieser unglücklichen

Zustände diskutiert, von Vererbung bis hin zu schlechter Hygiene. Meine Kollegen und ich, Wissenschaftler aus Europa und darüber hinaus, lehnen solche Thesen ab, nicht zuletzt, weil sie den Kranken die Schuld zuschieben. Wir haben gelernt, dass die Hauptursache für solche Gebrechen in der Ernährung liegt. Hier in diesem Alpental wäre es leicht anzunehmen, dass wir mit unserem Leiden allein sind. Dem ist nicht so, meine Freunde, dem ist nicht so. Unsere französischen Brüder und Schwestern berichten über ähnliche Symptome in gewissen Regionen, und auch abgelegene Gebiete in Österreich und sogar in Amerika sind betroffen. Das verbindende Glied ist der Jodmangel."

Geflüster und Kommentare schwollen an und verebbten wieder, unvorhersehbar wie der Fluss, wenn die Wasserfälle tauen.

„Jod ist ein Schlüssel für unsere Körperfunktionen. Bei einem Mangel schwillt die Schilddrüse an und verdickt sich, um das wenige vorhandene Jod zu speichern, wodurch ein Kropf entsteht. Eine schwangere Frau kann ihr ungeborenes Kind nicht mit genügend Nährstoffen versorgen, damit es sich normal entwickeln kann, daher die vorherrschende Unterentwicklung in unseren Reihen. Eines müsst ihr verstehen. Nichts davon ist eure Schuld. Nichts davon. Ihr habt keine Fehleinschätzungen oder Nachlässigkeiten bei der Pflege gemacht. Niemand trägt die Schuld daran. Wenn überhaupt, dann ist es mein Berufsstand, der getadelt gehört."

Ein Raunen ging durch die Versammlung, und vereinzeltes Stöhnen. Doch niemand stellte den Mediziner infrage.

„Ihr habt vielleicht von fehlgeschlagenen Experimenten aufgrund falscher Dosierungen gehört, aber die sind überholt und nicht mehr von Belang. Mein Vorschlag lautet folgendermaßen: Ich werde ein halbes Dutzend Familien nicht länger als sechs Monate mit sorgfältig dosiertem Jodsalz behandeln. Es gibt keine Verpflichtung zur Teilnahme, aber diejenigen, die mitmachen, werden erfasst und regelmäßig untersucht, sodass eine wissenschaftliche Studie entsteht, von der nicht nur dieses Tal, sondern die ganze Schweiz profitieren kann."

Sein Enthusiasmus zeigte Wirkung und eine spontane Welle der Zustimmung ließ Frau Bayard zum ersten Mal den Kopf heben. Die Feder an ihrem Hut erregte die Aufmerksamkeit des Arztes und sein Gesicht wurde weicher, als er seiner Frau in die Augen sah.

„Um meine Überzeugung zu demonstrieren, hat sich meine Frau außerdem verpflichtet, während ihrer gesamten Schwangerschaft Jodsalz zu nehmen. Ich danke euch für eure Aufmerksamkeit. Nehmt euch Zeit, über meinen Vorschlag nachzudenken und zu diskutieren. Wer Interesse an der Teilnahme hat, kann sich persönlich in meiner Praxis in St. Niklaus melden. Ich wünsche euch allen einen schönen Abend und eine sichere Rückkehr in eure Häuser."

8

— Marcus Aurelius, *Selbstbetrachtungen*

Juni 1918

Es dauerte weniger als einen Kalendermonat, bis Bastian merkte, dass er im kleinen Ort Herisau deutlich glücklicher war als in der Stadt Zürich. Jeden Morgen öffnete er beim Aufwachen das Fenster seines Zimmers, füllte seine Lungen mit guter, frischer Luft und freute sich auf den bevorstehenden Tag. Er kam nie zu spät zur Arbeit und blieb oft länger, um in der Administration zu helfen. Dr. Eggenberger erlaubte ihm, Patienten unter der Aufsicht der Oberschwester Frau Neff zu behandeln. Er hatte recht, wenn er sagte, dass Hunde die bellen, nicht beißen. Allerdings war ihr Bellen wirklich furchterregend.

In Herisau waren die Ärzte Männer des Volkes, ein Beispiel, das Eggenberger selbst gesetzt hatte. Es gab keine Distanz zwischen dem Arzt und seinem Patienten. Jeder verdiente Respekt, vom Knecht bis zum Chirurgen. Schon nach wenigen Wochen grüßten die Leute Bastian mit Namen, wenn sie ihm auf der Straße begegneten. Der Gemüsehändler hob ihm ein paar seiner Lieblingsäpfel auf, wenn sie Gefahr liefen, auszugehen. Im überfüllten Restaurant boten ihm die Holzfäller einen Platz an ihrem Tisch an. Er war kein gesichtsloser Grünschnabel unter vielen anderen, sondern ein Mann, der mit Achtung behandelt wurde. An den Wochenenden lernte er, manchmal allein, manchmal mit Eggenberger, und sonntags ging er immer in die Kirche.

Zehn Monate vergingen wie im Fluge. Als es an der Zeit war, für seine Abschlussprüfungen nach Zürich zurückzukehren, ging er nur ungern, obwohl er wusste, dass in Herisau eine Stelle auf ihn wartete. Eggenberger war mit seinem jungen Assistenten zufrieden und hatte ihn gefragt, ob er fest in seinen Stab aufgenommen werden wollte. Bastian hatte ohne zu zögern zugesagt.

Nach seiner Ankunft in Zürich kaufte er als Erstes einen guten Wein und suchte Julius auf. Sein Freund war selbstsicherer als je zuvor, durch und durch ein Mann der Stadt. Er begrüßte Bastian mit großer Begeisterung und griff sofort nach einem Korkenzieher.

„Ich habe Flora und Walter nichts von deiner Ankunft erzählt, weil ich dich heute Nachmittag egoistisch für mich beanspruchen wollte. Allerdings hatten wir vor, heute Abend in einem billigen und üblen Lokal in der Nähe des Rosenhofs zu speisen. Leider muss ich dir mitteilen, dass Walters Verliebtheit in den Klang seiner eigenen Stimme sich zu einer ausgewachsenen Liebesaffäre entwickelt hat. Zumal er keine Prüfungen absolvieren muss und jede Nacht tun und lassen kann, was er will, während sich der Rest von uns bis in die späten Abendstunden abmüht. Hast du schon gegessen? Ich kann Trockenfleisch und Essiggurken herzaubern."

„Frau Eggenberger hat mir etwas Proviant für die Reise gepackt, danke. Sie schickt dir freundliche Grüße. Warum hat Walter keine Prüfungen? Und wie geht es Flora?" Er zog seine Hose hoch und setzte sich an das offene Fenster mit dem Blick über die Stadt und hinauf zum Uetliberg.

„Unser Freund ist kein Student mehr. Walter Brunn arbeitet als freier Journalist, lebt seine natürliche Begabung als Klatschreporter aus und verdient gerade so viel, dass er sich sein Bier leisten kann. Zum ersten Mal seit ich ihn kenne bleibt er bei etwas. Flora ist ein ganz anderes Kaliber. Zielstrebig wie immer will sie die bekannteste Architektin Europas werden. Soviel ich weiß, hat sie zwei Heiratsanträge abgelehnt. Wenn sie nicht schwanger wird, und dafür ist sie zu klug, wird sie der Frauenwelt ein Vorbild sein. Erzähl mir von deiner Verbannung in den Norden. *Prost!* Der ist noch ziemlich jung, aber mit ein bisschen Luft entwickelt er sich noch."

„*Prost!*" Sie nippten an den Gläsern mit den grünen Stielen und genossen die Anwesenheit des anderen genauso wie den Wein. „Hmm, nicht schlecht für etwas, das ich einfach aus einem Regal herausgegriffen habe. Ich sehe meinen Aufenthalt in Herisau nicht als Verbannung. Um ehrlich zu sein, bin ich ungern gegangen und freue mich schon darauf, zurückzukehren. Eine Vollzeitstelle wartet auf mich, vorausgesetzt, ich bestehe meine Abschlussprüfungen. Ich bin dir sehr dankbar, dass du mich mit Dr. Eggenberger bekannt gemacht hast. Von einem ebenso brillanten wie freundlichen Geist zu profitieren, ist mehr, als ich mir erhoffen durfte."

„Du meine Güte!", rief Julius aus. „Du gehst zurück nach

Herisau? Nur schon drei Monate in so einem Kaff würden mich zu Tode langweilen, aber wie ich sehe, sind wir beide aus einem völlig anderen Holz geschnitzt."

Früher hätte Bastian eine solche Bemerkung als Beleidigung aufgefasst – aus Unsicherheit. Jetzt nicht mehr. „Das sind wir in der Tat nicht. Du gedeihst in dieser Umgebung und ich bewundere dich dafür. Mein Selbstwertgefühl ist in einem kleinen Ort viel größer. Es spricht zu mir, genauso wie Zürich zu dir spricht. Nichtsdestotrotz beruhen unsere gemeinsamen Prinzipien auf demselben Fundament. Unsere Lebensaufgabe ist es, das Dasein anderer zu verbessern. Ich für meinen Teil kann mir keine bessere Zeit und keinen besseren Ort vorstellen, als in diesen Tagen in Herisau beim visionären Geist von Dr. Eggenberger."

Julius starrte ihn an, ein halbes Lächeln umspielte seine Lippen. „In diesem Fall: *Chapeau*, mein Freund! Dass du deine wahre Berufung gefunden hast, ist ein Grund zum Feiern. Ich bedaure, dass du so weit weg bist, denn deine Gesellschaft macht mir immer wieder Freude und ich habe deinen gesunden Menschenverstand vermisst. Aber lass uns anstoßen, Herr Doktor Favre aus Herisau!"

Bastian prostete ihm zu, wobei er sich über seinen Mangel an Bescheidenheit ärgerte. Er war zuversichtlich, dass er seine medizinische Qualifikation erlangen würde, aber er betete, dass er das Schicksal nicht herausforderte. „Wenn ich Herr Doktor Favre werde, wird meine erste berufliche Position in den Alpen sein, nicht in Herisau. Einer von Eggenbergers Kollegen, Dr. Bayard aus St. Niklaus im Mattertal, experimentiert mit einem Mittel gegen die Kropfkrankheit."

Julius schaute ins Leere und ließ seinen Blick über die Konturen der fernen Berge schweifen.

„Kein Thema, das die Herzen höher schlagen lässt, das gebe ich zu, aber ein wichtiger medizinischer Schritt", murmelte

Bastian. „Ich finde es ziemlich aufregend, dass eine Krankheit, die viele Regionen der Welt betrifft, dank der Arbeit von einheimischen Schweizer Ärzten ausgerottet werden könnte. Nicht von Chirurgen aus Bern oder Genf, sondern von kleinen Hausärzten in abgelegenen Tälern."

Julius richtete seinen Blick auf Bastian und seine Augen leuchteten. „Das ist zweifelsohne ein Thema, das die Herzen höher schlagen lässt, mein bescheidener Freund. Man kann nicht leugnen, dass die Entdeckungen von Pasteur, Röntgen und Funk die internationale Landschaft der Medizin verändert haben. Alles beginnt irgendwo. Du bemerkst ein Problem, untersuchst es und identifizierst Ursache und Wirkung. Dann testest du nach strengen wissenschaftlichen Methoden Behandlungen, verfeinerst und veränderst sie und erstattest der Gesundheitskommission Bericht. Bastian, du bist über eine enorme Chance gestolpert, nicht nur für dich, sondern auch für deine Landsleute. Stoßen wir noch mal an! Mögen Glück, Stärke und Freundschaft uns weiterhin segnen!"

Bastian verbrachte zwei Wochen in der Stadt, legte theoretische und praktische Prüfungen ab und wartete gespannt auf seine Ergebnisse. Zur großen Überraschung aller übertraf Julius sämtliche bisherigen Rekorde der Uni. Flora belegte in ihrem Jahrgang den dritten Platz, die beste Platzierung, die je eine Frau in der Architektur erreicht hatte. Für Bastian gab es keine so großen Erfolge, was ihn aber nicht im Geringsten störte. Er bestand die Prüfung mit einer mittelmäßigen Note, erhielt aber für seine Abschlussarbeit zum Thema Jodmangel, Symptome und Behandlungsmöglichkeiten eine hervorragende Bewertung. Die Referenzen seines Doktorvaters für sein praktisches Jahr im Feldeinsatz hoben ihn über den

Durchschnitt. Er schickte ein Dankesgebet an Dr. Hans Eggenberger.

Sie feierten ausgelassen und verdrängten das Bewusstsein, dass das wirkliche Leben vor der Tür stand. Walter schloss sich ihnen jeden Abend an, obwohl er gar keinen Abschluss gemacht hatte.

„Bedeutungslose Werte, die von einer versteinerten Fakultät verliehen werden, sind für mich nicht von Belang. Das einzige Gütesiegel, das ich schätze, kommt von der Straße. Von echten Männern und Frauen, für deren Anliegen ich mich auf den Seiten einer Zeitung einsetze. Bastian, Julius, ihr haltet euch für Experten für die Gesundheit der Nation, aber ich sage euch: Nur ein Journalist kann den wahren Puls des Volkes fühlen.“

„Walter, du bist ein unerträglicher Wichtigtuer.“ Flora gähnte. „Nur ein Journalist hat die Frechheit, seine Freunde zu kritisieren, während er ihren Champagner trinkt. Erspar uns deine nächste Kolumne, um Himmels willen. Entweder du spendierst uns eine Flasche oder du verziehst dich mit deiner „Straßenerziehung“ in eine dunkle Gasse und lässt uns in Ruhe.“

„Gut gesagt, *La Belle Dame Sans Merci*.“ Julius hob sein Glas gegen ihres. „Sie hat recht, mein Freund. Ob du unsere Leistungen nun respektierst oder nicht, wir stoßen gegenseitig auf unseren Erfolg an. Nimm teil oder verschwinde. Bastian, was sagst du?“

Bastian hob sein Glas und richtete sein Gesicht in die Sonne. „Ein altes Sprichwort sagt, dass man den wahren Freund in der Not erkennt. Dem kann ich nur zustimmen. Aber ein Freund, der den Erfolg eines anderen bejubelt und sich daran erfreut, ist vielleicht ein noch größerer Freund. Julius, Flora und Walter, ich bin überglücklich, dass ihr euch euren Weg durch die Welt bahnt. Auf unsere Zukunft!“

Nicht einmal Walter konnte gegen einen so wohlwollenden

Trinkspruch etwas einwenden. Aber die Freude währte nur Sekunden. „Ich applaudiere jedem von euch. Ihr habt alle Hürden genommen, die ein starres System mit sich bringt, und habt euch eure Belohnung verdient. Ihr seid vorbildliche Mitglieder der Gesellschaft! Ich will damit sagen, dass sich für den arbeitenden Menschen nichts ändern wird."

Julius, der normalerweise eine lockere und entspannte Körperhaltung besaß, setzte sich aufrecht hin. „Das kann ich so nicht stehen lassen. Tut mir leid, Walter, aber du weißt überhaupt nicht, was die Gelehrten der Medizin erreichen wollen. Wir haben einen Mann in unserer Mitte, der sich vorgenommen hat, den Fluch dieses Landes zu bekämpfen. Dr. Favre, ich darf ihn jetzt so nennen, arbeitet an einer Behandlung, die den Kropf heilen könnte. Wenn seine These stimmt, wird sich für den arbeitenden Mann alles ändern. Und für die Frau."

„Es handelt sich dabei allerdings nicht um meine These", fügte Bastian hinzu. „Herr Hunziker aus Adliswil war der erste Verfechter. Wenn du auf der Suche nach einer Geschichte bist, Walter, schlage ich vor, du sprichst zuerst mit ihm."

Walters Nase zuckte, wie die eines Schäferhundes, der etwas wittert.

Bevor er etwas sagen konnte, trat Flora ihm gegen den Knöchel und stellte ihr Glas auf den Kopf. „Ich schlage vor, du fängst damit an, mehr Champagner zu kaufen." Während er sich mit einem Kellner unterhielt, fügte sie auf Englisch hinzu: *„Was für ein aufgeblasener Esel."*

Bastian war klar, dass ihre Kameradschaft nie wieder die Leichtigkeit und Einfachheit aus ihrer Studienzeit erreichen würde. Am Hauptbahnhof verabschiedete er sich von seinen Freunden und winkte ihnen aus dem Fenster seines Eisenbahnwagens zu, bis sie nicht mehr zu sehen waren.

Walters Worte hallten in seinen Ohren wider: „Bleib in Kontakt, vor allem, wenn du eine gute Geschichte hast!" Flora winkte und warf ihm Küsschen zu und vergoss sogar eine ganz untypische Träne, da sich ihre Wege wohl nicht mehr kreuzen würden. Nur Julius lüftete seinen Hut und sagte: *„Uf Wiederluege".* Ihre Freundschaft war von dauerhaftem Bestand, da war sich Bastian sicher. Er schlug die Zeitung auf, verstand aber nichts von den Worten und verabschiedete sich stattdessen von einer Lebensphase, die er immer als eine sehr glückliche Zeit in Erinnerung behalten würde.

Die Fahrt in die kleine Stadt St. Niklaus dauerte mit Umsteigen in Bern und Visp fast sieben Stunden. Es wurde bereits dunkel und kühl, als er seinen Koffer auf den Bahnsteig hievte und seinen Hals reckte, um die umliegenden Gipfel zu sehen. Mit einem Pfiff fuhr die Dampflokomotive das Tal hinauf in Richtung Zermatt und die Ausläufer des Matterhorns. Sie hinterließ nichts weiter als eine gespenstische Stille. Er heuerte einen Fuhrmann an, der ihn und sein Gepäck zum Hotel Lochmatter brachte. Für die nächsten Monate würde er dort wohnen und auch arbeiten, da Dr. Bayards Praxis im obersten Stockwerk untergebracht war. Die späte Nachmittagssonne verlieh dem Dorf ein weiches, goldenes Aussehen, das sich schnell verflüchtigte, sobald man die unteren, dunkeln Gassen betrat. Bastian lief ein unwillkürlicher Schauer über den Rücken, als er versuchte, sich den Winter an einem solchen Ort vorzustellen.

Erst als der Fuhrmann seinen Koffer auf der Schwelle des Hotels abstellte, bemerkte Bastian dessen ledrigen Hautsack am Hals. Die unglückliche Missbildung des Mannes war ein physiologisches Phänomen, das er nur in der Theorie studiert hatte, und so war die Wirklichkeit aus nächster Nähe ein kleiner Schock für ihn. Er bezahlte den Mann und wünschte ihm einen schönen Abend. Die Begegnung kam zur rechten Zeit und rüttelte sein Gedächtnis wach – der einzige Grund, warum er nach St. Niklaus geschickt worden war, bestand darin, dieses Leiden zu verhindern.

„Ich bin Dr. Eggenberger zu großem Dank verpflichtet", sagte Otto Bayard und hob den Krug, um ihre Wassergläser zu füllen. „Er leiht mir nicht nur einen frischen Mediziner, um meine Forschung zu erleichtern, sondern begleitet seine Großzügigkeit mit einem Leib Appenzeller. Meine Frau wird begeistert sein. Von allen Schweizer Käsesorten liebt sie den Appenzeller ganz besonders. Mein Gaumen neigt zu milderen Geschmacksrichtungen, sodass wir uns nie über eine Käseplatte streiten."

Die Art und Weise, wie Bayards Konversation mühelos zwischen dem Alltäglichen und dem Bedeutenden wechselte, erinnerte Bastian an Julius, einen Mann, der sich überall wohlfühlte, wo er auch landete.

„Wie Sie, Herr Doktor, mag ich lieber subtil als übermächtig, vom Käse bis zur Musik. Was die Dankbarkeit angeht, so schätze ich mich glücklich, mit Dr. Eggenberger zusammengearbeitet zu haben und freue mich darauf, viel von Ihnen zu lernen. Ich kann nicht voraussagen, was in wenigen Monaten erreicht werden kann, aber ich werde Sie mit aller Energie unterstützen."

Bayard beobachtete ihn durch seine runde, schwarz gerahmte Brille und Bastian hatte das seltsame Gefühl, unter einem Mikroskop zu stehen.

„Was wir in einem einzigen Vierteljahr erreichen können, wird Sie verblüffen, junger Mann. Wenn ich mich nicht täusche, sind die Möglichkeiten außergewöhnlich. Aber die Dokumentation ist entscheidend. Sie sind hier, um sicherzustellen, dass die Methodik und die Aufzeichnungen mehr als streng sind. Was zwischen jetzt und dem Frühjahr nächsten Jahres in diesem Tal passiert, wird die Grundlage für einen Brief an das Bundesgesundheitsamt bilden. Ich hoffe, dass bis 1920 viele andere Dorfbewohner und Ärzte einen ähnlichen Ansatz verfolgen werden. Wie gefällt es Ihnen in St. Niklaus? Etwas ganz anderes als Zürich, das kann ich Ihnen versichern."

Die Lampe spiegelte sich auf Bayards Stirn. Obwohl sie gerade erst zu Mittag gegessen hatten, brauchte es Kerzen, denn die kleinen Fenster der Praxis mit Blick auf die Straße ließen nur wenig Tageslicht herein.

„In den wenigen Tagen, seit ich hier bin, habe ich mich nicht weit vorgewagt. Eine Stadt bietet meiner begrenzten Erfahrung nach eine Fülle von Attraktionen. Trotzdem fühle ich mich in einem kleineren Ort wohler. Das ist einer der Gründe, warum es mir in Herisau so gefallen hat."

„Eine gute Antwort. In Herisau kennen Sie wahrscheinlich die Menschen, die Sie behandeln. Die Veränderungen, die Sie in einer kleinen Ortschaft bewirken, sind sofort sichtbar. Hier ist das noch mehr der Fall. Eine Familie, die zehn Stunden von hier entfernt wohnt, hat vier Kinder, von denen jedes ein Kretin ist. Das sind vier hungrige Mäuler, die niemals zum Lebensunterhalt eines Haushalts beitragen werden, der ohnehin schon ums Überleben kämpft."

Bastian erinnerte sich an die gewaltigen Ausmaße des Berghangs mit den kleinen Gehöften, die auf einem Felsvorsprung thronten, und konnte sich nicht vorstellen, wie sich deren Bewohner durchschlugen. „Wird Ihre Forschung diesen Menschen helfen, Herr Doktor?"

Der Arzt nahm seine Serviette von den Knien und faltete sie auf seinem Teller, sein Blick war scharf. „Wie genau könnte sie das tun? Sehen Sie einen einzigen Nutzen, den die Umstellung der diätischen Monokultur für eine solche Familie haben könnte?"

„Solange die Frau nicht wieder schwanger wird, vermutlich

nicht." Bastian überlegte sich seine Antwort genau. „Die Unterentwicklung des Fötus findet im Mutterleib statt und sobald das Kind geboren ist, ist sein Zustand unumkehrbar."

Bayard nickte. „Ich wusste, dass Hans Eggenberger mir niemals einen Idealisten geschickt hätte. Das Ziel unseres Eingriffs ist es, das Gleichgewicht wiederherzustellen und das zu liefern, was die Schilddrüse braucht, um die Ursache zu behandeln. Meiner Meinung nach können wir den Kretinismus innerhalb eines Jahrzehnts beseitigen. Noch besser: Wir können den Kropf in wenigen Monaten beseitigen. Wir werden ihn verschwinden lassen, wie Magier." Er winkte mit der Hand in einer theatralischen Geste. „Ich sehe Ihre Zweifel, Herr Favre, und respektiere Sie dafür. Deshalb brauche ich jemanden wie Sie. Sie werden mich herausfordern, mich zur Rechenschaft ziehen und jede Dosis, die ich verabreiche, akribisch aufzeichnen und die Resultate genau beschreiben. Magie ist eine Trickserei, bei der man bereit ist, an eine Täuschung zu glauben. Nicht so in der Medizin. Die Medizin muss ihre Methoden offenlegen und gegen Ablehnung und Misstrauen ankämpfen. Wir sind Wissenschaftler und müssen uns daher bei jedem Schritt beweisen. Gemeinsam haben wir einen Berg zu erklimmen."

Die Worte des Arztes waren überzeugend, doch die visuellen Belege hätten selbst die Zweifel der größten Skeptiker ausgeräumt, so verbreitet war die Malaise in weiten Teilen des Tals. Im Gegensatz zu Eggenberger, der seinen Assistenten in der Praxis mit der Behandlung kleinerer Krankheiten beschäftigte, glaubte Bayard an die Arbeit vor Ort. Mit nichts weiter als seiner medizinischen Ausrüstung und einem Maultier wanderte er über unwegsame Pfade und besuchte selbst kleinste Weiler, um die medizinische Grundversorgung sicherzustellen.

In vielen dieser abgelegenen Dörfer hatte mehr als die Hälfte der Einwohner einen schweren Kropf, ein großer Teil der Kinder war geistig behindert. Bastians Meinung nach sollte sich ein Land, das mit technischen Meisterleistungen wie dem Simplontunnel oder der Zermatter Eisenbahn glänzte, in Grund und Boden schämen, seine Bevölkerung im Bereich der Gesundheit so im Stich zu lassen.

Er stellte sich loyal hinter Bayard, arbeitete lange Stunden bei Kerzenlicht, um detaillierte Messungen, genaue Dosierungen und signifikante Veränderungen in der Physiologie zu registrieren, und suchte nach alternativen Erklärungen, wenn der Hals eines Kindes nach nur wenigen Wochen wieder zur Normalität schrumpfte. Hatte der Arzt nicht gesagt, dass es zu den Aufgaben eines Assistenten gehörte, alles zu hinterfragen?

Am 1. August, dem Schweizer Nationalfeiertag, war Bastian bereits zwei Monate in St. Niklaus tätig. Das Dorf feierte stilvoll mit einem großen Feuer, zwischen Bäumen drapierten Fahnen, Laternen, Würstchen, Bier und Musik. Die Schule verwandelte sich in einen Bierkeller und der Innenhof in eine Tanzfläche, auf der die Kinder kreischten und sich übermütig jagten. Dr. Bayard gab seinem Praxispersonal den Nachmittag frei und wünschte ihnen ein fröhliches Fest. Bastian, der es nicht gewohnt war, mehr als eine Stunde Freizeit zu haben, saß an seinem Schreibtisch, um seine Korrespondenz zu erledigen, bis ihn die Verlockung des Sonnenlichts und das Versprechen von Gesellschaft nach draußen lockte. Er kaufte sich ein Bier, setzte sich auf eine Bank und beobachtete eine Reihe von Musikern, die mit unterschiedlichem Talent Volkslieder vortrugen. Dr. Bayard schlenderte mit seiner Frau den Ständen entlang, um hier einen Kauf zu tätigen oder dort ein Gespräch zu führen. Wie perfekt eingebettet der Mann schien. Er war genauso wichtig für die Gesellschaft wie der Priester, Pater Gratteau, und in Bastians Augen um ein Vielfaches effektiver.

Die Frau des Bäckers klopfte ihm auf die Schulter und forderte ihn auf, mit einer der vielen jungen Damen zu tanzen. Es war lange her, dass er sich auf die Tanzfläche gewagt hatte, denn in den Kantonen Appenzell und St. Gallen war öffentliches Tanzen seit Ausbruch des Krieges verboten. Trotzdem gab er sein Bestes, stapfte mit einem halben Dutzend leicht zu vergessenden Gesichtern auf und ab und plädierte schließlich auf Durst und Hunger. Er trank noch ein Bier und aß einen Cervelat mit Senf und knusprigem Brot, während er am Eingang zur Schule stand.

„Guten Abend, Herr Doktor Favre. Wie sieht es bei uns auf dem Land im Vergleich zur Stadt aus?" Frau Bayard schwenkte ihr Gesicht mit einem unschuldigen Lächeln zu ihm. „Bin ich zu spät, um das Tanzbein mit Ihnen zu schwingen?"

Inzwischen kannte er die Dame gut genug, um mit einer eigenen Neckerei zu antworten. „Madame, ich würde nichts lieber tun, als mit meinen plumpen großen Hufen auf Ihren zierlichen Stiefeln herumzutrampeln. Aber meine Mutter hat mir immer gesagt, dass es schlecht für die Verdauung ist, sich direkt nach dem Essen zu verausgaben. Was das Feiern in der Stadt angeht, gibt es immer einen Grund dafür. Ich bevorzuge die Atmosphäre hier, weil es sich wie etwas Besonderes anfühlt."

„Sie und mein Mann haben so viele Gemeinsamkeiten. Von allen Orten, an denen er gelebt oder die er besucht hat, sei es in der Schweiz, in Deutschland, in Irland oder im Fernen Osten, schwört er, dass er nirgends so glücklich ist wie hier. Da tanzen vom Tisch ist, wollen wir spazieren gehen? Mein Mann ist zu seiner Arbeit zurückgekehrt und ich habe den Nachmittag für mich. Ich möchte ihn mit nichts anderem als Müßiggang und ernsthaften Gesprächen füllen."

Er streckte einen Arm aus und sie hängte sich bei ihm ein. „Herr Dr. Bayard ist ein glücklicher, beneidenswerter Mann.

Warum sollte er sich wünschen, woanders als an Ihrer Seite zu sein?"

„Kein Wunder, dass die jungen Damen für einen Tanz Schlange stehen, Sie silberzüngiger Charmeur. Hat jemand einen besonderen Eindruck hinterlassen?"

Er zögerte und suchte nach einem Weg, seine Gleichgültigkeit auszudrücken, ohne Anstoß zu erregen.

Sie führte ihn vom Lärm der Musik weg. „Oder haben Sie vielleicht Ihr Herz in der Stadt gelassen? Schmachtet ein hübsches Mädchen mit traurigen grauen Augen am Zürichsee?"

Bastian zwang sich zu einem Lachen, um seine Verlegenheit zu überspielen. „Wenn ja, dann sehnt sie sich nicht nach mir. Nein, ich lasse mich weder von hübschen Augen noch von weiblichen Reizen ablenken. Meine Leidenschaft gilt der Medizin und der Wissenschaft." Er fuhr fort, bevor sie den Mund zu einer Antwort öffnen konnte. „Bilde ich mir das nur ein, oder ist da etwas Wehmut in Ihrem Ton, wenn Sie sagen, dass Dr. Bayard hier am glücklichsten ist? Ich kann mir gut vorstellen, wie Sie in einem eleganten Viertel von Paris im Ladurée Tee trinken."

Sie lachte kurz und seufzte. „Davon ist nur zu träumen, besonders jetzt. Sagen Sie mir, glauben Sie, dass das Ende des Krieges durch die grauenhaften Ereignisse in Russland beschleunigt oder verzögert wird? Ich bete, dass es Ersteres ist. Wie ich höre, wurden Sie zum Dienst einberufen, also können Sie die Lage sicher besser einschätzen als die geschwätzige Kundschaft in der Metzgerei."

Entgegen seiner früheren Behauptung interessierte sich Bastian nicht nur für Medizin und Wissenschaft. Jeden Abend nach dem Essen las er die Zeitung, wobei er militärische Details unter die Lupe nahm und politische Anschauungen hinterfragte. Es war seine Pflicht, informiert zu bleiben, auch wenn die Informationen widersprüchlich und verwirrend waren. Bei vielen Gelegenheiten sehnte er sich nach der Gesellschaft von Julius, der unverhohlene Propaganda treffsicher entlarvte.

„Die Kunden in der Metzgerei mögen durchaus einen weiten Blickwinkel haben, Frau Bayard. Meine kurzen Dienstzeiten beim Militär haben meine Fähigkeit, den Krieg zu beurteilen, bewusst eingeschränkt. Die Rolle eines Soldaten ist operativ. Wir führen unsere einfachen Aufgaben aus und überlassen die Umsetzung von Strategien der Führungsriege. Wir befolgen Befehle, ohne sie in Frage zu stellen, denn sonst würden uns moralische, praktische oder egoistische Dilemmas lähmen. Ich würde lieber kämpfend in einem Schützengraben sterben, als von Zweifeln geplagt in einem biederen Büro zu versauern. Sich über die Rolle irgendeines Landes in diesem Konflikt zu äußern, wäre pure Ignoranz.

Im Gegensatz dazu ist ein Angriff an der wissenschaftlichen Front sowohl eine strategische als auch eine direkte Aktion. Man entwirft einen Plan, um den Feind zu überlisten, testet seine Effizienz und geht mit den präzisesten Waffen, die die Menschheit kennt, auf das Schlachtfeld. Dr. Bayard und Dr. Eggenberger stehen an der Frontlinie. Es ist eine Ehre, an ihrer Seite zu kämpfen."

Frau Bayard trat einen Schritt zurück und sah ihn mit einer Mischung aus Bewunderung und Belustigung an. Er errötete, weil er einen Hauch von Walters Langatmigkeit in seiner Deklamation erkannte. Sie applaudierte und hängte sich wieder unter seinen Arm ein.

„Bastian Favre, ich finde, Sie sind eine sehr interessante Gesellschaft. Sehen Sie mal, die Schulkinder sind heute Abend für die *Weisshornstube* zuständig. Wir sollten das unterstützen, meinen Sie nicht?"

Er ließ sich von ihr die Treppe hinauf in den dunklen und verrauchten kleinen Raum führen. Tatsächlich war die Bedienung vierzehn bis sechzehn Jahre alt und begrüßte sie mit fröhlicher Höflichkeit. Der Unterschied zum üblichen apathischen Empfang brachte ihn zum Lächeln.

„Was möchten Sie trinken, Bastian? Ich nehme ein Glas Wein und probiere ein Stück *Cholera*.“

„Eine elegante Paarung, einer Dame wie Ihnen angemessen. Ich entscheide mich für Wurst und Bier, eine vielleicht nicht ganz so raffinierte, aber ebenso charaktervolle Kombination.“

Ein Mädchen näherte sich, um die Bestellung aufzunehmen und grüßte sie freundlich.

„Guten Abend, Seraphine“, sagte Frau Bayard. „Ist der Abend bis jetzt ein Erfolg?“

„Ich denke schon“, antwortete das Mädchen mit einem schüchternen Lächeln. „Anfangs haben wir ein paar Fehler gemacht, aber jetzt läuft alles wie ein Schweizer Uhrwerk.“

„Gut gemacht, ihr alle! Ich hätte gerne ein Stück *Cholera* und ein kleines Glas Dôle. Herr Doktor Favre möchte Bier und eine Bratwurst.“

„Welche Größe von Bier möchten Sie, Herr Doktor Favre? Klein oder groß?“

Bastian blickte zu ihr auf. Sie war ein hübsches kleines Geschöpf mit auffallend blauen Augen und trug eine hochge-schlossene, matronenhafte Bluse, die sie sich wahrscheinlich für diesen Anlass ausgeliehen hatte.

„Ein kleines ist sicherer, denke ich. Vielen Dank.“

Sie nickte mit dem Kopf und verschwand hinter der Theke.

Frau Bayard fuhr fort. „Wie ich schon sagte, unsere Unter-haltung ist eine Wohltat. Wie mein Mann reden Sie nicht von oben herab mit den Frauen, sondern behandeln sie mit Respekt und trauen ihnen Intelligenz zu. Das ist ein ungewöhnlicher Charakterzug.“

„In einem reinen Frauenhaushalt hatte ich keine Wahl. Meine Mutter zog mich und meine vier älteren Schwestern größtenteils allein auf, da mein Vater geschäftlich viel unterwegs war. Beim Versuch, aufgrund meines Geschlechts Überlegenheit vorzutäuschen, hätte ich mir schnell eine Ohrfeige eingefangen.“

Frau Bayard lachte, ihr Gesichtsausdruck war von echter Freude geprägt. „Dann sollten wir auf Ihre Mutter anstoßen und dafür, dass sie einen jungen Mann mit guten Manieren großgezogen hat. Sie kann stolz auf Sie sein.“

Die Kellnerin trat heran, alle Konzentration auf das Tragen des Tabletts gerichtet. Erleichtert stellte sie es auf dem Tisch ab. „Ein Glas Wein, ein kleines Bier, eine Scheibe hausgemachte *Cholera* und ein Cervelat mit einem Brötchen für den Herrn. Oh!“ Ihr Gesicht errötete. „Sie wollten eine Bratwurst. Es tut mir so leid, ich werde es sofort ändern.“

„Das ist nicht nötig. Ist doch Wurst. Aber dürfte ich nach etwas Senf fragen?“

„Sind Sie sicher, Herr Doktor?“

„Ganz sicher. Wie war noch mal dein Name?“

„Seraphine, Herr Doktor.“

Er lächelte. „Danke, Seraphine. Ich gratuliere dir. Du und deine Truppe machen einen sehr guten Job.“

Sie nickte und beeilte sich, den Senf zu holen.

„All diese armen Mädchen von St. Niklaus werden bald hoffnungslos in den gut aussehenden, charmanten jungen Arzt verliebt sein. Also erheben wir unsere Gläser und stoßen auf Ihre Mutter an. Auf Madame Favre und ihren Erfolg!“

„Auf Madame Favre!“ Bastian stellte sich vor, wie seine Mutter über diesen Unsinn abschätzig den Kopf schütteln würde. Und sich ein Lächeln verkneifen müsste.

9

ACHT TAGE IM NOVEMBER
Text von Walter Brunn

November 1918

Die Arbeiterklasse der Schweiz hat die Hauptlast der Entbehrungen des Krieges getragen. Einberufen und weit unter ihrem Lohn bezahlt, fristen die Arbeiter ein erbärmliches Dasein. Preise für Brot und Milch haben sich verdoppelt. Die Armut ist weit verbreitet, der Hunger ist allgegenwärtig und der Unmut über die Kriegsgewinnler unter den Unternehmen und Landwirten hat den Siedepunkt erreicht. Wenn sogar Bankangestellte aus Protest auf die Straße gehen, wie sie es Anfang Oktober getan haben, dann braut sich etwas zusammen.

Zu allem Überfluss schlägt die Regierung die Einführung eines obligatorischen Zivildienstes vor, ein Schritt, den viele als Überschreitung der Befugnisse ansehen. Gewerkschaften und Berufsverbände haben an die Schweizer Sozialdemokraten (SP) appelliert, die Macht der Arbeitnehmerschaft zu organisieren. Das Oltener Aktionskomitee (OAK), das eine lose Koalition aus Gewerkschaften und dem linken Flügel vertritt, ist auf genau solche Umstände vorbereitet. Zu den führenden sozialistischen Persönlichkeiten gehören Robert Grimm, Friedrich Schneider und die einzige Frau im Ausschuss, Rosa Bloch.

Die Kombination aus einer unzufriedenen Arbeiterschaft, einer gut organisierten politischen Linken und einer übermächtigen Regierung, die Angst vor einer Wiederholung der Unruhen in Deutschland oder Russland hat, bringt die Schweiz gefährlich nahe an einen Bürgerkrieg.

Zeitachse der wichtigsten Ereignisse

Donnerstag, 7. November 1918

Auf Befehl der Regierung marschierten Truppen in Zürich ein, angeblich mit dem Ziel, die Ordnung aufrechtzuerhalten. Die Initialzündung war gegeben, was die Spannungen anheizte und den Vorwurf der diktatorischen Unterdrückung aufkommen ließ. Die Mitglieder des OAK setzten ihren Plan um, indem sie in neunzehn Städten zu einem eintägigen Proteststreik aufriefen.

Samstag, 9. November 1918

Nicht alle neunzehn Städte waren in der Lage, so kurzfristig zu mobilisieren, und das Engagement für die Sache war unterschiedlich groß. In Zürich schworen die Demonstranten jedoch, ihren Arbeitskampf fortzusetzen, bis die Regierung den Rückzug des Militärs anordnete. Dies zwang den Exekutivausschuss dazu, die Idee eines nationalen Streiks in Betracht zu ziehen.

Zur gleichen Zeit führten die Aufstände in Deutschland zum Sturz der kaiserlichen Monarchie und zur Gründung einer demokratischen Republik. Die Zeit war reif, sich als Arbeiter Gehör zu verschaffen.

Sonntag, 10. November 1918

Die Gewerkschaften in Zürich planten Feierlichkeiten und Demonstrationen zum ersten Jahrestag der russischen Revolution. Unter den brisanten Umständen verbot das Militär öffentliche Versammlungen. Als eine große Gruppe mit Soldaten zusammenstieß, gab es verletzte und ein Soldat starb. Die Emotionen kochten hoch. Kavalleristen griffen die Demonstranten mit Säbeln an und vertieften die Kluft zwischen Zivilisten und der Armee.

Das OAK stellte inzwischen seine neun Forderungen an die Regierung. Diese umfassten:
- Neuwahl des Nationalrates nach dem Proporzsystem
- Aktives und passives Frauenstimmrecht
- Allgemeine Arbeitspflicht
- 48-Stunden-Arbeitswoche
- Reorganisation der Schweizer Armee in eine Volksarmee
- Verbesserung der Lebensmittelversorgung
- Alters- und Invalidenversicherung
- Staatliches Monopol auf den Außenhandel
- Tilgung der Staatsschulden durch Besteuerung der Besitzenden

Andernfalls würde das ganze Land in den Streik treten.

Montag, 11. November 1918

Waffenstillstand von Compiègne

Der französische Marschall Ferdinand Foch, Oberbefehlshaber der Alliierten, hat heute ein Abkommen mit Deutschland unterzeichnet, in dem die Einstellung der Feindseligkeiten an allen Fronten vereinbart wurde. Dies folgt ähnlichen Vereinbarungen mit Österreich-Ungarn, dem Osmanischen Reich und Bulgarien. Die Kämpfe werden mit sofortiger Wirkung eingestellt.

Der Große Krieg ist vorbei.

Nach der Abdankung von Kaiser Wilhelm II. und dem deutschen Aufstand führten wochenlange Verhandlungen mit den Entente-Mächten zu einem Waffenstillstand und schließlich zum dauerhaften Friedensvertrag. Vier blutige Jahre lang hat der Große Krieg Millionen von Menschenleben gefordert, sowohl militärische als auch zivile.

Der heutige Tag markiert ein historisches Ende des Blutvergießens. Unsere Welt wird für Generationen die Narben dieses Konflikts tragen.

Jetzt trauern wir um unsere Verluste, feiern den Frieden und geben ein feierliches Versprechen ab: Nie wieder.

Dienstag, 12. November 1918

Da die Regierung alle Forderungen des OAK ablehnte, wurde der Generalstreik ausgerufen. Er verlief größtenteils friedlich und wurde in den deutschsprachigen Gebieten enthusiastischer begrüßt als im Süden und Westen. 250'000 Menschen legten die Arbeit nieder. Darunter waren auch Frauen. Rosa Bloch, die Vorsitzende des sozialdemokratischen Frauenagitationskommission, hatte zuvor Tausende von Frauen angeführt, die vor dem

Kantonsrat gegen die Inflation protestierten. Seite an Seite mit ihren Männern unterstützten sowohl Arbeiterinnen als auch Frauen aus der Mittelschicht den Streik.

Mittwoch, 13. November 1918

Nach einer Mehrheitsabstimmung stellte die Schweizer Regierung dem OAK ein Ultimatum: Sie sollten den Streik bis 17.00 Uhr abbrechen und die Reformen würden mit legalen Mitteln umgesetzt werden. Da für die Bundesbediensteten das Militärrecht galt, blieben den Streikenden nur wenige Möglichkeiten. Der Ausschuss debattierte bis tief in die Nacht, stimmte aber schließlich um 02.00 Uhr am 14. November der Forderung zu.

Donnerstag, 14. November 1918

Der Streik wurde beendet, abgesehen von einigen andersdenkenden Gruppen in Basel und Zürich. In Grenchen im Kanton Solothurn wurde auf Demonstranten geschossen, als sie Eisenbahnschienen aufrissen. Drei Menschen wurden durch das Militär getötet und weitere verletzt.

Diese acht Tage werden die Zukunft der Schweizer Gesellschaft prägen. Es ist sowohl den staatlichen Stellen als auch den Vertretern der Arbeiterklasse hoch anzurechnen, dass sie sich bemüht haben, Blutvergießen und Gewalt zu vermeiden. Doch unter der Oberfläche brodelt es immer noch vor Unmut und Ungerechtigkeit. Die Regierenden dieses Landes sollten die Sorgen der Wähler berücksichtigen oder sich darauf gefasst machen, demnächst mit einer weitaus ernsteren Rebellion konfrontiert zu werden. Die Aufrechterhaltung der Neutralität der Schweiz im Angesicht eines Weltkriegs erforderte einen komplexen diplomatischen Tanz. Die Neutralität der Schweiz im Angesicht eines Bürgerkriegs ist ein Ding der Unmöglichkeit. Unsere Regierung ist verpflichtet, *allen* Menschen zu dienen.

10

———

*Am glücklichsten ist man, wenn ein alter Freund kommt und uns wie
in alten Zeiten grüßt;
Das Herz wird getröstet durch die Gewissheit, dass uns eines Tages
alles, was wir je geliebt haben, zurückgegeben wird.*

— Johanna Spyri, *Heidi*

April 1919

Die Begegnung mit dem neuen Arzt und Frau Bayard
machte auf Seraphine mehr Eindruck, als es eine so
kurze Begegnung verdient hätte. Zuerst war sie nur dankbar,
dass der gewandte Städter sich nicht über das falsche Essen
aufgeregt hatte. Aber irgendetwas zog ihren Blick immer wieder
auf das Paar, das sich beim Essen locker unterhielt und wie alte
Freunde zusammen lachte. In Seraphines Augen lag Frau
Bayards Schönheit an viel mehr als nur an ihrem schicken
Kleid. Mit ihren blassen Fingern umklammerte sie den Stiel

ihres Weinglases und ihre Zähne blitzten weiß, wenn sie lächelte.

Vor allem aber hatte sie einen außergewöhnlich eleganten Hals. Er hatte die Farbe von frischem Schnee und ragte wie der eines Schwans ohne Makel aus ihrem Spitzenkragen. Sie trug ihr Haar in einer Rolle, was den Blick auf ihren Hals aus allen Winkeln freigab. Der neue Arzt schien von seiner Begleiterin geradezu hypnotisiert zu sein, und das zu Recht.

Noch lange nachdem sie ihre Rechnung bezahlt hatten und gegangen waren, dachte Seraphine an sie, und das nicht nur wegen ihres großzügigen Trinkgelds. Ihre Gedanken kehrten zu der Frage des Salzes zurück. Ihre Mutter hatte ihr verboten, sich den Dorfbewohnern anzuschließen, die sich um die Teilnahme an Dr. Bayards Experiment bewarben. Seraphines Groll ließ nach, als sie erfuhr, dass der Doktor nur an großen Familien als Zielgruppe interessiert war. Wenn seine Versuche erfolgreich waren, würde er sie weiteren Einwohnern anbieten und sie würde die Erste in der Schlange sein. Ihre Schuldgefühle, den kleinen Anton vergiftet zu haben, lasteten immer noch auf ihrem Gewissen, aber wenn der Arzt die genaue Menge verschrieb, war das einzige Leben, das in Gefahr war, ihr eigenes.

Noch wichtiger war der Zustand ihrer Mutter. Josefs Besuche zu Hause waren unvorhersehbar in der Häufigkeit, aber nur allzu vorhersehbar im Inhalt. Seraphine wurde aus dem Schlafzimmer verbannt, damit sie das tun konnten, was Ehepaare tun. Sie fand es nicht schlimm, auf dem Küchenboden zu schlafen. Ihre größte Sorge war, dass ihre Mutter ein weiteres Kind bekommen könnte. Ein Mädchen, das auf einem Bauernhof aufwächst, weiß natürlich, woher Babys kommen. Clothilde weigerte sich, über das Thema Medizin zu sprechen, und murmelte merkwürdige Phrasen über weibliche Weisheit und altes Wissen, die bei ihrer Tochter wenig Anklang fanden.

Trotzdem trug Clothilde nach drei Besuchen ihres Mannes nur eine einzige Schwellung, nämlich die an ihrem Hals.

In der Schule kursierten Gerüchte, wie sie es ein- oder zweimal im Jahr taten. Diesmal war es wieder ein Mythos über den Ursprung des Kropfes. Wenn man seine Wut nicht äußert, staut sich die Galle, die einem im wahrsten Sinne des Wortes im Halse stecken bleibt. Seraphine wies solch unbegründetes Gerede mit einer hochgezogenen Augenbraue als Unsinn zurück. Schließlich hatte ihre eigene Mutter nichts anderes getan, als sich zu beschweren und gegen die Ungerechtigkeit ihrer Situation zu wettern. Keine noch so lauthals geäußerte Wut konnte die Schwellung an ihrer Kehle verringern.

Der Frühling rückte näher und Seraphine nahm ihren ganzen Mut zusammen. Sie wartete, bis Clothilde nach einer Mahlzeit mit *Spätzli* gut gesättigt war, um das Thema anzusprechen. Sie saßen auf der Bank vor dem Haus, die eine flickte Kleider, die andere fertigte neue an, und beobachteten, wie die späte Februarsonne sich auf den Wasserfällen spiegelte, die auf der gegenüberliegenden Seite des Berges hinunterstürzten. Barry lag zu ihren Füßen und saugte die Wärme in sich auf, so wie Henri es früher getan hatte.

„Schau mal, Seraphine, da drüben! Ein Regenbogen!“ Die leuchtenden Farben zogen sich über die Schlucht, so kräftig, dass man fast glauben konnte, sie seien solide. Clothilde drückte ihr Strickzeug an ihre Brust und starrte staunend.

In diesem Moment sah Seraphine das Licht in ihren Augen und wusste, dass der Zeitpunkt gekommen war, ihre Gedanken zu äußern. „Dieses Tal“, hauchte sie. „Nirgendwo ist es schöner.“

Clothilde seufzte. „Es hat seine Momente.“

„Maman, ich habe eine Frage.“

„Das dachte ich mir schon. Du bist immer ruhelos.“ Sie ließ erneut die Nadeln klappern. „Raus mit der Sprache, Mädel.“

„Man kann die Schule mit siebzehn verlassen, wenn man

einen guten Grund hat. Du erinnerst dich, wie unsere Klasse am letzten Nationalfeiertag die *Weisshornstube* in St. Niklaus führte? Sie haben mir eine Ausbildung zur Kellnerin angeboten. Ich kann Geld verdienen, einen Beruf erlernen und etwas zu unserem Lebensunterhalt beitragen. Das heißt aber nicht, dass ich meine Pflichten vernachlässigen werde. Ich kann beides tun. Mit deiner Erlaubnis würde ich gerne nach meinem Geburtstag die Schule verlassen und anfangen zu arbeiten."

Mit einem Schnauben ließ Clothilde ihr Strickzeug sinken. „Warum fragst du mich überhaupt? Klingt so, als hättest du deinen Entschluss bereits gefasst und selbst wenn ich Nein sage, wirst du tun, was du willst, egal was deine Mutter wünscht."

Der Regenbogen verblasste, aber das Licht brach sich in den Wassertropfen und deutete auf Kobolde und Magie hin.

Seraphine wich der Bemerkung aus. „Ich hätte lieber deinen Segen und, wenn du willst, auch deinen Rat. Da ist noch etwas anderes." Solange sie die Aufmerksamkeit ihrer Mutter hatte, war es unerlässlich, alles anzusprechen, was sie auf dem Herzen hatte. „Josef wird zu Ostern zu Hause sein, oder?"

„Du meinst Papa?"

„Papa, ja, natürlich. Es scheint mir ein guter Zeitpunkt zu sein, mich rarzumachen, damit ihr etwas Privatsphäre habt." Ein Blick auf die Stirn ihrer Mutter verriet ihr, dass sich die Wolken zusammenzogen. „Deshalb würde ich gerne Tante Margot in Montreux besuchen. Ich möchte Henri sehen, Maman, und ich weiß nicht, wie viel Zeit mir noch bleibt. Bitte gib mir zwei Wochen, um meinen Bruder zu sehen. Dann werde ich zu meiner Arbeit zurückkehren und einen regelmäßigen Lohn nach Hause bringen. Was denkst du?"

„Geh rein und setz den Kessel auf. Ich möchte eine Tasse Tee trinken und ein paar Momente der Stille haben. Wir werden morgen darüber reden."

Seraphine raffte ihre gestopften Strümpfe zusammen, trat

über Barrys pelzige Gestalt und tat, was Mutter ihr geheißen hatte. Wenigstens hatte Maman nicht rundheraus abgelehnt. Seraphine hatte es geschafft, mehrere Vorteile für Clothilde zu erwähnen: ein neues, wenn auch bescheidenes Einkommen, die Möglichkeit, ihre Tochter zu belehren und zwei Wochen Privatsphäre, die sie mit ihrem Mann genießen konnte. Jeder einzelne dieser Vorteile wurde jedoch durch die Erwähnung ihrer verhassten Schwester aufgewogen.

Der Kessel brodelte auf dem Herd und sie kippte heißes Wasser in die Teekanne. Während sich die Aromen der Teekräuter entwickelten, wartete Seraphine darauf, dass sich die Stimmung ihrer Mutter besserte und sie sich beruhigte. Nach fünfzehn Jahren mit dieser hartnäckigen Frau war sie eine Expertin darin, den richtigen Zeitpunkt abzuwarten. Der Entschluss stand jedoch fest: Nach ihrem nächsten Geburtstag wollte sie mehr sein als eine unbezahlte Ziegenhirtin und ein Auffangbecken für die Enttäuschungen ihrer Mutter. Auf die eine oder andere Weise würde sie es schaffen. Ja, sie hatte mehr als die blauen Augen von Clothilde geerbt.

In diesem Fall war Ungehorsam nicht nötig. Clothilde gab ihr die Erlaubnis, als wäre die ganze Idee von ihr gewesen. Es sei in der Tat an der Zeit, dass Seraphine ihren Lebensunterhalt verdiente, und die Arbeit im Restaurant würde eine gute Möglichkeit sein, praktische Fähigkeiten zu erlernen. Die Schule war überflüssig, jetzt, wo sie die Grundlagen beherrschte. Nach ihrem Geburtstag am 1. März würde es keinen Grund mehr geben, zurückzukehren. Seraphines Aufgaben im Haus blieben weiterhin in ihrer Verantwortung, aber die konnte sie erledigen, bevor sie ins Restaurant ging.

„Danke, Maman. Ich bin dir so dankbar. Ist es für dich akzeptabel, dass ich Ostern nach Montreux reise?"

„Ich habe vor, dir diese Reise zu deinem Geburtstag zu schenken. Anstatt dir etwas auszusuchen, von dem ich glaube, dass es dir gefallen könnte, werde ich dir Geld geben. Du kannst es für alles ausgeben, was dich glücklich macht. Das können mehr von deinen jämmerlichen Büchern oder ein Zugticket sein, es liegt ganz bei dir."

Seraphine konnte ihr Lächeln nicht verbergen. „Wie nett und fürsorglich von dir und Papa! Ich kann mich glücklich schätzen, euch als meine Eltern zu haben." Sie küsste ihre Mutter auf die Wange.

„Das ist wahr. Passt du auf den Topf auf? Denn ich kann verbrannten Haferbrei nicht ausstehen."

Seraphine kümmerte sich um das Frühstück, hocherfreut über ihren Erfolg. Zwei von drei. Sie hatte die Erlaubnis, die Schule zu verlassen und zu arbeiten. Mit ihrem eigenen Geld konnte sie den Zug nach Montreux nehmen, zwei Wochen lang bei ihrer Tante wohnen und Henri besuchen. Ihre dritte Bitte blieb unausgesprochen, aus Angst, alles zu verlieren, was sie erreicht hatte. Der kleinste Versuch, das Thema des behandelten Salzes anzusprechen, und ihre Mutter würde ihre Meinung über alles ändern. Sie haderte mit sich selbst. Wenn sie nicht um Erlaubnis bat, konnte ihre Mutter es ihr auch nicht verbieten. Wenn Salz nicht verboten war, war es kaum ein Akt des Ungehorsams, es einzunehmen. Sie trank ihre Milch, aß ihren Haferbrei und betrachtete die Krokusse, Schneeglöckchen und Schlüsselblumen, die mit ihren winzigen Farbtupfern die Rückkehr des Lebens ankündigten.

Ihre Reise nach Montreux drohte verschoben zu werden, weil ihr eine Begleitperson fehlte. Viele Leute fuhren das Tal hinunter nach Visp, aber es gab keine geeigneten Damen, die für die Sicherheit eines siebzehnjährigen Mädchens auf dem Weg nach Montreux garantieren konnten. Das Eintreffen eines Telegramms erlöste Seraphine von ihrem Kummer. Tante

Margot würde nach Visp reisen, um ihre Nichte persönlich abzuholen.

In der folgenden Woche schwebte sie wie auf Wolken. Die Kunden in der *Weisshornstube* wurden so oft angelächelt wie noch nie, der Busfahrer machte ihr Komplimente für ihre Ausstrahlung und die Ziegen hatten selten so viel Gesang erlebt wie dieses Frühjahr. Sie achtete darauf, ihre gute Laune zu Hause zu zügeln, denn Clothilde hatte eine Allergie gegen das Glück anderer Menschen. Das war keine große Herausforderung, denn Seraphine war normalerweise erschöpft, nachdem sie von neun Uhr morgens bis drei Uhr nachmittags gekellnert und anschließend alle häuslichen Pflichten erledigt hatte.

Am Tag, an dem sie das Tal verlassen sollte, geschahen drei merkwürdige Dinge. Erstens überreichte ihre Mutter ihr in der Küche ein gestricktes Objekt in der Größe eines Kaninchens. Es war schwarz mit einem Hauch von Weiß und Braun an Armen und Beinen und hatte an einem Ende zwei Messingknöpfe. Augenblicklich verstand sie, was es darstellen sollte, und ihre Augen füllten sich mit Tränen. Clothilde verachtete das Weinen, also ging Seraphine in die Hocke, um ihre Gefühle zu verbergen.

„Schau, Barry! Das bist du! Deine Ohren, dein Schwanz, deine Augen." Der Hund beschnüffelte den Gegenstand und als er feststellte, dass es nichts zu fressen war, lief er in die Scheune.

„Das ist für Henri. Er hat das Tier immer geliebt. Vielleicht erinnert er sich daran, wer weiß?" Clothilde zuckte mit den Achseln, ihre Zähne waren zusammengebissen. „Steh jetzt auf, Mädchen, und mach dich fertig. Hast du alles, was du brauchst?"

„Ja, ich habe gestern Abend und heute Morgen noch einmal nachgesehen. Ich bin bereit. Grüß Papa von mir und wir sehen uns in zwei Wochen." Sie küsste ihre Mutter auf jede Wange und ergriff ihre Hände. „Ich verspreche, gut und vorsichtig zu sein und immer auf meine Manieren zu achten."

„Von mir aus kannst du schlecht und unvorsichtig sein und dich wie ein Trampeltier benehmen. Komm einfach zurück nach Hause."

„Das werde ich, Maman. Ich verspreche es."

Clothilde entfernte sich mit einem Schnauben. „Beeil dich jetzt. Das Postauto fährt pünktlich ab, ob du drinsitzt oder nicht."

Das zweite unerwartete Ereignis passierte in St. Niklaus. Sie hatte vierzig Minuten Zeit, um auf den Zug zu warten, also ging sie natürlich in die vertraute und freundliche *Weisshornstube*. Nur Hermann, der älteste Sohn des Besitzers, saß hinter der Theke, während die meisten Tische mit Arbeitern besetzt waren, die ihre Morgenpause machten. Seraphine stellte ihre Tasche in der Nische neben der Tür ab und ging in Richtung Küche.

„Wo willst *du* hin?", bellte Hermann. Die Boshaftigkeit in seiner Stimme ließ sie aufhorchen.

Seraphine blieb stehen. „Ich wollte Romy Hallo sagen."

„Du arbeitest heute nicht. Warum bist du dann hier?"

Sie rang nach einer Antwort, ihr Gesicht war glühend rot.

„Wenn du arbeitest, zieh dir eine Schürze an und bediene die Gäste. Wenn du ein zahlender Kunde bist, nimm Platz und ich nehme dein Geld."

„Ich arbeite heute nicht", presste sie heraus.

„Nein, heute nicht und auch nicht während der gesamten Osterzeit! Gerade dann, wenn wir das Personal am meisten brauchen."

„Aber ich habe schon vor Wochen um die Freistellung gebeten."

„*Schon vor Woooooochen*", spottete er und ahmte ihre Stimme nach. „Nun, genieße deinen Urlaub, Fräulein Seraphine, denn danach hast du keinen Job mehr. Wir brauchen Loyalität von unseren Angestellten. Wenn du keinen Kaffee bestellen willst, kannst du verschwinden."

Erschrocken über seine Aggression wich sie zurück und tastete nach ihrer Tasche. Eine Bassstimme sprach über ihrer Schulter.

„Was für ein Zufall. Wir sind auf der Suche nach klugen jungen Leuten für unser Hotel. Mein Name ist Lochmatter. Und Ihrer?"

Ihre Kehle war wie zugeschnürt von unverdauten Tränen. „Widmer, Herr. Seraphine Widmer."

„Ich freue mich, Ihre Bekanntschaft zu machen, Fräulein Widmer. Kommen Sie nach Ostern zum Empfang und fragen Sie nach mir. Wenn Sie bereit sind, hart zu arbeiten und hohe Anforderungen zu erfüllen, werden Sie eine willkommene Ergänzung für unsere kleine Familie sein."

„Vielen Dank, Herr Lochmatter. Ich weiß Ihre Freundlichkeit zu schätzen." Sie ließ den Kopf sinken und eilte aus der Tür, verwirrt, beschämt und ungläubig. Innerhalb weniger Minuten entlassen zu werden und einen neuen Job angeboten zu bekommen, war mehr, als sie begreifen konnte. Warum sollte Hermann sie vor den morgendlichen Gästen rauswerfen? Meinte Herr Lochmatter das ernst? Im Hotel zu arbeiten war eine unerreichbare Ambition und sie wagte kaum zu hoffen, dass sie die Möglichkeit dazu bekommen würde.

In Gedanken versunken, schulterte sie ihre Tasche und stapfte den Hügel hinauf in Richtung des hölzernen Bahnhofsgebäudes. Es war noch früh, aber freute sich darauf, im Sonnenschein zu warten, bis ihre Begleitperson auftauchte und der Zug die Gleise hinunterfuhr.

„Kann ich das für Sie tragen, Fräulein?" Die Stimme war männlich und hatte einen kultivierten Akzent.

Seraphine zuckte zusammen, denn sie war durch die Ereignisse des Morgens bereits verunsichert.

Der Assistent von Dr. Bayard streckte eine Hand aus. „Es sieht schwer aus und ich bin stärker als ich aussehe."

„Danke. Ich gehe nur bis zum Bahnhof." Sie ließ ihre schwere Tasche los. „Das ist sehr nett von Ihnen."

„Nicht der Rede wert. Wenn meine Schwestern mich sehen könnten, würden sie mich für mein unhöfliches Verhalten rügen. Einer Dame die Last abzunehmen, ist das Mindeste, was ich tun kann. Mein Name ist Bastian Favre und Ihr Gesicht kommt mir bekannt vor."

„Seraphine Widmer. Ja, ich habe Sie und Frau Bayard am letzten Nationalfeiertag in der *Weisshornstube* bedient. Seitdem habe ich Sie nicht mehr in St. Niklaus oder Umgebung gesehen. Ich dachte, Sie wären zu Ihrem Arbeitgeber zurückgekehrt."

„Das ist richtig. Ich bin Assistent eines Chefarztes in Appenzell, eine lange Reise von diesem Tal entfernt. Während des Winters habe ich alles, was ich gelernt habe, an meinen Patron weitergegeben und bin jetzt zurückgekehrt, um die Ergebnisse von Dr. Bayards Arbeit zu sehen."

Seraphine verlangsamte ihre Schritte. Sobald die Frau des Pfarrers sie im Gespräch mit einem jungen Mann erblickte, würde sie sich wie eine Gans auf ihn stürzen und vor Schreck zischend und flatternd um sich schlagen. „Ich muss zugeben, ich kenne mich nicht so gut mit der Arbeit des Arztes aus. Ich weiß nur, dass er ein Mittel gegen unsere Beschwerden versprochen hat. Halten Sie das für möglich?"

Herr Favre passte sich ihrem Tempo an und warf ihr einen prüfenden Blick zu. Ohne bewusst darüber nachzudenken, zog sie ihren Schal ein wenig fester zu.

„Fräulein Widmer, ich glaube, dass Dr. Bayard einen Großteil der Beschwerden in diesem Tal lindern kann und er wird auch dafür sorgen, dass andere Probleme nie mehr auftreten.

Die Ergebnisse seit dem letzten Winter sind beachtlich. Seine Testpatienten sind wie verwandelt. Hätte ich es nicht mit eigenen Augen gesehen, ich wäre versucht, auf eine List zu tippen."

Sie mochte den Klang seiner Stimme, den seltsam scharfen Akzent, der durch seine Leidenschaft für sein Thema gemildert wurde.

„Darf ich Ihnen eine Frage stellen, Herr Favre?"

„Bitte sehr." Er wechselte ihre Tasche in seine andere Hand.

„Die Testpatienten, wie Sie sie nennen, sind alle Kinder, oder?"

„Nicht alle, nein. Wir haben ein halbes Dutzend Familien ausgewählt, um sie zu behandeln und die Auswirkungen zu untersuchen. Die dramatischsten Ergebnisse waren bei den Kindern zu beobachten, so viel ist wahr. Aber die Vorteile treten in jedem Alter zum Vorschein. Tatsache ist, dass sich der Körper von Kindern noch entwickelt und das Gewebe weicher ist, was sie empfänglicher macht für ..."

„Doktor Favre. Was für eine angenehme Überraschung." Die Frau des Pfarrers war hinter dem Bahnhof aufgetaucht. Der Tonfall ihrer Stimme widersprach den freundlichen Worten. „Ich soll Seraphine bis nach Visp begleiten, wo ich sie sicher bei ihrer Tante abliefern werde."

Er lüftete seinen Hut. „Guten Morgen, Frau Gratteau. Das Wetter ist ideal, um die Reise ins Tal anzutreten. Fräulein Widmer, Ihre Tasche. Ich hoffe, ich habe Ihre Frage beantwortet. Wenn Sie mehr wissen wollen, kommen Sie doch einfach in die Praxis. Ich wünsche Ihnen eine angenehme Reise, meine Damen. Guten Tag." Mit einer leichten Verbeugung setzte er seinen Hut wieder auf.

„Vielen Dank für Ihre Hilfe", sagte Seraphine. Die Frau des Pfarrers warf ihr einen Blick zu, sagte aber nichts, bis Herr Favre hinter der Mauer des Holzhändlers verschwunden war.

„Wenn eine junge Dame allein ist, muss sie alles in ihrer Macht Stehende tun, um kompromittierende Situationen zu vermeiden. Deine Mutter hat dich genau aus diesem Grund meiner Obhut anvertraut. Denk an deine Position, Seraphine. Es ist schon schlimm genug, dass dein Vater monatelang abwesend ist und du, kaum siebzehn Jahre alt, in einem Lokal kellnerst, in dem getrunken wird."

Mit einem leisen Murren hob Seraphine ihre Tasche auf. „Der Doktor hat mir aus guten Manieren angeboten, meine Tasche zu tragen. Das ist nicht gerade eine kompromittierende Situation. Mein Stiefvater arbeitet für das Militär und trägt seinen Teil dazu bei, dass unser Land sicher bleibt. Und zu Ihrer Information: Ich kellnere nicht mehr in der *Weisshornstube*." In dem Moment, als sie diese Worte sagte, wollte sie sich selbst einen Tritt geben. Jetzt würde es sich bei ihrer Mutter herumsprechen, dass sie arbeitslos war und die ganze Strategie zur Erlangung der Unabhängigkeit würde in sich zusammenfallen.

„Ich hoffe, es war kein Fehlverhalten, das dazu geführt hat, dass du deinen Job verloren hast." Für jemanden, der in der Sonntagsschule Reinheit der Gedanken predigte, war Frau Gratteau bemerkenswert schnell darin, das Schlimmste anzunehmen.

„Ich habe meinen Job nicht verloren", antwortete Seraphine. „Es ist nur so, dass ich ein besseres Stellenangebot habe."

„Ah ha, jetzt verstehe ich den Grund für deine Reise nach Montreux. Deine Tante hat dir eine Stelle besorgt, nehme ich an. Na, dann wünsche ich dir viel Glück. Ich kann nur hoffen, dass es bei einer angesehenen Familie ist."

„Die Familie ist sehr angesehen", erwiderte Seraphine und dachte dabei an die Lochmatters. „Ihre Mitglieder gelten als Säulen der Gesellschaft."

„Das will ich auch hoffen. Oh je, lass uns ein Stück auf dem Bahnsteig weitergehen. Eine Gruppe von Bergsteigern wartet auf den selben Zug und ich finde sie sehr unangenehm mit ihren lauten Stimmen und ihrer sperrigen Ausrüstung. Die Eisenbahn hat uns unzählige Vorteile gebracht, das kann ich nicht leugnen. Aber endlose Wellen von Vergnügungssüchtigen sind mir nicht willkommen. Auch die Art und Weise, wie sie von „Eroberung", „Beherrschung" und so weiter sprechen. Mein Mann und ich sind der Meinung, dass Gott die Natur und den Menschen geschaffen hat, um in Harmonie zu leben. Diese Landschaft ist nicht dazu da, unterworfen zu werden. Anders zu denken ist arrogant."

Ausnahmsweise war Seraphine mit der Frau des Pfarrers einer Meinung. Auch sie glaubte an eine friedliche Koexistenz mit der Natur. Was sie anders sah, war das, was die Bergsteiger, Wanderer und Besucher ins Tal brachten. Sie gaben Geld aus, ja, aber ihre Fremdheit bedeutete so viel mehr. Beim Antritt ihrer Stelle im Hotel Lochmatter würde sie mehr davon erfahren. Gäste aus Frankreich, Deutschland und Italien, vielleicht sogar aus England und Amerika, konnten von Welten erzählen, die sie sich kaum vorstellen konnte.

Der Zug fuhr in den Bahnhof ein, ein furchterregender und beeindruckender Anblick. Die Fahrgäste stiegen ein und zu Seraphines Freude erkannte Frau Gratteau ein Paar aus der Kirche in Zermatt. Sie saßen zusammen und unterhielten sich angeregt, sodass Seraphine eines ihrer Bücher herausnehmen konnte. Sie wählte eine Naturgeschichte mit Illustrationen, damit Frau Gratteau nichts dagegen haben konnte. Dann lehnte sie ihren Kopf gegen das Fenster und dachte über den bisherigen Tag nach. *Monatelang passiert nichts und dann kommt alles auf einmal.* Sie erinnerte sich an die Worte des Arztes und fasste einen Entschluss. Nach ihrer Rückkehr ins Mattertal würde sie ihn aufsuchen und darum bitten, als Testpatientin aufgenommen zu werden.

In Visp spendierte Tante Margot Frau Gratteau eine Tasse

Kaffee und einen Kuchen, um ihr für ihre Bemühungen zu danken. Es war eine unangenehme Begegnung. Margot Dechets Erscheinung und ihre Manieren waren über jeden Zweifel erhaben, jedoch war sie eine progressive Frau und obendrein Protestantin. Nach einer frostigen Verabschiedung von der Frau des Pfarrers lud Margot ihre Nichte zum Mittagessen in ein Hotel ein, da sie noch eine Stunde auf den Zug nach Montreux warten mussten. Seraphine achtete besonders auf das Servicepersonal; die Art, wie die Frauen ihr Haar trugen, die Höflichkeitsfloskeln, die sie benutzten und wie sie sich im Raum bewegten. Sie waren präsent, aber unaufdringlich. Sie bewunderte die Art und Weise, wie sie je nach den Bedürfnissen der Gäste von Deutsch zu Italienisch oder Englisch wechselten. Und wurde sich bewusst, wie schlecht sie für eine ähnliche Rolle gerüstet war. Eingeschüchtert von ihrer Umgebung, sagte sie wenig und antwortete auf die Fragen ihrer Tante mit kurzen Sätzen und höflichem Nicken.

Der Zug tuckerte an spektakulären Landschaften mit Seen, Wäldern, Bergen und Flüssen vorbei und entlockte den Fahrgästen ehrfürchtige Kommentare. Seraphine und ihre Tante fuhren schweigend und verständigten sich durch ein Lächeln oder eine Berührung ihrer Schultern, während sie Seite an Seite saßen. Erst als ihre Tante ihr den Arm tätschelte, merkte sie, dass sie eingeschlummert war und den größten Teil der Fahrt verschlafen hatte.

Was für ein undankbarer Gast! Sie setzte sich auf und entschuldigte sich bei Margot, weil sie sich für ihr verschlossenes Gebaren und ihren Mangel an Anmut schämte.

„Mein liebes, süßes Mädchen, das ist völlig egal. Du bist müde und brauchst eine Pause. Wenn ich einen ganzen Vormittag mit der frommen Frau Gratteau verbracht hätte, müsste ich eine Woche lang schlafen. Die Frau macht es sich zum Hobby, über andere zu urteilen und hat deshalb ein

Gesicht wie eine Zitrone. *Tant pis.* Wir haben zwei Wochen Zeit, uns mit Konversation, Entspannung und schönen Dingen zu amüsieren, die sie allesamt missbilligen würde."

„Ein Gesicht wie eine Zitrone?" Seraphine kicherte. „Ich stelle sie mir immer als Gans vor."

Margot presste ihre Hände auf den Mund und krümmte sich vor Lachen. „Was für ein scharfes Auge du hast! Lass uns unsere Sachen zusammensuchen, beim nächsten Halt müssen wir raus."

Nach zwei Tagen in der Gesellschaft ihrer Tante entspannte sich Seraphine wie eine Katze in der Sonne. Sie hatte keine Pflichten, das Leben bestand nur aus Vergnügen. Ein Spaziergang am See, heiße Schokolade und Gebäck in einem Art déco Café, eine musikalische Einlage in einem Salon, eine Lektüre im Wintergarten und der sehnlichst erwartete Besuch von Antons Grab erfüllten ihr Herz mehr, als sie sich zu träumen gewagt hätte. Die kleine Parzelle mit dem Grabstein des Jungen war sauber, das Gras rundherum ordentlich getrimmt und eine Reihe von Narzissen und Schwertlilien warfen gelbe und violette Lichtreflexe auf die weiße Platte, die zwei Drittel kleiner war als alle anderen.

Margot ließ sie allein, um ein Gebet zu sprechen. Auf ihren Knien betete Seraphine für seine Seele und bat um Vergebung. Sie rief jede einzelne Erinnerung an den kleinen Jungen zurück: seine Seesternhände und Saphiraugen, seinem zerfurchten Kopf und seine Stupsnase. Ihre Worte, kaum mehr als ein Flüstern, waren nur für seine Ohren bestimmt.

„Anton, du warst nie groß. Ein Würmchen, ein Klumpen Teig, der erst noch zu Brot werden musste. Als du gingst, riss deine Abwesenheit eine Kluft in mir auf, die so tief war wie das Mattertal. Weißt du, wie oft ich an dich denke? Ich stelle mir vor, wie du an meiner Seite bist, wenn ich zur Schule gehe, mit deinem grimmigen Stirnrunzeln. Wie du mir gegenübersitzt, wenn ich die Ziegen melke und die Lieder singst, die ich dir beigebracht hätte. Wie du Barry die Kletten aus dem Fell kämmst und versuchst, mit Henri zu schnattern. Diese einfachen Dinge haben wir nie gemacht und das ist meine Schuld. Ich wollte dich verbessern, aber du warst schon perfekt. Meine Liebe zu dir brennt mit der Hitze eines Glutofens, *mon petit frère*, und das wird sich nie ändern."

Sie legte ein Muster mit Steinen, die sie auf dem Hof gesammelt hatte, um seinen Namen herum, jeder einzelne eine Erinnerung an den Ort seiner Geburt. Dann wischte sie sich das Gesicht ab und ging zu ihrer Tante.

Ein Frühlingsregen versprühte Regentropfen auf dem Weg und Tante Margot öffnete einen Regenschirm. „Komm, lass uns zum Haus zurückkehren. Kann ich etwas tun, damit es dir wieder besser geht?" Ihre Augen waren gerötet und geschwollen.

Seraphine wollte ihr eigenes Gesicht lieber gar nicht erst sehen und schüttelte den Kopf. „Danke, nein. Wann kann ich Henri sehen?"

„Übermorgen. Dein Onkel wird uns begleiten, da er einer der Gönner des Krankenhauses ist. Er besucht es regelmäßig, wie du aus meinen Briefen weißt, und hat nur Lob für die Einrichtung übrig."

„Maman lässt mich nie deine Briefe lesen. Sie gibt Neuigkeiten weiter, erwähnt Henri aber nie. Ich war mir nicht sicher, ob er ...""

Margot zog sie in eine Umarmung. „Seraphine, du bist unglaublich stark und tapfer. Henri, das verspreche ich dir, ist am Leben und es geht ihm so gut, wie man es sich nur wünschen kann. Du wirst dich selbst davon überzeugen. Was du begreifen musst, ist die Bedeutung seines Alters. Henri ist eher alt für jemanden mit seiner Krankheit."

„Es gibt ein Heilmittel." Seraphine presste die Worte hervor. „Ein Arzt hat in St. Niklaus enorme Veränderungen bewirkt. Könnte er Henri nicht helfen?" Ihr Schluchzen übermannte sie und machte das Sprechen unmöglich.

Sie rannten durch Pfützen und erreichten unter dem Regenschirm das Haus mit Blick auf den See. Das Dienstmädchen beeilte sich, die Tür zu öffnen, und mindestens drei Bedienstete wuselten herum, bis die Damen ihrer nassen Kleidung entledigt waren. Seraphine saß in der Badewanne, wurde weich und warm und ihre Haare schwammen um ihren Kopf wie Flusskraut.

Beim Abendessen lobte ihr Onkel die Frisuren der beiden Damen. „Margot, morgen solltest du mit dieser reizenden jungen Dame einkaufen gehen. Sie verdient es, gut auszusehen. Die Hälfte der Junggesellen von Montreux wird ihr zu Füßen liegen."

„Danke, Onkel Thierry, aber ich bin nicht hier, um nach Bewunderung oder potenziellen Ehemännern zu suchen. Könnten wir über Henris Gesundheit sprechen?" Sie schnitt eine Spargel auf. „Soviel ich weiß, hast du das Heim kürzlich besucht."

Thierry nickte mit einem Blick auf seine Schwester. „Für einen Jungen mit Kretinismus ist er kräftig und gesund. Seine geistigen Fähigkeiten und seine körperliche Statur haben sich kaum verändert, seit du ihn das letzte Mal gesehen hast. Er ist zufrieden und wird von der Einrichtung gut versorgt, aber jede Hoffnung auf ein langes Leben ist vergebens. Henris Körper und Geist sind unterentwickelt und ich fürchte, das lässt sich nicht ändern."

Das Dienstmädchen füllte Seraphines Wasserglas und sie nahm einen großen Schluck. „Deine Offenheit weiß ich sehr zu schätzen. Mir ist auch bewusst, dass meine beiden Brüder mit einer Behinderung geboren wurden, vielleicht sogar mit mehreren. Zu meinem ewigen Bedauern ist Anton gestorben, bevor eine medizinische Lösung gefunden werden konnte. Es gibt einen Arzt in meinem Tal, der behauptet, er könne diese Gebrechen heilen. Wenn ich den Mann bitten kann, sein Wissen mit dem Heim in Bern zu teilen, könnte es noch Hoffnung für Henri geben."

Onkel Thierry legte sein Besteck weg. „Als hingebungsvolle Schwester ist es natürlich, dass du nach jedem Strohhalm greifst. Es ist bewundernswert, wie du immer wieder nach Möglichkeiten suchst, deinem Bruder zu helfen. Zwei Dinge, Seraphine, und keines davon soll deinen Forscherdrang bremsen. Erstens: Wissenschaftliche Durchbrüche kommen selten aus kleinen Gemeinden in einem abgelegenen Tal. Die Schweiz steht an der Spitze des medizinischen Fortschritts, besonders an den Universitäten von Bern, Zürich und Freiburg. Dein Arzt hat vielleicht einige neue Ideen für die Behandlung dieser Gemeinde, wofür er sehr zu loben ist. Ich rate dir jedoch, nicht zu viel Vertrauen in einen Landarzt zu setzen, der eine These zu beweisen sucht.

Mein zweiter Punkt beruht auf einer biologischen Tatsache. Deine beiden Brüder haben bestimmte Eigenschaften geerbt, ob durch Mängel im Mutterleib oder durch vererbte genetische Störungen, können wir nicht sagen. Diese Probleme sind unumkehrbar. Wenn ein Kind missgebildet geboren wird, gibt es keine Möglichkeit, es zu heilen. Es ist nicht wie bei einem Töpfer, der ein Stück Ton zu etwas formt. Sollte ein Versuch misslingen, kann er sein Rohmaterial wieder einstampfen und erneut beginnen. Leider gilt das nicht für den Menschen. Keine Medizin und kein Gebet kann etwas an der Wahrheit ändern. Es ist traurig, dass Henris Leben kurz sein wird. Wir können nichts weiter tun, als diese kurze Zeit auf der Erde mit Freude zu füllen. Wenn er dich sieht, werden seine Augen überlaufen. Ich kann nicht leugnen, mir wird es wohl gleich ergehen."

. . .

Seine Worte klangen Seraphine in den Ohren, als sie mit ihrer Tante einkaufen ging, während sie nach Bern reiste und als sie sich dem Kinderheim näherte, in dem Henri untergebracht war. Ein Arzt empfing sie am Eingang und gab ihnen eine Führung. Die Einrichtung war hell und farbenfroh, mit großen Gemeinschaftsräumen zum Essen und Spielen. Der Geruch von Desinfektionsmitteln zeugte von der Sauberkeit der Schlafsäle. Das Einzige, was fehlte, waren die Bewohner.

„Bei schönem Wetter ermutigen wir die Kinder, nach draußen zu gehen. Wir haben einen großen Spielplatz und dank der Südausrichtung des Gebäudes genießen wir viel Sonnenschein. Henri wird auf der Schaukel sein, wenn ich mich nicht irre, zusammen mit Aramis und Porthos."

Thierry und Margot lachten, aber Seraphine verstand nicht. Sie schaute ihren Onkel an, um aufgeklärt zu werden.

„Hast du *Die Drei Musketiere* nicht gelesen, Seraphine? In diesem Roman von Dumas geht es um eine Gruppe von unzertrennlichen Freunden, die sich gegenseitig die Treue halten. Henri und zwei andere Jungen sind auch ständig zusammen. Die Angestellten nennen sie deshalb nach den Helden des Romans. Wie du sehen wirst, sind sie ein sympathisches Rudel von Lausbuben."

Die Jungen saßen, wie der Arzt richtig vermutet hatte, in einer Reihe auf einer Gartenschaukel. Der Weg zu ihnen war kein gemütlicher Spaziergang über den Rasen, sondern ein Hindernislauf. Der Arzt mit den drei gut gekleideten Fremden zog die Aufmerksamkeit vieler Kinder auf sich, die gruppenweise herbeieilten, um ihre Hände zu fassen und ihre Kleidung zu berühren. Der Arzt sprach sie alle mit Namen an und leitete sie sanft zu der Aktivität zurück, die sie abgebrochen hatten. Die Krankenschwestern kümmerten sich um die Hartnäckigsten.

Mit einem Schrei stürmten die drei Jungen vom Schaukelsitz auf sie zu. Die Hoffnung, dass Henri seine Schwester erkennen würde, zerschlug sich schnell, als alle drei auf Onkel Thierry zustürmten. Er holte getrocknete Aprikosen aus seiner Tasche und begrüßte sie mit einer ungezwungenen Vertrautheit.

Margot beugte sich vor, um Henri auf die Schulter zu tippen und deutete auf Seraphine. Sein Gesicht war gealtert und so faltig wie das eines alten Mannes. Aber er lächelte, ging auf sie zu und verbeugte sich, eine Hand vor der Brust und die andere hinter dem Rücken. Es war eine charmante Geste, aber es fehlte jegliche Form des Wiedererkennens. Seraphine kauerte sich auf seine Augenhöhe und warf ihm einen Kuss zu. Er kicherte, blies ihr im Gegenzug einen zurück und hielt ihr dann die Hand hin. Offensichtlich wusste er, dass gutes Benehmen eine Belohnung verdiente. Sie hatte keine Rosinen oder Aprikosen dabei, aber sie griff in ihre Handtasche und holte die gestrickte Version von Barry heraus.

Eine Sekunde lang schien er verwirrt zu sein und starrte den Gegenstand verdutzt an. Sie war ihrer Tante und ihrem Onkel dankbar, dass sie die anderen Jungen ablenkten, und wedelte mit dem Schwanz des Spielzeugs. Als sie es Henris Wange ablecken ließ, schnatterte er vor Vergnügen, nahm es ihr ab und hielt es an seine Brust. Er lief einen weiten Kreis und zeigte das Wolltier jedem, der es sehen wollte. Schließlich kehrte er zu seiner Schaukel zurück und wiegte sich vor und zurück wie eine Mutter, die ihren Säugling beruhigt.

Der Arzt und Onkel Thierry gingen in Richtung des Hauptgebäudes, je einen von Henris Freunden an der Hand. Seraphine setzte sich neben ihren Bruder, zeigte auf den Spielzeughund und weitete ihre Augen. Er grinste, sein Mund war fast zahnlos, und hob das Spielzeug an ihr Gesicht. Sie drückte seine Hand an ihr Brustbein, damit er die Vibrationen spüren konnte, und sagte: „Guter Hund, Barry, guter Hund", während sie den Kopf des Hundes streichelte,

Henri ahmte ihre Geste nach und brummte etwas in seinem eigenen Schnatterstil. Die Sitzbank sank ein wenig, als Margot sich mit einem Lächeln auf die andere Seite ihres Neffen setzte.

„Er erinnert sich nicht. Er weiß nicht, wer ich bin", stellte Seraphine fest.

Margot streckte einen Arm hinter Henri aus und berührte Seraphine an der Schulter. „Er weiß, dass du jemand bist, der ihm ein Geschenk und ihn glücklich gemacht hat."

„Brr, brr, chack, brr brrreeeerrr", gurrte Henri.

Sie schaukelten zusammen, wobei Seraphine versuchte, die Schönheit der Gärten und das ungekünstelte Lachen der kleinen Jungen, die in der Sonne spielten, zu genießen. Es war ein schöner Ort. Sie hielt ihre Hände über Nase und Mund und blinzelte die Tränen weg.

Kleine Finger tätschelten ihr Handgelenk und heißer Atem wehte auf ihre Wange. Sie drehte sich zu ihrem Bruder um. Er deutete auf ihre Nase und krümmte sich, als hätte er Schmerzen. Dann schaute er auf und erwartete eine Antwort.

Sie schüttelte den Kopf. „Nein. Es tut nicht weh. Nicht wirklich."

Sein Spielzeug fest im Griff, öffnete er seine Arme und sie drückte ihn fest an sich. An einige Dinge erinnerte er sich doch.

11

———

Sie geht in Schönheit wie die Nacht,
die wolkenlos und sternbesät;
des Dunkels Glanz, der Helle Pracht
in ihrem Blick und Antlitz steht
und so ein mildes Licht entfacht,
das der Himmel dem grellem Tag verwehrt.

— Lord Byron, *Sie geht in Schönheit*

April 1919

Zu behaupten, er hätte Seraphine Widmer nicht wiedererkannt, wäre eine Lüge gewesen. In Wahrheit konnte sich Bastian nur zu gut an sie erinnern. Wie sie am letztjährigen Nationalfeiertag errötete, als sie sich für einen Fehler bei seiner Bestellung entschuldigte, wie ihre türkisfarbenen Augen schimmerten wie ein Gletschersee, und wie ihre eigentümliche altmodische Bluse im Widerspruch zu ihrer offensichtlichen Jugend stand. *Ein hübsches Mädchen,* hatte er damals gedacht. *Oder zumindest wird sie das einmal sein, wenn sie erwachsen ist.* Er hatte sie auf vierzehn oder fünfzehn Jahre alt geschätzt und war überrascht und beeindruckt, als er im nächsten Jahr einer jungen Frau begegnete.

Als er sah, wie sie die *Weisshornstube* verließ, beschleunigte er sein Tempo und bot ihr an, ihre Tasche zu tragen. Sie erschrak von seiner Stimme und er stellte fest, dass sie tatsächlich zu einer Schönheit herangewachsen war. Sie erkundigte sich mit mehr als nur beiläufiger Neugier nach seiner Arbeit. Er wollte gerade mit einer Erklärung beginnen, als die missgünstige alte Krähe Frau Gratteau auftauchte. Andernfalls hätte Bastian ihr angeboten, das Thema eingehend zu erläutern. Doch die offensichtliche Missbilligung durch die Frau des Pfarrers brachte ihn aus dem Konzept, und so gab er der jungen Frau die Tasche zurück und verabschiedete sich. Er hatte keine Ahnung, wohin sie unterwegs war oder wie er sie wiederfinden konnte. Selbst die beiläufigste Erkundigung würde die Gerüchteküche brodeln lassen.

Seraphine Widmer. Er schaute in den medizinischen Unterlagen der Praxis nach. Sie wohnte eine Busfahrt und einen langen Fußmarsch entfernt oben in den Bergen und war keine regelmäßige Patientin in der Praxis. Das letzte Mal war sie vor einigen Jahren wegen einer Verbrühung am Bein behandelt worden. Seine einzige Chance, sie zufällig zu treffen, war die *Weisshornstube*. Deshalb nahm er dort jeden zweiten Tag seinen *Znüni* oder sein Mittagessen ein. Der Mann hinter der Theke war mürrisch und ungehobelt, das Essen nicht besonders abwechslungsreich und die verrauchte Luft setzte sich in seiner Kleidung fest. Vergeblich wartete er auf ihr Erscheinen. Nach zwei vollen Wochen fand er sich mit der Tatsache ab, dass er sie wohl nie wieder sehen würde und kehrte für die verbleibenden vierzehn Tage seines Aufenthalts im weitaus besseren Hotel Lochmatter ein.

Eines Morgens blätterte er im Speisesaal in der Zeitung und las Berichte über die Pariser Friedenskonferenz, als ihn etwas aufschauen ließ. Eine schlanke Gestalt in einer Zimmermädchenuniform ging an der Tür vorbei und warf einen kurzen Blick hinein. Sie schaute ihm nur für einen winzigen Moment in die Augen, aber dennoch war er wie vom Blitz getroffen. Hastig leerte er seine Kaffeetasse, faltete die Zeitung zusammen und eilte dem Mädchen nach. Er stieg die Treppe hinauf und überprüfte jedes Stockwerk, aber fand sie nicht. Sie musste in einem der Zimmer sein. Ohne überall zu klopfen konnte er allerdings unmöglich wissen, in welchem.

Die Kirchenglocken läuteten acht Mal und auf der letzten Treppe zur Praxis nahm er zwei Stufen auf einmal, bereit, sich zur Arbeit zu melden. Da stand sie mit dem Rücken zur Tür, mit großen Augen, und schien auf ihn zu warten.

„Fräulein Widmer! Entschuldigen Sie bitte, dass ich Sie erschreckt habe. Es ist mir eine Freude, Sie wiederzusehen."

„Guten Morgen, Dr. Favre. Ich bin gekommen, weil Sie sagten, ich solle in die Praxis kommen, wenn ich mehr über das Salz und die Tests erfahren möchte."

„Ich verstehe. Ja, natürlich." Er war ganz außer Atem, weil er die Treppe so schnell hochgelaufen war. „Sie arbeiten hier?"

„Jetzt schon, ja. Herr Lochmatter hat mir eine Anstellung als Zimmermädchen gegeben. Heute ist mein erster Tag, aber ich wollte mit Ihnen sprechen, allerdings nicht im Speisesaal."

„Ich verstehe. Könnten Sie nach der Sprechstunde wiederkommen? Dann erkläre ich Ihnen gerne alles im Detail."

„Ja, Herr Doktor. Aber das letzte Postauto fährt um sieben Uhr fünfzehn."

„In diesem Fall sehen wir uns hier um sechs Uhr."

„Vielen Dank. Ich wünsche Ihnen einen schönen Tag."

„Das wünsche ich Ihnen auch."

Sie lächelte und eilte die Treppe hinunter.

Er stand noch einen Moment da und schüttelte ungläubig den Kopf. Er konnte es kaum erwarten, bis sechs Uhr war.

Ausgerechnet an diesem Tag kam Dr. Bayard spät von einem Patientenbesuch am anderen Ende des Tals zurück. Um zwanzig Minuten nach sechs war er immer noch mit Papierkram beschäftigt. Bastian ging in der Praxis auf und ab, während er das Klopfen an der Tür fürchtete und gleichzeitig mit Spannung erwartete. Schließlich zog Bayard seinen Mantel an und schlug vor, dass Bastian für den Abend Schluss machen sollte.

„Ich werde nur noch die letzten Berichte fertigstellen und dann genau das tun, Herr Doktor Bayard. Grüßen Sie Ihre Frau von mir. Bis morgen!"

„Bis morgen." Bayards Schritte knarrten die Treppe hinunter und nach wenigen Augenblicken erschien sein schwarzer Hut unten auf der Straße. In diesem Moment klopfte es leicht an der Tür.

Bastian öffnete sie und sah Seraphine, die immer noch in ihrer Uniform unter einem Wandleuchter stand. „Entschuldigen Sie die Verspätung, Herr Doktor, aber ich hielt es für das Beste, Dr. Bayard gehen zu lassen, bevor ich klopfe."

„Eine weise Entscheidung. Kommen Sie herein und nehmen Sie Platz. Ihr Postauto fährt, glaube ich, um halb acht, also komme ich gleich zur Sache. Sie interessieren sich für Dr. Bayards Experimente mit aufbereitetem Salz, nicht wahr?"

„Ja, das ist richtig.

„Darf ich fragen, warum?"

Sie senkte den Blick und verzog den Mund zu einer verlegenen und unglücklichen Miene. „Ich habe zwei Brüder. Nein, das ist nicht richtig. Ich hatte zwei Halbbrüder. Einer starb an der Weißen Pest und der andere ist in einem Heim in Bern. Sie wurden beide als Kretins geboren, Herr Doktor. Was mich betrifft, fürchte ich, dass ich nach meiner Mutter komme und den gleichen dicken Hals entwickle." Sie legte eine Hand an ihre Kehle. „Ich weiß, dass es zu spät ist, um meinen Brüdern zu helfen, aber wenn das Salz mir helfen kann, würde ich mich gern freiwillig als Testperson zur Verfügung stellen."

Die Rede war gut einstudiert, das konnte Bastian sehen. Seraphine rang sichtbar um Selbstbeherrschung und das war wahrscheinlich die einzige Möglichkeit, wie sie die Sachlage erklären konnte, ohne zu weinen. Er musste sehr behutsam vorgehen. „Als junge Frau, die noch im Wachstum ist, könnten Sie eine sehr gute Versuchsperson sein. Bevor wir weitermachen, darf ich Ihren Hals untersuchen?«

Sie sah erschrocken aus, nickte aber kurz und griff hinter ihren Kopf, um ihre hochgeschlossene Bluse aufzuknöpfen. Als sie teilweise gelockert war, zog sie den Ausschnitt bis auf Höhe ihres Brustbeins herunter und hob ihr Kinn in die Luft. Ihr Mut berührte ihn sehr.

Er nahm die Lampe in die Hand und zog seinen Hocker näher heran, damit er ihr gegenübersitzen konnte. Ihre Knie berührten sich fast. Aus der Mitte ihres Halses ragte eine beträchtliche Wölbung hervor, die zwar auffällig, aber bei Weitem nicht das Schlimmste war, was er je gesehen hatte.

„Ich verstehe. Jetzt muss ich das Ding befühlen, um seine Beschaffenheit zu bestimmen. Bitte entschuldigen Sie." Die Wärme ihrer Haut unter seinen Fingern und die Nähe zu ihrem hübschen Gesicht machten ihn nervös, obwohl er sich darauf konzentrierte, professionell zu sein. Das Gewebe war weich und geschmeidig, ohne die Verhärtung, die er bei Erwachsenen oft sah. Seine Nerven beruhigten sich, als er sich von ihr entfernte und hinter einen Schirm aus medizinischem Fachjargon schlüpfte.

„Die Chancen stehen gut, dass Ihr Kropf auf die Behandlung

anspricht, die Dr. Bayard empfiehlt. Wenn Sie bereit sind, Testpatientin zu werden, Fräulein Widmer, müssen Sie sich genau an die Anweisungen halten, sich regelmäßig untersuchen lassen und zustimmen, dass sie als Versuchsperson behandelt werden. Das bedeutet, dass wir jetzt und in drei Monaten ein Foto von Ihnen machen müssen."

Sie knöpfte ihre Kleidung zu. „Ja, das ist alles kein Problem. Ich bin sehr froh, dass Sie glauben, mein Zustand könne sich verbessern und ich danke Ihnen für Ihre Geduld. Doktor Favre? Was ich gerne wissen möchte, ist das Warum. Aus welchem Grund habe ich diese Geschwulst, warum ist die Schwellung bei meiner Mutter dreimal so groß wie bei mir und wie kam es, dass meine Brüder so geboren wurden? Ich weiß, wir haben nicht viel Zeit, aber Sie hatten mir gesagt, dass Sie gerne ins Detail gehen würden."

Erstaunt starrte er in ihr Gesicht, in dem das Lampenlicht in den funkelnden Augen tanzte, und bemerkte ihren entschlossenen Ausdruck und das trotzig vorgereckte Kinn. „Das habe ich in der Tat. Also gut. In Ihrem Hals, genau dort, wo sich der Klumpen gebildet hat, befindet sich die Schilddrüse. Sie ist wie ein Schmetterling geformt und normalerweise so dünn, dass Sie sie nicht spüren können. Diese Drüse mag im Vergleich zu anderen Organen wie dem Gehirn oder der Lunge unbedeutend erscheinen, aber sie erfüllt eine wichtige Aufgabe. Sie reguliert praktisch jeden körperlichen Prozess. Wachstum, Temperatur, die Entwicklung anderer Organe und die Herzfrequenz benötigen die Hormone oder vielleicht sollte ich sagen, die physiologischen Botschaften, die von der Schilddrüse geliefert werden. Ohne sie wird der Körper träge, müde, immer kalt und es fehlt ihm an Lebensfreude."

„Sie beschreiben meine Mutter", erwiderte Seraphine und schlug die Hände vor die Brust.

Bastian zögerte, aber da er wusste, dass die Uhr tickte, fuhr

er fort. „Für ihr natürliches Funktionieren braucht die Schilddrüse eine kleine, aber regelmäßige Menge Jod. Menschen, die
in der Nähe des Meeres leben, haben keine Schwierigkeiten,
ihre Versorgung durch Fisch und Ähnliches aufrechtzuerhalten.
Hier in den Alpen scheint unser Boden einen Mangel zu haben.
Wenn die Schilddrüse nicht genügend Jod aufnehmen kann,
schwillt sie an und versucht, jedes einzelne Jodteilchen im
Körper zu absorbieren. Daher kommt der Kropf. Deshalb will
Dr. Bayard, dass jeder ein kleines bisschen Jod in seinem Salz
hat. Denn mehr benötigt man tatsächlich nicht."

Seraphine legte den Kopf schief, als die Sieben-Uhr-Glocke
ertönte. „Ich sollte bald gehen, damit ich Ihren Feierabend nicht
weiter störe. Eine letzte Frage, Herr Doktor, wenn es Ihnen
nichts ausmacht?"

„Selbstverständlich macht es mir nichts aus."

„Jeder körperliche Vorgang, sagten Sie. Jeder körperliche
Vorgang unseres eigenen Körpers und derer, die wir in uns
tragen, oder? Wenn dem Körper einer Mutter Jod fehlt, muss
das Baby, das sie in sich trägt, den gleichen Mangel haben. Ist es
das, was mit meinen Brüdern passiert ist?"

Bastian stieß einen Seufzer des Mitgefühls aus. Er konnte
nur erahnen, wie schwer es für die Frauen war, die um ihr Überleben kämpften und ein missgebildetes Kind zur Welt brachten.
Jetzt hatte er eine Vorstellung davon, welche Last auf betroffenen Geschwistern lastete. „Ihre Brüder hatten leider keine
wirkliche Chance auf eine normale Entwicklung, muss ich
eingestehen. Wenn man einen Samen in unfruchtbares Land
pflanzt, ist es unwahrscheinlich, dass er wächst. Und wenn doch,
dann ist er oft verkümmert oder deformiert. Es tut mir leid,
Seraphine, dieses Unglück ist grausam und ungerecht für alle."

Sie riss den Kopf hoch und in ihren Augen glitzerten Tränen.
Ihm wurde klar, was er gesagt hatte, und er hätte sich auf die
Zunge beißen können. Sie mit ihrem Vornamen anzusprechen,

war außerdem eine Anmaßung von Seniorität, eher der herablassende Arzt als der potenzielle Verehrer.

„Mein Mitgefühl für Ihre familiäre Situation hat mich achtlos gemacht und ich entschuldige mich, Fräulein Widmer. Vielleicht kann ich Sie zur Postauto-Haltestelle begleiten, damit Sie Ihren Bus noch erwischen und um weitere Fragen zu beantworten?"

„Das ist nicht nötig, danke. Wann kann ich anfangen, das Salz zu nehmen?"

„Sie müssen verstehen, dass dies eine lebenslange Verpflichtung ist. Ihre Schilddrüse, der Schmetterling in Ihrem Hals, braucht Jod, wie eine Blume Wasser oder Sonne braucht. Wenn Sie nicht wollen, dass diese Schwellung wieder wächst, müssen Sie das Salz für immer einnehmen. Können Sie mich morgen Abend um dieselbe Zeit besuchen? Ich werde mir den Fotoapparat von Dr. Bayard ausleihen und den aktuellen Zustand Ihres Kropfes aufnehmen."

„Nein, ich kann den Rest der Woche nicht länger als bis drei Uhr bleiben. Nächsten Montag habe ich die Erlaubnis, bis zum Abend zu bleiben. Passt Ihnen das, Herr Doktor?" Sie nahm ihre Tasche und stand auf.

„Heute in einer Woche? Aber sicher. Wir können uns wieder hier treffen, ich werde Ihre Maße nehmen und Ihnen die richtige Dosis Salz verschreiben. Ich hoffe, ich habe Sie nicht beleidigt oder verärgert?"

„Nein." Sie schaute ihn direkt an und lächelte. „Ich habe auch nichts dagegen, dass Sie mich Seraphine nennen. Sie sagen es mit einem französischen Akzent. Das gefällt mir. Herr Doktor, Sie waren sehr geduldig und freundlich, wofür ich Ihnen danke. Gute Nacht."

Sie war aus der Tür, bevor er sich verabschieden konnte. Das Echo ihrer Schritte klopfte von unten wie Regentropfen herauf und er hätte sie am liebsten zurückgerufen. Stattdessen eilte er zum Fenster, um sie gehen zu sehen. Erst als ihre Gestalt außer Sichtweite um die Ecke bog, beugte er sich vor, um die Lampen auszublasen. Er holte tief Luft und hielt inne, seine Lungen prall gefüllt. Auf der anderen Straßenseite beobachtete ihn ein Mann, dessen Gesicht ebenfalls vom Lampenlicht erhellt wurde.

Bastian stieß seinen Atem gleichmäßig aus und war neugierig, wer ihn vom Meierturm aus beobachtete. Die Blicke der beiden Männer trafen sich. Es war der harmlose Narr, der die meiste Zeit des Tages schnarchend im Speisesaal verbrachte. Der alte Mann hob eine Hand zum Gruß und Bastian erwiderte die Geste trotz seiner Irritation, dann blies er die Kerzen aus und zog die Vorhänge zu. Das nächste Mal, wenn er Seraphine traf, würde er das hintere Sprechzimmer benutzen.

Das nächste Mal. Sieben Tage, bis sie so eng beieinandersaßen, dass sich ihr Atem vermischte und er den Duft des Sommers in ihrem Haar riechen konnte. Sieben Tage, bis er mit seinen Fingern über ihre Haut streichen konnte. Sieben Tage.

12

Mai 1919

Mein hochgeschätzter Kollege, Herr Doktor Hunziker
*Ich möchte mich noch einmal für dieses eilige Schreiben
entschuldigen, das die üblichen Höflichkeiten auslässt. Die Dringlich-
keit meiner Mitteilung wird von einem weitaus größeren Optimismus
getragen als mein letztes eiliges Schreiben. Damals befürchtete ich,
dass der Konflikt die Schweiz in seinen hungrigen Schlund ziehen und
der wissenschaftliche Austausch eines der vielen Opfer werden würde.
Ich bin sehr dankbar, dass wir so viel Glück hatten.*

*Das letzte Mal, als wir noch vor dem Ausbruch der Feindselig-
keiten miteinander korrespondierten, stimmten wir mit den von
Chatin, Coindet et al. vertretenen Prinzipien überein. Seit Ihren infor-
mativen und wohlunterrichteten Beiträgen zur Schweizer Medizin
sind viele ereignisreiche Monate vergangen und andere Kämpfe haben
unsere Aufmerksamkeit in Anspruch genommen. Trotzdem wage ich
es nicht, weiter zuzuwarten.*

*Nachdem ich Ihre These in aller Ausführlichkeit gelesen habe,
möchte ich weder Ihre Worte falsch wiedergeben noch eine ungenaue*

Abbildung meiner eigenen liefern. Daher bitte ich Sie um Nachsicht, wenn ich die wichtigsten Punkte unseres Diskurses als Gedächtnisstütze festhalte.

Unsere oben erwähnten Vorgänger bekunden Mühe mit der derzeitigen Besessenheit von Bakterien: Der Kropf ist kein Ausdruck einer Infektionskrankheit, schlechter Hygiene oder Blutsverwandtschaft. Die Ärztekollegen unterstützen die These, dass eine dosierte Jodzufuhr eine positive Wirkung auf Kropfpatienten hat, doch die genaue Dosierung bleibt umstritten. Chatin und Coindet waren zwar wahre Pioniere auf diesem Gebiet, aber die unglückliche Reaktion auf ungenaue Mengen an Jod in der Nahrung trug dazu bei, dass es zu einer Massenvergiftung kam und die Franzosen so das Projekt in Misskredit brachten.

Darüber hinaus verfügt die Ärzteschaft über eine Vielzahl von Beweisen, die die Bedeutung der Schilddrüse für das Wachstum des Fötus belegen. Geburtsfehler in kropfreichen Regionen sind weit verbreitet. Kretinismus und Myxödem, beides Auswirkungen einer Unterentwicklung in utero, sind irreversibel.

Vielen Dank für Ihre Geduld. Ich komme nun zum Punkt:

Seit ich von meinem Einsatz mit dem Roten Kreuz zurückgekehrt bin, bekleide ich den Posten des Hausarztes in St. Niklaus (VS). Ich bin ein verheirateter Mann und praktizierender Arzt vor Ort. Herr Hunziker, ich habe die Welt als Schiffsarzt bereist und nirgendwo habe ich so viel Fatalismus und Hoffnungslosigkeit gesehen wie in dieser Region. In meinem eigenen Tal ist der Kropf endemisch, die Taubheit übersteigt das übliche Vorkommen bei Weitem und in einigen Dörfern ist mehr als die Hälfte der Nachkommenschaft nicht in der Lage, als normale Mitglieder der Gesellschaft zu funktionieren.

NB: Das sind nur jene, die wir sehen.

Ausgehend von Ihrer These glaube ich, dass die Behandlung eines Schilddrüsenungleichgewichts eine Frage der Dosierung ist. Die einzige Möglichkeit, das zu beweisen, ist eine einfache Dosis-Wirkungs-Studie. Letzten Winter habe ich in einer stark betroffenen

Gemeinde im Mattertal eine kleine Gruppe von Bewohnern dazu überredet, an einer solchen Studie teilzunehmen. Die Ergebnisse sind die erfreulichsten, die ich in all den Jahren meiner medizinischen Tätigkeit erlebt habe.

In einer winzigen Gemeinde, anderthalb Stunden Fußweg von meiner Praxis entfernt, lieferte ich den Bewohnern Jodsalz für die ganze Saison. Die Bevölkerung, die in drei Gruppen aufgeteilt war, konsumierte unterschiedlich stark jodiertes Salz: nämlich 3 mg/kg, 6 mg/kg und 15 mg/kg. Als ich im Frühjahr zurückkehrte, war der Unterschied unübersehbar. Ein diffuser Kropf bei Kindern unter dem Pubertätsalter wird weich und bildet sich in weniger als drei Monaten zurück. Die Kehle von Erwachsenen verkleinert sich auf die Hälfte, wenn nicht sogar auf ein Viertel, sodass sie wieder normal atmen können. Ganze Familien sind wie verwandelt.

Auch wenn wir bei medizinischen Studien die dokumentarische Präzision streng einhalten müssen, gibt es doch Raum für nicht-klinische Beobachtungen. Ein Mann der Poesie wird Gefallen daran finden, dessen bin ich mir sicher. Der Nebel hat sich gelichtet. Optimismus, Lachen, Energie und Licht sind in jedem Haus spürbar.

Ermutigt durch diese Ergebnisse und entschlossen, mit wissenschaftlicher Genauigkeit zu dokumentieren, werde ich im kommenden Winter eine breitere Dosis-Wirkungs-Studie starten. Ich beabsichtige, in der gleichen Gemeinde Grachen sowie einer zweiten abgelegenen Region namens Törbel zu arbeiten. Sie ist nur über einen steinigen Weg zu erreichen, ist ländlich und isoliert. Ich bin entschlossen, nicht nur fünf Familien, sondern über tausend Menschen in diesem Tal zu behandeln.

Wie ich den letzten Satz schreibe, kann ich Ihre hochgezogenen Augenbrauen fast sehen. Hätte ich mehr Zeit, würde ich meine Überlegungen ausführlich erläutern, denn ich halte sie für stichhaltig. Aber wegen der bereits erwähnten Eile bitte ich Sie, meinem Urteil zu vertrauen, bis ich Ihnen endgültige Ergebnisse vorlegen kann.

Mein geschätzter Herr Kollege und Wissenschaftler, wenn wir

Ihre These und meine praktischen Beweise zusammenbringen, stehen wir kurz davor, etwas so Einfaches und doch so Mächtiges und Tiefgreifendes zu schaffen. Unsere Arbeit könnte nicht nur das Leben unserer Landsleute, sondern das Leben der Menschen auf der ganzen Welt verändern.

Wie Sie sicher zwischen meinen Zeilen lesen können, bin ich voller Hoffnung. Der Hintergrund ist gleichzeitig beruflich und persönlich. Meine Frau und ich erwarten nächstes Jahr ein weiteres Kind, ein willkommener Segen. Deshalb werde ich im Vertrauen auf meine eigene Methodik meine Ehefrau und meinen zukünftigen Sohn oder meine Tochter genauso behandeln wie die Dorfbewohner.

Mit den besten Wünschen für Sie und Ihre Familie verabschiede ich mich von Ihnen.

Dr. med. Otto Bayard
3925 St. Niklaus, 4. Mai 1919

13

———

Ich liebe dich so sehr wie frisches Fleisch das Salz.

— Anna Walter Thomas, *Cap O'Rushes*

Juni 1919

Der Krieg war vorbei. Als sie aufwachte, war das der erste Gedanke, der Seraphine durch den Kopf ging. Jeden Tag schloss sie für einen Moment die Augen, um Gott zu danken.

Wie der Rest der Welt freuten sich auch St. Niklaus und die umliegenden Gemeinden über die Aussicht auf Frieden. Der traditionelle Trinkspruch zu Silvester, dem 31. Dezember, galt der Gesundheit, dem Wohlstand und dem Glück. Den Wohlstand wieder herzustellen würde lange dauern, aber angesichts der jüngsten körperlichen Veränderungen und der wiedervereinigten Familien wagten die Menschen zu hoffen, dass sich ihr Blatt gewendet hatte. Während der gesamten Wintermonate war der Tenor der Gespräche optimistisch.

Es sei denn, man lebte bei Familie Widmer. Als Josef aus

dem Militärdienst entlassen wurde, kehrte er auf seinen Hof zurück und war so verbittert und verärgert über den Waffenstillstand, als wäre er der Besiegte. Beim Abendessen hielt er seiner Frau und seiner Stieftochter stundenlang Vorträge über die politischen Fehltritte der Schweizer Regierung und den Irrsinn der Linken. Drei Monate mit ihm zusammengepfercht zu sein, löste ein Gefühl der Panik in Seraphines Brust aus. Und das war es schließlich auch, was ihr den Mut verlieh, die Haushälterin des Hotels Lochmatter anzusprechen.

„Frau Hediger, kann ich die Gläser für Sie spülen? Ich habe noch vierzig Minuten Zeit bis zu meinem Postauto und ich möchte mich lieber nützlich machen, als hier herumzusitzen und zu träumen.“

„Danke, Seraphine. Obwohl ein junges Fräulein in Ihrem Alter viel zu träumen hat, nehme ich das Angebot gerne an. Ich bin den ganzen Tag auf den Beinen und das fordert seinen Tribut.“

„Setzen Sie sich ans Fenster, ich bringe Ihnen einen Tee. Meinen Sie, wir können nächstes Jahr mit mehr Touristen rechnen? Entschuldigung, ich meine dieses Jahr.“

Die ältere Frau setzte sich mit einem erleichterten Stöhnen. „Ich weiß, was Sie meinen. Erst heute Morgen habe ich eine Rechnung mit dem Jahr 1918 datiert und musste sie noch einmal schreiben. Werde ich älter und verändere mich nur langsam, oder dauerte das Jahr 1918 ein ganzes Jahrzehnt?“

„Die letzten drei Jahre kommen mir wie ein ganzes Leben vor, wenn ich ehrlich bin.“ Sie stellte die Tasse und das Sieb neben den kleinen Topf, als wäre Frau Hediger ein Hotelgast.

„Drei Jahre *sind* ein ganzes Leben für jemanden, der so jung ist. Es war für das ganze Land schwer, aber Ihre Generation hat am meisten gelitten. Sie müssen überglücklich sein, dass Ihr Papa unversehrt zurückgekehrt ist.“

Einen Moment lang war Seraphine nicht in der Lage zu

antworten. Sie wusch die Gläser, spülte sie ab und hielt sie vor die Lampe, während sie sie trocken polierte. „Ja, danke, es ist ein Segen für meine Mutter und für den Hof. Ich selbst hoffe, dass ich im Gastgewerbe mehr dazulernen kann. Das Problem ist nur, dass ich jeden Tag mit dem Postauto durch das Tal fahren muss. Als Hanna hier arbeitete, hat sie da nicht in einem Dienstmädchenzimmer gewohnt?"

Frau Hedigers Gesichtsausdruck war zurückhaltend. „Ja. Aber Hanna war eine verheiratete Frau."

„Wenn Sie dafür sorgen, dass ich angemessen einquartiert bin und mich anständig verhalte, wo ist da der Unterschied? Ich könnte länger arbeiten, beim Frühstück helfen, die Rezeption übernehmen, wenn Sie eine Pause brauchen, und alles lernen, was Sie mir beibringen möchten. Frau Hediger, eine junge Frau wie ich hat nur begrenzte Aussichten und nach dem Krieg noch weniger als zuvor. Ich arbeite hart, das schwöre ich."

Die Haushälterin rührte in ihrem Tee und wackelte nachdenklich mit dem Kopf hin und her. „Sie müssen mir nicht sagen, wie hart Sie arbeiten. Geben Sie mir eine ehrliche Antwort, Seraphine. Wollen Sie Arbeit oder einen Ehemann?"

Seraphine zuckte zurück, sie war geschockt. „Einen Ehemann will ich auf gar keinen Fall! Meine Mutter legte großen Wert auf die Ehe, und sehen Sie sich an, was mit ihr passiert ist. Keiner ihrer Männer hat sie zufriedengestellt. Josef ist unglücklich, sie ist enttäuscht und ich bin von Elend umgeben. Je eher ich den Hof verlasse, desto besser. Wenn es sein muss, gehe ich zu meiner Tante nach Montreux und suche mir eine Anstellung als Kinder- oder Dienstmädchen."

„Wenn das eine Möglichkeit ist, warum tun Sie es dann nicht?"

„Weil ich mir nichts sehnlicher wünsche, als in St. Niklaus zu bleiben, ein Dach über dem Kopf zu haben und mich selbst versorgen zu können. Entschuldigen Sie bitte, dass ich so viel rede. Mein Mundwerk geht manchmal mit mir durch. Ich mache die Gläser fertig und lasse Sie in Ruhe."

„Danke. Sie sind eine gute Seele. Lassen Sie mich mit Herrn Lochmatter sprechen und wir werden sehen."

Als Seraphine ihrer Mutter die Nachricht überbrachte, hatte sie mit Widerstand gerechnet. Was sie nicht erwartet hatte, war ein Blick voller Angst.

„Du verlässt mich? Jetzt?" Clothilde stemmte sich gegen den rauen Holztisch, als würde sie gleich in Ohnmacht fallen.

Seraphine trat einen Schritt vor. „Maman, was ist los? Setz dich hin, du siehst ganz blass aus." Sie schob ihre Mutter auf einen Stuhl und setzte sich ihr gegenüber, wobei sie sich einen Blick auf das Scheunentor nicht verkneifen konnte. Josef war auf den Berg gegangen, um einige Zäune zu reparieren, Barry passte auf die Ziegen auf, und wenn sie Glück hatte, war ihr Stiefvater noch stundenlang weg.

„Warum willst du im Hotel wohnen, wenn dein Zuhause hier ist?" Clothildes Stimme war sanft, fast klagend, ein völliger Gegensatz zu ihrer üblichen tadelnden Tonlage. „Wie soll ich allein zurechtkommen?"

„Allein? Dein Mann ist hier, um dich mit allem zu versorgen, was du brauchst. Ich bin vor drei Monaten achtzehn geworden und es ist Zeit für mich, mein eigenes Leben zu führen. Mit achtzehn warst du schon in anderen Umständen."

„Ja. Jetzt bin ich vierunddreißig und in Erwartung deines kleinen Brüderchens."

Im Raum wurde es still, nichts war zu hören außer dem Ticken der Wanduhr.

„Du bist wieder schwanger?", flüsterte Seraphine.

„Ja. Josef ist außer sich vor Freude." Sie versuchte zu lächeln.

„Aber was ist, wenn das Baby …?"

„Das wird es nicht. Ich habe so ein Gefühl. Du weißt ja, was man sagt: Beim dritten Mal hat man Glück."

Bilder schossen Seraphine durch den Kopf: Antons kleiner weißer Grabstein, die „besonderen" Kinder auf dem Schulhof, Henri, der nach einer Ohrfeige von Josefs Hand weint, das Jungenheim in Bern. Die Wut über die Sturheit ihrer Mutter entlud sich in einem unkontrollierbaren Flächenbrand.

„Wie kannst du nur so egoistisch sein?", fuhr sie sie an. „Du hast keine Ahnung, ob dieses Kind so leiden wird wie Anton und Henri. Du weigerst dich, mir zuzuhören, wenn ich dir von den Wundern erzähle, die der Doktor bei den Kindern und Erwachsenen in St. Niklaus, in Grachen und in anderen Gemeinden bewirkt hat. Vor allem aber könnt ihr nicht wie ich die Unterschiede bei den Neugeborenen sehen. Alle Mütter, die das Salz nehmen, haben gesunde Kinder zur Welt gebracht. Diejenigen, die sich weigern, gehen ein viel größeres Risiko ein, dass ihr Nachwuchs schwere Defekte hat, die eine Vollzeitpflege erfordern. Deshalb willst du nicht, dass ich gehe. Du willst eine ständige Pflegerin für die Kinder, die du nicht lieben kannst." Sie stand auf und öffnete die Haustür, weil sie sich nach einer kalten Brise auf ihren glühenden Wangen sehnte.

„Seraphine! Geh nicht!"

„Ich gehe nirgendwo hin. Ich brauchte nur etwas frische Luft."

Clothilde kam zu ihr und stellte sich neben sie. „Ich dachte, du liebtest deine Brüder."

„Natürlich habe ich sie geliebt! Und das tue ich immer noch! Und genau aus diesem Grund würde ich alles tun, um zu verhindern, dass einem weiteren Kind das Gleiche widerfährt. Es ist grausam und ungerecht, vor allem, wenn man weiß, dass es verhindert werden könnte. Du kannst dich nicht auf weibliche Intuition oder anderen folkloristischen Unsinn verlassen, wenn es darum geht, ein Kind zu bekommen." Sie drehte sich zu ihrer Mutter um, zog ihren Schal weg und zeigte auf ihren Hals.

„Siehst du das? Nein, du siehst es nicht, denn es ist nicht mehr da. Meine Geschwulst ist weg. Weil ich auf die Ärzte gehört habe. Ich sah die Ergebnisse ihrer Untersuchungen und befolgte ihren Rat. Ich habe meinem Essen spezielles Salz hinzugefügt."

„Du hast ihre Medizin ohne meine Erlaubnis genommen?" Sie bemühte sich, Empörung vorzutäuschen, aber sie konnte ihren Blick nicht von Seraphines Hals abwenden.

Um die Ecke tauchte Barry auf, offensichtlich vom Geschrei angelockt.

„Pass auf die Ziegen auf, Barry, guter Hund." Er schnüffelte an Seraphines Hand und trottete in die Richtung, aus der er gekommen war. „Ja, das habe ich und jetzt ist es weg. Solange ich immer ein wenig Salz in mein Essen gebe, kommt es nicht wieder. Maman, du musst deinem ungeborenen Kind die bestmögliche Chance auf ein gesundes Leben geben. Dein Kropf", sie hielt inne, denn es war das erste Mal, dass sie über das Leiden ihrer Mutter sprachen, „ist ein Zeichen dafür, dass etwas nicht stimmt. Es ist einfache Logik: Wenn deinem Körper etwas fehlt, das er braucht, wird es auch jedem Kind fehlen, das du austrägst."

Clothilde schnaubte und ging an Seraphine vorbei, um sich auf die Bank zu setzen. „Und dieses magische Mittel ist Salz? Mach dich nicht lächerlich. Ich habe jeden Tag in meinem Leben Salz gegessen."

Sie war noch nicht weggegangen, was bedeutete, dass die Diskussion weitergehen konnte. Seraphine setzte sich neben sie, ebenfalls mit dem Blick nach vorn gerichtet, und fuhr so behutsam fort, wie sie konnte. „Kein gewöhnliches Salz. Jodsalz. *Le sel iodé.* Kleine Mengen Jod in unserer Nahrung, die Ärzte wissen wie viel, reduzieren die Halsschwellungen und lassen sie bei jungen Menschen oft ganz verschwinden. Schwangere Frauen brauchen für sich und das Baby ein bisschen mehr, damit sie ein gesundes Kind zur Welt bringen können. Niemand in diesem Tal ist von diesem Salz krank geworden, weil sie nur ganz wenig davon essen. Aber der Unterschied ist enorm."

Sie wartete und lauschte den Ziegenglocken und dem Meckern von der anderen Seite des Tals, für sie so beruhigend wie kaum ein anderes Geräusch.

„Hat Bayard dir das alles erzählt?" Clothildes Stimme verriet Neugierde.

„Herr Doktor Favre, Bayards Assistenzarzt. Als ich aus Montreux zurückkam, habe ich ihn überredet, es mit mir zu versuchen. Es ist zwar nicht offiziell Teil der Studie, aber er ist beeindruckt von der Veränderung bei mir."

„Da bin ich mir sicher! Glaubst du, er tut das aus reiner Herzensgüte? Diese Männer haben keinerlei Skrupel, sich mit dummen Mädchen vom Lande einzulassen, um sie dann für jemanden mit den richtigen Beziehungen zu verlassen. Du bist so leicht zu verführen wie ein Lamm, vertraust jedem und glaubst alles."

Seraphine biss die Zähne zusammen. „Weniger als du denkst, Maman. Ich weiß zum Beispiel, dass mein Vater nicht bei einem Unfall gestorben ist und du nie Witwe warst. Bevor du Margot oder Thierry die Schuld gibst, kann ich dir sagen, dass ich die Wahrheit von Josef erfahren habe. In dieser Nacht war er betrunken vom Kirsch und schrie: „Warum muss ich für das Kind eines anderen Mannes bezahlen? Er verdient genug und zahlt keinen einzigen Franken für das Mädchen!" Daher weiß ich, dass mein Vater noch lebt und ich unehelich bin. Du willst mich davor bewahren, denselben Fehler wie du zu machen."

Clothilde sagte nichts, ihr Gesicht war leer.

„Ich will nicht undankbar sein. Ich weiß, dass du das Beste für mich willst. Der Unterschied ist nur, dass wir andere Vorstellungen davon haben, wie wir den Berg erklimmen können. Ich muss alles in meiner Macht Stehende tun, um mein Leben zu ändern. Sonst sitze ich hier und versauere, bis Niederer, der Busfahrer, mich fragt, ob ich ihn heiraten will. Nein. Niemals. Ich will mehr als das. Für meine Entscheidungen bin ich selbst verantwortlich. Genauso wie du für deine."

Jedes Jahr im Frühsommer hängten Clothilde und Seraphine die Teppiche über den Balkon, bedeckten ihre Gesichter mit Tüchern und klopften den Staub heraus. Die Staubwolken flogen in unvorhersehbaren Mustern, bis sie sich schließlich unsichtbar auf dem Boden niederließen. In den letzten zwanzig Minuten hatten Mutter und Tochter jahrzehntealten Staub aufgewirbelt, und der musste sich erstmal wieder setzen.

„Ich kann das Salz nicht nehmen", erklärte Clothilde und starrte über das Tal, ihre Stimme war flach. „Josef will nichts davon hören."

Sie sahen den schwarz gefiederten Dohlen zu, wie sie am Himmel kreisten, mal segelten sie, mal stürzten sie sich in die Tiefe, als wären sie abgeschossen worden, nur um dann wieder aufzusteigen und zu zwitschern, als würden sie um Applaus bitten.

„Josef braucht das nicht zu wissen", murmelte Seraphine.

Sie saßen noch ein paar Minuten lang tief in Gedanken versunken da. Dann streckte Clothilde ihre Hand aus, tätschelte die Hand ihrer Tochter und ging hinein.

Das Zimmer lag unter dem Dachvorsprung und war daher, wie Frau Hediger warnte, im Spätsommer schwül und im Winter eisig. Im Juni war es jedoch fast perfekt. Seraphine ging durch den Raum und duckte sich unter den Balken, um ihr neues Zuhause zu erkunden. Das Dachgeschoss war groß, aber nur ein Drittel davon war hoch genug, um aufrecht stehen zu können. Das Dach war nach Osten und Westen geneigt, und gegenüber der Tür befanden sich zwei Fenster, die nach Süden ausgerichtet waren. Ihre Einrichtung war einfach: ein Bett, ein Kleiderschrank, ein Stuhl, eine Kommode und ein Waschbecken mit einem Emaille-Wasserkrug. Es war muffig, staubig und voller Spinnweben, aber das schönste Zimmer, das Seraphine sich vorstellen konnte.

Sie öffnete die Fenster, fegte, staubte ab, lüftete und putzte, als wäre es eines der Gästezimmer und sie wieder ein Zimmermädchen. Sie leerte ihre Truhe, verstaute sie unter ihrem Bett und verbrachte eine Stunde damit, ihre Büchersammlung auf der Kommode zu ordnen. Außer ihrer Uniform und dem Mantel, den Tante Margot ihr zu Weihnachten geschickt hatte, besaß sie kaum etwas, das sie in den Kleiderschrank hängen konnte. Aber sie hatte den wertvollsten Schatz überhaupt – eine Tür mit Schloss und Schlüssel.

Als alles zu ihrer Zufriedenheit hergerichtet war, setzte sie sich auf den Stuhl und sah zu, wie die Sonne hinter dem Berggipfel versank, und dankte Gott dafür, dass sie ein eigenes Zimmer hatte. Fünfundzwanzig Minuten später, das Gesicht gewaschen, die Haare gekämmt und die Uniform zugeknöpft, schloss sie die Tür hinter sich ab. Das Gewicht des Schlüssels in ihrer Schürze hätte sie den ganzen Abend über bei Laune gehalten, aber die Ankunft eines bestimmten Gastes brachte sie völlig aus dem Häuschen.

„Guten Abend, Herr Doktor Favre. Was für eine Freude, Sie wiederzusehen." Sie nickte zaghaft mit dem Kopf. Er sah größer und breiter aus als beim letzten Mal, als sie ihn gesehen hatte, was ihn noch einschüchternder machte.

„Seraphine! Die Freude ist ganz meinerseits. Wenn man an einen Ort zurückkehrt, an dem man schon einmal war, ist nichts so beruhigend wie ein freundliches Gesicht." Er verbeugte sich, seinen Hut und seine Handschuhe immer noch in der Hand. „Geht es Ihnen gut?"

„Danke, Herr Doktor, sehr gut sogar. Sind Sie gerade erst angekommen? Brauchen Sie Hilfe?"

„Nein, überhaupt nicht. Der Gepäckträger kann sich um meinen Koffer kümmern. Was ich brauche, ist ein erholsames Glas Rotwein neben dem Feuer. Diese Reise wird auch nicht kürzer und sobald die Sonne untergeht, sinken auch die Temperaturen. Habe ich etwa Eiszapfen in meinem Schnurrbart?"

Seraphine lächelte, überrascht und erfreut über die unmittelbare Vertrautheit des Mannes. „Setzen Sie sich in den Salon, mein Herr. Es ist früh und Sie finden sicher noch einen freien Sessel am Feuer. Ich werde Ihnen gleich etwas Wein bringen."

Sie drehte sich zur Theke um und bemerkte, wie Frau Hediger aus der Küche zusah. Seraphine senkte rasch ihren Blick.

„Wie finden Sie Ihr Quartier?", fragte die Haushälterin. „Reicht das Zimmer aus?"

Die Freude, die Seraphine zu unterdrücken versuchte, ließ sich nicht verleugnen und breitete sich wie ein Sonnenstrahl über ihr Gesicht aus. „Es ist perfekt. Ich kann nicht glauben, dass es meins ist und suche ständig in meiner Schürze nach dem Schlüssel. Vielen Dank, dass Sie mir diese Chance geben. Sie werden es nicht bereuen."

„Das freut mich zu hören. Kümmern Sie sich jetzt um Ihre Gäste, denn dafür sind Sie ja hier."

Seraphine schenkte den Wein ein und trug ihn auf einem Tablett in den Salon. Der Raum ließ tagsüber nur wenig Licht herein, aber abends flackerte der Schein des Feuers und der Lampen über das Holztäfer und brachte die Schnitzereien zum Tanzen. Herr Doktor Favre war einer von nur zwei Menschen im Raum und mit Sicherheit der einzige, der wach war. Alois, einst berühmt für seine Alpenstock-Wanderstöcke, verbrachte seine

Tage dösend in einem Ledersessel am Fenster. Die Legende von St. Niklaus besagte, dass er sich nur ausruhte, bis ihn jemand vom Meierturm auf einen potenziellen Kunden aufmerksam machte. Dann würde er aufspringen und den Hobbybergsteiger davon überzeugen, niemals ohne treuen Alpenstock loszuziehen. Seraphine hatte ihn nur ein einziges Mal aufspringen sehen, und das war, als ihm ein Betrunkener auf den Fuß getreten war.

„Herr Doktor Favre?", sagte sie. „Ihr Wein." Mit einem kleinen Knicks stellte sie das Glas auf dem Beistelltisch ab.

Er sah sie an, als hätte sie Flügel. „Die Reise hat sich gelohnt, wenn auch nur für das hier."

Sie neigte ihren Kopf in einer Geste der Bescheidenheit und hob ihr Kinn an, um ihm einen Blick auf ihren Hals zu gewähren. „Es ist immer schön, eine Reise abzuschließen. Habe ich richtig verstanden, dass Sie heute Abend bei uns zum Essen bleiben?"

„Leider nicht. Dr. Bayard und seine Frau haben mich zum Abendessen in ihrem Haus eingeladen. Warum sind Sie eigentlich zu dieser Stunde noch hier? Sie haben doch sonst nur tagsüber gearbeitet, oder irre ich mich da?"

Sie strich sich ein verirrtes Haar aus dem Gesicht. „Ich bin seit Kurzem eine Angestellte mit Logis, Herr Doktor. Frau Hediger und Herr Lochmatter haben mir mehr Verantwortung anvertraut. Genießen Sie Ihren Wein und willkommen zurück in St. Niklaus." Sie wollte gehen, aber seine Stimme hielt sie zurück.

„Seraphine, zum ersten Mal, seit wir uns getroffen haben, tragen Sie weder ein Halstuch noch eine hochgeknöpfte Bluse. Darf ich so kühn sein zu fragen ...?"

Sie schaute an die Decke, sodass er einen freien Blick auf ihren glatten Hals hatte, und ließ dann ihr Kinn mit einem verschwörerischen Lächeln sinken. „Verschwunden. Spurlos.

Herr Doktor Favre, ich bin Ihnen wirklich dankbar für Ihre Güte. Unsere Abmachung war, dass ich im Gegenzug in regelmäßigen Abständen zum Untersuch erscheine. Wenn Sie es wünschen, Herr Doktor, komme ich zu Ihnen in die Praxis."

Der Mann schüttelte ungläubig den Kopf. „Es ist, als wäre der Kropf nie da gewesen. Ja, wir müssen die Veränderungen akribisch messen und aufzeichnen. Die Sprechstunde endet um sechs. Haben Sie morgen Zeit, bevor Sie den Abenddienst antreten?"

„Aber sicher. Danke, Herr Doktor."

Sie schaute zu Alois hinüber, aber sein gleichmäßiges Schnarchen verriet ihr, dass er nichts gehört hatte.

Seraphine wusste, dass sie nicht an der offiziellen Studie teilnahm, und sie vermutete auch, dass sich Favre dessen bewusst war. Ihr Appell an den jungen Arzt hatte sein Ziel erreicht und er war nur zu gerne bereit, ihr Jodsalz zu geben, wenn er dafür regelmäßig die Ergebnisse kontrollieren konnte. Seraphine war schlau genug, nie zu hinterfragen, warum diese Kontrollen immer außerhalb der Sprechstundenzeiten stattfanden.

Bevor sie am nächsten Abend in die Praxis ging, nahm sie sich vor, das Beste aus sich zu machen. Sie hatte bisher noch nie irgendwelche Hilfsmittel benutzt, um ihre Gesichtszüge zu verschönern, aber sie bewunderte die Schmuckstücke, die Frau Bayard trug, und das Rouge auf den Wangen und den Lippen der Hotelgäste. Das Problem war, dass sie sich weder Schmuck noch Kosmetika leisten konnte. Es gab nur eine Person, die sie fragen konnte. Als ihre Morgenschicht beendet war, bat sie Frau Hediger um Erlaubnis, an die frische Luft zu gehen und huschte den Weg hinauf zur *Weisshornstube*. Anstatt durch die Vordertür zu gehen, duckte sie sich in die Gasse auf der Rückseite. Wie sie erwartet hatte, saß Romy in der Sonne, die gestiefelten Füße vor sich ausgestreckt.

„Seraphine! Komm, setz dich zu mir."

„Ist es sicher?"

„Ja, Hermann ist zu einem der Bauernhöfe gegangen, um anderes Mehl zu besorgen. In der letzten Ladung waren Rüsselkäfer. Er wird erst in ein paar Stunden zurück sein. Die Uniform steht dir gut."

„Danke, Romy. Deine Haare sind heute sehr schön. Wie schaffst du es, dass es sich so lockt?"

„Mit Stoffstreifen. Nach dem Waschen drehst du jeden Strang fest zusammen und lässt ihn über Nacht trocknen. Am nächsten Morgen wellt sich dein Haar. Ich kann es dir zeigen, wenn du willst. Meine Schwestern haben es mir beigebracht."

„Du hast Glück, Schwestern zu haben. Meine Mutter hat nie Interesse daran gezeigt, mich schön zu machen."

Romy drückte ihre Schulter gegen die von Seraphine. „Das liegt daran, dass du es nicht nötig hast. Mädchen wie ich müssen ihre Haare locken und sich schminken und alle möglichen Dinge tun, um aufzufallen. Du brauchst nicht mehr, als die Natur dir gegeben hat."

„Oh, doch, ich brauche mehr! Die Frauen im Hotel sind alle so kultiviert, mit kunstvoll geschminkten Gesichtern und modischen Kleidern. Ich bin ein hässliches Entlein unter Schwänen. Kannst du mir wenigstens zeigen, wie man sich die Lippen schminkt?"

Romy warf ihr einen kritischen Blick zu. „Ja. Aber nur etwas Grundierung, nicht mehr. Ein bisschen Farbe auf deinem blassen Gesicht wird deinem Teint gut tun. Kein Puder, kein Wangenrouge und keine Farbe um die Augen herum, denn das wäre, als würde man einen grellen Vorhang über ein Panoramafenster legen." Sie öffnete ihre kleine Perlentasche und holte einen kleinen Topf heraus. „Komm näher und öffne deinen

Mund. Nein, viel weiter. Stell dir vor, ein Künstler spannt eine Leinwand auf. Das ist besser. Jetzt bedeck deine Zähne mit deinen Lippen. Genau. Bleib so."

Während Seraphine wie ein Frosch dasaß, tupfte Romy ihren Ringfinger in das Töpfchen und strich ihn über Seraphines Lippen. Als sie fertig war, benutzte sie ihren Zeigefinger, um die Ränder zu säubern.

„Jetzt kannst du dich entspannen. Lächle. Hauch mir einen Kuss zu. Hmm, wahrscheinlich ein bisschen zu rot für deine Haut, aber man sieht den Effekt." Sie zog eine Puderdose heraus, öffnete den Messingverschluss und zeigte Seraphine ihr Gesicht.

Sie sah furchtbar aus, als wären ihre Lippen mit getrocknetem Blut verkrustet, aber sie erinnerte sich an ihre Manieren. „Sehr nett von dir, mir zu zeigen, wie man es macht. Es steht dir viel besser, aber vielleicht muss ich mich erst daran gewöhnen."

Romy drehte die Puderdose um, um ihr eigenes Gesicht zu überprüfen. Das kleine Objekt hatte ein schwarz-cremefarbenes Muster wie der Boden eines französischen Cafés. Es kam ihr seltsam vertraut vor.

„Stimmt, tiefes Rot passt gut zu meinen Haaren. Du bist blond, also denke ich, wir sollten mit einem Rosa anfangen. Ich habe heute keins dabei, aber ich bringe morgen welches mit."

„Ja, ich mag Rosa. Die Puderdose ist wunderschön. Ein Geschenk von einer deiner Schwestern?"

„Nein, ein Geschenk von einem meiner Verehrer." Sie lachte und warf ihre Locken über ihre Schulter. „Jeder schwört, dass er mich anbetet, aber nur Philipp beweist es mit Geschenken." Die Kirchenglocken begannen zu läuten. „Schon elf? Ich muss jetzt gehen. Danke, dass du mir Gesellschaft geleistet hast und ich werde sehen, was ich in Rosa habe. Tschüss."

· · ·

Dr. Favre behandelte sie wie jeden anderen Patienten, förmlich und höflich, ohne einen Hauch von Inkorrektheit. Bis auf die Tatsache, dass sie alleine in einem kleinen Raum waren, seine Fingerspitzen über ihren Kiefer strichen und er ihren Kopf in alle möglichen Richtungen drehte. Sie senkte den Blick oder schloss ihre Lider ganz, wenn sie seinen Augen nicht ausweichen konnte. Sein Verhalten war immer so freundlich und hilfsbereit gewesen, sie hatte sich nie etwas dabei gedacht, die Praxis allein aufzusuchen.

Doch dieses Mal war etwas anders. Seine Pupillen hatten sich verdunkelt, als er die Tür öffnete. Die Wärme seiner Hände, als er ihren Hals berührte. Das leiseste Stocken seines Atems bei Blickkontakt lud die Luft auf wie die Vorahnung eines Sturms. Seraphine verstand. Während sie früher nicht mehr Aufmerksamkeit erregt hatte als jedes andere Kind, wurde sie jetzt von Männern bemerkt, die in der *Weisshornstube* unflätige Bemerkungen machten oder ihre Bewegungen im Hotel Lochmatter beobachteten. Vielleicht war es leichtsinnig, in seiner Praxis zu sitzen, um sich untersuchen zu lassen. Aber sie brauchte etwas und war fest entschlossen, es zu bekommen.

„Jeden Morgen schaue ich in den Spiegel und sage mir, dass ich träume. Aber es ist doch wahr, Herr Doktor Favre? Das Salz hat den Kropf verschwinden lassen. Ich bin geheilt, oder etwa nicht?"

Er entfernte sich, um an seinem Schreibtisch Notizen zu machen und räusperte sich mehrmals.

„Sie träumen nicht. Die Schwellung ist zurückgegangen, aber ich kann nicht sagen, dass Sie geheilt sind. Wissen Sie noch, was ich Ihnen bei unserem ersten Treffen erklärt habe? Das aufbereitete Salz kompensiert einen Mangel in Ihrer Ernährung. Dieser Mangel bleibt bestehen. Ohne es wird ihr Körper die gleichen Symptome entwickeln wie vorher. Sie müssen das

Salz weiter einnehmen, Seraphine, besonders solange Sie noch wachsen. Ich kann Ihnen dieses Mal eine größere Menge geben."

„Das wäre mir sehr recht, danke." Mit einer doppelten Dosis konnte sie es leicht mit ihrer Mutter teilen.

„Sie müssen mir nur versprechen, dass Sie nur die Mengen einnehmen, die ich verschreibe. Dr. Bayard und ich haben genau darauf geachtet, die richtige Dosis zu verabreichen. Das Salz, das ich Ihnen gebe, ist genau richtig für eine Siebzehnjährige. Wenn Sie zu wenig oder zu viel nehmen, könnte das unsere Forschung behindern oder Ihnen schlimmstenfalls schaden."

Seraphine faltete die Hände in ihrem Schoß und senkte den Kopf. „Ich bin im März achtzehn geworden. Ich bin kein Kind mehr."

„Sind Sie enttäuscht? Ich will nicht grob oder unfreundlich sein, nur sachlich." Er kam näher, bot sein Taschentuch an und kauerte auf ihrer Augenhöhe. „Seraphine?"

Sie hob ihren Blick und sah ihn direkt an. „Enttäuscht für mich, Herr Doktor? Nein. Um die Wahrheit zu sagen, ich bin überwältigt von Dankbarkeit. Sie haben mir so viel Geduld entgegengebracht und mir Möglichkeiten verschafft, die ich nie gehabt hätte, wenn wir uns nicht begegnet wären. Der Grund für meine Enttäuschung ist meine Mutter. Sie erwartet ein Kind. Ich hatte gehofft, mein Salz mit ihr teilen zu können, um zu verhindern, dass sich wiederholt, was meinen Halbbrüdern passiert ist. Sie beide haben unter der Krankheit dieses Tals gelitten und ich habe mehr Angst, als ich in Worte fassen kann, dass es wieder passieren könnte."

Er nahm ihre verschränkten Hände in seine. „Sie können ganz beruhigt sein. Ich bin bereit, Ihre Mutter zu besuchen und ihr nach der Diagnose des Mangels die richtige Dosis zu verschreiben."

„Nein! Tut mir leid, Herr Doktor, aber das wird nicht gehen.

Ihr Ehemann, mein Stiefvater, verbietet es. Ich kann meiner Mutter nur heimlich während ihrer Schwangerschaft helfen. Einem Stadtarzt muss das sehr provinziell vorkommen und ich entschuldige mich dafür. Tatsache ist aber, dass sie Hilfe braucht. Sie hat einen Kropf von der Größe einer Quitte und gebar bereits zwei Jungen, die zu den einfachsten Tätigkeiten unfähig sind. Ich bin mir sicher, dass das höchst ungewöhnlich ist, aber könnten Sie mir einfach geben, was sie braucht? Verzeihen Sie mir, ich schäme mich zu fragen.“

Er stand auf, ging zum Fenster und schaute in die Abenddämmerung hinaus. „Ich möchte Ihnen helfen, wirklich, ich wünsche mir nichts sehnlicher. Aber ich kann niemals nach bestem Wissen und Gewissen irgendwelche Medikamente verabreichen, ohne dass der Patient zugestimmt hat. Das verstößt gegen alle Grundsätze des Hippokratischen Eides.“

Im Handumdrehen war Seraphine an seiner Seite. Sie hatte nur noch wenige Minuten Zeit, bevor sie sich zum Dienst melden musste. Wenn sie ihn jetzt nicht überzeugte, würde sie vielleicht nie wieder eine Gelegenheit bekommen. „Herr Doktor, ich schwöre Ihnen, meine Mutter will das Salz. In ihrem Namen bitte ich Sie um Hilfe.“

Er drehte sich zu ihr um, sein Gesicht war ernst. „Warum fragen Sie nicht Dr. Bayard? Er kennt jeden in diesem Tal und kann die Situation Ihrer Mutter besser verstehen.“

Sie senkte den Blick und suchte nach einer Möglichkeit, ihre Gedanken auszudrücken. Sie hätte ihm die Wahrheit sagen können, nämlich dass sie Bayard und seine Frau unheimlich einschüchternd fand. Aber das wäre eine Beleidigung für Herrn Favre gewesen. Sie entschied sich für eine Halbwahrheit. „Ich respektiere sowohl Sie als auch Dr. Bayard sehr. Es geht hier um Vertrauen. Sie haben mir viel Wohlwollen und Diskretion entgegengebracht, deshalb habe ich Ihnen meine Lage anvertraut. Der Arzt kennt meinen Stiefvater. Seine Frau kennt unsere

Nachbarn. Die Gemeinde ist klein und die Leute reden miteinander. Sie sind nicht von hier und außerdem weiß ich bereits, dass Sie ein Geheimnis bewahren können."

Sein Blick bohrte sich in ihren. Sie zwang sich, den Augenkontakt aufrechtzuerhalten, entschlossen, Aufrichtigkeit zu zeigen. Die Uhr in der Halle läutete einmal für die halbe Stunde.

Seraphine seufzte leise. „Ich muss gehen. Frau Hediger erwartet mich in der Küche. Ich entschuldige mich, Sie in eine schwierige Lage gebracht zu haben und verspreche, das Thema nicht mehr anzusprechen."

Er legte ihr eine Hand auf die Schulter. „Ich werde sehen, was ich tun kann."

„Vielen Dank, Herr Doktor. Ich danke Ihnen." Sie duckte sich aus der Tür und eilte die Treppe hinunter, benommen und errötet. Sogar in der Küche war die Luft kühler als in der Praxis.

„Ah, Seraphine!" Frau Hediger schleppte einen schweren Jutesack durch die Küche zur Spüle. „Sie sind von ihrem Spaziergang zurück und kommen gerade rechtzeitig. Ich habe vor etwa zwanzig Minuten an Ihre Tür geklopft, um Ihnen mitzuteilen, dass um acht Uhr eine Gruppe von Bergsteigern eintrifft. Heute Abend gibt es *Rösti*, also fangen Sie lieber mit dem Kartoffelschälen an."

14

———

So stieg er hinunter, vermied es aber, wie man das bei der Sonne tut,
sie lange anzusehen; aber er sah sie, wie die Sonne, auch ohne
hinzublicken.

— Leo Tolstoy, *Anna Karenina*

Juli 1919

Mein lieber Julius
  Sind wirklich schon zwei Monate vergangen, seit du mich und das Mattertal besucht hast? Mein Kalender beharrt darauf, aber mein Verstand schwört, dass es erst einen Monat her ist. Vielleicht fühlt es sich so frisch an, weil wir in diesen zwei Wochen so viele Erinnerungen gesammelt haben.

  Oder schäme ich mich, nicht früher geschrieben zu haben und suche nach heuchlerischen Ausreden? Ich bin mir sicher, du würdest letzteres annehmen. Wie immer hast du wahrscheinlich recht.

  Es ist üblich, Myriaden von Gründen aufzuzählen, warum man sich mit seiner Korrespondenz verspätet, und ich habe nicht vor, gegen diese Tradition zu verstoßen. Seit unseren Abenteuern in den Bergen verausgabe ich mich abwechselnd in St. Niklaus und anderen Dörfern, ganz zu schweigen von den Telegrammen, die zwischen den Ärzten verschickt werden müssen und den Berichten über unsere Aktivitäten, die ich zuhanden der Behörden zu verfassen habe.

Es ist mein großes Glück, einen Freund wie dich zu haben, der gekommen ist, um sich selbst ein Bild zu machen. Ich brauche keine Tinte zu verschwenden, um den dramatischen Umbruch zu beschreiben, den wir in den Kantonen Wallis und Appenzell Ausserrhoden seit den ersten Experimenten von Dr. Bayard erlebt haben. Was ich niemandem vermitteln kann, der diese Dorfbewohner nicht vor der Einführung des Jodsalzes gesehen hat, ist die Transformation. Damit meine ich sowohl die messbare, physische Veränderung als auch den anderen, weniger erkennbaren, aber ebenso bedeutsamen Wandel in der Einstellung der Menschen.

Unter den gegenwärtigen Umständen zögert man, das Wort „Revolution" zu verwenden, aber ich kenne kein anderes, um die immense Verbesserung der Lebensqualität zu beschreiben. Auf Schulhöfen, auf denen über 75 % der Kinder einen Kropf hatten, sind es jetzt weniger als 10 %. Die Zahl der Neugeborenen mit jodbedingten geistigen Defiziten liegt im einstelligen Bereich. Der Dorfbäcker verwendet aufbereitetes Salz für sein Brot und mehrere Landwirte fügen dem Viehfutter geringe Dosen zu.

Wir haben bei mehreren Gelegenheiten darüber gesprochen, wie wichtig dein Fachgebiet für Menschen ist, die vom Verlust ihres Augenlichts bedroht sind. Die Empfindlichkeit des Auges, unsere Abhängigkeit von diesem besonderen Sinn und die Fortschritte in der Ophthalmologie sind ein Triumph. Ich bin stolz darauf, einen Spezialisten auf diesem Gebiet zu kennen. Ich habe keinen Zweifel daran, dass dein Name in die Geschichte eingehen wird.

Im Gegensatz zu dir, der du so klarsichtig bist (das Wortspiel war beabsichtigt, verzeih mir), hatte ich nicht das dringende Anliegen, nur eine einzige Facette des menschlichen Körpers zu untersuchen und zu verbessern. Mein Antrieb während des Medizinstudiums war der unkultivierte Wunsch, etwas Gutes für die einfachen Leute zu tun. Du sollst etwas bewirken, hat meine Mutter immer gesagt. Dank deiner Großzügigkeit und der Entschlossenheit von weitaus größeren Ärzten, als ich es je sein werde, habe ich einen Bereich gefunden, in dem ich wirklich etwas bewirken kann. Ich stehe tief in deiner Schuld und bin dir unendlich dankbar.

Erinnerst du dich an den Tag, an dem wir zum Weisshorn gewandert sind? Wir versuchten, unser Erstaunen über die Farbe des Himmels, das Rauschen des Wasserfalls und den Geschmack eines einfachen Käsestücks, das wir zwischen Blumen auf einer Wiese aßen, in Worte zu fassen. Selbst wenn wir Walters unverschämte Redekunst nachahmten, blieben wir weit hinter der Realität zurück. Ich erinnere mich kaum an das Gesagte, aber dein Lachen klingt noch in meinen Ohren, wenn ich an meine peinliche Metapher von blauen Gletscherseen und dem Mantel einer Nonne denke.

Blau ist eine Farbe, die mich in letzter Zeit sehr beschäftigt hat. Obwohl ich Herisau als mein Zuhause betrachte, hat das kleine Städtchen St. Niklaus seinen eigenen Reiz. Ich wohne und empfange Patienten im obersten Stockwerk des Hotels Lochmatter, in dem du gewohnt hast. Wenn ich daran zurückdenke, wie du und unser Gastgeber gesungen und einander mit diesem starken Schnaps – war es Williams? – zugeprostet haben, bringt es mich noch immer zum Schmunzeln. Glücklicherweise warst du schon lange weg, als die Neue vom Zimmermädchen zur Kellnerin befördert wurde. Du hättest mich mit Sicherheit in den Schatten gestellt.

Julius, sie ist wie eine Waldblume mit Augen in der Farbe eines Vergissmeinnichts. Bescheiden und fleißig, hört sie mit echter Neugier zu und entlockt mit ihrer höflichen Aufmerksamkeit selbst den zurückhaltendsten Gästen eine Geschichte. Wenn sie nicht im Dienst ist, sitzt sie an ihrem Fenster und liest Romane. Kannst du dir das vorstellen? Sie ist bei allen beliebt, vor allem aber bei mir. Mir graut davor, im

Winter abzureisen, weil ich befürchte, dass irgendein Einheimischer um ihre Hand anhalten wird.

Soll ich es wagen, dieses Alpenmädchen zu überreden, mit mir fortzugehen? Dich zu fragen ist eine Verschwendung von guter Tinte, denn du bist unverbesserlich. Wie geht es übrigens der entzückenden Nina? Ich vermute, du kannst dich kaum noch an ihren Namen erinnern. Immerhin sind zwei ganze Monate vergangen.

Ich verabschiede mich jetzt, mein lieber und geschätzter Freund, in der Hoffnung, dich bei meinem nächsten Besuch persönlich zu treffen. Die Reise nach Herisau Anfang Oktober wird eine Übernachtung in Zürich beinhalten, vielleicht auch zwei. Ich schäme mich nicht, zu sagen, dass ich Walters Medienkontakte nutzen werde, um Dr. Bayards Arbeit bekannt zu machen. Darf ich dich zu einem ausgiebigen Abendessen in einem Restaurant deiner Wahl einladen?

Eine letzte Bemerkung. Männer bezeichnen ihre Herzdame oftmals als Engel. Meine trägt den Namen Seraphine. Bin ich ein Narr, wenn ich das als Zeichen deute?

Bis wir uns im Oktober wiedersehen, wünsche ich dir von ganzem Herzen Gesundheit und weiterhin viel Erfolg,

Dein treuer Freund

Bastian

St. Niklaus, 10. Juli 1919

Kein Ort auf der Erde, zumindest nach Bastians Meinung, konnte mit dem Sommer im Mattertal mithalten. Wie ein Geschenk Gottes brach sich die Sonne in den Wasserfällen und erleuchtete die Berggipfel. Überall sprossen Blumen, Farbtupfer im Gras, und der Himmel, der sich nicht damit begnügte, mit seinem unendlichen Blau den Horizont auszufüllen, spiegelte sich in jedem Fluss wider.

Er wusste, dass sein Blickwinkel verzerrt war. Ein verliebter Mann fand wohl selbst eine schlammige Pfütze romantisch.

Doch auch die Kunden in der Bäckerei und die Hotelgäste waren gut gelaunt, es herrschte Aufbruchsstimmung, alle redeten von ihren Plänen und Projekten. In Anbetracht des Weltfriedens, der durch den Vertrag von Versailles in die Realität umgesetzt worden war, sowie dem knapp vermiedenen Bürgerkrieg sprudelte das ganze Land vor Optimismus. Die Zeitungen, normalerweise Vorboten des Unheils, verbreiteten hoffnungsvolle Töne und zum Ausgleich lange Leitartikel über Lehren, die aus der Vergangenheit gezogen wurden.

St. Niklaus hatte mehr Gründe als die meisten anderen Gemeinden, zuversichtlich zu sein. Die medizinischen Versuche waren unbestreitbar erfolgreich und zogen das Interesse bedeutender Persönlichkeiten von Universitätskliniken und dem Bundesamt für Gesundheit auf sich. Es verging kaum eine Woche, in der nicht ein Handlanger geschickt wurde, um die Arbeit von Dr. Bayard und seinem Assistenten zu beobachten. Der Nachweis der Wirksamkeit ihrer Behandlung war eine Sache der Dokumentation, Bastians persönliches Fachgebiet, also hatte er keinen Grund, den Arzt zu stören. Gelegentlich verband er das Geschäftliche mit dem Angenehmen, indem er Seraphine aufforderte, sich neben das Foto zu stellen, das er vor Beginn der Jodeinnahme gemacht hatte. Geschwollene Schilddrüse versus glatter Hals. Es tat nicht weh, eine schöne junge Frau mit strahlend blauen Augen als Aushängeschild für all das zu verwenden, was sie erreicht hatten.

Und sie war schön. Die aufdringlichen kleinen Männer, die aus Bern oder Basel, Zürich oder Genf kamen, waren wie gebannt, Zyniker, die nach einem Blick auf diesen schlanken weißen Hals zu Gläubigen wurden. Er beobachtete, wie sie murmelten und stotterten, wenn sie mit dem Kopf nickte, lächelte und diese strahlenden Augen aufblitzen ließ. Die zwei Minuten, die Seraphine anwesend war, machten eine Stunde an Beweisen wett. Um die Wahrheit zu sagen, Seraphines Anwesenheit wog mehr als alles andere. Wenn sie wie jeden Morgen den Speisesaal betrat, war es, als würde jemand ein Fenster öffnen, um frische Luft hereinzulassen.

Wenn Bastian seine Mahlzeiten alleine einnahm, saß er immer am gleichen Ecktisch. Dort konnte er hinter den Spitzenvorhängen die Leute beobachten, die die Dorfstraße entlanggingen, und durch den Spiegel zwischen den beiden Fenstern den Rest des Raumes und vor allem Seraphine im Auge behalten. Das war fast so gut, wie sie direkt anzuschauen. Er achtete darauf, die Grenzen des Anstands zu respektieren. Frau Hediger hatte scharfe Augen, die sofort bemerkten, wenn jemand ihrer Serviertochter zu viel Aufmerksamkeit schenkte. Bastian verzichtete im Speisesaal auf alles außer banalstem Geplauder. Nur während der wöchentlichen Kontrolle, bei der er den Hals der jungen Frau maß, erkundigte er sich nach der Gesundheit der Mutter.

„Sie sagt, diese Schwangerschaft sei schwieriger als die anderen, aber ich nehme an, das ist in ihrem Alter zu erwarten.“

„Ja, mit vierunddreißig Jahren schwanger zu werden, kann eine Herausforderung sein. Hatte sie irgendwelche unerwünschten Reaktionen auf das Salz?“

„Ich weiß nicht, ob es am Salz liegt, aber sie hat letzte Woche über Kopfschmerzen geklagt. Kopfschmerzen und Schwindelanfälle, sagte sie.“

Bastian runzelte die Stirn. „Hält sie sich an die Dosierung, die ich ihr empfohlen habe?“

„Das sagt sie. Aber ich bin nur einen Tag in der Woche da und kann es nicht beschwören.“

„Seraphine, Ihre Mutter könnte ein Risiko für Bluthochdruck haben, was eine erhöhte Salzzufuhr nur verschlimmern würde. Ich möchte sie gerne untersuchen.“

„Das wird sie nicht zulassen, Herr Doktor. Ich habe bereits versucht, sie umzustimmen, aber sie besteht darauf, dass sie schon drei Kinder ohne ärztliche Hilfe zur Welt gebracht hat und dass es dieses Mal nicht anders sein wird. Es tut mir leid. Sie kann so altmodisch sein."

„In diesem Fall können Sie ihr sagen, dass es kein aufbereitetes Salz mehr geben wird, solange sie mir nicht erlaubt, ihren Blutdruck zu messen und eine allgemeine Überprüfung des Gesundheitszustandes durchzuführen. Ich kann einen Hausbesuch bei ihr machen, wenn sie nicht zu mir kommen will."

Seraphines Augen weiteten sich vor Schreck. „Bitte sagen Sie das nicht, Herr Doktor! Das Salz wirkt, davon kann ich mich selbst überzeugen. Ihr Hals ist viel besser geworden. Selbst sie gibt es zu."

„Das will nichts heißen. Einer schwangeren Frau mit solchen Problemen Jodsalz zu verschreiben, ist eine Gefahr für Mutter und Kind. Meine Worte sind keine leere Drohung, Seraphine. Ich werde dieses Risiko nicht eingehen. Im Nachhinein betrachtet war es dumm von mir, zuzustimmen. Sie müssen sie überzeugen, sich von mir untersuchen zu lassen, um ihrer selbst willen."

Sie hob ihren Blick und sah ihn an. „Ich werde sehen, was ich tun kann."

Er war sich nicht sicher, ob ihre Worte ein bewusstes Echo seiner eigenen waren oder ob es Zufall war, aber der Drang, ihr Gesicht in seine Hände zu nehmen und sie zu küssen, überwältigte ihn fast. Er stand von seinem Stuhl auf, drehte sich zu seinen Papieren um und gab sich kurz angebunden.

„Tun Sie das. Ich werde die heutigen Messungen notieren. Danke für Ihre Zeit."

Sie schlüpfte aus der Tür, lautlos wie eine Katze. Bastian hörte Stimmen im Treppenhaus und erkannte den starken Walliser Akzent von Frau Hediger, die zweifellos Hilfe in der Küche brauchte. Er setzte sich an den Schreibtisch und stützte den Kopf auf beide Hände. Diese Leidenschaft war geradezu töricht. Er musste eine Entscheidung treffen und sich daran halten. Entweder er eröffnete dieser Frau seine Gefühle oder er hörte ganz auf, sie zu treffen. Wenn er sich wie ein verliebter Schuljunge verhielt, konnte er seine Stellung verlieren oder ihren Ruf gefährden, und wofür? Für einen Mann von vierundzwanzig Jahren war er immer noch lächerlich unreif.

Viele Menschen, die in die Praxis kamen, überspielten ihre Angst mit Feindseligkeit. Clothilde Widmers Feindseligkeit entsprang purer Verachtung. Schon beim Betreten der Praxis war sie unhöflich und abweisend. Sie beschwerte sich so laut, dass Dr. Bayard seinen Patienten allein ließ, um nachzusehen, welche Krise einen derartigen Lärm verursachte.

„Warum muss ich zu einem unerfahrenen Quacksalber gehen, wenn ich schon drei Kinder zur Welt gebracht habe? Ich habe einen Hof zu führen. Der Zeitaufwand und die Kosten, um mit dem Postauto herzukommen, sind ruinös! Meine Gesundheit geht nur mich etwas an."

„Guten Tag, Frau Widmer." Bayards sanfter Tonfall beruhigte die Situation. „Ihre Gesundheit geht uns genauso viel an wie die aller anderen in diesem Tal. Aber wenn Sie keinen Arzt aufsuchen wollen, frage ich mich, warum Sie hier sind?"

Bastian schluckte. Die Frau war im Begriff, eine weitere Lieferung von aufbereitetem Salz zu verlangen, etwas, von dem Dr. Bayard nichts wusste.

Zu seiner Überraschung mischte sich Schwester Dunant ein. „Frau Widmer ist hier, um ihren Blutdruck messen und ihren allgemeinen Gesundheitszustand überprüfen zu lassen. Ich bin durchaus in der Lage, beides durchzuführen. Es besteht kein Grund, einen der beiden Ärzte zu stören, es sei denn, ich halte es für angebracht. Meine Herren, ich entschuldige mich für die Unterbrechung Ihrer wichtigen Arbeit. Zu Ihrer Information, gnädige Frau, ich bin Hebamme und habe schon mehr Babys erfolgreich entbunden, als ich zählen kann. Folgen Sie mir und bitte sprechen Sie aus Respekt vor den anderen Patienten nicht so laut."

Durch den strengen Ton der Frau eingeschüchtert, zog sich Clothilde Widmer ihren Mantel zurecht und ging ins Schwesternzimmer. Bayard zwinkerte seinem Assistenten zu und kehrte in sein Zimmer zurück. Bastian behandelte eine Hornhautverletzung, eine Ohrenentzündung und einen Fußbrand, bevor Schwester Dunant in der Tür erschien.

„Herr Doktor Favre? Frau Widmer ist bei guter Gesundheit. Ihr Blutdruck ist hoch, aber ansonsten ist sie robust wie ein Maultier und doppelt so stur. Sie möchte Sie sehen. Viel Glück."

Bastian wusch sich die Hände und überprüfte seine Krawatte. Die Frau war nichts weiter als eine Patientin und er ein Profi.

„Schwester Dunant sagt mir, dass Sie gesund sind, Frau Widmer. Das freut mich zu hören."

Ihr Mantel lag gefaltet auf ihrem Schoß, die Handtasche an ihrer Seite. Der Kropf war deutlich zu sehen, trotz der kaschierenden Kleidung. Mit einem kurzen Blick erfasste er seine Textur, jene getrockneter Früchte. Seraphine hatte von seiner Verkleinerung gesprochen, aber ihre Haut würde sich nie wieder erholen.

„Geben Sie mir das Salz und lassen Sie mich gehen. Wie können Sie es wagen, mich als Geisel zu halten? Typisch Arzt; die Hilfe verweigern und seine Macht für persönliche Zwecke ausnutzen. Ich weiß, was Sie tun, Favre, glauben Sie nicht, dass ich blind bin." Sie spuckte die Worte fast aus.

„Lassen Sie mich Ihnen versichern, es geht mir um Sie und Ihr ungeborenes Kind. Ich möchte Ihnen helfen, denn ich kenne Ihrer Geschichte ein wenig, dank Ihrer Tochter."

„Meine Tochter, ja. Erst füllen Sie ihren Kopf mit leeren

Versprechungen und jetzt versuchen Sie, mich zu erpressen. Das wird nicht funktionieren, Herr Doktor der Medizin. Wir sind nicht auf Ihr Wohlwollen angewiesen. Seraphine ist jung und dumm, aber ich bin es nicht. Die Krankenschwester sagt mir, dass ich in der Bäckerei Brot mit aufbereitetem Salz bekommen kann. Wozu brauchen wir Sie?"

„Frau Widmer, mein Beruf ist darauf ausgerichtet, das Leben der Menschen zu verbessern."

„So wie das von Seraphine? Sie sind sehr an ihr interessiert, so viel ist klar. Warum sonst würden Sie dem Mädchen das Spezialsalz geben? Sie denken, sie stünde unter Ihrem Bann, weil sie mit den Wimpern klimpert? Nun, meine Tochter können Sie vergessen, Herr Doktor, denn sie ist verlobt und wird heiraten. Einen Busfahrer namens Niederer, verstehen Sie? Die beiden lieben sich seit ihrer Kindheit und haben den Segen ihrer Eltern. Apropos Bus, ich bin in Eile. Geben Sie mir das Salz und ich werde Ihre Zeit nicht länger in Anspruch nehmen."

In der kleinen Küche, die als Apotheke diente, füllte Bastian ein Glas mit einer geringen Dosis Jodsalz und schrieb genau auf, wie es zu konsumieren war. Er reichte es der Krankenschwester.

„Für Frau Widmer. Danke sehr."

„Keine Ursache, Herr Doktor. Sind Sie bereit für Ihren nächsten Patienten? Der Junge mit den Zehen."

„Natürlich. Schicken Sie ihn rein."

Als die Sprechstunde vorbei war, verglichen er und Bayard ihre Tagesnotizen, erledigten ihre Schreibarbeiten und schlossen die Praxis für die Nacht. Bastian versicherte seinem Mentor, dass er aufräumen würde und ließ Frau Bayard herzlich grüßen. Nachdem der Arzt gegangen war, schien die Leere laut in den Räumen zu hallen. Er schaltete alle Lampen aus und verriegelte die Tür. Von seinem Sessel starrte er zum Meierturm hinüber und durchforstete jede Erinnerung an Seraphine.

Sie denken, sie stünde unter Ihrem Bann, weil sie mit den Wimpern klimpert?

War er wirklich so dumm, all seine Hoffnungen auf eine hübsche Halbwüchsige zu setzen, die ihm nicht mehr Aufmerksamkeit geschenkt hatte als den übrigen Hotelgästen? Ja, er hatte sie behandelt, aber nur als eine unter vielen. Wie alle anderen steuerte auch sie ihre Messwerte zuhanden des Jod-Experiments bei und er hatte keinen Grund, sich zu schämen. Zumindest nicht im professionellen Sinne. Seine Verliebtheit hingegen war ihm peinlich. Er hatte sich erlaubt, der jungen Frau nahezukommen, ließ sie in seine Gedankenwelt eintreten und träumte von einer Zukunft, in der er in diese hypnotischen Augen blickte.

Ein leises Klopfen ertönte an der Tür. Seraphine hatte sich gestern Abend ihren Messungen unterzogen, also gab es keinen Grund, heute die Praxis erneut zu besuchen. Er blieb ganz still und wartete darauf, dass sie ging. Solange er den Strudel seiner eigenen Gedanken nicht beruhigen konnte, war er nicht in der Lage, seine Fassung zu bewahren und sich angemessen auszudrücken. Nach einer vollen Minute des Wartens vor der Tür hörte er die Schritte. Er schaute auf seine Uhr und stellte fest, dass sie in wenigen Minuten mit der Arbeit beginnen musste. Der Gedanke, an diesem Abend im Hotel zu essen, war ihm unerträglich. Er wartete fast eine halbe Stunde, packte dann seine Sachen zusammen und schloss die Tür auf. Ein Umschlag fiel ihm vor die Füße – ein an ihn adressiertes Telegramm. Er klemmte es unter seinen Arm und ging die Treppe hinunter in sein Zimmer. Dort zündete er die Kerze an und las die überraschende Nachricht.

DRINGEND. US-DATEN VERÖFFENTLICHT. FAVRE

UNVERZÜGLICH NACH HERISAU ZURÜCKKEHREN.
EGGENBERGER

Kaum hatte er sich aufs Bett gesetzt, um die Nachricht zu verdauen, donnerte jemand die Treppe hinauf und klopfte an seine Tür. Er öffnete sie, sein Puls erhöht.

Dr. Bayard sah so erregt aus, wie Bastian ihn noch nie erlebt hatte. „Sie haben auch ein Telegramm erhalten?"

„Das habe ich, Herr Doktor, vor nicht einmal fünf Minuten."

„Ich auch. Das sind außergewöhnliche Neuigkeiten!"

„Was, Herr Doktor?"

„Das mit den Amerikanern, natürlich! Ihre Erkenntnisse stimmen mit unseren überein. Jetzt ist es an der Zeit, sich an das Bundesgesundheitsamt zu wenden. Sie müssen gleich morgen früh aufbrechen und Kopien aller unserer Unterlagen für Doktor Eggenberger mitnehmen. Wir werden die gesamte Dokumentation gemeinsam prüfen und zu einem Paket zusammenfassen. Ich werde einen Briefentwurf für den Bundesrat verfassen. Meine Frau bringt für den Transport einen Koffer mit. Ich habe mir erlaubt, bei Frau Hediger Siedfleischsuppe zu bestellen, wir werden etwas zu essen brauchen. Kommen Sie, junger Mann, beeilen Sie sich. Wir haben viel Arbeit vor uns!"

In der Hektik, die Dokumente zusammenzustellen, in seinem Zimmer eilig zu packen und während einer generell unruhigen Nacht etwas Schlaf zu finden, fand Bastian kaum Zeit, an Seraphines Verlobung zu denken. Außer jedes Mal, wenn er die Augen schloss. Er verließ das Hotel früh mit der Absicht, den ersten Zug ins Tal zu erwischen. Herr Lochmatter stand an der Rezeption, groß und zugeknöpft, bereit, seine Rechnung zu präsentieren.

Bastian spähte in den Speisesaal, um einen Blick auf Seraphine zu erhaschen. „Die Damen schlafen heute Morgen aus?", fragte er und trug sich in das Gästebuch ein.

„Das ist richtig, Herr Doktor Favre. Die gestrige Schicht hat bis nach zwei Uhr gedauert und die Frauen haben sich ihre Ruhe verdient. Ich habe Brot, Schinken und Käse vorbereitet, oder ich kann Ihnen ein Ei kochen, wenn Sie etwas für Ihre Reise brauchen. Darf ich Ihnen einen Kaffee einschenken? Es gibt keine schönere Art, den Tag zu beginnen."

„Danke, ich würde lieber etwas früher zum Bahnhof gehen. Der Fuhrmann?"

„Wartet draußen. Ich wünsche Ihnen eine gute Reise, mein Herr, und wir alle freuen uns auf Ihre Rückkehr."

„Ich danke Ihnen für Ihre Gastfreundschaft. Bitte leiten Sie meinen aufrichtigen Dank an Frau Hediger und Fräulein Widmer weiter. Der Service ist ausgezeichnet in diesem Hotel. Auf Wiedersehen."

Der Zug brachte ihn das Tal hinunter, während die Sonne die Gipfel erklomm, die Schatten wegwischte und alle Farben, Details und Größenverhältnisse des Mattertals zum Vorschein brachte. Bastian saugte jedes Detail in sich auf und schwor sich selbst einen feierlichen Eid. Um seines Herzens willen würde er nie wieder zurückkommen.

ZURÜCK ZUM ABSENDER

Sehr geehrter Herr Doktor Favre

Ich bedaure Ihnen mitteilen zu müssen, dass der Empfänger des beiliegenden Briefes verstorben ist. Herr Doktor Julius Willmann erlag am 10. September den Komplikationen einer schweren Grippe.

Mein aufrichtiges Beileid.

Sekretariat, USZ – Universitätsspital Zürich

29. September 1919

15

*Oh, Gott und seine guten Engel! Wohin, wohin flieht die Scham aus
der menschlichen Brust? Dass die Menschen mit solcher Leichtigkeit
es wagen, deine und ihre Ehre abzulegen? Ist das, was jemals ein
Grund zum Leben war, nun unter die niedrigsten Umstände gestellt?
Und die Sittsamkeit für Geld verbannt?*

— Ben Jonson, *Volpone*

Januar 1920

„Sie serviert das Frühstück im Speisesaal, Herr Widmer.
Was ist denn los?"

Josef stürmte durch die Doppeltür, noch immer in seinem
Mantel und seinen Winterstiefeln. „Seraphine, deine Mutter
braucht dich! Das Kind kommt! Sie leidet furchtbar und wie soll
ich ihr helfen? Frau Hediger, bitte lassen Sie meine Tochter
gehen, damit sie ein Leben retten kann!"

„Du liebe Güte! Sie kann selbstverständlich gehen, Herr

Widmer. „Seraphine, gehen Sie unverzüglich zu Ihrer Mutter. Wir werden für beide beten, für Frau Widmer und ihr Baby."

Während sie sich bei den Gästen und ihrem Arbeitgeber entschuldigte, ihre Schürze auszog und den Wintermantel umlegte, dachte Seraphine über Josefs Verwendung des Singulars nach. *Ein Leben retten? Wessen?*

Schneegestöber wirbelte um ihren Kopf, als sie ihrem Stiefvater aus dem Hotel folgte und in dem wenigen Licht, das durch den Morgennebel drang, zwei Pferde stampfen sah. In ihrem ganzen Leben war Seraphine noch nie auf einem Pferd gesessen. Das einzige Fortbewegungsmittel, das sie kannte, waren das Postauto und ihre eigenen Beine.

„Pferde, Papa?"

„Geliehen von den Bergführern. Es wird mich etwas kosten, aber es gibt keinen schnelleren Weg nach oben. Deine Mutter ist in großer Not. Los, Seraphine! Steig auf."

Eine Frauenstimme schallte durch die Luft. „Seraphine? Stimmt etwas nicht?" Frau Bayard stand an der Ecke, eindrucksvoll, wie eine Märchenfigur im dunstigen Licht. „Kann ich behilflich sein?"

„Danke, Frau Bayard, aber ich glaube nicht. Wir müssen zu unserem Dorf reiten, wo meine Mutter in den Wehen liegt. Papa sagt, es ist eine schwierige Geburt und er weiß nicht, wie er helfen kann."

„Er vielleicht nicht, aber ich ganz sicher. Herr Widmer, würden Sie mir erlauben, Ihre Tochter zu begleiten? Gemeinsam können wir die Beschwerden Ihrer Frau lindern. Ich benötige Ihr Pferd, damit ich zu ihrem Bett reiten und Ihr Kind sicher zur Welt bringen kann."

Josef trat zurück und hielt ihr die Zügel hin, ungewöhnlich wortkarg.

„Folgen Sie uns zu Fuß", erklärte Frau Bayard, während sie ihre

Röcke hob, „und seien Sie versichert, dass wir Sie mit guten Nachrichten begrüßen werden. Ich bin durchaus in der Lage, dieses Tier allein zu besteigen. Würden Sie Ihrer Tochter zur Hand gehen?"

Ihr Stiefvater fasste Seraphine mit seinen starken Händen an der Taille und hob sie in den Sattel. Sie fand ihr Gleichgewicht, setzte ihre Füße in die zu langen Steigbügel und nahm die Zügel in die Hand. Das Pferd setzte sich ohne zu zögern in Bewegung und folgte seinem Stallgefährten. Seraphine hatte sich noch nie so verletzlich und ausgeliefert gefühlt. Sie presste ihre Knie an die Flanken des Pferdes und betete, dass Frau Bayard wusste, was sie tat.

Die Pferde stapften den Weg zum Dorf hinauf, trittsicher und zuverlässig, wobei sie große Wolken warmen Atems in die winterliche Luft bliesen. Der Gang des Tieres wurde bald so vertraut wie ihr eigener, und Seraphines Anspannung löste sich, instinktiv wiegte sie mit dem riesigen Tier mit, anstatt gegen es zu arbeiten. Ein kräftiger Pferdekörper, der sich die Hänge hinaufquälte, verströmte Wärme und einen Duft, der irgendwie beruhigend war, vielleicht auch deshalb, weil sie sich weniger alleine fühlte als bei einem einsamen Aufstieg zu Fuß.

Vorne schnalzte Frau Bayard mit der Zunge und trieb ihr Pferd an, wobei ihr Mantel in den beißenden Böen wehte. Für eine Stadtbewohnerin ging sie mit dem Leben in den Bergen souverän um. Seraphine hörte auf, sich Sorgen zu machen, vertraute der Frau des Arztes und versuchte, sich nicht vorzustellen, was ihre Mutter sagen würde.

Ihre Reise dauerte etwas weniger als eine Stunde. Nachdem sie beim Hof ungeschickt vom Pferd abgestiegen war, stand Seraphine wieder erleichtert auf ihren eigenen zwei Beinen.

„Ziehen Sie die Steigbügel hoch und befestigen Sie die Zügel so, dass das Tier den Hals lang machen kann, etwa so. Wir lassen sie jetzt trinken und sie werden ihren eigenen Weg zurück ins Dorf finden. Sie wissen, was sie tun."

Sie machte es ihr nach, ließ ihr Pferd an der Tränke stehen und lief Frau Bayard ins Bauernhaus hinterher.

Ihre Mutter lag auf dem Küchenboden, ihr Gesicht weiß und verschwitzt, ihr Kleid zerzaust. Sie schien abwesend, mit glasigen Augen, presste aber ein paar Worte zwischen zusammengebissenen Zähnen hervor.

„Es will nicht kommen. Ich presse und presse und nichts passiert. Es will nicht kommen.“

„Ich bin hier, Maman.“ Seraphine ergriff ihre Hand.

„Seraphine? Wo ist Josef?“

„Er ist auf dem Weg. Frau Bayard ist hier. Sie weiß, was zu tun ist.“

Clothilde ballte die Fäuste und gab ein animalisches Knurren von sich, als eine Wehe ihren Körper durchfuhr. „Dann tun Sie es! Um Himmels willen, tun Sie, was Sie tun müssen!“

Frau Bayard kniete sich in ihren lila Röcken in die Lache, die Clothilde umgab, und reichte ihr ein Glasfläschchen. „Nehmen Sie das, Frau Widmer, es wird Ihnen helfen, sich zu entspannen und lindert den Schmerz. Den Rest überlassen Sie mir. Seraphine, bitte kochen Sie etwas Wasser auf und bringen Sie einen kühlen Waschlappen für ihre Stirn.“

Es dauerte nur zwei Minuten, bis sie einen Topf auf den Herd gestellt und ein Tuch in dem Trog ausgewrungen hatte, an dem die dampfenden Pferde noch standen. Als sie zurückkam, war ihre Mutter schlaff wie ein Lappen. Frau Bayard goss kochendes Wasser in eine Schüssel, krempelte die Ärmel hoch und wischte sich die Hände mit einem Handtuch ab.

„Wir können nicht warten, Seraphine. Es ist möglich, dass das Baby im falschen Winkel liegt oder schlimmer noch, dass sich die Nabelschnur um den Hals des Kindes gelegt hat. Ich muss Mutter und Kind untersuchen, wenn wir auch nur die geringste Hoffnung haben wollen, dass die beiden überleben. Zünden Sie ein paar Lampen an und schüren Sie das Feuer.

Hier drin ist es dunkel und kalt wie in einem Grab. Dann halten Sie ihre Hand und versichern ihr, dass alles in Ordnung ist."

Im schummrigen Licht der Ofentür kniete Frau Bayard zwischen Clothildes Beinen, während Seraphine ihrer Mutter die Feuchtigkeit von den Lippen wischte und tröstende Worte sprach. Immer wieder rückte sie ihren Kopf zurecht, weil ihr der Atem stockte und streichelte das vor Schmerz verzerrte Gesicht. Ihre Mutter zuckte krampfartig wie ein sterbender Fisch und stöhnte, als ob sie sich übergeben müsste. Etwas Nasses spritzte in Frau Bayards Schoß.

„Du hast dir Zeit gelassen, kleiner Mann. Seraphine, kommen Sie und machen Ihren Bruder sauber. Sorgen Sie dafür, dass sein Mund und seine Nasenlöcher frei sind, waschen Sie ihn sanft und halten Sie ihn zum Wärmen an Ihren Körper. Ich werde mich um Ihre Mutter kümmern."

Der Junge war winzig und ein leuchtendes Violett. Seine Augen waren zu, sein Mund öffnete und schloss sich, aber er gab keinen Laut von sich. Seraphine wischte ihm den Schleim aus dem Gesicht, hielt eine Handfläche auf seinen zerbrechlichen Brustkorb, um die Atmung zu prüfen, und legte ihn gegen ihre Hand in die nun kühlende Schale mit Wasser. Die unglaublich kleinen Gliedmaßen des Babys bewegten sich wie ein Miniatur-Bergsteiger und sein Mund stieß kleine Luftstöße aus, während Seraphine seinen Körper reinigte. Ein Büschel dunkler Haare krönte seinen glatten Kopf, genau wie Henri bei seiner Geburt. Doch damit endeten die Ähnlichkeiten.

Seraphine betete, dass dies ein gesundes Kind war, frei von den Problemen, mit denen ihre Brüder gekämpft hatten. Sie tupfte ihn trocken und kuschelte ihn unter ihrer Bluse an sich. Die Mittagssonne war stark genug, die düstere Küche zu durchdringen und verlieh der Szene einen feierlichen Glanz. Eine scharfe Brise wehte ihr in den Nacken und etwas streifte ihren Ellbogen.

„Barry! Sieh mal, hier ist ein neues Baby, auf das du aufpassen musst." Der Bernhardiner beschnupperte den Kopf des Kindes und wedelte unaufhörlich mit dem Schwanz.

Frau Bayard kam mit einem Eimer aus der Scheune zurück. „Der Hund hat gejammert, also habe ich ihn reingelassen. Die haben einen Instinkt für solche Dinge, finden Sie nicht auch? Ihre Mutter muss sich ausruhen, sobald sie das Kind gestillt hat. Darf ich ihn nehmen?"

Mit einigem Widerwillen löste Seraphine das warme Bündel von ihrer Brust und reichte es Frau Bayard, die es wie ein Stück Porzellan untersuchte.

„Seit einem Jahr wird jedes Kleinkind sorgfältig untersucht, immer mit dem gleichen angehaltenen Atem. Ihrem Bruder geht es gut, er hat keine Anzeichen eines Kropfes. Ob er sich normal entwickeln wird, bleibt abzuwarten." Sie wickelte das Neugeborene in ein sauberes Tuch. „Holen Sie mir noch ein Kissen, Seraphine, ihr Rücken muss gestützt werden. Frau Widmer? Wachen Sie jetzt auf. Frau Widmer, Ihr Baby ist ein gesunder kleiner Junge, der gestillt werden muss. Kann ich ihn Ihnen geben?"

Clothilde öffnete ihre Augen und starrte das Bündel an. „Er ist nicht ..."

„Nein, das ist er nicht. Aber er ist hungrig. Ihr Sohn, meine Dame."

Wie zur Bekräftigung öffnete das Baby seinen Mund und gab einige Testlaute von sich, die wie Blöken tönten, bevor es in lautes Wimmern ausbrach, sein Gesicht zerknittert wie ein Taschentuch. Frau Bayard übergab den kleinen Jungen in die Arme seiner Mutter, die ihn nach kurzem Zögern an ihre Brust legte. Die Wehklagen verstummten und Seraphine blinzelte ihre Ungläubigkeit weg.

Die Theorie war nun durch Praxis bestätigt. Das Konzept des aufbereiteten Salzes, für das sie sich so sehr eingesetzt hatte, trug nun Früchte. Clothilde gebar Josef ein Kind, das keine zusätzliche Pflege oder besonderen Schutz brauchte. Es war ein überwältigender Gedanke. In einem strahlenden Augenblick wurde Seraphines Kopf ganz leicht und verlieh ihrer Fantasie Flügel. Sie war frei, das Tal zu verlassen. Frei, etwas zu bewirken.

Barry knurrte und schritt mit gesenktem Kopf zum Scheunentor. Stampfende Stiefel und ein lautes Husten kündigten Josef an, der in den Raum stürmte und winterliche Kälte mit sich brachte. Er starrte die Frauen der Reihe nach an und fixierte schließlich Clothilde. Sie zog die Bettdecke zurück, um den Kopf des Säuglings zu enthüllen.

„Ein Junge. Ein schöner, gesunder kleiner Junge.“

Josef schien wie angewurzelt zu sein und sogar Barry rückte wie zur Ermutigung näher.

„Sind Sie sicher?“

„Ich bin kein Doktor, Herr Widmer, aber ich habe den Ärzten von St. Niklaus assistiert, meine eigenen Kinder zur Welt gebracht und über ein Dutzend Neugeborene untersucht. Ihr Sohn zeigt keine Anzeichen eines Leidens. Meiner Meinung nach ist der Junge ein wenig zu früh dran, aber mit guter Pflege und Betreuung sollte er sich wie jedes andere Kind entwickeln. Ich gratuliere Ihnen zu diesem glücklichen Ereignis.“

„Frau Bayard, ich kann Ihnen nicht genug danken! Sie und Seraphine haben ein Wunder vollbracht. Bitte trinken Sie ein Glas Wein mit uns, um das Köpfchen des Babys zu benetzen.“ Josefs Augen waren dunkel vor Rührung.

„Das ist ein großzügiges Angebot, aber da ich selbst schwanger bin, muss ich ablehnen. Aber wissen Sie was, Herr und Frau Widmer, ich würde mit Champagner auf Ihren Neuankömmling anstoßen, wenn ich könnte. Dies ist ein wahrhaft freudiger Anlass, und es ist mir eine Ehre, daran teilzuhaben. Seraphine, Ihre ruhige und kompetente Art lässt mich denken, dass Sie eine Ausbildung zur Krankenschwester machen sollten. Wie Sie Ihre Mutter heute unterstützt haben, war vorbildlich. Ich muss Sie jetzt verlassen und nach St. Niklaus zurückkehren."

Josef und Seraphine protestierten wie aus einem Mund.

„Es macht mir nichts aus. Der Weg zum Dorf führt nur bergab und meine Stiefel sind sehr robust. Von dort aus werde ich das Postauto benutzen und rechtzeitig nach St. Niklaus zurückkehren, um das Abendessen vorzubereiten. Ich freue mich über Ihre guten Nachrichten und wünsche Ihrem Sohn viel Glück."

Seraphine und Barry begleiteten Frau Bayard bis zum Ende des Feldweges.

„Frau Bayard, ich werde Ihnen nie für diese Freundlichkeit danken können. Sie und Herr Doktor Bayard haben unser Leben verändert."

„Es liegt in der Hand eines jeden, das Leben anderer zu verbessern. Wir alle müssen tun, was wir können. Es war mein voller Ernst, als ich sagte, Sie sollten Krankenpflege studieren. Danach könnten Sie sich auf Kinderbetreuung, Hebammen-wesen oder eine andere Disziplin spezialisieren, in der Ihr natürlicher Pragmatismus und Ihre Gutmütigkeit zum Tragen kommen. Sie sind eine kluge junge Frau, deren Fähigkeiten nicht nur den Gästen des Hotels Lochmatter zugutekommen könnten. Wenn Sie nach St. Niklaus zurückkehren, werden wir bei einem Tee die Möglichkeiten besprechen. Guten Tag, meine Liebe und noch einmal herzlichen Glückwunsch."

Anfang 1920 änderte sich Seraphines Rolle komplett, obwohl ihr Arbeitsort derselbe blieb. Sie trat in Dr. Bayards Praxis eine Stelle als Krankenpflegerin an. Unter Frau Dunant erlebte sie lange, anspruchsvolle Tage, die neben der praktischen Arbeit intensives Lernen und neues Vokabular mit sich brachten. Auch ihre Wohnsituation war davon betroffen. Da sie nicht mehr im Hotel angestellt war, musste sie die Kammer auf dem Dachboden räumen. Bei den bitterkalten Januartemperaturen fiel ihr das leicht, und sie fand bei ihrer alten Lehrerin Unterschlupf. Frau Fessler, die sich im Ruhestand befand, besaß immer noch ihr kleines Häuschen neben der Schule mit drei Zimmern, die sie an Gäste oder Aushilfskräfte im Sommer vermietete. Sie trafen eine Vereinbarung, nach der Seraphine bis Ende Mai für einen Teil ihres Lohns bleiben durfte. Das passte den beiden sehr gut, denn Frau Fessler verbrachte ihre Abende gerne lesend am Kamin, während Seraphine am Esstisch lernte.

Dr. Bayards experimentelle Arbeit mit Jod interessierte Seraphine sehr, nicht nur wegen des großen Nutzens, den sie für ihre Familie gebracht hatte. Wann immer er Zeit fand, war Bayard zu ausführlichen Erklärungen bereit und Seraphine lernte viel über die Schilddrüse und ihre Rolle im Körper.

„Nehmen wir als Beispiel Frau Fessler", dozierte er. „Als sie Schulleiterin war, hat sie Ihren Stundenplan geregelt. Sie hörte zu und beobachtete, läutete, wies den Hausmeister an, brachte jedes Kind in die richtige Klasse und sorgte dafür, dass jeder Teil der Organisation genau das bekam, was er brauchte. Manchmal Disziplin, manchmal ein spontanes Herumrennen auf dem Schulhof. Bei der Schilddrüse ist es dasselbe. In Ihrem Hals sendet diese kleine schmetterlingsförmige Drüse genau die Hormone aus, die Ihr Körper braucht. Nicht mehr und nicht weniger. Wie Sie essen, schlafen, atmen, verdauen, sich entwickeln und fortpflanzen hängt von Ihrer Schilddrüse ab. Sie regelt Ihren Tagesablauf, genau wie Frau Fessler es früher getan hat."

„Es sei denn, sie funktioniert nicht, Herr Doktor?"

„Es sei denn, sie kann nicht funktionieren. Wenn sie zu

wenig Jod bekommt, schwillt sie an und versucht, ihre Aufgaben mit dem wenigen, was sie liefern kann, zu erfüllen. Bei einer werdenden Mutter gibt es kaum genug Hormone, um eine Person zu versorgen, geschweige denn zwei. Deshalb müssen wir diese fleißige kleine Drüse füttern. Aber mit größter Sorgfalt. Nicht zu viel und nicht zu wenig. Sie ist so empfindlich wie ein Schmetterling. Wir müssen noch viel über diesen komplexen Organismus in uns lernen."

Er erwähnte Bastian Favre nur einmal, und zwar im Zusammenhang mit einem ähnlichen Experiment, das in der Ostschweiz stattfand.

„Dr. Eggenberger aus Herisau, der Mann, der mir Herrn Favre ausgeliehen hatte, treibt eine kantonsweite Initiative voran, die darauf abzielt, die Heilbehandlung gesetzlich zu verankern. Einige Gelehrte sind erwartungsgemäß skeptisch, aber ich bin davon überzeugt, dass die Ergebnisse sowohl hier im Mattertal als auch in Appenzell Ausserrhoden, parallel zu denen der Amerikaner, für sich sprechen. Sie selbst kennen die Fakten aus eigener Erfahrung."

„In der Tat, das tue ich und ich bin zutiefst dankbar dafür. Darf ich fragen, warum es zu erwarten ist, dass einige skeptisch sind?"

Bayard sah sie über seine runde Brille hinweg an. „Dafür gibt es viele Gründe. Frühere Versuche, Schilddrüsenstörungen in Frankreich zu behandeln, waren unpopulär, weil die Dosierung zu hoch war und Jod dadurch selbst zum Problem wurde. Dann dürfen wir nicht vergessen, dass ein Kropf als ausreichender Grund galt, vom Militärdienst befreit zu werden. Frankreich befand sich im Krieg, wen wundert es da, dass sich viele nur ungern behandeln ließen. Hier in der Schweiz wehren sich gewisse Kreise der Salzindustrie dagegen, anderen fehlt die direkte Erfahrung mit den Folgen einer jodarmen Ernährung, und dann gibt es noch jene, die sich schlicht gegen jeglichen

Wandel stemmen. Die Meinung der Menschen zu ändern, erfordert große Entschlossenheit und viel Zeit. Aber sie müssen sich ändern. Ich habe aufrichtiges Vertrauen in Eggenberger. Wenn jemand das schaffen kann, dann ist es ein Mann mit seiner Energie.

Da fällt mir ein, meine Frau hat Lesematerial vom Roten Kreuz bestellt. Es gibt eine Organisation namens Schweizerischer Krankenpflegebund mit spezialisierten Schulen in Zürich und Bern, wo junge Frauen wie Sie ihre Berufsausbildung fortsetzen können. Falls dies etwas ist, das Ihnen zusagen würde, wäre ich stolz, sie zu unterstützen."

„Ich bin Ihnen sehr dankbar, Herr Doktor. Ich hätte nie daran gedacht, mich weiter zu professionalisieren."

„Das sollten Sie aber. Meine Frau hatte recht mit Ihnen. Ich kann mir vorstellen, dass Sie es in der Welt der Medizin sehr weit bringen werden."

Mit einer seltsamen Mischung aus Angst und Aufregung ging Seraphine am Abend durch den Schnee zum Haus der Lehrerin. Der Gedanke, St. Niklaus zu verlassen und in einer Stadt zu studieren, war gleichzeitig beängstigend und genau das, was sie wollte. Sie beschloss, weder Frau Fessler noch sonst jemandem etwas zu sagen, sondern die Idee mit Frau Bayard zu besprechen, wenn sie das nächste Mal die Gelegenheit dazu hatte. Tief in ihrem Inneren wusste sie, dass sie begeistert sein würde. Mit ihrer Hilfe konnte sie jedes Hindernis überwinden. Sie lächelte vor sich hin, als sie ihren Mantel und ihren Hut aufhängte und dann ihre Stiefel aufschnürte.

„Seraphine?" Das Gesicht von Frau Fessler war düster. „Es ist ein Telegramm für Sie gekommen."

Sie las die Worte dreimal und jedes Mal wurden sie schwerer. „Die Nachricht ist von meiner Tante in Montreux. Mein Bruder ist am Montag gestorben. Henri, der im Berner Jungenheim war, der einzige, den ich noch hatte."

„Oh, Sie armes Kind! Setzen Sie sich hin, ich mache einen Tee."

„Ich muss es meiner Mutter sagen."

„Natürlich müssen Sie das! Aber das geht erst morgen. Das letzte Postauto ins Dorf ist vor einer Stunde gefahren und selbst wenn Sie so weit kämen, müssten Sie immer noch im Dunkeln zum Hof gehen. Warten Sie bis zum Morgen, liebe Seraphine. Soll ich Sie begleiten?"

„Danke, aber nein. Ich möchte lieber alleine mit ihr sprechen. Frau Fessler, dürfte ich auf mein Zimmer gehen? Ich möchte für Henri beten." Ihre Stimme brach und sie konnte ihre Vermieterin durch ihre Tränen kaum noch sehen.

„Nehmen Sie sich so viel Zeit, wie Sie brauchen, meine Liebe. Es tut mir sehr leid um Ihren Verlust."

Clothilde bekreuzigte sich. „Gott sei seiner Seele gnädig."

Josef schnitt das Brot. „Gott segne ihn, ja, in der Tat." Er schaute von seiner Frau zu Seraphine, seine Haltung war zögerlich. „Nur acht Jahre alt, der arme Junge. Hat Margot etwas über die Beerdigung gesagt?"

„Sie findet morgen statt. Er wird mit deiner Erlaubnis neben Anton auf dem Familiengrab beigesetzt. Ich kann wegen meiner Pflichten in der Praxis nicht dabei sein, aber ich werde ihm bei meinem nächsten Besuch die letzte Ehre erweisen."

„Ich meinte, wer dafür bezahlen wird. Es war ein sehr harter Winter für uns."

Clothilde drehte ihren Kopf und warf ihrem Mann einen bösen Blick zu. „Mein Bruder und meine Schwester werden die Rechnung für unseren Sohn bezahlen, genauso wie sie es für Henris Pflege getan haben, genauso wie für Antons Krankenhausrechnungen und Beerdigungskosten. Ein Ausdruck der Dankbarkeit wäre die höfliche Antwort."

Josef besaß immerhin genug Anstand, einen Moment lang beschämt dreinzuschauen. „Schreib ihnen einen Dankesbrief. Seraphine kann ihn bei ihrer nächsten Reise zusammen mit einem Topf Marmelade überbringen. Hat dir deine Mutter von Peter erzählt? Er ist noch kein halbes Jahr alt, aber er sitzt schon aufrecht und isst feste Nahrung. Er wächst so schnell, dass er bald aus dem Kinderbettchen raus ist und herumlaufen kann. Er ist das perfekte Kind, er schläft durch, jede Nacht. Er wird schon bald wach sein und du kannst dich selbst davon überzeugen."

Seraphine stand auf und kratzte Barrys Kopf. „Heute nicht. Ich habe mir den Morgen freigenommen, um die traurige Nachricht zu überbringen. Jetzt muss ich los, wenn ich das Postauto noch erwischen will. Euch beide gesund zu sehen und zu hören, dass Peter stark ist, tut mir gut. Am Sonntag werde ich die Praxis putzen, um meine heutige Abwesenheit zu kompensieren. Das bedeutet, dass ich erst in einer Woche am Sonntag mit euch zu Mittag essen werde. *Au revoir*, Maman. Tschüss, Josef, und gib Peter einen Kuss von mir."

Als niemand antwortete, hielt Seraphine inne und bemerkte, wie Clothilde und Josef einen Blick austauschten.

„Das Postauto, ja, natürlich", sagte ihre Mutter. „Darüber wollte ich gerade mit dir sprechen. Setz dich einen Moment hin."

Seraphine setzte sich, unbehaglich darüber, wie sie die beiden anschauten. „Über das Postauto?"

„Über den Fahrer", erklärte Josef. Nach einem wütenden Blick von Clothilde hob er abwehrend die Hände in die Luft und verstaute sie unter seinen Achseln.

„Die Niederers waren immer gute Nachbarn für uns, meinst du nicht auch?" Clothildes Stimme hatte etwas Bittendes an sich.

„Wir haben kaum etwas mit ihnen zu tun."

„Sie erlauben uns, ihr Land zu überqueren, um auf die Bergweiden zu gelangen, sie haben uns Kartoffeln gebracht, während Josef weg war, und sie sind bereit, uns ein paar Kühe zu verkaufen.“

„Wovon redest du? Ihr haltet Ziegen. Was wollt ihr mit Kühen machen?“

„Fünf Kühe würden uns mehr Geld einbringen als eine ganze Herde Ziegen“, antwortete Josef.

„Josef.“ Clothilde brachte ihn mit zusammengebissenen Zähnen zum Schweigen und wandte sich dann wieder Seraphine zu, wobei sie eine freundliche Mimik aufsetzte. „Herr und Frau Niederer werden älter. Wer von uns kann dem Zahn der Zeit schon entkommen? Auf der einen Seite haben sie das Glück, zwei gesunde erwachsene Söhne zu haben, die gutes Geld verdienen, indem sie Busse fahren oder Traktoren reparieren. Auf der anderen Seite will keiner der beiden hübschen Jungs auf dem Hof arbeiten. Deshalb wollen ihre Eltern einen Teil ihres Landes und ihrer Rinder verkaufen. Sie denken, und wir stimmen ihnen zu, dass es eine gute Sache wäre, engere Beziehungen zwischen unseren beiden Familien zu knüpfen. Ich sollte hinzufügen, dass der Preis, den sie verlangen, außerordentlich großzügig ist.“

Seraphine verstand die Bedeutung hinter der Erklärung und fand keine Worte, um ihr entsetztes Erstaunen auszudrücken.

„Philipp Niederer hat dich immer sehr gemocht. Was wir vorschlagen, ist eine günstige Verbindung zwischen zwei Familien. Ein ehrlicher Mann aus der Gegend ist bereit, für dich zu sorgen, damit du nicht mehr im Hotel Lochmatter schuften musst. Unser Teil der Abmachung besteht darin, ein Stück Land und ein halbes Dutzend Milchkühe der Niederers zu kaufen. Die Vereinbarung macht uns alle stärker und glücklicher. Seraphine, du warst schon immer ein vernünftiges Mädchen. Ich weiß, dass du die praktische Seite sehen wirst und dich darüber freust, dass sich das Schicksal unserer Familie zum Guten wendet."

Seraphine stand mit geballten Fäusten auf. „Wir schreiben das Jahr 1920. Die Menschen tauschen ihre Töchter nicht mehr gegen Vieh ein. Wenn sie es täten, wäre mein zukünftiges Glück hoffentlich mehr wert als sechs Kühe."

„Seraphine!" Der Schmerz in der Stimme ihrer Mutter hatte sie schon öfter im letzten Moment umgestimmt, aber nicht heute. Sie stürmte aus dem Bauernhaus, ihr Kopf war heiß und verwirrt, voller Wut und Unglauben. Wie immer begleitete Barry sie mit besitzergreifendem Auftreten über den Feldweg. Seine Schnauze war noch weißer als sonst und seine Ohren wurden grau. Ohne Vorwarnung liefen ihr heiße Tränen über die Wangen und sie kniete nieder, um den Hund zu umarmen. Armer Barry. Die Tränen, die von diesem Pelz schon aufgesaugt wurden, hätten eine Badewanne gefüllt. Sie tätschelte seinen Kopf und ging die Straße hinunter, ohne zum Fenster aufzublicken und zum Abschied zu winken.

Als sie ins Postauto einstieg, grüßte sie den Fahrer kurz und setzte sich nach hinten. Beschäftigt mit dem Verrat ihrer Eltern, den Gedanken an ihre verlorenen Brüder und ihrem Widerwillen, sich mit dem neuesten Familienmitglied anzufreunden, presste sie ihr Gesicht an das Fenster des Busses und starrte über das weiße Tal. *Der Frühling wird kommen. Das tut er immer. Die Dinge werden sich zum Besseren wenden. Das tun sie immer.*

Eine Welle der Scham überspülte sie, als sie ihre Worte im Kopf wiedergab. *Die Menschen tauschen ihre Töchter nicht mehr gegen Vieh ein. Wenn sie es täten, wäre mein zukünftiges Glück hoffentlich mehr wert als sechs Kühe.* Wie konnte sie nur so undankbar sein? Josef hatte sie und ihre Mutter bei sich aufgenommen, ihnen ein Zuhause gegeben und sie wie sein eigenes Kind behandelt. Ganz gleich, wie wenig er und Clothilde besaßen, Seraphine hatte es an nichts gefehlt. Obwohl Josef Lesen als Zeitverschwendung betrachtete, gab er ihr Geld für ihre geliebten Bücher. Ihren Vorschlag mit derart hochmütigem Benehmen abzutun, war unverzeihlich.

Aber Philipp Niederer? Er war zehn Jahre älter als sie, mürrisch und ernst, mit begehrenden Augen. Die Art, wie er sie ansah, bereitete ihr Unbehagen. Nein, der Gedanke, ihn zu heiraten, war trostlos und abschreckend. Nächste Woche am Sonntag würde sie ihren Eltern ein Friedensangebot unterbreiten, sich für ihr undankbares Verhalten entschuldigen und darum bitten, in die Stadt ziehen zu dürfen, um Krankenpflege zu studieren.

Sie machte sich eilig daran, den Bus zu verlassen und hoffte, Blickkontakt mit Philipp Niederer zu vermeiden. Er musste wissen, dass ihre Eltern den Vorschlag unterbreitet hatten. Normalerweise mied sie wochentags das Postauto, weil er am Steuer saß. Als sie endlich am Fahrersitz vorbeikam, war dieser leer. Sie atmete auf, trat in die Kälte hinaus und wickelte sich ihren Schal um den Hals. Und sah sich dem Mann direkt gegenüber.

„Hallo, Seraphine. Ich sehe dich ja kaum noch", bemerkte er und versperrte ihr den Weg.

„Hallo, Herr Niederer. Nein, ich fahre nur noch selten mit dem Postauto, da ich ja jetzt in St. Niklaus wohne und arbeite. Schön, Sie wiederzusehen." Sie wollte an ihm vorbeigehen, aber er streckte einen Arm aus, als ob er sie umarmen wollte. Sie wich zurück.

„Nenn mich Philipp. Ich möchte mit dir reden."

„Heute ist kein guter Zeitpunkt, es tut mir leid. Ich sollte bereits bei der Arbeit sein. Bitte entschuldigen Sie mich."

Er beugte sich über sie. „Willst du nicht hören, was ich zu sagen habe?"

Normalerweise würden die Klatschbasen gackern und krächzen, ihre Schnäbel hineinstecken und Seraphine für ihr unangemessenes Verhalten tadeln. Sie würde beschuldigt werden, nicht er, obwohl er es war, der sie am Gehen hinderte. Heute bemerkte keine Aufpasserin etwas.

„Herr Niederer, ich habe nicht die Absicht, unhöflich zu sein. Und ich möchte auch nicht die Patienten in der Praxis enttäuschen. Gehen Sie bitte zur Seite und lassen Sie mich gehen."

Er zog seine Augenbrauen zusammen und packte sie mit seiner kalten, knochigen Hand am Handgelenk. „Zu viele Flausen im Kopf, das sagt deine Mutter. Es wird Zeit, dass sie sich mit einem anständigen Mann einlässt, der gut verdient, Josefs Worte. Zufälligerweise stimme ich mit deinen Eltern überein. Die Widmers sind eine praktische Familie, ganz wie die unsere. Gute Köpfe auf breiten Schultern, ohne große Allüren."

Kalte Luft wehte ins Tal und blies Seraphine Haarsträhnen ins Gesicht. Herr Niederer streckte eine Hand aus, um sie wegzustreichen. Ein tief sitzender Ekel zwang sie zum Handeln. Sie befreite ihr Handgelenk aus seinem Griff und ging einen Schritt rückwärts.

„Ja, Sie sind ein praktischer Mann, Herr Niederer, einer, der sich alle Optionen offen hält. Ich frage mich, wie viele andere Mädchen in diesem Tal eine hübsche Puderdose als Zeichen Ihrer Zuneigung erhalten haben. Oder waren das nur Romy und ich? Entschuldigen Sie mich bitte, ich glaube, dieses Gespräch ist beendet."

Sie duckte sich unter seinem Arm hindurch und rannte einige Schritte, bis sie die schmale Gasse zwischen dem Bahnhofsgebäude und dem Bus überquert hatte.

„Guten Morgen, Herr Lochmatter", rief sie, obwohl keine Menschenseele auf der Straße zu sehen war. Die Schritte hinter ihr kamen knirschend zum Stillstand und sie schlitterte bergab, während sie sich weiter mit der unsichtbaren Person unterhielt. „Ja, ich bin etwas spät dran. Gehen Sie auch in diese Richtung?

Was für ein Glück für mich. Wie geht es Ihrem Sohn und seinem Fieber?"

Als sie um die Ecke bog, traf sie auf den Holzhändler und Alois, die rauchten und sich über das Wetter beklagten. Seraphine verlangsamte ihren panischen Lauf und riskierte einen Blick zurück. Niederer war nirgends zu sehen. Sie grüßte die beiden Dorfbewohner höflich und ging weiter die Straße entlang zum Hotel. Die Begegnung mit dem Busfahrer hatte sie so beunruhigt, dass sie den Reisemantel an der Garderobe des Hotels nicht bemerkte.

Sie war auf dem Weg zum Schwesternzimmer, als ein Schatten auf sie fiel. Direkt vor ihr stand Bastian Favre. Der Druck der letzten zwei Tage entlud sich auf einmal. Sie brach in Tränen aus und rannte aus der Praxis, die Dachbodentreppe hinauf und fand zu ihrer großen Erleichterung den Schlüssel noch im Schloss ihres alten Zimmers. Sie ging hinein, schloss die Tür hinter sich und warf sich mit Hut und Stiefeln auf das Bett. Sie weinte um Henri, um Anton, um ihre Mutter und sogar um Barry. Schließlich weinte sie auch um sich selbst und erst dann schlief sie ein.

16

———————

*… die Eifersucht gab ihm, wenn überhaupt, einen angenehmen
Schauer,
wie ein letzter Moskito dem traurigen Pariser, der von Venedig nach
Frankreich zurückkehrt, beweist, dass Italien und der Sommer noch
nah sind.*

— Marcel Proust, *In Swanns Welt*

Mai 1920

In den letzten zehn Monaten hatte sich Bastian eingeredet, seine jugendliche Verliebtheit in das Bergmädchen mit den blauen Augen sei vergessen. In Herisau war er mit einer hübschen Witwe namens Teresa ausgegangen, hatte mit mehreren Töchtern von Lokalpolitikern geflirtet und sich in Zürich einer Nacht der Lust hingegeben. Die Frau war eine Freundin von Walter. Ihr Name war ihm entfallen, aber ihre Brüste waren unvergesslich.

Als Eggenberger ihn aufforderte, nach St. Niklaus zurückzukehren, um mit Dr. Bayard am Gesamtkonzept mitzuarbeiten, nahm er den Auftrag mit Gelassenheit an. Teresas angenehme Gesellschaft würde ihm zwar fehlen, aber sie konnten ihre Beziehung nach seiner Rückkehr wieder aufnehmen. Eine Veränderung der Routine kam ihm sogar sehr gelegen. Er lief Gefahr, sich für die einfache Variante zu entscheiden, was er verachtete.

Frühling im Mattertal. Was für ein Vergnügen! Die Gesellschaft von Dr. Bayard und seiner Frau war immer willkommen. Es war ein Privileg, bei der Reformierung der Schweizer Gesellschaft, und zwar der wissenschaftlichen anstatt religiösen, eine Rolle zu spielen. Die junge Serviertochter war so sehr aus seinem Gedächtnis verschwunden, dass er sich kaum noch an ihren Nachnamen erinnern konnte.

Während der Fahrt durch das Tal kamen ihm die Brücken, die dramatischen Abgründe, die steilen Felswände und die Dörfer wie alte Bekannte vor, die er wiedersah, und seine Vorfreude wuchs mit jedem Höhenmeter, den der Zug wett machte. St. Niklaus erschien ihm unverändert, als er ankam, und auf dem Weg zum Hotel begrüßte er ein halbes Dutzend vertraute Gesichter. Die Rezeption war unbesetzt, wahrscheinlich waren alle mit dem Mittagsservice beschäftigt, also hängte er seinen Mantel auf und ließ seine Koffer für den Gepäckträger stehen. Eine Reisetruhe war altmodisch und unnötig, da sein Aufenthalt nicht länger als eine Woche dauern würde.

Weibliche Schritte hallten im Korridor und Bastian wartete lächelnd. Eine grimmig dreinschauende Frau, die zwei Schüsseln mit Suppe trug, nickte ihm zu.

„Bin gleich wieder da.“

Er wartete. Sie kam zurück und wischte sich die Hände an ihrer Schürze ab.

„Ein Zimmer, nehme ich an.“ Sie schlug ein in Leder gebundenes Buch auf und kramte in ihrer Schürze nach einer Brille. Keine formale Anrede, geschweige denn Begrüßung.

„Genau. Mein Name ist Herr Doktor Bastian Favre und ich bin hier, um mit Dr. Bayard zu arbeiten. Ich bin regelmäßig Gast hier, wie Frau Hediger oder Seraphine Widmer bezeugen können."

Die Frau schaute nicht auf. „Frau Hediger kann gegenwärtig leider nicht mehr viel bezeugen, sie ist nämlich verstorben und Seraphine ist in der Welt aufgestiegen. Nicht, dass mich das stören würde. Warum sollte ich nicht die Arbeit von drei Leuten machen? Mehrere Zimmer im zweiten Stock sind verfügbar, was wohl bequemer ist für die Praxis. Wie viele Nächte?"

Bastians Enttäuschung war ihm selbst unerklärlich. Was kümmerten ihn die Mitarbeiter, die er von früheren Aufenthalten kannte?

Mit gekünstelter Förmlichkeit ergriff die Frau wieder das Wort. „Herr Doktor? Wie lange möchten Sie das Zimmer haben?"

„Für eine Woche, wenn ich bitten darf."

„Unterschreiben Sie hier, bitte. Der Junge wird Ihr Gepäck hochbringen. Wenn Sie Ihr Mittagessen im Restaurant einnehmen möchten, steht heute Gersteneintopf mit Hammelfleisch auf der Speisekarte. Hier ist Ihr Schlüssel. Entschuldigen Sie mich, ich muss mich um die Küche kümmern."

Die Begrüßung in der Praxis war von anderer Natur. Schwester Dunant schenkte ihm ein seltenes Lächeln, Dr. Bayard drückte beide von Bastians Händen lange und herzlich und zwei Personen im Wartezimmer begrüßten ihn mit Namen. Er und der Arzt saßen in seinem Sprechzimmer, tranken Tee und tauschten Informationen aus, bis Bastian sich Sorgen um die wartenden Patienten machte.

„Darüber brauchen Sie sich keine Gedanken zu machen. Unser neuer Assistenzarzt kümmert sich in der Zwischenzeit um die alltäglichen Dinge. Sie müssen Herrn Zanetti unbedingt kennenlernen, er hat einen ähnlichen Antrieb wie Sie. Wie wäre es mit einem Nachtessen morgen Abend? Meine Frau wartet schon ungeduldig darauf, Sie wiederzusehen. Was unsere Patienten angeht, so kümmert sich Frau Dunant um den Rest. Sie steht zwar etwas mehr unter Druck als sonst, weil Seraphine um einen halben Tag frei gebeten hat, aber das stört niemanden. Diese Frau Dunant ist wie ein Schwan, der an der Oberfläche ruhig ist und darunter hektisch paddelt."

Bastian zügelte seinen Drang, Fragen zu stellen. „Es wäre mir eine Ehre und ein Privileg, Ihren Assistenzarzt kennenzulernen und Ihre Frau wiederzusehen. Frau Dunant ist eine außergewöhnliche Person, um die Sie jede Praxis beneiden würde. Habe ich richtig verstanden, dass auch sie eine Assistentin hat? Die junge Frau, die früher im Hotel gearbeitet hat?"

Bayard zog eine Augenbraue hoch. „Ja, ich spreche von Seraphine. Sie haben sie oft als lebenden Beweis für unsere Arbeit benutzt." Er lächelte. „Ich mag alt sein, Herr Favre, aber ich bin nicht blind. Bis jetzt hat sie sich als äußerst fähig erwiesen. Sie als Krankenschwester auszubilden war die Idee meiner Frau, und sie hat selten unrecht, wenn es um Menschen geht. Wenn ich so darüber nachdenke, sollten wir sowohl Frau Dunant als auch Seraphine zu einem gemeinsamen Abendessen einladen. Ich werde die Idee den Damen vorschlagen. Gehen wir hinunter in die Apotheke. Ich möchte Ihnen gerne das kleine Labor zeigen, in dem wir das Salz herstellen. Ein Mantel und ein Schal wären ratsam. Der Frühling kann unberechenbar sein."

Bastian willigte ein, den Arzt im Eingang zu treffen, damit er seinen Mantel holen konnte. In dem Moment, in dem er die Tür der Praxis schloss, huschte eine Gestalt den Korridor entlang und stieß fast mit ihm zusammen. Sie hob ihr Gesicht, riss die

Augen auf, brach in Tränen aus und rannte in die entgegengesetzte Richtung. Verwirrt stand er schweigend da, bis das Geräusch ihrer Schritte verhallt war.

Dann stieg er die Treppe hinunter, um seine Straßenkleidung anzuziehen. Welchen Grund sollte Seraphine haben, in dem Moment zu weinen, in dem sie ihn erblickte?

Seine Gelassenheit brach in sich zusammen. Hatte sie ihn geliebt? Hatte er sie geliebt? Oder war dies ein Fall vorübergehenden Wahnsinns, der in einem Monat überstanden sein würde? Er hatte geglaubt, in Flora verliebt zu sein, und sieh nur, wie oft er jetzt an sie dachte. An Julius hingegen dachte er jeden Tag mit einem Schmerz im Herzen. Der Kalender erinnerte ihn daran, dass es bald ein Jahr her war, seit sein Freund zu ihm nach St. Niklaus gekommen war, begierig darauf, etwas über das Tal und Bastians Arbeit zu erfahren, bereit, Ideen zu teilen, Bier zu trinken und zu lachen. Er vermisste seinen Freund mit einem Gefühl von wütender Ungerechtigkeit. Von allen Menschen, die früher hätten sterben sollen, war Julius derjenige, der es am wenigsten verdient hatte. Schon gar nicht durch eine so banale Krankheit wie Grippe.

Bastian weigerte sich, die Krankheit wie allgemein üblich als Spanische Grippe zu bezeichnen, und zwar aus dem triftigen Grund, weil es falsch war. Diese tödliche Epidemie war über alle Kontinente hinweggefegt und hatte wahllos Menschen getötet. Vielen Ländern war es aufgrund der Kriegspropaganda und ihrer Auswirkungen auf die öffentliche Moral verboten, über ihre katastrophalen Verluste zu berichten. Die Spanier hingegen, die in dem Konflikt neutral waren, sagten die ungeschminkte Wahrheit über ihre hohe Zahl an Toten. So wurde Spanien mit der ungerechten Namensgebung zum Sündenbock für diese Krankheit gemacht.

Ein Teil von Bastian weigerte sich immer noch, zu akzeptieren, dass er seinen Freund verloren hatte. Sein Verstand spielte ihm Streiche, vor allem im Halbschlaf der frühen Morgenstunden, wenn er ihn daran erinnerte, dass ein Brief überfällig war, oder ihm versicherte, dass es sich um einen Irrtum handeln musste. Irgendwo lebte Julius noch und fragte sich, warum er und Bastian sich nicht mehr schrieben. Wenn sich dann die Realität endlich einstellte, schmerzte es manchmal fast so sehr wie beim ersten Mal, als ihm die Wucht der Nachricht den Atem raubte. Wie viele Male musste er seinen lieben Freund noch verlieren? Der Brief aus dem Krankenhaus war Wochen nach der Beerdigung gekommen, Bastian hatte sich nie richtig von ihm verabschieden können. Selbst nach dem Besuch auf dem Familiengrab in St. Gallen wurde die Tatsache des Ablebens seines Freundes immer wieder von seinem Gehirn verdrängt.

Wenn Julius hier wäre, was würde er seinem verliebten Kollegen raten? Er lächelte. Wenn Julius wirklich hier wäre, hätte Bastian kaum eine Chance, Seraphine den Hof zu machen. Die Frauen waren zu seinem gutaussehenden Freund geströmt wie die Motten zum Licht. Er stellte sich vor, wie seine Augenbrauen gezuckt hätten und er beim Einschenken von mehr Champagner bemerkt hätte: *Ein feiges Herz hat noch nie eine schöne Frau gewonnen. Warum nicht* mon brave, *warum nicht?* Bastian fasste einen Entschluss. Er würde das Terrain sondieren und herausfinden, ob ihre Gefühle mit seinen übereinstimmten. Sollten sich ihre leuchtenden Augen und ihr Erröten als bloße Höflichkeit herausstellen, konnte er sie sich endgültig aus dem Kopf schlagen. Wenn sie seine Gefühle erwiderte, warum sollte er noch einen Moment länger zögern? Er malte sich Dr. Eggenbergers Erstaunen aus, wenn er mit einer schönen Braut nach Herisau zurückkehren würde.

· · ·

Bayards Labor war kaum mehr als eine Ecke in einem Holzschuppen, in dem zwei Männer und eine Frau um einen mittigen Tisch herum arbeiteten. Offensichtlich an Beobachter gewöhnt, nickten sie zur Begrüßung und fuhren mit dem Messen, Sieben, Verpacken und Beschriften fort. Alle trugen eine Lederschürze und robuste Handschuhe, wie ein Schmied, und dicke Stiefel zum Schutz der Füße. Das System unterschied sich in vielerlei Hinsicht von jenem Doktor Eggenbergers in Herisau, aber das Konzept blieb dasselbe. Bayard erklärte jeden Schritt des Herstellungsprozesses und beschrieb den Vertrieb. Ein Kleingewerbe, das auf die Versorgung der Gemeinde ausgerichtet, aber gut genug organisiert war, um zu expandieren.

Die Trennung der Produkte war strikt: Eine Person war für eine einzige Dosierung verantwortlich, mischte, wog und kennzeichnete jedes Säckchen mit genauen Markierungen. Die Leidenschaft des Arztes war greifbar und so einnehmend, dass Bastian seine eigenen Sorgen vergaß. Sie verbrachten eine Stunde im kleinen Schuppen, bis ein Lieferwagen kam, um die Tagesproduktion abzuholen. Die kühle Luft, die durch die Werkstatt wehte, erinnerte die beiden Männer daran, dass das Tageslicht am Schwinden war und sie kehrten in angeregtem Gedankenaustausch vertieft zum Hotel Lochmatter zurück.

Bastians Hoffnung, dass der Doktor ihn noch einmal nach oben einladen würde, sollte sich allerdings nicht erfüllen. Ein barfüßiges Kind sprach sie auf der Straße an.

„Dr. Bayard, man hat mich geschickt, um Sie zu holen. Ein Mann ist gestürzt und hat Blut gehustet. Bitte kommen Sie, Herr Doktor, der arme Mann ist in einem schrecklichen Zustand. Beeilen Sie sich!"

„Kann ich irgendwie helfen?", bot Bastian an.

„Danke, nein. Ich melde mich später bei Ihnen." Der Arzt eilte dem Jungen hinterher und ließ Bastian an der Kreuzung stehen. Zu seiner Rechten lag die Dorfstraße, wo er untergebracht war. Auf der linken Seite befand sich der Weg zum Bahnhof und zur Bushaltestelle. Im Schatten des Bahnhofsgebäudes stand das Postauto und sein Fahrer rauchte in den letzten Sonnenstrahlen eine Pfeife. Als der Mann aufblickte, zog Bastian seinen Hut, erhielt aber keine Gegenreaktion. Er ging weiter, nahm die Beleidigung gelassen und dachte an Seraphine.

Dr. Bayard hielt sein Wort und ließ Bastian gleich am nächsten Morgen eine Einladung zukommen. Die ungehobelte Angestellte drückte sie ihm in die Hand, als er den Speisesaal betrat. Der Tisch, den er für seinen „üblichen Tisch" hielt, war nicht für ihn reserviert, sondern von zwei jungen Männern besetzt, die sich ausgelassen in Englisch unterhielten. Er entschied sich entgegen alten Gewohnheiten für einen Platz in der Nähe der kalten Feuerstelle. Der einzige Grund, warum er jene Ecke des Raumes bevorzugt hatte, war ohnehin der gute Blick auf Seraphine gewesen. Die unzufriedene, schale Frau, die ihren Platz eingenommen hatte, weckte kein solches Verlangen.

Herr und Frau Dr. Bayard erbeten Ihre Gesellschaft morgen Abend. Wir wären hocherfreut, wenn sie unseren sechsköpfigen Kreis vervollständigen würden.

Seine Gastgeber, der Assistenzarzt, Frau Dunant und natürlich Seraphine. Die junge Frau konnte eine Einladung ihres Arbeitgebers kaum ablehnen. Er schrieb eine Antwort auf die Einladung, in der er sich bedankte, und übergab sie dem Portier. Nach einer ordentlichen Portion Brot, Aufschnitt, Eiern und Käse, begleitet von Kaffee mit Milch, kehrte er in sein Zimmer zurück. Er bereitete seine Unterlagen vor, um die Tagesproduktion im Schuppens hinter der Apotheke zu protokollieren.

Er schloss sein Zimmer ab und zögerte für einen Moment im

Korridor. Der Drang, die Treppe hochzulaufen, die Praxis zu betreten und nach Seraphine zu fragen, zerrte an ihm wie eine Hand am Halfter. Aber seine Rolle war nicht mehr im obersten Stockwerk der Praxis. Er gab sich einen Ruck und verließ das Hotel, wobei ihm der Klang der lauten ausländischen Stimmen noch in den Ohren hallte. Den Vormittag verbrachte er in einem zugigen Nebengebäude, notierte sich Zahlen und beobachtete Abläufe. Draußen schien die Sonne und die Vögel sangen, aber Bastian und das Team von Dr. Bayard mussten sich auf ein paar Quadratmeter Schatten in einem Hinterhof beschränken. Um die Mittagszeit machten sie eine Pause und Bastian bedankte sich für ihre unendliche Geduld mit seinen Fragen. Er wollte weder im Hotel Lochmatter essen, wegen der unangenehmen Ersatzwirtin, noch in der *Weisshornstube* mit ihrer düsteren Einrichtung. Es gab Alternativen in der Nähe, aber heute hatte er auf keines der Lokale Lust. Also kaufte er sich im kleinen Lebensmittelladen etwas Trockenfleisch, ein knuspriges Brötchen, eine Flasche Bier und einen Apfel und machte sich auf, ein sonniges Plätzchen zum Rasten zu finden.

Er kam an einem Hirten und seiner Schafherde vorbei und zog seinen Hut. Sie wünschten sich gegenseitig einen schönen Tag und Bastian drückte sich an die Felswand, um die blökenden Tiere durchzulassen. Weiter oben auf dem Pfad fand er einen großen Stein, der wie zum Sitzen gemacht war, auch wenn ein Polster fehlte. Er setzte sich hin, packte seinen Proviant aus und labte sich an der Nahrung und der Schönheit der Natur. Das Tal hatte viele Gesichter, manche bedrohlich, manche erschreckend und alle beeindruckend. Er stellte sich eine unverblümte Frage. Liebte er dieses Tal wegen einer außergewöhnlichen jungen Frau, die ihm ihre Geheimnisse anvertraut hatte und nun unter Tränen weggelaufen war? Oder liebte er den Ort selbst, seine Bewohner und diese atemberaubende Landschaft?

Als er seine rustikale Mahlzeit beendet hatte, war er einer Antwort nicht nähergekommen. Er wickelte seine leere Flasche und den restlichen Abfall in einen Stoffbeutel und machte sich auf den Weg hinunter, um sich für seine Nachmittagsaufgabe zu melden. Das Wetter brachte jedes Dach zum Glänzen und jeden Bach zum Glitzern. Irgendetwas in diesem Tal rührte sein Herz, und es war nicht eine Person, ein Berg, ein Dorf oder eine Sehenswürdigkeit. Es war ein Instinkt. *Wenn du dich am richtigen Ort befindest, weißt du es. Du kannst dagegen ankämpfen und fliehen, aber dieser Ort nistet sich unter deiner Haut ein wie ein Splitter und wird dich ewig jucken.*

„Herr Doktor?"

Bastian fuhr zusammen, so in seine Gedanken vertieft, dass er den Schäfer nicht bemerkt hatte, der am Zaun saß und seiner Herde beim Grasen am Bach zusah. „Guten Tag. Ja, ich bin ein Arzt. Haben Sie ein Problem?"

Die Augen des Mannes, so blau wie das Wasser, das unter seinen Füßen durchfloss, röteten sich und er nahm seinen Hut ab. „Nein, Herr Doktor, mich plagt nichts. Jetzt nicht mehr. Ich nutze die Gelegenheit nur, um Ihnen meine Dankbarkeit zu zeigen. Bitte vergeben Sie mir die Störung, aber meine Frau, meine Kinder und sogar meine Schafe sehen dank Ihnen und Ihren medizinischen Wundern wieder einer hoffnungsvollen Zukunft entgegen. Ich danke Ihnen, Herr Doktor, und selbst wenn ich jeden Tag für Ihre Gesundheit und Ihr Glück beten würde, könnte ich damit nicht aufwiegen, was Sie für uns getan haben. Mit uns meine ich dieses ganze Tal. Wir haben uns verändert, Herr Doktor, zum Guten verändert, dank Ihnen und Doktor Bayard. Ich bin ein einfacher Mann. Wie kann man Gefühle von der Größe eines Bergmassivs mit Worten ausdrücken, die klein wie Kieselsteine sind? Ich weiß nur, dass ich für immer in Ihrer Schuld stehe." Seine Stimme wurde heiser. Ein

Schäferhund erschien an seiner Seite und nahm eine abwehrende Haltung ein.

„Mein guter Mann, wir alle stehen in der Schuld von Doktor Bayard. Ich verneige mich vor Ihnen und Ihren Mitbürgern für Ihren Mut. Ohne Ihren Willen und das Vertrauen in seine Methoden hätte sich nie etwas geändert. Sie mögen mir vielleicht nicht glauben, aber ehrliche Meinungen wie Ihre zählen mehr, als Sie denken. Ich wünsche Ihnen einen schönen Nachmittag."

„Gleichfalls, Herr Doktor, und möge Ihr Leben für immer gesegnet sein."

Berührt von der Aufrichtigkeit des Mannes, dachte Bastian an Wichtigeres als seine Herzensangelegenheiten und kehrte beschwingten Schrittes in die Apotheke zurück.

Kurz vor sechs Uhr am nächsten Abend verließ er das Hotel und schlenderte die Straße hinauf zur *Weisshornstube*. Seine Gründe waren vielschichtig. Zum einen wollte er Seraphine aus dem Weg gehen, bis sie sich am Esstisch der Bayards treffen würden. Zum anderen verspürte er den Drang, sich unter die Einheimischen zu mischen, sich mit ihnen auszutauschen und den Puls zu fühlen. Der Hirte könnte eine Ausnahme gewesen sein. Im Kern der Sache aber berief er sich auf eine Redewendung, die er kürzlich von einem Engländer in St. Gallen gelernt hatte: *Dutch Courage* – sich Mut antrinken. Seine Nervosität machte ihn unbeholfen und tölpelhaft, vor allem wenn er den gegenteiligen Eindruck erwecken wollte. Ein großes Bier könnte dabei helfen, seine Nerven zu beruhigen.

Er begrüßte die Gäste im verrauchten Raum mit einem „Guten Abend" und nahm an einem Tisch neben der Theke Platz. Als er sich niedergelassen und ein Glas Bier bestellt hatte, sah er sich die Gästerunde an. Die Kundschaft war überwiegend männlich, abgesehen von ein paar Damen, die neben ihren Ehemännern saßen. Nur wenige der Dorfbewohner schauten ihm in die Augen, aber die, die es taten, nickten ihm freundlich zu. Die Kellnerin stellte sein Bierglas auf dem Holztisch ab.

„Möchten Sie etwas zu essen, Herr Doktor? Eine Bratwurst vielleicht?

„Danke, nein. Ich werde woanders zum Essen erwartet. Das wäre alles für den Moment."

Ein junger Mann humpelte über den Holzboden, sein Bein schleifte er hinter sich her, und er kam direkt auf Bastians Tisch zu. Ein Risiko seines Berufes war die Annahme von gewissen Leuten, dass ein Arzt nie außer Dienst war. Er nahm einen Schluck Bier und stöhnte innerlich. Was der junge Mann von ihm wollte, war unschwer zu erkennen.

„Herr Doktor Favre, ich nehme an, Sie erkennen mich nicht mehr. Wilhelm Brigger aus Grachen. Ich möchte Ihnen für alles danken, was Sie für mich und meine Familie getan haben."

„Willi? Das letzte Mal, als ich dich gesehen habe ...“

„... war ich klein und pickelig und ungefähr so groß?" Er hielt seine Hand neben seine Hüfte. „Ja, das ist schon drei Jahre her. Aber dank Ihnen leide ich nicht mehr unter einem Kropf. Ihre Behandlung hat unser Leben verändert, Herr Doktor, und ich kann die Gelegenheit nicht auslassen, Ihnen meine Dankbarkeit auszudrücken." Er streckte eine Hand aus. Bastian stand auf und schüttelte sie.

„Es freut mich sehr zu hören, dass es dir und deiner Familie gut geht. Der Dank gebührt nicht mir, sondern Dr. Bayard für seine Vision und Entschlossenheit. Willi, dein Bein. Was ist das Problem?"

„Ach, das war Kinderlähmung, Herr Doktor. Es stört mich kaum. Ich will Ihren Feierabend nicht länger stören. Lassen Sie mich nur sagen, dass Sie heute Abend keine Rechnung zu begleichen haben."

Er drückte noch einmal Bastians Hand und wandte sich mit dem Schwung eines Kapellmeisters an die still gewordene Versammlung. „Unser Herr Doktor Favre, eine Seele von Mensch."

Die Anwesenden klatschten, schmunzelten in ihre Bärte und nickten zustimmend. Bastian verbeugte sich, hob sein Glas und kehrte zu seinem Platz zurück, noch berührter als bei seiner Ankunft. Er leerte sein Glas in zwei schnellen Schlucken, bevor jemand anderes die Geste des Brigger-Jungen wiederholen konnte. Mit herzlichen Wünschen für den Rest des Abends verließ er die Gaststube, etwas benommen vom schnellen Konsum starken Biers auf leeren Magen. Wenn das die Art und Weise war, wie man ihn behandelte, dann musste sich Dr. Bayard wie ein König fühlen.

Er schlenderte die Straße hinauf, sein Blick fiel auf die aufgehenden Sterne und den Nachthimmel. *Möge Ihr Leben für immer gesegnet sein*, hatte der Hirte gesagt. Bastian wagte die Hoffnung, es würde sich als wahr erweisen. Als er am Bach ankam, merkte er, dass er sich komplett verlaufen hatte und eilte den Hügel wieder hinauf.

Eine Laterne flackerte vor dem Haus der Familie Bayard. Er war etwas später dran als geplant und hoffte, dass er nicht als letzter Gast ankommen würde. Ein Dienstmädchen öffnete sofort die Tür, nachdem er den schweren Klopfer in Form eines Steinbocks benutzt hatte.

„Herr Doktor Favre, willkommen zurück." Sie nahm ihm die Jacke ab und führte ihn in die Stube, wo Frau Bayard ihn mit drei Küssen auf die Wange begrüßte.

„Bastian! Was für eine Freude, Sie wiederzusehen! Wir haben schon viel zu lange nicht mehr zusammengefunden. Geht es Ihnen gut?"

Über ihre Schulter sah Bastian, wie Bayard Getränke ausschenkte, Frau Dunant mit einem jungen Mann redete, der wohl seine Neubesetzung war, und Seraphine, ihre Hände wie zum Gebet verschränkt, zwei auf dem Boden spielenden Kindern zuschaute. „Bei bester Gesundheit, danke. Und Ihnen? Wie geht es Ihren kleinen Mädchen?"

Frau Bayard legte ihre Hand an seinen Ellbogen. „Ein Gelehrter wie Sie muss Stevensons Buch *Dr. Jekyll und Mr. Hyde* gelesen haben? Ich kann nur vermuten, dass der Mann Töchter hatte. Heute Abend werden sie ganz charmant sein und unsere Gäste von ihrem reinen, gutmütigen Wesen überzeugen. Nur um sich dann vor dem Schlafengehen in kreischende Hyänen zu verwandeln. Ich hole Ihnen etwas zu trinken. Sie kennen alle außer Herrn Zanetti, denke ich. Otto, stell die Herren vor. Sie werden sicher viel gemeinsam haben."

Als Bastian Doktor Zanetti erblickte, verabscheute er den Mann sofort. Er war zwei Meter groß, hatte eine hohe Stirn und kräftige Augenbrauen, ein selbstbewusstes Lächeln, haselnussbraune Augen und genug Präsenz, einen ganzen Raum in seinen Bann zu ziehen. Die jungen Frauen von St. Niklaus und darüber hinaus mussten sich um seine Aufmerksamkeit reißen.

„Ich bin sicher, das tun sie. Marco Zanetti, darf ich Ihnen Bastian Favre vorstellen? Sein Ruf eilt ihm voraus, wie Sie wissen, als mein Verbündeter und Bote zwischen hier und Herisau. Herr Favre, dieser junge Mann hat in Ihrer Heimatstadt Freiburg studiert. Ich darf mich glücklich schätzen, in den intensivsten Jahren meines Lebens mit zwei hervorragenden Assistenten gearbeitet zu haben."

„Sie hinterließen große Fußstapfen, Herr Favre. Viele Ihrer Patienten singen noch immer ein Loblied auf Sie. Es ist mir eine Ehre, Ihre Bekanntschaft zu machen."

„Die Freude ist ganz meinerseits. Was für ein glücklicher Zufall, dass wir beide in *Fribourg* studiert haben!"

Sie schüttelten sich die Hände und tauschten einige oberflächliche Höflichkeiten aus, bevor Bastian sich entschuldigte, um Frau Dunant und Seraphine zu begrüßen. Er hatte Frau Dunant noch nie ohne Uniform gesehen und war daher von ihrem modernen pfirsichblauen Kleid angetan. Sie war hübsch und erinnerte ihn an seine Mutter. Seraphine trug wie immer ein einfaches marineblaues Kleid über einer weißen Bluse. Ihre schlichte Aufmachung betonte nur noch mehr die außergewöhnliche Schönheit ihres Gesichts.

„Guten Abend, Frau Dunant. Darf ich sagen, wie gut Ihnen diese Farbe steht? Guten Abend, Seraphine, es ist mir eine Freude, Sie wiederzusehen. Ich hoffe, Ihnen und Ihrer Familie geht es gut? Gefällt Ihnen die Krankenpflege als Beruf? Ich glaube, Sie haben eine der besten Lehrerinnen." Er plapperte, also machte er schnell den Mund zu.

„Es ist das pure Gegenteil, Herr Doktor Favre", erklärte Frau Dunant. „Ich habe die beste Schülerin. Seraphine kann sehr gut mit Kindern umgehen. Eigentlich kann sie mit den meisten Menschen gut umgehen und ich bin überzeugt, dass sie eine hervorragende Krankenschwester abgeben wird."

Röte kroch über die blassen Wangen. „Sie sind sehr freundlich, Frau Dunant. Ich bin froh, dass Sie zurückgekehrt sind, Herr Doktor Favre. Um Ihre Fragen zu beantworten: Ja, ich habe Glück, dass ich mich zur Krankenschwester ausbilden lassen kann. Meine Mutter ist bei guter Gesundheit, ebenso wie ihr Sohn, der kaum drei Monate alt und stark wie ein Kalb ist. Leider ist mein Bruder, der im Jungenheim in Bern wohnte, unlängst verstorben. Es war ein kurzes Leben, aber es war so glücklich, wie es nur sein konnte. Haben Sie vor, lange in St. Niklaus zu bleiben?"

Wie aufs Stichwort betrat Frau Bayard wieder den Raum, drückte Bastian ein Glas Wein in die Hand und lenkte Frau Dunant mit einer Frage über Kräuter ab.

„Es tut mir wirklich leid, von Ihrem Bruder zu hören. Möge seine Seele Ruhe finden."

Seraphine sagte nichts, sondern nippte an ihrem Wasser.

„Andererseits lindert der Segen eines gesunden Kindes sicher den Schmerz für Sie und Ihre Mutter. Sie haben viel zu diesem freudigen Ereignis beigetragen."

„Wenn das der Fall ist, warum empfinde ich dann nichts als Trauer um die Brüder, die gestorben sind, und keine Freude über den, der lebt?"

„Seraphine", murmelte er und trat näher. „Im ersten Moment ist ein Verlust so schmerzhaft und rau wie eine Schürfwunde. Nur Zeit kann Trauer lindern. Doch Kinder sehen die Welt mit großen, unschuldigen Augen und können unsere abgestumpften Ansichten auffrischen und uns zum Lachen bringen, uns lieben lassen, selbst wenn wir glauben, dass unsere Herzen dazu unfähig sind. Verzeihen Sie mir. Ich habe vorhin in der *Weisshornstube* noch schnell ein großes Bier getrunken und das scheint meine Zunge gelockert zu haben."

Sie lachte überrascht und ihr Gesicht hellte sich auf. „Sie hätten ein kleines bestellen sollen, wie an jenem Abend, als ich Sie zum ersten Mal bedient habe." Sie begegnete seinem Blick mit einem arglosen Schmunzeln und setzte sich zur Gruppe am Kamin.

Am Esstisch hielten sie sich an die übliche Aufteilung, bei der sich Männer und Frauen abwechseln. So fand sich Bastian zwischen Frau Bayard und Seraphine wieder, gegenüber von Zanetti. Frau Bayard, die vollendete Gastgeberin, brachte Themen vor, die für alle interessant waren und zog auch alle ins Gespräch hinein. Ihr geschätzter Ehemann meldete sich mit seiner Meinung über die Freiburger Universität zu Wort, stellte Fragen über die Sehenwürdigkeiten von Montreux, erkundigte sich nach Frau Dunants Englischkenntnissen und erzählte einige Anekdoten über seine Zeit in Irland. Herr Zanetti erwähnte einen irischen Dichter und zitierte mit sonorer Stimme ein paar Zeilen auf Englisch. Dann fragte er Bastian, ob er während seines Studiums in Zürich einem anderen Iren begegnet sei. Einem Schriftsteller namens James Joyce. Zu Bastians großer Verärgerung musste er eingestehen, noch nie von diesem Mann gehört zu haben. Vielleicht hätte er Walters endlosem Geplapper über berühmte Persönlichkeiten mehr Aufmerksamkeit schenken sollen, anstatt es als oberflächliches Geschwätz abzutun.

Das Dienstmädchen räumte die Suppenteller ab und servierte jedem Gast eine Portion Risotto. Das gab Anlass zu einer Diskussion über Italien und seine vielen Vorzüge. Die Bayards hatten in ihren Flitterwochen einen Teil der „Grand Tour" gemacht und schwelgten in Erinnerungen an Florenz und Venedig. Zanetti seinerseits beschrieb seine Tiroler Herkunft im Schatten der Dolomiten mit einer Mischung aus Stolz und Bescheidenheit und dem Flair eines Erzählkünstlers. Alle am Tisch saßen wie gebannt und Seraphine schien von seinem lebhaften Gesicht im Kerzenlicht hingerissen zu sein. Als Arzt hatte Bastian einen Eid geschworen, Leben zu retten, aber in diesem Moment war es ein Glück, dass die einzige Waffe in seiner Hand eine Gabel war.

„Das klingt recht idyllisch", bemerkte er, als er sein Besteck ablegte. „Ihre Liebe zu Ihrer Heimat ist offensichtlich. Haben sie nie in Erwägung gezogen, Ihre Talente in Südtirol einzubringen, anstatt hierher ins Mattertal zu kommen?"

„Das ist ein gutes Argument, Herr Favre. Eines Tages werde ich in meine Geburtsregion zurückkehren, nicht nur aus Pflichtgefühl, sondern weil es der schönste Ort der Welt ist." Er hob seine Hände in gespielter Abwehr. „Wir alle erheben den gleichen Anspruch auf unsere Geburtsorte, nicht wahr? Andererseits stockt mir täglich der Atem, wenn ich in diesem Tal aufwache. Seraphine, Sie sind hier aufgewachsen. Stimmt es,

was man sagt? Dass man sich mit der Zeit selbst an diese Schönheit gewöhnt?"

Bastians Backenzähne drohten zu zerbersten, so fest biss er
sie zusammen.

Sie tupfte sich mit ihrer Serviette den Mund ab und beantwortete die Frage. „Ich bezweifle, dass man sich an die Schönzeit
des Mattertals gewöhnen kann. Wie auch, bei vier verschie-
denen Jahreszeiten und einer sich ständig verändernden Landschaft? Diejenigen, die auf der Durchreise einen Gipfel
erklimmen oder eine Schlucht in der Aprilsonne bewundern,
werden sich nie des ganzen Bildes gewahr werden. Wir leben
hier. Wir ertragen den Schnee, die Wolken, das Eis und die
schneidenden Winde, mit keinem anderen Ziel als dem, bis zum
Frühling zu überleben. Wenn er kommt, und das tut er immer,
staunen wir erneut über die Widerstandsfähigkeit der Natur.
Wir schätzen die langen, üppigen Sommertage, an denen wir
fast vergessene Weiden wieder besuchen und die es uns erlauben, die Speisekammern im Herbst zu füllen. Jedes Jahr ist
dieses Tal ein Wunder. Ich möchte Ihnen nicht widersprechen,
Herr Zanetti, aber meiner bescheidenen Meinung nach ist dies
der schönste Ort der Welt."

Das Aufblitzen in ihren Augen, ihr feines Profil und das
bescheidene Absenken ihres Kinns, als der Tisch in gemurmelte
Zustimmung ausbrach, ließ Bastians Brust vor Rührung
anschwellen.

„Gut gesagt, junge Dame!"

„*Molto ben detto!* Wunderbar!"

Frau Bayard klatschte leise Beifall. „Sehen Sie, nur eine
junge Frau, die Romane liest, kann die Sprache als Waffe einsetzen. Otto, mein Lieber, würdest du nach dem Dienstmädchen
klingeln? Es ist Zeit für den Nachtisch. Ich glaube, dieses
Gericht wird Ihnen schmecken, Herr Zanetti. Es ist eine italienische Spezialität."

Die Frauen zogen sich nach der übertrieben komplizierten Nachspeise aus Biskuit und Sahne, die Bastian als zu süß und reichhaltig empfand, in die Stube zurück. Bayard schenkte seinen jüngeren Kollegen Portwein ein und begann, ohne Umschweife über das Geschäftliche zu reden. Zumindest hier war Bastian im Vorteil. Als Eggenbergers Stellvertreter kannte er die Strategie seines Vorgesetzten im Detail. Eine Volksinitiative konnte zur Abstimmung gebracht werden, wenn sie im Vorfeld genügend Unterschriften zusammengebracht hatte. Deshalb planten Dr. Eggenberger und er, sich in kleinen Vorträgen an die Öffentlichkeit zu wenden, um sie von ihrer Methode zu überzeugen. Das würde einige Zeit in Anspruch nehmen. Selbst der kleinste Weiler vertraute Ergebnissen mehr als Worten. Eggenberger habe aber nicht die geringsten Zweifel, dass er die Jodsalzprophylaxe innerhalb von zwei Jahren als kantonale Richtlinie durchsetzen könne und werde.

Otto Bayard klopfte ihm auf die Schulter. „Gut gemacht, Bastian, wirklich gut gemacht. Von Appenzell Ausserrhoden in die ganze Schweiz und darüber hinaus. Auf Ihr Wohl, meine Herren. Darauf, dass wir die Welt verändern!"

„Auf die Veränderung der Welt!" Bastian stieß mit seinen Kollegen an, besann sich aber auf seine Manieren. „Die Ehre gebührt Ihnen, Herr Doktor Bayard, zusammen mit Herrn Doktor Hunziker und unseren Vorgängern auf diesem Gebiet. Herr Doktor Zanetti und ich haben das große Glück, in Ihrem Kielwasser zu schwimmen."

Sie gesellten sich zu den Damen zum Kaffee und die Gruppe löste sich danach schnell auf. Frau Dunants Junge klopfte pünktlich um zehn Uhr an die Tür, um seine Mutter nach Hause zu begleiten. Frau Bayard bemerkte Seraphines unterdrücktes Gähnen und fragte, ob einer der beiden Assistenzärzte sie zu ihrer Unterkunft bringen würde. Bastian war auf den Beinen, bevor sie zu Ende gesprochen hatte.

„Es wäre mir ein Vergnügen. Ich bin auch bereit für mein Bett. Wir können zusammen zum Hotel gehen."

Seraphine schaute ihn an. „Ich war als Dienstmädchen in der Hoteldachkammer einquartiert, Herr Doktor. Seitdem ich mich zur Krankenschwester ausbilden lasse, wohne ich etwas respektabler."

„Erlauben Sie mir", sagte Zanetti. „Seraphine und ich sind Nachbarn. Ich wohne in der Pension, keine fünfzig Schritte von der Schule und Frau Fesslers Haus entfernt. Ich möchte mich ganz herzlich für Ihre Gastfreundschaft bedanken, Herr und Frau Doktor Bayard, und es tut mir wirklich leid, eine so anregende Unterhaltung zu verlassen. Aber das Vergnügen, Seraphine auf dem Heimweg zu begleiten, wird mich reichlich entlohnen."

In etwas weniger blumiger Prosa bedankte sich auch Bastian, half Seraphine in ihren Mantel und verabschiedete sich im Schein der Laterne von den Bayards. Auf dem Weg den Hügel hinauf beschäftigte Zanetti Bastian mit Fragen über die Praxis in Herisau und überging Seraphine, die zwischen ihnen lief, komplett. Als sich der Weg trennte, verbeugte sich Bastian vor den beiden und sagte, er freue sich darauf, sie morgen früh wiederzusehen, anstatt ihnen eine gute Nacht zu wünschen. Seraphines Gesicht war so sanft wie immer im Licht des Mondes, ihr Tonfall kristallklar, als sie sagte: „Gute Nacht, Herr Doktor Favre. Schlafen Sie gut."

Er zwang sich ein Lächeln ab und drehte sich um, da er keinen Grund sah, den beiden durch die schattige Gasse zu folgen. Es war sinnlos, sich weiter etwas vorzumachen. Sie zeigte wenig bis gar kein Interesse an ihm, während sie eindeutig von dem ritterlichen und exotischen Zanetti geblendet war. Die angehende Krankenschwester und der Assistenzarzt arbeiteten Seite an Seite, was ihm reichlich Gelegenheit gab, ihr Komplimente zuzuflüstern und das junge Geschöpf unweigerlich in seine Arme zu dirigieren. Bastians Wut kochte so sehr, dass er zweimal innehielt und überlegte, ob er den beiden hinterherlaufen sollte, um seinen Herausforderer auf die Nase zu hauen.

Was hatte er sich dabei gedacht? Dies waren die 1920er. Für Männer gab es keine barbarischen Praktiken mehr wie Duelle, um die eigene Ehre zu verteidigen. Und Frauen wurden auch nicht mehr wie Vieh auf den Straßen umkämpft. Er konnte fast spüren, wie die Missbilligung seiner Mutter und seiner Schwestern den ganzen Weg aus Freiburg herüberwehte.

Seraphines Worte, mild und sachlich, peitschten ihn für seinen Mangel an Sensibilität. *Ich war als Dienstmädchen in der Hoteldachkammer einquartiert, Herr Doktor. Seitdem ich mich zur Krankenschwester ausbilden lasse, wohne ich etwas respektabler.* Er war ein grober, unwürdiger Idiot und konnte es ihr kaum verübeln, dass sie ihre Zuneigung anderswo investierte.

Im Hotel, in einem fast leeren Salon, bestellte er einen Whisky und ließ sich in einen Sessel am Feuer fallen. Er würde am nächsten Morgen dafür bezahlen, nachdem er bereits ein Bier, zwei verschiedene Sorten Wein und eine ordentliche Portion Port getrunken hatte. Drei Bergsteiger beendeten gerade ihre Mahlzeit und überboten sich gegenseitig mit übertriebenen Heldentaten. Bastian fragte sich, wie der Hotelier und seine Söhne, die besten Bergführer der Alpen, solche Überheblichkeit jede Nacht ertragen konnten. Der alte Narr, der das Lokal als kostenloses Wohnzimmer nutzte, wachte auf, blinzelte ins Feuer und richtete seinen Blick auf Bastian.

„Ihr Whisky, Herr Doktor Favre." Einer der Lochmatter Jungs stellte ein Glas neben seinem Ellenbogen ab.

„Danke, junger Mann."

Er hob das Glas und blickte durch die honigfarbene Flüssigkeit auf das Feuer. Flammen, Gespenster, flüchtige Wünsche und törichte Visionen waren nichts als Schall und Rauch. Er konnte Seraphine nicht zu seiner eigenen Version von Frau

Bayard formen, genauso wenig wie sie ihre Brüder mit der Kraft ihrer Liebe hätte retten können. Er wurde rührselig, und der Whisky half dabei wohl nicht wirklich. Zumindest betäubte er ihn. Er nahm einen Schluck und zuckte zusammen, als der scharfe Alkohol seine Kehle traf.

„Herr Doktor Favre?" Der alte Mann stützte sich auf seinen Alpenstock, während er sich an ihn richtete. Sein Gesicht, braun wie ein Herbstblatt, legte sich in tiefe Falten, als er lächelte. „Es freut mich, Sie wieder einmal hier zu sehen. Ich weiß, dass ich nicht der Einzige bin. Mein Name ist Alois, wenn sie sich erinnern?"

Anstand verdrängte Bastians Verärgerung. „Wie könnte ich das vergessen? Es geht Ihnen doch hoffentlich gut?"

„Keine Impfung, kein Zaubertrank und kein magisches Salz kann das unerbittliche Dahinschreiten des Alters aufhalten."

Bastian maskierte sein Stöhnen als Anerkennung für seine Weisheit. „Kluge Worte."

„Man muss das Eisen schmieden, solange es heiß ist. Eine abgedroschene Plattitüde, finden Sie nicht? Ich habe einundsechzig Jahre auf dieser Erde verbracht und bin Menschen aus allen Ecken der Welt begegnet. Was habe ich daraus gelernt? Dass wir denken, unsere Zeit sei unendlich. Die Gegenwart vergeht, während wir unsere Zukunft planen. Herr Doktor, Ihre selbstlose Fürsorge ist eine noble Berufung, aber es kommt eine Zeit, in der Sie für sich selbst schauen müssen."

„Ganz recht. Ich werde dieses Getränk austrinken und mich auf mein Zimmer begeben, um eine erholsame Nacht zu verbringen. Das wünsche ich Ihnen auch, Alois. Ich wünsche Ihnen eine gute Nacht."

Der Mann rührte sich nicht. „Das Widmer-Mädchen will nichts mit diesem Mann zu tun haben. Das hat sie ihm gesagt und es hat ihm nicht gefallen. Ganz und gar nicht. Ich war dort, Doktor. Mit meinen eigenen Ohren hörte ich, wie sie ihm eine klare Absage erteilt hat. Ich war bereit, ihr zu Hilfe zu eilen. Das Mädchen ist schlau wie ein Fuchs, deshalb konnte sie entkommen, indem sie ein Gespräch mit jemandem vortäuschte, den er nicht sehen konnte. Sie wird ihn nicht nehmen, Doktor. Meiner Meinung nach braucht sie einen Beschützer. Jemanden wie Sie."

Bastian stemmte sich auf die Beine und ihm war schon ganz schwindelig. „Ich danke Ihnen für Ihren Rat, mein Freund. Ich stehe in Ihrer Schuld. Gute Nacht und Gott segne Sie."

Müde taumelte er die Treppe hinauf, trank einen Schluck kaltes Wasser und zog seine Stiefel aus. Den Kopf in den Händen, versuchte er sich an die Worte des Mannes zu erinnern. Seraphine hat Zanetti abgewiesen? Er blickte hinaus in das Mondlicht und lachte, bevor er auf sein Kissen sank.

Sein Brummschädel war wie erwartet monströs. Er öffnete das Fenster, damit die kalte Morgenluft hereinströmte und leerte den halben Krug Wasser, während er noch im Nachthemd war. Im Esszimmer verzehrte er Käse, Schinken, Eier, eine Portion Rösti und drei Scheiben Brot, bevor er sich dem Tag stellte. Erst dann erinnerte er sich an das Gespräch mit Alois vom Vorabend. Im Nu ließen die Schmerzen in seinem Kopf nach und seine Laune heiterte sich auf. Sein Weg war klar. Er würde eine Gelegenheit finden, Seraphine allein zu erwischen und sich nach ihren Zukunftsplänen zu erkundigen. Wenn sie nicht, wie es schien, einem anderen Mann versprochen war, würde er versuchen, sich mit ihr zu einigen. Das könnte einen Besuch bei ihren Eltern nach sich ziehen, vor dem er sich nach der letzten Begegnung mit dieser schrecklichen Frau fürchtete. Aber solange Seraphine dazu bereit war, konnte ihn nichts abschrecken. Er bemerkte, dass er die anderen Hotelgäste vage anlächelte.

Als er den Speisesaal verließ, schaute er noch einmal nach

Alois, der aber noch nicht aufgetaucht war. Egal. Bastian war zwar betrunken gewesen, aber die Nachricht war angekommen. Mit federndem Schritt stieg er die Treppe zur Praxis hinauf, unter dem Vorwand, eine Kleinigkeit klären zu müssen. Frau Dunant blickte mit einem breiten Lächeln vom Schwesternzimmer auf.

„Dr. Favre. Was für ein Zufall! Ich wollte schon jemanden in die Apotheke schicken, um Sie zu holen. Ich fürchte, wir müssen Sie in den Dienst zurückholen. Auf dem Matterhorn ist eine Lawine abgegangen und Dr. Bayard ist hingeeilt. Somit muss Dr. Zanetti die morgendlichen Sprechstunden alleine bewältigen. Mir ist klar, dass Sie aus wichtigeren Gründen als den üblichen Beschwerden der Dorfbewohner in St. Niklaus hier sind, aber es sollte Sie nur einen halben Tag lang beschäftigen.“

Bastian verbarg seine Freude. Selbst ein halber Tag an der Seite von Seraphine war eine unerwartete Wohltat. „Eine Lawine? Oh je, das ist ja schrecklich. Natürlich werde ich helfen. Soll ich das Behandlungszimmer von Dr. Bayard nehmen?“

„Sie sind sehr freundlich. Ja, wenn Sie möchten. Ich werde versuchen, Sie über die Probleme und die Vorgeschichte jedes einzelnen Patienten zu informieren, aber auch ich bin heute auf mich allein gestellt, da Seraphine Dr. Bayard als seine Assistentin nach Zermatt begleitet hat.“

„Ah, ich verstehe.“

Zanetti und Bastian arbeiteten bis sechs Uhr, wobei sie ihre Mittagspausen so gestaffelt hatten, dass immer jemand im Dienst war. Das Problem, genaue Informationen über den Vorfall auf dem Berg zu bekommen, wurde durch die abgelegene Lage des Ortes verschärft und durch Gerüchte und Hörensagen vernebelt. Die beiden Männer arbeiteten ihre Notizen auf, während Frau Dunant die Apotheke wieder auffüllte. Um halb sieben räumten sie das obere Stockwerk für die Putzfrau. Bastian versicherte ihnen, dass seine oberste Priorität die Praxis sei und er bei Bedarf am nächsten Morgen mit anpacken würde. Die Krankenschwester wünschte ihm einen schönen Abend und eilte nach Hause zu ihrer Familie.

Zanetti knöpfte seinen Mantel zu, als er in die kalte Abendluft trat. „Haben Sie Pläne für das Abendessen, mein Freund? Normalerweise esse ich in der *Weisshornstube*, denn das Essen in der Pension ist langweilig und die Gesellschaft ebenso. Ich würde mich freuen, wenn Sie sich mir anschließen würden."

„Mein Plan war das Hotel, aber das kann nach drei Mahlzeiten am Tag eintönig werden. Die *Weisshornstube* ist zuverlässig herzhaft und ein bequemer Ort, um Neuigkeiten zu erfahren. Wollen wir?"

Der Tiroler war ein interessanter Gesprächspartner und da die beiden Männer viel gemeinsam hatten, verging das Essen wie im Flug. Bis sie Kaffee bestellten. Die Kellnerin, eine fröhliche junge Frau mit kräftiger Statur, fragte, ob die Herren noch etwas zum Abschluss des Essens wünschten. Zanetti machte eine unpassende Bemerkung, die die junge Frau nicht im Geringsten zu beunruhigen schien. Sie kicherte nur und stupste den Mann an der Schulter an.

„Eines Tages werde ich Ja sagen, und wo sind Sie dann?"

„Im Himmel, würde ich sagen."

„Ach, hören Sie bloß auf", erwiderte sie lachend. „Sie wissen genau, dass ich einen Verehrer habe. Jetzt benehmen Sie sich und sagen Sie mir, ob Sie einen Kirsch trinken möchten oder nicht."

Zanetti antwortete für sie beide und Bastian stellte fest, dass er erneut mehr Alkohol zu sich genommen hatte, als er für vernünftig hielt. Vielleicht hätte er sonst auch nichts gesagt.

„Halten Sie es für klug, so mit einer Einheimischen zu flirten? Das könnte Ihrem beruflichen Ruf schaden."

„Weit davon entfernt. Es ist ein harmloser Spaß und sie weiß das genauso gut wie ich." Zanetti grinste. „Übung macht den Meister, so sehe ich das."

„Übung?"

„In der Tat. Ich habe kein Interesse an Romy, meine Güte, nein. Das Objekt meiner Begierde ist aus anderem Holz geschnitzt. Aber es schadet nie zu lernen, wie man eine Dame zum Erröten bringt."

Bastian nahm sein Taschentuch heraus und schnäuzte sich die Nase, um unbekümmert zu wirken. „Ah, jetzt verstehe ich, warum Sie beabsichtigen, nach Tirol zurückzukehren. Eine Dame wartet auf Sie."

„Mehr als eine, mein Freund!" Zanetti brach in schallendes Gelächter aus. „Nein, die Wahrheit ist, dass ich vorhabe, sie alle zu enttäuschen. Hier im Mattertal habe ich das hübscheste Mädchen gefunden, das ich je gesehen habe." Er lehnte sich näher heran. „Mein Herz gehört einer verführerischen jungen Krankenschwester mit schönen blauen Augen und Lippen wie Sommerkirschen."

Bastian wurde stutzig. „Sie können doch nicht Fräulein Widmer meinen? Soweit ich weiß, will sie weiter studieren und hat kein Interesse daran, sich einen Ehemann zu suchen."

„Wer redet denn von einem Ehemann? Auf jeden Fall ist es das Vorrecht einer Dame, ihre Meinung zu ändern. Sie hat bereits zugesagt, mich zur Frühjahrsmesse zu begleiten, danach ist es nur noch eine Frage der Zeit. Was würden Sie denn zu einer Wette mit einem Gentleman sagen? Fünf Franken, dass die reizende Seraphine bis zum Schweizer Nationalfeiertag in meinem Bett liegt."

Bastian zuckte zusammen, als hätte man ihn mit einem spitzen Stock gestochen, und sprang auf. „Ich werde nicht zulassen, dass Sie in solch respektloser Weise über eine Mitarbeiterin der Praxis sprechen. Meiner Erfahrung nach hat diese junge

Dame weit mehr Verstand, als sich mit Ihresgleichen einzulassen. Bitte entschuldigen Sie mich, es ist schon spät."

„Kein Grund, sich aufzuregen, mein Freund, es sei denn, Sie haben selbst ein Auge auf das Fräulein geworfen. In diesem Fall möge der Bessere gewinnen." Er lächelte listig und gab der Kellnerin ein Zeichen, ihre Gläser nachzufüllen.

„Für mich nicht, danke." Bastian wollte gerade gehen, aber er konnte den Gedanken nicht ertragen, dass Zanetti Seraphine als eine Art Konkurrenzobjekt betrachtete. „Ich habe kein Interesse an der jungen Dame, außer als Berufskollegin. Es ist Ihre Pflicht, sie gut zu behandeln."

Es gab keine Antwort, denn Zanettis Aufmerksamkeit galt bereits wieder der Kellnerin, über deren Figur er sich unter dem Gelächter der anderen Gäste und von Romy selbst ausließ. Bastian ging hinaus in die Nacht und fragte sich, wie viel er vor seiner Abreise noch erreichen konnte.

Es stellte sich bald heraus, dass er in Bezug auf Seraphine nichts erreichen würde. Dr. Bayard behandelte die Verletzten der Lawine und ließ seine fähige Krankenschwester in Zermatt zurück, um deren Genesung zu überwachen. Sie würde erst in der folgenden Woche zurückkehren, lange nach Bastians Abreise.

Auf der langen Fahrt nach Norden traf Bastian eine verantwortungsbewusste Entscheidung. Schluss mit müßigen Fantasien und der Jagd nach blauen Schmetterlingen. Er suchte Frau und Familie, und jemand war zum Greifen nah. Mit Teresa hatte er es eher unverbindlich gehalten, ein Schritt vorwärts, ein Schritt rückwärts. Keine Spielchen mehr. Sie hatte etwas Besseres verdient. Nachdem sie ihren Mann durch dieselbe Krankheit verloren hatte, die auch Julius zum Verhängnis geworden war, mussten sie dazu bestimmt sein, sich gegenseitig

Trost zu spenden. Die Rolle der gelegentlichen Gefährtin wurde ihrer bescheidenen Art und ihrer geduldigen Standhaftigkeit nicht gerecht. Sein bisheriges Verhalten war verwerflich gewesen, nicht nur für sie, sondern auch für ihren kleinen Sohn. Er schwor einen feierlichen Eid. Von nun an hatte sein Werben um sie Priorität und er würde es zu seiner Aufgabe machen, die Zuneigung ihres vaterlosen Kindes zu gewinnen. In einem Jahr, vielleicht auch in zwei, könnte er das stabile Familienfundament gelegt haben, das er sich so sehr wünschte. Das, sagte er sich, war Reife.

17

———

„Man kann es nicht fassen, man will es nicht glauben und fragt sich
nur immer:
Wie konnt' dies geschehen? Es könnte den Glauben an Gott uns fast
rauben!
Warum, Schöpfer, liessest die Tat du begeh'n"

Gedicht, am 1. März 1922 in einer Appenzeller Zeitung
erschienen

7. März 1922

„Guten Tag, Dr. Favre. Der Mann dort drüben wartet auf Sie." Der Wirt des Restaurant *Rössli* deutete auf einen Ecktisch, an dem sich eine Gestalt über eine Zeitung beugte. „Möchten Sie auch das Tagesgericht haben? Es ist Käsefladen mit Kartoffeln."

„Ja, das klingt gut." Er hängte seinen Mantel auf und ging auf den Fremden zu. „Entschuldigen Sie?"

Der Mann drehte sich um. „Bastian! Da bist du ja!"

„Walter? Was in aller Welt machst du in Herisau? Es sieht dir nicht ähnlich, einen Freundschaftsbesuch zu machen." Sein Blick fiel auf die Hauptgeschichte auf der Titelseite der Zeitung. „Ah, natürlich."

„Schön, dich zu sehen, mein alter Freund. Wie geht es dir? Komm, ich lade dich zum Mittagessen ein, dann können wir uns über alles unterhalten. Was für ein merkwürdiger Ort das ist! Ich nehme an, du bist immer noch zufrieden hier?"

Bastian setzte sich und das Vergnügen, seinen alten Freund zu sehen, überwog jede Irritation über den fragwürdigen Grund seiner Anwesenheit. „Sehr sogar. Wie läuft es in Zürich?"

„Es wird nie langweilig, wie du dir vorstellen kannst. Aber diesen Monat gibt es eine große Neuigkeit in Appenzell. Was für ein Ereignis!"

„Und du willst sicher mehr Details über die Geschichte erfahren. Ich erzähle dir gerne, was ich über Dr. Eggenbergers Initiative und die Pläne zur flächendeckenden Einführung von Jodsalz weiß."

Walter grinste. „Bastian, du weißt doch ganz genau, dass ich nicht deswegen hier bin. Die ganze Schweiz will wissen, was dort oben auf dem Berg passiert ist. Als Arzt, der im Krankenhaus arbeitet, bist du sicher besser informiert als die meisten. Pass auf, die Sache ist die. Wenn du mir bei der Doppelmord-Story hilfst, verspreche ich dir, einen Beitrag über dein komisches Salz zu schreiben."

Sein herablassender Tonfall ärgerte ihn, aber zum Glück kamen ihre Speisen und das gab Bastian einen Moment Zeit, sich zu sammeln. „*En Guete.*"

„*En Guete.* Die tischen hier ganz ordentliche Portionen auf, was?"

„Das kannst du laut sagen. Die Portionen hier sind üppig und günstig, anders als in Zürich. Was die Reportage über mein „komisches Salz" angeht, so liegt dieses Thema im öffentlichen

Interesse und ist ein wichtiger Beitrag für sich. Jeder Journalist, der etwas auf sich hält, weiß das. Aber wenn du auf eine Gegenleistung bestehst, kann ich dir sagen, was ich über die Morde weiß. Um ehrlich zu sein, ist es nicht viel mehr, als bereits bekannt ist, aber ich bin in ein oder zwei Dinge eingeweiht, die noch nicht veröffentlicht wurden.

Walter machte große Augen. „Wirklich? Also, ich habe die grundsätzlichen Fakten. Was ich und der Rest des Landes wissen wollen, ist: warum? Vom Mörder werden wir keine Antworten bekommen, das steht fest."

„Bevor wir weitermachen, werde ich unter einer Bedingung mit dir sprechen, und das ist Anonymität. Du kannst eine vage Quelle aus dem Krankenhaus zitieren, mehr nicht."

„Ich versichere dir, mein Freund, dein Name wird nicht veröffentlicht." Walter kramte nach seinem Notizbuch.

„Bitte, Walter. Wir können nicht gleichzeitig unser Essen genießen und Informationen austauschen. Essen wir lieber und tauschen danach unser Wissen aus. Klatsch und Tratsch stört meine Verdauung."

„Das ist aber kein Klatsch und Tratsch. Das ist Journalismus auf höchstem Niveau. Na schön, na schön. Wie du willst. Wie ist das Leben auf dem Lande?"

„Jüngst etwas ruhiger. In den letzten Jahren habe ich die Sommermonate im Mattertal verbracht, um einem anderen Arzt bei seinen Experimenten zu helfen. Diese sind nun abgeschlossen, so dass ich hier in Herisau bleiben kann, was mich sehr freut. Für diesen Sommer habe ich andere Pläne."

Walter erinnerte Bastian an ein Murmeltier. Immer wachsam, Nase und Ohren offen, empfindlich für den kleinsten Hinweis auf eine Veränderung der Umgebung. Sein Blick wanderte zu Bastians linker Hand und er bemerkte, dass der dritte Finger nackt war. „Unverheiratet, also kann es sich nicht um ein bevorstehendes Kind handeln, aber dieses geheimnisvolle Lächeln deutet auf gute Nachrichten hin. Willst du mir etwa sagen, dass eine Hochzeit bevorsteht?"

„Da liegst du richtig. Mein Zivilstand wird sich im Juni dieses Jahres ändern. Ich komme nicht nur zu einer Frau, sondern auch zu einem Sohn. Meine Verlobte Teresa hat ihren Mann durch die Grippeepidemie verloren. Seitdem kämpft sie ums Überleben und darum, ihren kleinen Jungen großzuziehen. Wir sind schon seit ein paar Jahren befreundet, aber jetzt hat sich unsere gegenseitige Wertschätzung zu einer tieferen Verbundenheit ausgeweitet. Sie und Magdalena Haas waren eng befreundet und wie du dir vorstellen kannst, ist sie über die Nachricht von ihrem Tod zutiefst erschüttert."

„Nun, herzlichen Glückwunsch! Wollen wir mit einem Glas des hiesigen Biers auf diese frohe Nachricht anstoßen?"

„Das geht leider nicht. Ich bin heute Nachmittag im Dienst. Aber wenn ich das nächste Mal in Zürich vorbeikomme, lade ich dich ein, mit mir zu feiern. Erzähl mir, wie es dir so geht."

Walters Teller war fast leer. Er war gefräßig wie eine Heuschrecke. „Dasselbe wie immer. Ich halte mir meine Optionen offen. Ich wurde fast von einer hinterhältigen Füchsin mit riesigem Vermögen und einem enormen Appetit in die Falle gelockt. Dass ich unversehrt davongekommen bin, war pures Glück. So! Anständiges Essen, so viel kann ich sagen. Nun zum eigentlichen Geschäft."

DOPPELMORD AUF DEM SÄNTIS!
Text von Walter Brunn

Am 25. Februar 1922 bestiegen Josef Rusch und zwei weitere Bergträger den 2500 Meter hohen Gipfel des Säntis. Ihre Aufgabe war es, herauszufinden, warum das St. Galler Telegrafenamt seit fünf Tagen keine Meldungen mehr von der Säntis-Wetterstation erhalten hatte. Da die Betreiber der Station, Heinrich und Magdalena Haas, zuverlässige und erfahrene Meteorologen waren, nahmen die Bergsteiger an, dass der jüngste Sturm die Kommunikationsleitungen beschädigt hatte.

Doch was sie vorfanden, schockierte die ganze Schweiz. Magdalena lag tot in ihrem Büro, erschossen aus nächster Nähe. Ihr Mann Heinrich lag mit dem Gesicht nach unten im Schnee auf dem Gipfel und hatte eine Kugel im Rücken. Dem Kalender zufolge waren sie vier Tage zuvor gestorben. Nur ihr Hund Sturm, ausgehungert und verzweifelt, überlebte.

Laut Dr. Bastian Favre, Assistent von Dr. Eggenberger im Krankenhaus von Herisau und mit dem Fall vertraut, war es ein Verbrechen aus Leidenschaft. Die Identität des Mörders war kein Geheimnis. Magdalena beschwerte sich in einer telegrafischen Nachricht an eine Freundin zwei Tage vor ihrem Tod über einen Besucher, der zu lange geblieben war. Gregor Kreuzpointer, ein erfahrener Alpinist, war auf den Gipfel gestiegen, um das Paar zu besuchen. Er war immer noch verbittert, weil er den Posten des Wetterwarts an Haas verloren hatte. Der in Deutschland geborene Kreuzpointer erschoss seine Opfer, ließ ihre Leichen liegen und fuhr auf Skiern den Berg hinunter. Am 4. März erhängte er sich in einer Scheune, ohne eine Erklärung für sein Handeln zu hinterlassen.

Die geografische Lage des Mordes erschwerte die Arbeit der Polizei. Drei Kantone stoßen auf dem Gipfel des Säntis zusammen. Magdalena Haas starb in Appenzell Innerrhoden. Die Leiche von Heinrich Haas fiel in ein unbestimmtes Gebiet zwischen zwei Kantonen. Daher wurde die administrative Verantwortung geteilt. Das nächste Problem, das die Behörden beschäftigte, war die Frage, wo der Mörder begraben werden sollte. Kreuzpointer hatte in Urnäsch Selbstmord begangen, obwohl er ein Bürger von Herisau und in St. Gallen gemeldet war. Keine der drei Gemeinden wollte ihre Friedhöfe durch die Beisetzung eines solchen Monsters „entweihen".

Schließlich schlug das Krankenhaus in Herisau eine ungewöhnliche Lösung vor. Der Leichnam könnte dem Anatomischen Institut der Universität Zürich gespendet werden. Alle drei Räte erklärten sich bereit, die Überführungskosten zu teilen und erzielten so einen Kompromiss, eine selbstlose Lösung und ein reines Gewissen.

Die Töchter des ermordeten Paares und der Hund Sturm wurden von Familienmitgliedern adoptiert.

Das Einzige, was Bastian immer an Teresa bewundert hatte, war ihr ausgeglichenes Temperament. Deshalb war er völlig unvorbereitet auf den Empfang, den sie ihm bereitete, als er ihre Eingangspforte öffnete. Sie riss die Haustüre auf, bevor er einen Fuß auf den Weg setzen konnte, und ihre Wut strahlte wie ein Kraftfeld aus. In ihrer linken Hand umklammerte sie eine Zeitung. Als er die Wut in ihren Augen und den verspannten Kiefer sah, fragte er sich, ob er sie überhaupt richtig kannte.

„Teresa? Ist alles in Ordnung?"

„Wie kannst du es wagen? Wie kannst du es wagen, dich hier blicken zu lassen? Sie stürmte auf ihn zu und fuchtelte mit der Zeitung.

Bastian wich einen Schritt zurück. „Wie bitte? Wie kann ich

es wagen, meine Verlobte zu besuchen und mein Versprechen einzulösen, mit ihr zu Abend zu essen? Meine Liebste, ist etwas nicht in Ordnung?"

„Das hier meine ich!" Sie raschelte mit dem Papier vor seinem Gesicht. „Du hast meine Geschichte an die Presse verkauft! Ich dachte, du wärst ein anständiger Mann, Bastian Favre, jemand, den mein Sohn bewundern würde. Ich wurde von einem niederträchtigen Scharlatan schwer getäuscht. Verlass mein Haus und komm nie wieder zurück. Jede Abmachung, die wir bisher getroffen haben, ist null und nichtig." Ihre Stimme zitterte, aber sie vergoss keine einzige Träne. „Wie viel Enttäuschung muss eine Frau ertragen?" Sie schloss die Tür leise, aber bestimmt. Die Zeitung hatte sie bei sich.

Mit pochendem Kopf ging Bastian zum Bahnhof, wo er eine Ausgabe der Abendzeitung kaufte. Da war sie, Walters Geschichte auf der Titelseite, gestützt von Dr. Bastian Favres Worten. Er klemmte sich die Zeitung unter den Arm, nahm den Seitenweg zu seiner Wohnung, um anderen Menschen aus dem Weg zu gehen, und verfluchte den Namen Walter Brunn.

18

In Wirklichkeit aber bedeuten die Phantasien mehr als das: sie sind nämlich zugleich auch die Repräsentanten des andern Mechanismus, also beim Introvertierten der verdrängten Extraversion, beim Extravertierten der verdrängten Introversion.

— Carl Gustav Jung, *Psychologische Typen*

Mai 1922

Die Schweizerische Pflegerinnenschule mit dem angeschlossenen Frauenspital wurde von den Zürchern liebevoll „Pflegi" genannt. Trotz häufiger finanzieller Schwierigkeiten weigerten sich die Gründerinnen, Kompromisse bei den Standards einzugehen. Standards stellten vielmehr eine Art Daseinsberechtigung dar. Das war einer der Hauptgründe, warum Seraphine unbedingt in Zürich studieren wollte.

Das Konzept einer zentral anerkannten Methodologie im Gesundheitswesen wurde für Ärzte als normal akzeptiert, aber wenn es um die Krankenpflege ging, galt weit weniger Strenge.

So erwartete niemand, dass alle Krankenschwestern denselben Ausbildungs- und Wissensstand vorwiesen, und der Umgang am Krankenbett sowie das Selbstverständnis des Pflegepersonals waren äußerst vielfältig. Anna Heer und Marie Heim-Vögtlin änderten das, indem sie bestehende Gräben zu überwinden suchten. Warum, so fragten sie, waren Ärzte und Krankenschwestern immer nur Männer beziehungsweise Frauen? Sie gingen mit gutem Beispiel voran und überwanden Barrieren. Heim-Vögtlin schloss ihr Studium als erste Schweizer Ärztin ab, während Heer die erste Schweizer Chirurgin wurde. Seraphine hatte keine so hochfliegenden Ambitionen, aber ihr Horizont erweiterte sich, als sie sah, was alles möglich war. Ihre Bewunderung für die schiere Hartnäckigkeit dieser Frauen war eine Sache, aber deren Talent und Fähigkeiten machten sie sprachlos.

Indem sie sich an Frauenhilfsorganisationen wandte, sammelte Anna Heer genug Geld, um eine Krankenpflegeschule zu gründen. Sie und ihre Oberschwester Ida Schneider sorgten nicht nur für ein einheitliches Pflegeniveau, sondern setzten sich auch für eine angemessene Bezahlung ihrer Schützlinge und akzeptable Arbeitsbedingungen ein. Nur wenige Männer hatten ein Mitspracherecht bei der Leitung der „Pflegi" und die Entscheidungsträger waren weiblich. Die Krankenpflegeschule und das Krankenhaus vertraten den Leitsatz: „Von Frauen für Frauen".

Das war Seraphines Vorstellung vom Paradies. Sie stürzte sich mit voller Entschlossenheit in ihre Krankenpflegeausbildung. Trotz all ihrer Befürchtungen, hinter den Erwartungen zurückzubleiben, fand sie sich in einer solidarischen Gruppe von zwanzig jungen Frauen wieder, die nichts ausließen, um sich gegenseitig zu helfen, eine bessere Krankenschwester zu werden. Ihr Zeitplan war unerbittlich: Aufstehen um 05.30 Uhr, Frühstück um 06.00 Uhr, einen ganzen Tag lang theoretisches und praktisches Lernen, gefolgt von Abendvorträgen von Fachleuten. Seraphine war um einiges jünger als die meisten, aber aufgrund ihrer Routine auf dem Hof und im Hotel gewohnt an frühe Morgen und lange Tage. Ihre Erfahrung unter Frau Dunant – *wer seine Nerven vor Patienten zeigt, verspielt ihr Vertrauen* – gab ihr eine gewisse Selbstsicherheit. Wenn man sie aufforderte, einen Eingriff zu demonstrieren, zögerte Seraphine nicht und nahm ein Thermometer oder einen Verband mit der gleichen Leichtigkeit in die Hand, als wäre es ein Messer oder eine Gabel. Sie war es gewohnt, das, was sie vorhatte, beruhigend zu erklären oder Patienten mit einer Frage über die Familie oder das Vieh im richtigen Moment abzulenken, bevor sie eine Nadel setzte. Ihre Fortschritte waren stetig, wenn auch unspektakulär, und die nächste Phase war eine einjährige Ausbildung im Krankenhaus, gefolgt von einer Stelle an einem anderen Ort, wo sie ihre Fähigkeiten anwenden konnte.

Die Stadt erschreckte und faszinierte sie zugleich. An Samstagnachmittagen fuhr sie gerne mit dem Tram, einfach um die Menschen zu beobachten. Anfangs übermannte sie ihre Nervosität und sie traute sich erst an der letzten Station auszusteigen. Um gleich wieder für die Rückfahrt auf ihren Sitz zurückzukehren. Es dauerte drei Samstage, bis sie mutig genug war, um auszusteigen und sich den Straßen zu stellen. Menschen, Lärm, Trams, Banken und Kommerz, der Paradeplatz, Cafés, Automobile, Pferdekarren und Radfahrer – alles vermischte sich in einem berauschenden Durcheinander. Sie kannte nur Montreux als Vergleich. Die beiden Orte hätten kaum unterschiedlicher sein können. Montreux war behäbig und gemütlich, voller Reicher und Älterer, wo jeder Französisch sprach. Zürich war aufregend und gefährlich, eine Mischung aus rebellischen Radikalen, selbstbewussten Frauen und Männern in Anzügen. Menschen redeten Schweizerdeutsch, Italienisch,

Englisch, Russisch, Französisch und in Sprachen, die Seraphine vollkommen unbekannt waren.

Immer, wenn sie eine der Brücken überquerte oder an einer Durchgangsstraße entlangschlenderte, hielt Seraphine Ausschau nach der hochgewachsenen Gestalt von Bastian Favre. In ihren stillen Momenten stellte sie sich eine zufällige Begegnung vor, vielleicht eine Einladung in ein Café und ein Angebot, in seiner Praxis zu arbeiten. Denn wie hätte sie ihn sonst wiederfinden sollen? Nicht ein einziges Mal ließ Seraphine ihre innersten Gedanken und romantischen Hoffnungen zu Wort kommen. Nur wenn sie nach einem anstrengenden Arbeitstag erschöpft auf den gestärkten Laken im Schwesternschlafsaal lag, ließ sie ihren Geist schweifen und stellte sich seine Stimme vor, seine warmen Finger an ihrem Hals und wie sich seine tiefbraunen Augen von ihr abwandten. Bastian Favre. Sie erinnerte sich daran, dass es schon zwei Jahre her war, seit sie sich kennengelernt hatten. Vielleicht hatte er schon geheiratet, war in einen anderen Kanton gezogen oder hatte das dumme kleine Bergmädchen vergessen, das er einmal von einem Kropf geheilt hatte. Sie rieb sich den Nacken und schlief mit einem Lächeln im Gesicht ein.

Anlässlich Dr. Favres letztem Besuch in St. Niklaus war er voller Anteilnahme gewesen und hatte sie über Henris Tod getröstet. Sie hatte auf ein weiteres Gespräch gehofft, vielleicht sogar auf eine Gelegenheit, gemeinsam zu einem der Bauernhöfe zu gehen, um dort einen Arztbesuch zu machen. Daraus war aber nichts geworden. Als sie nach der Lawine den Berg herunter gekommen war, hatte er seinen kurzen Aufenthalt bereits beendet. Ihre Chance war verpasst.

Frau Fessler bemerkte die Veränderung im Verhalten ihrer Untermieterin und vermutete zu Recht, dass es sich um eine

Herzensangelegenheit handeln musste. Sie irrte sich jedoch in Bezug auf das Objekt ihrer Zuneigung. Dr. Zanetti, um Himmels willen? Seraphine war der Meinung, dass dieser Mann viel zu viel von sich selbst und seinem unwiderstehlichen Charme hielt. Er hatte das ganze Dorf für sich eingenommen und konnte sich seine Begleiterinnen aussuchen, aber kurz nach ihrer Rückkehr aus Zermatt hatte er sie gebeten, ihn zur Frühjahrsmesse zu begleiten. Angeblich hatte sie in einer Tombola gewonnen. Sie lehnte dankend ab, weil sie sich zuvor verpflichtet hatte, sich um den Hof zu kümmern, damit ihre Eltern hingehen konnten. Er hatte gebettelt und geschmeichelt, aber sie war standhaft geblieben und hatte ihn gebeten, das Thema nicht mehr anzusprechen.

„Du machst einen Fehler, Seraphine."

„Das mag sein, aber es ist mein Fehler. Ich mag es nicht, wenn andere mir sagen, was ich mit meinem Leben anfangen soll."

Das war nur zur Hälfte wahr. Sie mochte es nur nicht, wenn bestimmte Leute ihr sagten, was sie mit ihrem Leben anfangen sollte.

Eines Nachmittags lud sich die Frau des Arztes selbst zum Tee ein und brachte Papiere vom Roten Kreuz und vom Krankenpflegebund mit. Es sei an der Zeit, sagte Frau Bayard, dass Seraphine über ihre Zukunft nachdachte. Seraphine stimmte ohne Zögern zu.

„Mein Mann hat mir erzählt, dass Sie eine echte Begabung für die Krankenpflege haben und er ist bereit, für die Kosten aufzukommen. Ihre Vereinbarung mit Frau Fessler läuft im Mai aus. Gibt es einen besseren Zeitpunkt, einen Platz an einer Bildungseinrichtung zu besetzen? Ihre Familie hat Beziehungen in der Landeshauptstadt, wenn ich mich nicht irre?"

„Ja, mein Onkel Thierry ist in einem Kinderkrankenhaus in Bern finanziell engagiert."

„Perfekt! Eines der beiden Kompetenzzentren für Krankenpflege befindet sich in Bern, es wurde von Walther Sahli
gegründet und das Rote Kreuz unterstützt es. Das andere ist in
Zürich, Anna Heer hat es ins Leben gerufen und es wird
ausschließlich von Frauen geleitet. Ich bin mir ziemlich sicher,
dass Ihr Onkel seinen Einfluss geltend machen kann, damit Sie
in Bern aufgenommen werden." Sie rutschte unruhig in ihrem
Sessel hin und her, denn ihre Schwangerschaft neigte sich dem
Ende des dritten Trimesters zu.

„Möchten Sie noch ein Kissen für Ihren Rücken?", fragte
Seraphine.

„Danke. Nach den ersten beiden soll so etwas leichter
werden, sagt man mir, aber ich finde, das genaue Gegenteil ist
der Fall. Sollen wir Ihrem Onkel noch heute Nachmittag schreiben? Seraphine?"

„Ich habe mich gefragt ... das ganze Material, das Dr. Bayard
mir gegeben hat, betraf die Arbeit des Frauenspitals und der
Krankenpflegeschule in Zürich. Natürlich bin ich für jede Stelle
dankbar, unabhängig vom Standort. Ich hatte nur gehofft, in
einer Einrichtung wie dieser an der Seite von Pionierinnen zu
arbeiten."

„Zürich? Ja, warum nicht? An Ihrer Stelle würde ich das
auch tun. Es ist ein aufregender Ort, der vor Ideen und Energie
nur so strotzt, und ja, er ist wegweisend, wenn es um die Sache
der Frauen geht. Wenn das so ist, können wir eine Anfrage an
die Oberschwester verfassen, unterstützt von Empfehlungs-
schreiben meines Mannes und Ihrem Vorbild, Frau Dunant.
Wissen Sie, je mehr ich darüber nachdenke, desto besser gefällt
mir Zürich. Wenn ich in der Stadt bin, können wir in der Bras-
serie Lipp Tee trinken und uns über gegenseitige Neuigkeiten
austauschen.

Seraphine errötete und ein Lichtblitz der Vorfreude durch-
lief sie. Frau Bayard sprach, als wären sie gleichgestellt und

nichts wäre natürlicher als zwei Frauen, die in einem französisch klingenden Lokal Tee trinken. Und nicht nur das, auch die
Chancen, Dr. Favre zu begegnen, wenn Frau Bayard in der Stadt
war, stiegen erheblich. „Ich wage es kaum zu glauben", entgegnete sie mit leiser Stimme.

„Räumen wir die Teesachen weg und setzen uns an den
Esstisch. Das ist besser für meinen Rücken. Bringen Sie mir
etwas Schreibpapier, nichts Ausgefallenes, und wir werden Ihre
Bewerbung aufsetzen. Wie steht es um Ihre Schreibkünste?
Keine Sorge, daran können wir arbeiten. Leihen Sie mir Ihren
Arm, meine Liebe, aus dem Sessel aufzustehen ist in diesen
Tagen, als würde man einen Sack Kartoffeln aus einem Brunnen
heben."

Hebammendienst und Kinderbetreuung zogen viele
ihrer Kolleginnen an. Die Gründe dafür waren für
Seraphine klar. Die meisten Frauen ihres Jahrgangs waren die
ältesten Töchter einer großen Familie, das heißt, sie hatten
einige ihrer Geschwister großgezogen oder sogar entbunden.
Sie selbst hatte die Rolle der Betreuerin für ihre beiden
kleinen Halbbrüder übernommen. *Drei Brüder*, erinnerte sie
sich. Peter war auch der Sohn ihrer Mutter. Doch irgendwo tief
in ihrem Inneren wusste sie, dass Peter ihr nie so viel
bedeuten würde wie Henri oder Anton. Weil er sie nicht
brauchte.

Vielleicht wog die beschwerliche Verantwortung, sich um
zwei ungewöhnlich anspruchsvolle Kinder gekümmert zu
haben, schwerer als der Reiz der Pädiatrie. Oder vielleicht
wusste sie besser als die meisten anderen, welchen Tribut eine
solche emotionale Belastung forderte. Was auch immer der
Grund war, die angehende Krankenschwester Widmer
entschied sich gegen ein überfülltes Fachgebiet. Ihre Leiden-

schaft kam aus persönlicher Erfahrung und bewegte sie von außen nach innen.

Seraphine wählte die Haut.

Das Gebiet der Dermatologie faszinierte sie, seit sie gesehen hatte, wie ihr eigener Körper unter der Behandlung von Dr. Favre reagiert und sich verändert hatte. Ihre Neugierde war noch größer geworden, als sie im Februar an einer Vorlesung in der Universitätsklinik mit Lotte Volger, einer deutschen Moulagistin, teilgenommen hatte. Das Konzept der Moulage, also das Gießen von Hautkrankheiten in Wachs, war völlig neu und hatte sie von Anfang an fasziniert. Bis dahin hatte Seraphine die Holzskelette und zweidimensionalen Diagramme des menschlichen Körpers als das Beste angesehen, was es gab. Genaue Wachsdarstellungen von Hautkrankheiten zeigten den Schülerinnen, die bis dahin nur theoretische Beschreibungen kennengelernt hatten, wie Krankheiten wie Tuberkulose und Lepra tatsächlich aussahen.

Lotte Volger zeigte Modelle von erkrankten Armen, Beinen, Gesichtern, Mündern, Nägeln und Händen, alles in detaillierten Farben. Keine der angehenden Krankenschwestern hätte jemals zugegeben, zartbesaitet zu sein, aber alle außer Seraphine verließen den Raum sofort, als der Vortrag vorbei war. Die empfindlichen Reproduktionen waren anfällig für Schäden und mussten in versiegelten Behältnissen aufbewahrt werden, wenn sie nicht gebraucht wurden. Lotte Volger krempelte die Ärmel hoch und machte sich allein an die Arbeit.

„Frau Volger? Ich fand Ihre Einführung sehr lehrreich, vielen Dank. Darf ich Ihnen beim Einpacken Ihrer Moulagen helfen? Ich verspreche Ihnen, behutsam zu sein."

Volgers Blick strich über ihr Gesicht und blieb auf Seraphines Händen hängen. „Ja, das würde mir etwas Zeit ersparen. Der Behälter für jedes Stück steht direkt unter dem Tisch. Achten Sie darauf, dass die Beschriftungen übereinstimmen, legen Sie sie in die Markierungen und seien Sie bitte äußerst vorsichtig. Wie heißen Sie?"

„Seraphine Widmer. Ich stehe kurz vor dem Ende meines ersten Ausbildungsjahres. Als Nächstes werden wir alle unsere Ausbildung im Frauenspital in die Praxis umsetzen."

„Sehr gut. Fangen Sie dort drüben an. Manchmal bieten sie mir einen Gepäckträger an, um beim Verpacken zu helfen. Da kann ich auch gleich jedes Stück aus dem Fenster werfen."

Sie arbeiteten ein paar Augenblicke schweigend, wobei Seraphine jedes Stück mit großer Ehrfurcht behandelte. Selbst als sie sie in die Behälter mit Glasdeckel legte, versuchte sie, sich die lateinischen Namen der einzelnen Krankheiten einzuprägen. *Pemphigus vulgaris. Syphilis. Ichthyosis congenita. Borreliose.* Jedes Modell stand für das Leiden eines Menschen und sie behandelte es mit dem Respekt, den es verdiente. Ihr Drang, vor Infektionssymptomen zurückzuschrecken, ließ sämtliche Alarmglocken läuten und sie wunderte sich über die Fähigkeit des Verstandes, den natürlichen Instinkt zu überwinden.

„Sie haben zweifellos Ihren Zweig gefunden", bemerkte Volger und sah Seraphine zu, wie sie den letzten Deckel auf der Nachbildung eines von Pocken befallenen Männergesichts schloss. „Nur wenige Krankenschwestern sehen die Dermatologie als eine mögliche Wahl. Noch weniger besitzen die Mischung aus wissenschaftlichem Stahl und künstlerischem Talent, um die Kunst der Moulage zu erlernen. Ich danke Ihnen für Ihre Hilfe. Ich wünsche Ihnen einen schönen Abend."

Sie wartete darauf, dass Seraphine ging, und hatte ihre Hand bereits an der Tür.

„Guten Abend und danke für den Vortrag. Solches Talent ist beeindruckend und sehr zu bewundern." Sie machte einen Knicks und verließ den Raum, während ihr Kopf mit Bildern von Blasen, Wunden und schuppiger Haut gefüllt war.

„Fräulein Widmer? Wenn Sie Fragen haben, können Sie

gern mein Zimmer aufsuchen. Fragen Sie Frau Schneider nach dem Weg." Sie schloss die Tür.

Seraphine steckte das Angebot ein. Sie wusste noch nicht, was sie nicht wusste, aber eines Tages hatte sie vor, an die Tür von Lotte Volger zu klopfen und darum zu bitten, mehr zu erfahren.

Freunde waren für Seraphine ein Novum. Im Mattertal hatte sie Kollegen; ihre Schulkameraden und Arbeitskollegen oder ältere Frauen, die ihr eine Gefälligkeit erwiesen, aber niemanden, den sie als Freundin bezeichnet hätte. Sie hatte nie Zeit für Müßiggang, um mit Gleichaltrigen Gemeinsamkeiten zu entdecken. In der Krankenpflegeschule passierte es einfach, ohne dass sie es bemerkt hätte. Edith und Vroni waren ungefähr in ihrem Alter und obwohl sie ein unterschiedliches Temperament hatten, waren beide zugänglich und herzlich. Sie kamen aus großen Familien: Vroni war die älteste von fünf Schwestern und Ediths überlebende Geschwister waren insgesamt acht. Die beiden verstanden sich gut und fühlten sie sich zueinander hingezogen, und irgendwie geriet Seraphine dazwischen. Die Tatsache, dass sie weniger zu ihren Gesprächen beitrug, schien keine Rolle zu spielen, denn wenn sie es wagte, ihre Gedanken mitzuteilen, stießen sie auf überschwängliche Zustimmung.

„Ist das nicht genau das, was ich gesagt habe, Vroni? Habe ich oder habe ich nicht genau die gleiche Meinung wie Seraphine nach kaum einer Woche an dieser Schule geäußert?" Ediths Stimme war ein spitzes Zischen, sie klang wie ein aufgebrachtes Kätzchen. Ihr wütendes Flüstern hatte oft den gegenteiligen Effekt und lockte Mitschülerinnen an, sich nach dem Grund ihrer Verärgerung zu erkundigen.

Vroni antwortete in ihrem üblichen ruhigen Tonfall, während sie einen Riss in ihrem Mantel nähte. „Höchstwahrscheinlich. Du hast einen großen Wirbel um den Stundenplan gemacht, so viel ist wahr. Aber ich glaube, Seraphine spricht eine andere Frage an. Morgens ist der Geist frischer. Das ist eine wissenschaftliche Tatsache."

„Nicht um halb sieben! Da schläft mein Geist noch!"

„Wenn ich fortfahren darf, Edith? Seraphine wollte damit sagen, dass es kontraproduktiv ist, sich um acht Uhr abends über Neuerungen in komplexen medizinischen Fachgebieten zu informieren. Wir sind erschöpft. Wir konzentrieren uns hauptsächlich darauf, die Augen offen zu halten und darauf, ob noch genug heißes Wasser für einen Gute-Nacht-Kakao in der Kanne ist. Ich stimme ihr voll und ganz zu. Vorlesungen dieser Größenordnung sollten am Vormittag stattfinden, damit wir die Mittagspause nutzen können, um neue Konzepte zu diskutieren."

Edith schüttelte den Kopf. „Die Mittagspause ist bei weitem nicht lang genug, um für das Essen anzustehen, sich gütlich daran zu tun und danach eine zivilisierte Diskussion zu führen. Unser Zeitplan ist nicht förderlich für die Gesundheit und damit basta."

Seraphine mischte sich ein, bevor Edith mit ihrer langen Liste von Beanstandungen beginnen konnte. „Du hast recht, Vroni, und in einer idealen Welt wäre das auch völlig sinnvoll. Die Realität ist, dass Chirurgen und Fachärzte genauso lange arbeiten und die einzige Zeit, die sie erübrigen können, eine Stunde am Abend ist, in der sie ihr Fachwissen teilen. Der Fehler liegt nicht im Zeitplan der Krankenschwestern oder in dem der Ärzte. Es gehört zum harten Kampf der Frauen, sich in der medizinischen Welt zu etablieren."

„*Brava!*", Bemerkte Vroni in ihrem St. Galler Akzent. „Die Arbeit einer Frau ist nie getan."

„Hier bestimmt nicht! Sie trainieren uns wie Dienstmägde, die Ersten, die aufstehen und die Letzten, die zu Bett gehen. Ich frage mich, ob sie uns mehr beibringen wollen als Bettpfannen und Verbände. Es wird sich nichts ändern."

„Ich glaube nicht, da liegst du falsch, Edith." Seraphine forderte ihre Freundinnen selten heraus, aber die Ethik der Gründerinnen hatte in ihrem Bauch ein Feuer entfacht. „Dinge können sich ändern. Es braucht die Überzeugung und den unbändigen Willen Einzelner. Erst dann beginnen die Menschen zu hoffen. Ich habe das in meinem eigenen Dorf erlebt. Deshalb halte ich meine Augenlider wenn nötig mit Streichhölzern offen, um bei den Abendvorlesungen dabei zu sein, egal wie sehr ich mein Bett brauche. Wenn ich meine Chance verpasse, wird sie nicht wiederkommen."

„Die heilige Seraphine!", rief Edith und stupste sie sanft an, um zu zeigen, dass sie nur Spaß machte. „Ich hegte bereits den Verdacht, dass du dich bei unseren Vorgesetzten einschmeichelst, um eine Stelle in der Pflegi zu bekommen. Das kann ich dir nicht verdenken. Wir wollen alle das Gleiche. Es wird so viel Spaß machen, wenn wir drei zusammenarbeiten können, meinst du nicht auch?"

Seraphine lächelte, sagte aber nichts. Ihre Träume, als Assistentin von Dr. Favre aus Herisau zu arbeiten, waren so unrealistisch, dass sie es nicht einmal vor sich selbst zuzugeben wagte.

„Wie ich immer sage", erklärte Vroni, „sollten wir uns große Ziele setzen. Wenn wir sie verfehlen, können wir wenigstens erhobenen Hauptes voranschreiten." Sie schüttelte ihren Mantel aus. „So! Ich garantiere, dass niemand die Reparatur sehen kann, so gut ist meine Handarbeit."

Seraphine untersuchte den Wollstoff. „Einer Chirurgin würdig, Vroni. Du könntest die nächste Anna Heer sein!"

„Unsichtbar. Du hast geschickte Finger", bemerkte Edith.

„Ich danke euch beiden. Jetzt, wo ich wieder salonfähig genug bin, um mich in der Öffentlichkeit sehen zu lassen, warum planen wir nicht einen Ausflug? Nächsten Samstagmorgen fallen unsere halben freien Tage zusammen. Wir drei können tun und lassen, was wir wollen, denn vor Mittag müssen wir uns nicht blicken lassen. So manch eine würde vielleicht gern ausschlafen. Ich gehöre nicht dazu."

Edith öffnete ihren Mund und schloss ihn wieder.

„Nein, in der Tat", fuhr Vroni fort. „Wer will schon im Bett bleiben, wenn uns ganz Zürich zur Verfügung steht? Ich sehne mich nach dem geschäftigen Treiben der Gesellschaft, danach, die neueste Mode zu sehen, fröhlichen Gesprächen zu lauschen, all die bunten Hüte zu bewundern und durch die Schaufenster schöne Dinge zu bestaunen, die ich mir nie leisten kann. Sollen wir drei der Bahnhofstraße entlangschlendern, in einem prächtigen Café einen Morgentee trinken, bevor wir die Limmat überqueren und am Fluss entlang zurückgehen?"

„Das ist eine wunderbare Idee!" Edith strahlte. „Hoffen wir, dass das Wetter uns wohlgesonnen ist. Dann können wir draußen sitzen und die Passanten beobachten. Kommst du mit uns, Seraphine? Bitte sag ja! Erzähl mir nicht, dass du dich wieder bei dieser deutschen Frau verkriechen und Pocken malen willst?"

Seraphine sehnte sich nach frischer Bergluft, dem Klang von Kuhglocken, der Abwesenheit von Menschen, einem anständigen Buch und all den Farben eines Alpenhangs. Doch wenn es eine Chance gab, einen hochgewachsenen Arzt mit freundlichen Augen zu treffen, dann in der Züricher Bahnhofstraße.

„Nein, Frau Volger hat dieses Wochenende keine Zeit für mich. Ich verbringe sowieso viel zu viel Zeit allein in der Wohnung, um zu lernen. Was gibt es Schöneres, als den Samstag draußen mit meinen Freundinnen zu verbringen und Spaß zu haben!"

· · ·

Krankenschwestern in der Ausbildung haben nur wenig Freizeit. Seraphine nutzte ihre, um „sich bei dieser deutschen Frau zu verkriechen und Pocken zu malen", auch wenn sie das nicht so ausgedrückt hätte. Lotte Volger gewährte ihr gelegentlich ein paar Stunden an einem Samstag, damit sie der Moulageuse bei der Arbeit zusehen und lernen konnte. Die Kunst, eine Hautkrankheit in Wachs abzubilden und ihre Farbe und Struktur so genau wie möglich nachzubilden, während man neben dem Erkrankten sitzt, erforderte höchste Konzentration. Frau Volger unterhielt sich mit den Patienten, wenn es ihm oder ihr half, sich zu entspannen; ansonsten konzentrierte sie sich auf ihre Arbeit und sprach Seraphine nur selten an.

Manche Patienten, vor allem solche mit Geschlechtskrankheiten, waren nicht bereit, ihre Peinlichkeit und ihr Unbehagen durch die Anwesenheit einer jungen Krankenschwester noch zu vergrößern. Es konnten drei Wochen vergehen, ohne dass sie eine Einladung in Volgers sauberer, kleiner Handschrift erhielt. Wann immer sie eine erhielt, egal ob die Sonne schien oder sie mit der Wäsche an der Reihe war, nutzte Seraphine die Gelegenheit, die Meisterin bei der Arbeit zu beobachten.

Von Anfang an machte Volger klar, dass jeder Moulageur oder jede Moulageuse ein streng gehütetes Geheimrezept hatte. Sie hatte ihres vom großen Fritz Kolbow in Berlin gelernt und beabsichtigte nicht, es mit Seraphine zu teilen. Trotzdem war sie bereit, ihre künstlerischen Techniken zu demonstrieren. Keine Lektion war gleich, denn keine Hautkrankheit war gleich. Blasen, Zeckenbisse, Ekzeme, Tumore, Gürtelrose, Läuse, Melanome und Pilzinfektionen mussten alle sorgfältig untersucht und in Wachs nachgebildet werden. Wieder einmal widerstand Seraphine ihren natürlichen Impulsen, vor Krankheitssymptomen zurückzuschrecken und konzentrierte sich stattdessen auf die Ursachen. Das Einzige, was sie nicht unterdrücken konnte, war ihr Mitgefühl für die Opfer.

Jede von Volgers Kreationen war ein Kunstwerk von unschätzbarem Wert. Diese Stücke wurden in den besten Universitätskliniken als Lehrmittel eingesetzt und halfen, Leiden zu lindern, Behandlungen auszuführen und Leben zu retten. Seraphine bewunderte und respektierte die Wiedergabe dieser Krankheiten, aber ihr Interesse galt der nächsten Stufe.

Wenn man herausgefunden hatte, was es war, wie konnte man es behandeln? In ihrem Herzen wusste sie, dass ihre Bestimmung nicht die einer Moulageuse war, sondern die einer praktizierenden Krankenschwester.

19

———

Niemand kennt dich.
Du kennst dich selbst nicht.
Und ich, der ich halb in dich verliebt bin,
worin bin ich verliebt?
In meine eigenen Vorstellungen?

— D.H. Lawrence, *Gesammelte Gedichte*

Mai 1922

In einer kleinen Schweizer Stadt waren sechsundzwanzigjährige Junggesellen mit einem respektablen Beruf wie italienische Trüffel – hochgeschätzt und von erfahrenen Nasen aufgespürt. Da Bastian nun wieder frei von Verpflichtungen war, wurde er zum Freiwild. Es verging keine Woche, in der er nicht von einer entschlossenen Mutter zu einem Treffen mit ihrer heiratsfähigen Tochter eingeladen wurde. Es war ein raffinierter Tanz, bei dem er den Damen respektvoll Aufmerksamkeit schenkte, ohne falsche Hoffnungen zu wecken. In letzter Zeit hatte Bastian guten Grund, solche Verabredungen abzulehnen.

Aufgrund von aussagekräftigen Tests im Mattertal gründete die Schweizer Regierung die Kropfkommission, um die Ergebnisse zu verbreiten und die Öffentlichkeit zu beraten. Im Januar 1922 trafen sich sechzehn Experten in Bern, von Armeeoffizieren bis hin zu Spitaldirektoren. Hunziker, Bayard und Eggenberger waren alle anwesend. Die Ergebnisse waren unumstößlich. Eine dosierte Jodzufuhr konnte Kropf, Kretinismus, Taubheit, Geistesschwäche und Erschöpfung verhindern – alles Plagen, die in der Schweiz häufiger auftraten als in den Nachbarländern. Allerdings kontrollierte jeder Kanton seine eigene Salzproduktion und -verteilung. Die Regierung konnte die Ernährungsreform nicht landesweit durchsetzen, sondern nur eine Empfehlung aussprechen. Wenn die Menschen jodiertes Salz wollten, mussten sie dafür stimmen.

Dr. Eggenberger reichte sofort eine Initiative in seinem eigenen Halbkanton, Appenzell Ausserrhoden, ein. Er und Bastian fuhren abwechselnd mit dem Krankenwagen in abgelegene Dörfer und Kleinstädte, um den Menschen zu erklären, wie wichtig der Konsum von Jodsalz ist. Selbst dort fanden aufmerksame Mütter einen Grund, sich mit Fragen an Bastian zu wenden, meistens mit einer Tochter im Schlepptau.

Es war eine Ehre, den Arzt bei seinen Bemühungen zu unterstützen, auch wenn es in den langen Wintermonaten harte Arbeit war. Eggenberger bestand darauf, an mehr als einem Dutzend Treffen teilzunehmen, bevor er ihm erlaubte, die Informationen allein weiterzugeben. Die Stimmung hatte sich gewendet. Medizinische Fachzeitschriften zeigten sich erstaunt über die phänomenalen Ergebnisse, Nachbarkantone waren bereit, sich mit dem Konzept einer öffentlich beschlossenen

Initiative auseinanderzusetzen, aber vor allem sprachen die Beweise für sich selbst. Zwischen Herisau und St. Niklaus flatterten Briefe hin und her, die unbestreitbare Beweise für den Erfolg der Behandlung enthielten. Eggenberger und Bayard hatten recht behalten, doch keiner der beiden Ärzte wollte seinen Status aufbauschen. Vielmehr hofften sie, die Regierung davon zu überzeugen, die Leistungen auf die ganze Schweiz auszuweiten. In einem föderalistischen System war das eine gewaltige Herausforderung.

„Sagen Sie mir, Bastian, was ist eine Lawine?" Eggenberger tauchte seinen Cervelat in Senf, bevor er einen Bissen nahm und sich in seinem Bürostuhl zurücklehnte.

Bastian, der von seinem Mentor unorthodoxe Fragen gewohnt war, entschied sich, die Frage zu erweitern. „Eine Lawine ist ein unerwarteter Überschuss mit gefährlichem Potenzial der Überwältigung. Metaphorisch gesprochen, können wir als Beispiel die Anzahl der unverheirateten Damen nennen, die mir auf dem *Fasnachtsball* präsentiert wurden. Im wörtlichen Sinne definiere ich eine Lawine als eine Verlagerung eines Schneefeldes, bei der Tonnen von Schnee, Eis und anderem Material, das sie mit sich zieht, von einem Berg herabstürzen. Die Auslösung solcher Ereignisse ist unvorhersehbar und nichts kann sie aufhalten."

Eggenberger wischte sich mit einer Serviette über den Bart. „Eine unaufhaltsame Kraft, ja?"

Bastian nickte mit einem schiefen Lächeln. Exakt so hätte er seinen Arbeitgeber beschrieben. „Ja. Es sei denn, sie stößt auf ein unbewegliches Objekt."

„Kein Objekt ist unbeweglich, es wird nur umgeformt. Riesige Schneemassen rutschen bergab, mächtig und unbarmherzig, und verändern die Landschaft. Wie werden diese tödlichen Ungetüme gebildet? Aus winzigen Schneeflocken, die vom

Himmel fallen und so zerbrechlich sind, dass sie auf der Zunge zergehen. In der Masse jedoch werden sie zu einer gewaltigen Macht, gegen die wir wehrlos sind."

„So könnte man auch die Ehemannsuchenden von St. Gallen beschreiben. Ich verstehe, was Sie meinen, Doktor. In ausreichender Zahl können Schneeflocken eine Lawine auslösen und Regentropfen eine Flut bilden. Menschen, die für sich genommen unbedeutend sind, können in einem Akt des kollektiven Willens zusammenkommen, um unsere Lebensumstände zu verändern. Ich verstehe. Wir brauchen mehr Regentropfen."

„Wir brauchen jeden Regentropfen, jede Schneeflocke und jede einzelne Stimme, um die kantonale Regierung zu beeinflussen. Wir dürfen in unseren Bemühungen nicht nachlassen, bis der Konsum von Jodsalz so normal ist wie das Trinken von Milch." Eggenberger strich sich den Schnurrbart glatt und lachte. „Was die alleinstehenden Frauen angeht, so fürchte ich, sind Sie auf sich selbst gestellt. Wir alle bedauern, dass es mit Teresa nicht geklappt hat, aber Sie sind ja noch jung. Wählen Sie sorgsam, Bastian, aber zögern Sie nicht zu lange."

Ein Klopfen ertönte an der Tür. Beide Männer erkannten die ungeduldigen Fingerknöchel von Frau Neff, noch bevor sie den Raum betrat.

„Philosophieren können Sie im Café, meine Herren. Sie haben wartende Patienten, und manche können nicht warten. Darf ich Ihnen empfehlen, das Fenster zu öffnen, um die Luft zu erfrischen, bevor Sie jemanden empfangen? Ein stechender Geruch nach Senf und Zwiebeln macht einen ausgesprochen unprofessionellen Eindruck. Hier ist die Post."

Eggenberger bat um Entschuldigung und wartete, bis sie die Tür geschlossen hatte, bevor er den Kopf schüttelte. „Sie hat natürlich recht. Eine Krankenschwester par excellence, obwohl ich mich manchmal frage, ob sie ihre Berufung verfehlt hat. Was für eine Bereicherung sie für das Militär wäre." Er durchsuchte die Briefe. „Ah, hier ist einer für Sie. Von St. Niklaus und von weiblicher Hand! Schade um die armen Damen von Appenzell Ausserrhoden."

Auf der anderen Seite des Schreibtisches vollführte Bastian einen geistigen Salto mortale, bis er die Handschrift erkannte. Er nahm den Brief, steckte ihn in seine Jacke und kehrte in sein eigenes Sprechzimmer zurück, bereit, sich den Patienten des Nachmittags anzunehmen. Das lang erwartete Schreiben von Frau Bayard musste bis nach dem Abendessen warten.

Mein lieber Bastian

Endlich habe ich die Muße, Ihnen zu schreiben. Die Kinder und ich sind aus dem Tessin zurückgekehrt, wieder gesund und glücklich dank Sonnenschein, blauem Himmel und der unbeschreiblichen Freude über weiße Gipfel, die sich in klarem Wasser spiegeln. Wir haben uns in den wärmeren Gefilden sehr wohl gefühlt und alle saisonalen Husten, Erkältungen und das allgemeine Unwohlsein vergessen. Sind Sie mit dem Lago Maggiore vertraut? Wenn nicht, kann ich ihn nur empfehlen. Von den Ufern in Brissago können Sie nach Italien winken!

Otto sagt mir, dass Sie als nationale Kommission und über lokale Gruppen kolossale Fortschritte machen. Wie Sie wissen, ist mein Mann Übertreibungen gegenüber sehr abgeneigt, weshalb mich seine Worte sehr beeindrucken. Die Verwaltung von Appenzell Ausserrhoden hat die Ergebnisse der Volksabstimmung über Jodsalz als kantonale Richtlinie übernommen, und das innerhalb einer Woche? Nachdem ich diesen Satz geschrieben hatte, musste ich zweimal den Raum durchschreiten, nur um meine Aufregung zu zügeln. Wie weit sind wir unter den schwierigsten Umständen gekommen!

Die Gesundheit des Volkes in den Händen des Volkes, sollte es nicht so sein? Ein Traum ist wahr geworden. Ich wäre nachlässig, wenn ich Ihnen nicht meine aufrichtigsten Glückwünsche aussprechen würde. Nun denn, ich werde keine Bescheidenheit akzeptieren, junger Mann. Dr. Otto Bayard und Dr. Hans Eggenberger haben auf den Grundlagen ihrer Vorgänger neue Wege beschritten. Sie waren maßgeblich an ihrer Arbeit beteiligt, sowohl in der Praxis als auch in der Theorie. Sie werden dieses Feuer in das neue Jahrzehnt tragen. Wir alle waren ein Teil davon, Bastian, und sollten nie vergessen, wie sich das Leben zum Besseren verändert hat.

Täglich blicke ich mit neuer Zuversicht auf meine Töchter. Ich hege die unbescheidene Hoffnung, dass auch sie versuchen werden, das Leben ihrer Freunde, Nachbarn und Landsleute zu verbessern. Ist das nicht die Verantwortung eines jeden Menschen? Anderen zu dienen?

Ich schwärme in den höchsten Tönen. Immerhin habe ich in den letzten vier Wochen nichts anderes als Italienisch gesprochen. Ich finde, es ist die beste Sprache für Dramatik und ich mache oft vor dem Frühstück einige übertriebene Äußerungen. Die Kunden der Weisshornstube betrachten mich jetzt mit einer Mischung aus Misstrauen und Sympathie.

Mein lieber Bastian, ich hatte die Absicht, nächsten Monat eine Reise nach Zürich zu machen, um meine Neugier zu befriedigen. Daraus wird nun nichts, denn ich erwarte ein weiteres Kind. Unsere Freude ist natürlich grenzenlos. Deshalb muss ich meinen Drang zu reisen bis auf weiteres unterdrücken. Auf meiner Liste stand ein langes Mittagessen mit zwei meiner liebsten Menschen: Dr. Bastian Favre und die frischgebackene Krankenschwester Seraphine Widmer. Würden Sie glauben, dass die ersten beiden Briefe in meinem Poststapel von Ihnen und der lieben Seraphine waren? Sie steht kurz vor ihrem Abschluss an der Krankenpflegeschule in Zürich und ist Studentin der Dermatologie.

Wäre ich nicht schwanger, würde ich schwören, dass dieses Anschwellen purer Stolz ist. Da ich nicht zu Ihnen reisen kann, könnten Sie sich vielleicht auf ein weiteres episches Abenteuer in den Bergen einlassen? Ich bin mir ziemlich sicher, Seraphine würde sich über die Reisegesellschaft freuen. Ottos Stirn glättet sich jeweils für mehrere Minuten, wenn er von Ihrer Anreise erfährt.

ArrivederLa, mein Freund!

F. Bayard

St. Niklaus, 6. Mai 1922

Er legte den Brief zuerst auf den Tisch, aber aus Angst, die Kerze könnte ihn in Brand setzen, faltete er ihn zusammen und steckte ihn in seine Jacke. Seraphine studierte Krankenpflege in Zürich? Warum hatte das niemand erwähnt? Was für eine Zeitverschwendung, wenn er sie auf seinen gelegentlichen Reisen doch hätte besuchen können. Er würde sie aufsuchen, eine alte Freundin aus einer früheren Praxis, und sie auf eine unschuldige Tasse Kaffee einladen. Sie könnten zusammen nach St. Niklaus reisen und ihre Erfahrungen in der medizinischen Ausbildung austauschen. Er verschlang sein Abendessen und sah in seinem Terminkalender nach. Am Freitagabend hatte er Gemeindedienst und den ganzen Sonntag über Bereitschaftsdienst. Aber am Samstag war er frei.

Er griff nach seinem Stift, um in den Kalender zu schreiben und schlug sich bestürzt an die Stirn. In Großbuchstaben stand dort von seiner eigenen Hand eine stumpfe Mahnung: ELOISE, 09.30, ZHB. MITTAGESSEN?

Wie konnte es sein, dass er wochenlang keine privaten Verabredungen hatte und jetzt einen Terminkonflikt in Zürich? Er nahm einen tiefen Atemzug. Es war lächerlich. Er hatte keinen Anspruch auf Seraphines Zeit. Er konnte nur eine Notiz in der Schwesternschule hinterlassen und einen Termin für ein Treffen vorschlagen. Am Samstag musste er sich wie vereinbart mit seiner Schwester treffen und hoffen, sie würde seine Aufregung als Freude über die Wiedervereinigung von Geschwistern interpretieren. Er seufzte über die Sinnlosigkeit der Idee. Von allen Menschen auf der Welt war Eloise diejenige, die ihn wie ein Bilderbuch lesen konnte.

Der Züricher Hauptbahnhof bot an einem Samstagmorgen die Gelegenheit, die Welt in ihrer ganzen Vielfalt zu beobachten. Bastian war früh dran und hatte genügend Zeit, um einen Kaffee zu trinken und seine Spezies in ihrem städtischen Lebensraum zu studieren. Der Bahnhof, so stellte er fest, war voller beunruhigender Anblicke und Geräusche. Alle hatten es eilig, trugen zu viel mit sich herum, es wimmelte nur so von Menschen und alle befanden sich in einem unerbittlichen Wettlauf mit der Zeit. Er schlug die Beine übereinander, trank seinen bitteren Kaffee und wehrte die Erinnerungen ab.

Es gelang ihm nicht.

Flora weinte und Walter rief einen fröhlichen Abschiedsgruß. „Uf Wiederluege", sagte Julius und zog mit einem wissenden Lächeln seinen Hut. Der junge Bastian schluckte schwer und winkte zum Abschied, wobei er niemandem etwas vormachen konnte.

Gab es in dieser Stadt irgendeinen Ort, der ihn nicht daran erinnerte, wie naiv er einmal gewesen war? Er blinzelte den Tauben zu, die wie grau uniformierte Inspektoren unter seinem Tisch herumstolzierten. Bald würde Eloise kommen. Dann würde er versuchen, den wissenden Bruder zu spielen, den Fremdenführer und Kenner der Stadt, von der alle reden. Was für ein Schwindler.

Eine Gruppe von Frauen ging an seinem Tisch vorbei und unterhielt sich angeregt. Sein Blick streifte jedes Gesicht, aber keine kam an die schlichte Schönheit von Seraphine heran. Geschminkt und gepudert hatte jede dieser Frauen den Scharfblick einer Bäuerin auf dem Markt. Eine musterte ihn derart abwägend, dass er fast erwartete, sie würde seine Zähne inspizieren.

Er ließ ein paar Münzen auf dem Tisch liegen und schritt davon, um seine Schwester vom Zug abzuholen.

Von all seinen Schwestern war Eloise ihm sowohl vom Alter als auch vom Temperament her am nächsten. Die ganze Familie hatte ein fleißiges und ruhiges Wesen. Sie waren erzogen worden, Lernen als Vergnügen zu sehen. Nur Eloise, die zwei Jahre älter war als er, suchte nach Beschäftigungen, die nichts anderes zum Ziel hatten als Lachen oder Freude. Jeder Kratzer und jede Schramme an seinem zehnjährigen Körper konnte auf einen ihrer impulsiven Pläne zurückgeführt werden. Sie hatte die Schaukel gefährlich nach oben getrieben, war als Erste in den Fluss gesprungen, mit den Skiern von der Piste abgefahren, um „Wölfe" zu jagen, und in halsbrecherischen Fahrradrennen gegen ihn bergab gerast. In fast jedem Fall kam er schlechter weg. Aber schon beim nächsten Mal, wenn er das Leuchten in ihren Augen sah, stürzte er sich wieder ohne einen Blick zurück in ein neues Abenteuer.

Verheiratet und Mutter von zwei Kindern, machte sie nach außen hin den Eindruck von Würde und Gelassenheit. Etwas, das Bastian ihr keinen Moment lang abnahm. Mit einem strahlenden Lächeln für den Schaffner stieg sie aus dem ersten Eisenbahnwagen und winkte mit behandschuhter Hand ihrem wartenden Bruder. Eloise nahm an, dass alles auf der Welt zu ihrem Vergnügen arrangiert war, und die Welt fügte sich gehorsam in die Reihe.

„Meine Liebste, wie schön, dich zu sehen! War die Reise

furchtbar langweilig?", fragte er, nahm ihre Reisetasche und küsste sie dreimal auf die Wangen.

„Langweilig? Ganz im Gegenteil. Ich saß zwei kleinbürgerlichen Typen gegenüber. Du kennst die Sorte, die Missbilligung einer allein reisenden Dame quillt ihnen aus jeder Pore. Nun, ich kann einer Herausforderung nicht widerstehen. Mit allen möglichen Anspielungen und Hinweisen auf meine streng geheime Mission habe ich sie mehr oder weniger überzeugt, dass ich Mata Hari bin. Ha, ha! Sie werden das ganze Wochenende über mich reden."

„Was in aller Welt ist in dieser Reisetasche? Du bist doch nur für einen Tag hier. Mata Hari wurde während des Krieges durch ein Erschießungskommando hingerichtet."

Sie blieb stehen und schaute ihn fragend an. „So sagt man. Aber kann man den Franzosen jemals wirklich trauen? Komm mit, ich brauche dringend frische Luft. Meine Reisetasche ist voll mit Geschenken für dich und ein paar Kleinigkeiten, die eine Dame niemals missen kann. Wohin führst du mich zum Mittagessen aus? Werden wir Zeit für eine Bootsfahrt haben? Ich liebe den See so sehr!"

Sie schlenderten der Bahnhofstraße entlang und machten am Paradeplatz eine Pause, um Kaffee zu trinken und Gebäck zu kaufen. Eloise bestand darauf, draußen zu sitzen, trotz des Tramlärms und einer kühlen Mai-Brise.

Sie zog ihre Handschuhe aus. „Wann kommst du wieder nach Freiburg? Papa schimpft täglich über deine Abwesenheit, während wir, das heißt Mami, meine Schwestern und ich, unser Bestes tun, um ihn davon zu überzeugen, dass du an der Spitze des medizinischen Fortschritts stehst. Du hast eine Nichte und zwei Neffen, die du noch nicht mal kennengelernt hast. Einer davon ist dein *Göttibub*. Wir warten immer noch auf dich, damit wir den Jungen taufen können. Du hast doch sicher ab und zu einen freien Tag?" Sie rührte ihren Kaffee um, ein zierlicher Finger und ein Daumen umklammerten den silbernen Löffel.

„Ich entschuldige mich, Eloise. Ich habe zwar ab und zu einen oder zwei freie Tage am Wochenende, aber meine Umstände sind unberechenbar. Erst recht jetzt, wo wir die Initiative voranbringen müssen. Wenn ich zum Beispiel verspreche, nächste Woche zu kommen, könnte es in der Praxis eine Krise geben und ich wäre gezwungen, abzusagen."

Sie erwiderte nichts und untersuchte ihre Fingernägel.

„Schmoll nicht. Wie wäre es damit? In einem Monat werde ich Urlaub machen, auf Teufel komm raus. Wenn ich meine Reise nach Freiburg mit akademischem Austausch verbinde, wird Dr. Eggenberger mein Vorhaben zweifellos unterstützen. So ist allen gedient."

Eloise streckte eine Hand aus, um seine Wange zu streicheln, und ihre Augen funkelten. „Ich danke dir. Das bedeutet mir so viel."

Er nahm ihre Hand in seine und drückte sie an seine Lippen. „Ich weiß, meine Liebste. Ich verspreche hiermit, von heute an ein besserer Bruder, Sohn, Onkel und *Götti* zu sein, Amen."

Sie prustete vor Lachen und zog ein Spitzentaschentuch aus ihrem Ärmel, um sich die Augen zu tupfen. Ein Tram ratterte vorbei und eine Wolke verdeckte die Sonne. Er wärmte sich im Lächeln seiner Schwester und nahm es nicht wahr.

„Nun gut. Dann bleibt nur noch eins übrig: …"

Er beendete ihren Satz, auch um vom Unvermeidlichen abzulenken. „Dass ich dich zum Mittagessen ausführe?"

„Ein Gentleman unterbricht niemals eine Dame. Das Einzige, was noch bleibt, ist, deine Eltern und Schwestern noch glücklicher zu machen, indem du ein guter Ehemann und Vater wirst. Nur du kannst den Namen der Familie Favre weiterführen, wie du weißt."

„Ah." Er nippte an seinem Kaffee, der inzwischen schon abgekühlt war.

„Und wer schmollt jetzt, mein kleiner Liebling? Hör auf deine ältere, weisere und reifere Schwester. An Verehrerinnen kann es dir nicht mangeln, davon bin ich überzeugt. Gut aussehend, gut gekleidet, groß, charmant und ein vermögender Mann? Da muss die Schlange von Herisau bis St. Gallen reichen. Du bist zwar mit wichtiger medizinischer Arbeit beschäftigt, aber niemand ist zu beschäftigt, um eine Braut zu finden. Die Zeit drängt, Bastian. Die begehrtesten Frauen werden dir weggeschnappt, während du dich in abgelegenen Tälern unter Büchern vergräbst. Deine Schwestern sind bereit, dir zu helfen. Wir haben sogar eine Liste mit allen klugen und schönen Frauen erstellt, die uns gefallen. Da haben wir uns vielleicht ein wenig zu viel herausgenommen, aber mit den besten Absichten."

„Du weißt doch, was man über den Weg zur Hölle sagt? Deine Liste wird nicht nötig sein, Eloise. Nachdem ich dich heute Nachmittag sicher in deinen Zug gebracht habe, werde ich einer gewissen jungen Dame einen Besuch abstatten und eine Einladung aussprechen." Als er sah, wie sich ihre Augen weiteten, kam er der unvermeidlichen Nachfrage zuvor. „Da ich nicht weiß, ob sie die Einladung annehmen wird, werde ich nichts weiter dazu sagen und du auch nicht. Lass uns optimistisch sein und hoffen, dass deine Liste überflüssig ist. Können wir jetzt über andere Dinge reden? Erzähl mir Geschichten aus der Freiburger Gesellschaft, einschließlich aller üblen Gerüchte."

„Alles zu seiner Zeit. Ich werde vorerst keine weiteren Fragen über diese gewisse junge Dame stellen, aber ich weigere mich, auch nur einen einzigen Schritt weiterzugehen, bis du mir die Insider-Geschichte über den Säntis-Mord erzählt hast!"

„Eloise, du auch? Warum wollen alle in unerfreulichen Details herumwühlen?"

„Weil Wissen Macht ist, Bastian. Dein Wissen gibt mir Macht." Sie starrte ihn an wie eine mysteriöse Katze und sein Widerstand brach zusammen.

Manche Tage dauern eine Ewigkeit. Andere vergehen wie Seifenblasen, ein flüchtiger Moment der Schwerelosigkeit, Regenbogenfarben, dann verschwinden sie im Nichts. Sie rannten auf ihren Zug zu, lachten wie Elstern und erreichten den Bahnsteig zwei Minuten vor der Abfahrt.

„Hier, nimm", keuchte er und reichte ihr die Reisetasche.

Sie strich sich die Haare aus dem Gesicht. „Nein, nimm du sie. Darin sind alle deine Geschenke. Ich muss los, sonst sitze ich hier für alle Ewigkeit fest!"

„Aber was ist mit dem Nötigsten für eine Dame?"

Sie warf ihm einen Kuss zu. „Mata Hari wird einen Weg finden! Bis nächsten Monat!" Sie flitzte den Bahnsteig entlang, wo ein Schaffner neben einer offenen Tür wartete. Im Nu trabte sie die Treppe hinauf, beugte sich vor, um zu winken, und verschwand im Zug.

Mit vollem und gleichzeitig leerem Herzen wartete er, bis der Zug abfuhr, und fragte sich, was für Schelmenromane sie ihren Mitreisenden wohl dieses Mal erzählen würde. Als er den Hauptbahnhof verließ, war er überrascht, dass die Sonne immer noch schien und Wärme von den Bürgersteigen strahlte. Immer, wenn Eloise abfuhr, erwartete er Regen.

Er hatte noch eine Aufgabe zu erledigen, bevor er seinen eigenen Zug nach Herisau nehmen konnte. Die Nachricht, der fünfzehnte Entwurf, der genau den richtigen Ton traf, war in einem schlichten Umschlag versiegelt, ihr Name auf der Vorderseite. Er fuhr mit dem Tram nach Hottingen zur Krankenpflegeschule, wo er der Versuchung widerstand, ihn zu öffnen und ein letztes Mal zu lesen. Stattdessen steckte er ihn in den Briefkasten. Er warf einen Blick auf das Gebäude und wünschte sich, dass sie an einem Fenster erscheinen würde, gab sich aber sogleich eine Schelte für sein idiotisches Benehmen. Ein Tram ratterte den Hügel hinunter zum See und er stieg ein, Eloises absurd mädchenhafte Reisetasche bei sich. Jetzt konnte er nichts weiter tun, als auf Seraphine zu warten.

Juni 1922

Bei einer Versammlung in Bern diskutieren über fünfzig kantonale Entsandte über einen Vorschlag der eidgenössischen Kropfkommission. Der letzte Redner beendet seine Ansprache und eröffnet die Fragerunde für die Anwesenden. Ein Mann in der Nähe der ersten Reihe steht auf, eine Hand in der Tasche, die andere benutzt er, um seine Ausführungen zu unterstreichen.

Herr Fuchs: Ich stehe hier und bin zutiefst entsetzt über die Vorschläge dieser Kommission. Meine Empörung ist so groß, dass ich kaum sprechen kann. Eine nationale Richtlinie auf diese Weise durchzusetzen, ist inakzeptabel. Hat diese Kammer kein Vertrauen in die Hausfrauen dieses Landes? Zweifeln wir daran, dass sie ihre Kinder angemessen ernähren? Halten wir uns für besser informiert und wissen besser Bescheid als diese guten Frauen, wenn es um die Bedürfnisse ihrer Kinder geht?

Beifall und Kopfnicken zeigen die allgemeine Stimmung an. Noch bevor Fuchs seinen Platz eingenommen hat, hallt eine weitere Stimme durch den Raum.

Herr Bircher: Dieses Land ist auf Treu und Glauben und direkter Demokratie gegründet. Das Volk weiß es am besten. Wenn das unser zentraler Grundsatz ist, wer sind wir dann, uns in das einzumischen, was sie auf ihren Tischen servieren? Ob sie nun Landwirte, Bankangestellte, Diener Gottes oder des Staates sind, jeder Mensch kann frei entscheiden, was er konsumiert. Andere Religionen lehnen Lebensmittel ab, die sie für unrein halten, und das ist ihr gottgegebenes Recht! Ich werde bis zu meinem letzten Atemzug verteidigen, dass der Mensch eine Einmischung auf seinem eigenen Teller ablehnen kann.

Die Menge murmelt zustimmend und mehrere Männer stehen auf und heben eine Hand. Der Vorsitzende deutet auf einen kräftigen Mann in der Nähe der Tür.

Herr Schaffenhauser: Meine Kollegen haben recht, wenn sie diese unwillkommene Einmischung ablehnen. Den Bürgern vorzuschreiben, was sie essen dürfen und was nicht, lässt ein dunkles Kapitel in der Schweizer Geschichte erahnen. Die Befürworter der Jodsalz-Initiative haben ein schlechtes Gedächtnis. Eine Plage, die in Frankreich, Österreich und den italienischen Alpen unzählige Male aufgezeichnet wurde, bekannt als Jod-Basedow, ist auch hierzulande weit verbreitet. Ja, hier in der Schweizerischen Eidgenossenschaft, meine Herren. Die unglücklichen Opfer zittern, haben Krämpfe, schwellen an und sterben an einer Überdosis Jod. Genau das gleiche Gift, das diese Ärzte unserem Volk zumuten wollen!

Rufe wie „Niemals!" und „Schande!" sind über den Jubel hinweg zu hören. Der Vorsitzende hält die Hand hoch, um die Menge zum Schweigen zu bringen, und zeigt auf einen Mann mit Schnurrbart, der sich auf einen Stock stützt.

Herr Mangel: Hört, hört! Das Erinnerungsvermögen ist

wirklich begrenzt. Wir haben uns gerade erst vom Großen Krieg erholt. Vor vier Jahren waren die Menschen in der Schweiz mit der tödlichsten Bedrohung in diesen Breitengraden konfrontiert. Unsere robusten und mutigen Landsleute haben trotz der Entbehrungen überlebt. Von diesen tapferen Bürgern zu verlangen, dass sie sich medizinischen Experimenten unterziehen, die sie aus eigener Tasche bezahlen müssen, ist nichts weniger als eine Abscheulichkeit.

Die Zuhörer klatschen bei seinen letzten Worten mit. Als sie schließlich verstummen, öffnet der Vorsitzende, der am Kopfende des Tisches sitzt, seine Hand und fordert zu weiteren Wortmeldungen auf. Außer Gemurmel und Murren ergreift niemand das Wort. Der Vorsitzende signalisiert dem Gastredner, dass er sprechen darf.

Herr Favre: Ich danke Ihnen allen für Ihre gut formulierten und intelligenten Kommentare. Mit Ihrer Erlaubnis werde ich auf jeden Einwand der Reihe nach eingehen. Herr Mangel, Sie lehnen die Initiative ab, weil die Menschen mehr für ein Gut des täglichen Bedarfs bezahlen müssen, wenn ich mich nicht irre? Das ist falsch. Der Salzproduzent, der fast die ganze Schweiz beliefert – die Vereinigten Schweizer Rheinsalinen – garantiert, dass jodiertes Salz den gleichen Preis hat wie unbehandeltes und überall erhältlich ist.

Ein Raunen geht durch die Reihen, und viele runzeln die Stirn über den unseligen Herr Mangel.

Herr Favre: Medizinische Experimente, Herr Schaffenhauser? Ja, wir nennen sie aus Gründen der Genauigkeit so. Die drei Ärzte, die ich in meiner Rede erwähnt habe, haben sich mit einem der schlimmsten Leiden in der Schweiz befasst. Und wie? Indem sie kleine Gemeinden mit winzigen Dosen testeten und die Ergebnisse maßen. In allen Fällen gingen die Kröpfe auf fast null zurück, die Frauen gebaren viel weniger Taubstumme oder Kretins, und vor allem verschwand die „geistige Verwirrtheit", ein häufiges Beschwerden. Jede einzelne teilnehmende Person hat sich freiwillig gemeldet und selbst diejenigen, die keine Einwilligung geben konnten, wie zum Beispiel Säuglinge, wurden auf Wunsch der Eltern behandelt. Um ehrlich zu sein, hatten wir mehr freiwillige Testpersonen, als wir bewältigen konnten. Die tapferen Menschen, die diese einfache Ernährungsumstellung vornahmen, profitierten nicht nur selbst davon, sondern auch ihre ganze Umgebung.

Eine nachdenkliche Stille senkt sich über den Raum.

Herr Favre: Das von Ihnen erwähnte Jod-Basedow-Syndrom ist tatsächlich eine Reaktion auf eine zu hohe Jodzufuhr. Ich verweise Sie jedoch auf meine früheren Ausführungen. Medizinische Tests, in der allmählich ansteigenden Dosen verabreicht werden, bergen keine Gefahr für die Patienten. In keinem der Täler wurde ein einziger Fall von Vergiftung gemeldet. Der Rückgang der schilddrüsenbedingten Fehlbildungen dagegen ist enorm. Wir Mediziner dokumentieren physikalische Phänomene. Soweit ich weiß, gibt es keine Tabelle oder Aufzeichnung, die die Verbesserung der Lebensqualität quantifiziert.

Ich muss nur die Augen aufmachen: der herzliche Händedruck eines Hirten, das Lachen der Kinder auf dem Schulhof, das Funkeln in den Augen schwangerer Frauen und ganze Dörfer, in denen sich Niedergeschlagenheit in Hoffnung verwandelt hat.

Mit meiner Hand auf dem Herzen kann ich Ihnen sagen, dass die Veränderung geradezu an ein Wunder grenzt – ein Wort, das ich nie leichtfertig benutze.

Die Leute rutschen auf ihren Plätzen hin und her und schauen sich gegenseitig an, um zu widersprechen.

Herr Favre: Niemand kann Herrn Birchers Aussage bestreiten, dass eine Regierung beraten, aber nicht aufzwingen darf, wenn es um Entscheidungen über die eigene Gesundheit geht. Deshalb schlagen wir in allen Kantonen Volksinitiativen vor. Man kann das Wallis nicht mit dem Tessin oder Bern mit Graubünden vergleichen. Es liegt an den Menschen, die beste Entscheidung für ihre jeweilige Situation zu treffen. Wie wir in Appenzell Ausserrhoden gesehen haben, treffen die Menschen mit ausreichenden Informationen und dem Beweis vor Augen die richtige Entscheidung.

Herr Bircher: Sie sprechen von einem bäuerlichen Halbkanton. Dieses Landvolk lässt sich von einem einflussreichen Arzt leicht blenden.

Mehrere Zuhörer schnappen nach Luft und ein oder zwei werfen dem Mann einen finsteren Blick zu.

Herr Favre: Es liegt mir fern, zu verallgemeinern, aber Appenzell Ausserrhoden gilt als eine der konservativsten Gemeinden in der ganzen Schweiz. Diese Menschen sind bekannt dafür, sich wenig aufgeschlossen für Veränderung zu zeigen und rasch den Verdacht falscher Versprechungen zu hegen. Warum der Halbkanton dafür gestimmt hat, die Versorgung mit Jodsalz für ihre Familien, ihr Vieh und sogar ihre Bäcker durchzusetzen? Wegen den unumstößlichen Beweisen, die ihnen vorlagen. Die Bauern beobachteten ihr Vieh, die Männer ihre Frauen, die Frauen ihre Kinder und alle erkannten den Unterschied. Das Gleiche gilt für das Mattertal. Es ist ein großer Fehler, das „Landvolk" zu unterschätzen, Herr Bircher. Ich bin in einer Stadt geboren, aufgewachsen und zur Schule gegangen. Aber nur in den Bergen habe ich eine Ausbildung erhalten.

Herr Bircher setzt sich mit einem Schnauben hin. Niemand sieht ihm in die Augen.

Herr Favre: Was Ihre Frage angeht, Herr Fuchs, stimme ich mit Ihrer Behauptung völlig überein. Mütter sind die Experten für das Wohlergehen ihrer Kinder. Sie tragen die Hauptlast dieses Symptoms der Mangelernährung, indem sie unter körperlichen Missbildungen, geistiger Erschöpfung und der harten Realität der Pflege von Kindern mit Behinderungen leiden. Und darin liegt die Ironie. Frauen haben kein Mitspracherecht, wenn es darum geht, ob wir ein Heilmittel einführen oder nicht. Weil sie ohne Stimmrecht sind.

Ich sage Ihnen, meine Herren, die Verantwortung liegt bei uns. Es ist unsere Pflicht, die Ergebnisse von St. Niklaus und Herisau zu studieren, die Verbesserungen für die öffentliche Gesundheit anzuerkennen, uns zu Vorkämpfern der Medizingeschichte zu machen und unsere Mitbürger von einem Fluch zu befreien. Dies ist eine neue Dekade in einem jungen Jahrhundert. Wir müssen unbedingt nach vorne in eine bessere Zukunft blicken und nur in die Vergangenheit, um aus unseren Fehlern zu lernen.

21

Von einem gewissen Punkt an gibt es keine Rückkehr mehr.
Dieser Punkt ist zu erreichen.

— Franz Kafka, *Die Zürauer Aphorismen*

Juli 1922

Sie schnitt jeden einzelnen Zeitungsbericht aus, der seinen Namen trug, und steckte ihn in den abgenutzten Umschlag zu seiner Nachricht. Es war ziemlich dumm, sie zu behalten, denn es stand niemals zur Debatte, ihm zu antworten. Trotzdem konnte sie sich nicht überwinden, das Stück Papier wegzuwerfen. Ihre Demütigung brannte nicht mehr. Vielmehr juckte sie wie die längst verheilte Brandwunde an ihrem Schienbein. Die Schuld für ihren Schmerz lag ganz allein bei ihr selbst. Seine guten Manieren waren lobenswert, ihre waren es leider nicht. Der Gedanke an ihre mädchenhafte Verblendung beschämte sie.

Seraphine war stolz darauf, in Operationssälen und auf

überfüllten Stationen belastbar zu sein. Selbst beim schrecklichsten Anblick erfüllte sie immer ihre Aufgabe. Was nützte es ihr, wenn sie zusammenbrach? An dem Tag, an dem sie Bastian Favre mit seiner Frau gesehen hatte, hatte sie keine anderen Pflichten als mit ihren Freundinnen zu plaudern. Darin hatte sie kläglich versagt.

Die Szene spielte sich wieder ab, wie eine Reihe von bunten Postkarten, die nicht verblassen wollen. Von all den Malen, in denen sie die Gesichter und Menschenmassen in der Hoffnung abgesucht hatte, ihn zu entdecken, passierte es, als sie nicht darauf vorbereitet war.

An einem sonnigen Samstag im Mai war die Bahnhofstraße überfüllt mit glamourösen Schaulustigen und ernsthaften Einkäufern, lebhaften Akkordeonspielern und duftenden Wurstständen. Die Sonne schien mit aller Kraft, als ob es ihr dieses Mal ernst wäre und die Unberechenbarkeit des Aprils eine ferne Erinnerung. Sinnesreize lenkten die drei jungen Krankenschwestern ab und zogen sie in ihren Bann, sodass sie so sprunghaft waren wie Kinder auf einem Jahrmarkt.

„Oh, schau mal hier! Dieser Umhang würde mir so gut stehen!"

„Hübsche Farbe, da stimme ich zu. Der Mann verkauft die schönsten Blumen. Sollen wir versuchen, ihn zu einem Handel zu überreden?"

„Siehst du die Dame in Blau? So trägt man Federn mit Stil."

„Zu protzig, wenn du mich fragst. Sie sieht aus wie jemand aus einem Pariser Nachtklub."

„Pass auf die Pferdeäpfel auf, Vroni!"

„Danke, Seraphine. Erinnerst du dich an die Parfümerie, die ich erwähnt habe? Die ist hier."

Seraphine drehte ihren Kopf von links nach rechts, als würde sie ein Federballspiel beobachten, aber Vroni war schon weitergegangen. „Gütiger Himmel, das Kind wäre fast unter ein Automobil gekommen. Die Eltern sollten vorsichtiger sein."

„Da ist die Confiserie Sprüngli! Können wir auf einen Tee anhalten und die schönen Menschen vorbeiziehen sehen?"

„Bist du von allen guten Geistern verlassen, Edith? Das ist doch viel zu teuer für Leute wie uns. Außerdem sehe ich keinen einzigen freien Platz mehr. Lass uns nicht trödeln."

Nachgiebig wie immer folgte Seraphine Vroni auf der gegenüberliegenden Seite des berühmten Cafés und warf einen neugierigen Blick auf dessen Kundschaft. Sie entdeckte ihn sofort, wie er in der Mitte saß und eine schöne Frau anstarrte. Während sie ihn beobachtete, streckte die Frau eine Hand aus, um seine Wange zu streicheln. Er nahm ihre blassen Finger, von denen der dritte einen Ehering trug, und drückte sie an seine Lippen. Der Blick der Liebe zwischen ihnen war unverkennbar. Er hatte gut gewählt. Seine Frau war elegant, lebhaft und schön gekleidet, ganz wie Frau Bayard. Die Wolken warfen Schatten auf die Straße, ein Tram ratterte vorbei und das glückliche Paar war nicht mehr zu sehen.

„Seraphine! Beeil dich, wir haben nur noch zwei Stunden, bis wir wieder im Dienst sind." Edith eilte in Richtung des Sees.

Vroni legte eine Hand um Seraphines Oberarm. „Fühlst du dich unwohl? Das liegt wohl an der Hitze, die wir nach Monaten des Winters nicht gewohnt sind. Setzen wir uns in den Schatten und trinken ein Glas eiskaltes Wasser. Edith, mach doch mal langsam! Du bist wie ein Pudel ohne Leine. Bieg hier links ab, Seraphine. Ich kenne ein ruhiges Plätzchen im Innenhof."

Ihre Freundinnen schrieben ihr Schweigen und ihr zurückgezogenes Verhalten der Sonne und der Anstrengung zu und nahmen bald darauf ihre angeregte Unterhaltung wieder auf. Währenddessen saß Seraphine vor einem Brunnen und sah zu, wie ein Leuchtfeuer und alle ihre Fantasien zu Asche verbrannten.

. . .

Niemand dachte daran, die Post an einem Sonntag abzuholen, was bedeutete, dass Seraphine seine Nachricht erst zwei Tage später erhielt. Am Montagmorgen war sie auf dem Weg ins Bad, als Vroni ihr den Umschlag mit wachsamer Miene überreichte. Seraphine nahm ihn mit auf die Toilette und schloss die Tür ab.

Liebe Seraphine,

Ich hoffe, es geht Ihnen gut. Erst vor kurzem habe ich in einem Briefwechsel mit Frau Bayard von Ihrer Anwesenheit in Zürich erfahren. Es ist eine gute Nachricht, dass Sie eine Ausbildung zur Krankenschwester machen, und zudem in einer sehr angesehenen Einrichtung. Ich gratuliere Ihnen von ganzem Herzen.

Wie Sie sich vielleicht erinnern, bin ich zurzeit in Herisau tätig und sehr damit beschäftigt, die Jodsalztherapie auf kantonaler Ebene auszuweiten. Trotzdem besuche ich gelegentlich das Mattertal. Frau Bayard hat vorgeschlagen, dass wir das nächste Mal, wenn wir beide nach St. Niklaus aufbrechen, zusammen reisen könnten. Ich würde mich geehrt fühlen, Sie zu begleiten. Wenn Ihnen dieses Arrangement zusagt, schicken Sie mir eine Nachricht an die oben genannte Adresse und teilen Sie mir mit, wann Sie zu reisen gedenken. Ich werde mich bemühen, Sie zu begleiten.

Ich wünsche Ihnen viel Erfolg bei Ihrer Karriere als Krankenschwester und freue mich darauf, unsere Bekanntschaft erneuern zu können.

Mit vorzüglicher Hochachtung
B. Favre

. . .

Seine Worte verletzten sie noch mehr. Er war korrekt, förmlich und höflich, so wie es sich gehörte. Wie töricht und lächerlich war sie? Sich Hoffnungen auf seine Zuneigung zu machen, war im besten Fall naiv und im schlimmsten Fall arrogant. Seine Frau, so kultiviert, so geschliffen und ganz anders als sie selbst, war genau die Frau, die er verdiente.

Sie vergoss ein paar heiße Tränen über ihre eigene Dummheit, steckte dann die Nachricht in ihre Tasche und wusch sich am Waschbecken das Gesicht mit kaltem Wasser. Sie wollte nicht antworten. Die Geste war eindeutig von Frau Bayards Freundlichkeit provoziert worden. Warum sonst sollte ein glücklich verheirateter Mann einer einfachen kleinen Krankenschwester anbieten, sie auf die andere Seite des Landes zu begleiten?

Ihre Enttäuschung und Scham war ganz allein ihre Schuld und sie hatte keinen Grund, ihm etwas übel zu nehmen. Sie würde dem Mann alles Gute wünschen und vergessen, dass er jemals existierte.

Der Tag, an dem sie aus der Krankenpflegeschule auszog, schien der richtige Zeitpunkt zu sein, um loszulassen. Im Gegensatz zu ihren Freundinnen hatte sie nach ihrer Internierung keine Stelle im Krankenhaus bekommen. Qualifizierte Kinderkrankenschwestern wie Vroni und fähige Hebammen wie Edith waren immer gefragt. Eine durchschnittliche Hilfskraft mit Interesse an Hautkrankheiten war es nicht. Sie erhielt ihr Zeugnis und eine positive Referenz für Bewerbungen andernorts.

In ihrem Namen war Edith verzweifelt und Vroni wütend. Seraphine gab sich genauso viel Mühe, ihre Freundinnen zu trösten, wie sie Bewerbungen verschickte. Schließlich verabschiedeten sich die beiden zukünftigen Krankenschwestern unter Tränen und fuhren für vierzehn Tage in den Urlaub, bevor sie ihre neuen Aufgaben antraten. Seraphine packte ihren Koffer und trat die Rückreise nach St. Niklaus allein und niedergeschlagen an. Es war möglich, dass Dr. Bayard sie als Gegenleistung für seine Investition wieder einstellen würde. Wenn nicht, würde Herr Lochmatter vielleicht ein Zimmermädchen brauchen.

In ihrem leeren Schlafsaal mit Blick auf den Krankenhausgarten kniete sie an einem Fenstersims, stützte ihren Kopf auf die Unterarme und weinte über jeden geplatzten Traum. Wie ihre Mutter schon so oft gesagt hatte: *Das Leben ist nicht fair. Stolz ist der beste Lehrmeister für Demut, Seraphine, lerne diese Lektion jung.*

Sie wischte sich über die Wangen und registrierte die Grünfläche und den ummauerten Garten unter ihr, wo zwei stämmige Männer abgefallene Blüten, Grasschnitt und tote Äste auf ein Lagerfeuer legten. Sie tastete nach ihrer Tasche mit den Andenken. Da war er, ihr Name, geschrieben von seiner selbstbewussten, kultivierten Hand, der Umschlag aufgebläht von den gefalteten Zeitungsausschnitten. Die Zeit war reif. Sie brauchte seine Worte nicht noch einmal zu lesen, denn sie konnte alles auswendig aufsagen. Stattdessen streifte sie sich ein leichtes Tuch über ihr Sommerkleid und ging den langen Weg zum Garten. Die verrückt machenden Winde aus dem Süden waren noch schlimmer als gestern. Der heiße Atem eines unsichtbaren Drachens.

Unter dem steinernen Torbogen suchte sie Schutz vor den Böen und wartete. Die Gärtner gingen schließlich zum Schuppen und ließen den Duft von Tabak in der Luft zurück. Sie schlich durch das Tor und stellte sich vor die schwelende Glut. Der Duft von brennendem Holz stieg ihr in die Nase und die sanfte Hitze wärmte ihr Gesicht. Instinktiv drehte sie ihr vernarbtes Bein vom Feuer weg. Es gab niemanden, der sie beobachtete. Die angehenden Krankenschwestern waren im Unterricht oder im Krankenhaus; die Abgänger waren alle in die Ferien gefahren. Mit leerem Blick warf sie den Umschlag in die Mitte des Feuers. Sofort fing er Feuer und loderte ein paar Augenblicke lang, als ob er noch etwas zu sagen gehabt hätte. Sie sah zu, wie er zu Asche zerfiel und vom Wind weggetragen wurde. Entschwunden. Als ob Bastian Favre nie existiert hätte.

Sie ging in das Hauptgebäude mit der leisen Hoffnung, in ihrem Briefkasten eine gute Nachricht zu finden: einen Brief, ein Angebot für Arbeit, eine frohe Botschaft von Vroni oder Edith? Entgegen ihren Erwartungen war der Briefkasten nicht leer. Ein handgeschriebener Zettel lag auf einem frankierten Umschlag. Die winzigen Buchstaben waren vertraut. Lotte Volgers Handschrift war so fein säuberlich und klein, dass ihre Briefe von einer Maus hätten geschrieben sein können. Seraphine entfaltete den Zettel, ihr Atem war flach.

Liebes Fräulein Widmer,
    vielen Dank für Ihre Anfrage.
    Leider habe ich im Moment keinen Bedarf an einer Assistentin.
    Ich bin zuversichtlich, dass Sie eine passende Stelle finden werden und wünsche Ihnen alles Gute.
    Mit vorzüglicher Hochachtung
    Lotte Volger

Die andere Sendung war ein Brief mit dem Poststempel von St. Niklaus, dessen Adresse mit unbeholfener Hand gekritzelt war. Der Absender war als Clothilde Widmer eingetragen. Ihre Mutter schrieb so selten, dass Seraphine die Handschrift nicht erkannt hatte. Was auch immer den Brief ausgelöst hatte, es konnte keine gute Nachricht sein. Sie riss ihn auf, ihr Puls raste.

Liebe Seraphine,

Es scheint, dass ich Josef einen Franken schulde. Er hat gewettet, dass du am 1. August nicht nach Hause kommst, und er hatte recht. Ich selbst bin zwar enttäuscht, aber nicht überrascht. Du hast dich in den letzten Monaten kaum blicken lassen und die einzigen Nachrichten, die ich höre, stammen von dieser klatschsüchtigen Frau des Arztes. Vielleicht ist das auch besser so. So wie die Dinge auf dem Hof laufen und Peter so stark wächst, haben wir kaum genug, um uns zu ernähren. Ich bin mir sicher, dass Margot und Thierry dir einen vollen Teller und eine anspruchsvollere Unterhaltung bieten werden als unsere bescheidenen Dorffestlichkeiten.

Liebe Grüße

Maman

P.S. Barry ist tot.

Nach zwanzig Jahren mütterlichem Eigennutz und vorenthaltener Zuneigung hatte sie sich an das Muster gewöhnt. Der Ton ihres Briefes verletzte Seraphine wie beabsichtigt, auch wenn es eher ein Streifschuss als ein Treffer war. Clothildes gefühllose Zurückweisung sollte ihre Tochter dazu bringen, Tränen der Scham zu weinen, nach Hause zu eilen und um die Liebe ihrer Mutter zu flehen. Sogar mit dem grausamen Postskriptum fügte sie ihr bewusst Schmerzen zu.

Seraphine stieß die Tür der Krankenpflegeschule auf und setzte sich draußen auf die Stufen, schob ihr Kleid unter die Knie und schirmte ihre Augen vor der Sonne ab. Im Biologieunterricht hatte sie gelernt, dass bestimmten Arten ein Panzer wächst, um sich vor Angriffen zu schützen. Innen bleiben sie zart und verletzlich. Die weiche Innenseite von Seraphine freute sich über die Erinnerungen an den großen, pelzigen Hund, seine rotbraunen Augenbrauen und seine unerschütterliche Loyalität.

Ein anderer Teil von ihr verhärtete sich und löste sich ab. Die bösartige Stichelei ihrer Mutter gegen ihre eigene Schwester brachte das Gleichgewicht ins Wanken. Bis jetzt waren familiäre Verbindungen immer der letzte Ausweg gewesen. Wenn eine frischgebackene Krankenschwester aus eigener Kraft keine Stelle finden konnte, würde sie genau das tun, was ihre Mutter vermutete und auf die Großzügigkeit ihrer Verwandten zurückgreifen. Ein Gedanke kam in ihr auf. Wenn jemand in ihrem Bekanntenkreis ein Telefon hatte, dann waren es ihre Tante und ihr Onkel.

Nächsten Monat könnte sie durch die Straßen von Montreux gehen, mit ihrer Tante Französisch sprechen, mit ihrem Onkel Stellenangebote abwägen und zum See hinunterschlendern, um ihr Buch zu lesen. Gab es eine bessere Möglichkeit, ein neues Kapitel in ihrem Leben zu beginnen?

Sie ließ ihre Hand von der Stirn fallen und starrte voller Energie und Entschlossenheit die Straße hinunter. Kaum zehn Meter entfernt starrte ein Mann ohne Hut zurück.

22

———

*Wir können niemals aufhören, Sehnsüchte und Wünsche zu haben,
solange wir am Leben sind. Es gibt Dinge, die wir als schön und
wertvoll empfinden, und wir müssen nach diesen Dingen hungern.*

— George Eliot, *Die Mühle am Floss*

Juli 1922

In der relativ kleinen Gemeinde Herisau und dem Halbkanton Appenzell Ausserrhoden waren Ruhm und Berühmtheit selten und in der Regel unerwünscht. Die jüngsten Ereignisse hatten das geändert. Dr. Favres kurze Verwicklung in die schockierendsten Ereignisse seit Menschengedenken erregte großes, aber zum Glück nur kurzes Interesse. Dr. Eggenbergers Erfolg, die Bevölkerung dazu zu bewegen, die Herstellung und Bereitstellung von Jodsalz zu fordern, zog hingegen die medizinische Aufmerksamkeit der ganzen Welt auf sich. In der Schweiz war die Bedeutung noch größer, denn Appenzell galt allgemein als die am wenigsten radikale Region des Landes. Die

Menschen strömten mit Fragen auf den Lippen zum Ort. Eggenberger und der Großteil der Gemeinde sahen darin eine Chance, die Botschaft zu verbreiten. Bastian Favre stürzte sich mit Geduld und gutem Willen in den Werbefeldzug. Sein Herz jedoch war abwesend.

Ihre Strategie ging auf. Niemand konnte die Auswirkungen auf die Bevölkerung leugnen: weniger Kröpfe, fast keine unterentwickelten Babys mehr und eine stolze, kräftige Bevölkerung. Gemeinden in anderen Kantonen brachten die Frage zum Volksentscheid. Die Landesregierung und die Salzhersteller waren bereit, aufbereitetes Salz per Gesetz zur Verfügung zu stellen. Hans Eggenberger hatte zusammen mit Otto Bayard und Heinrich Hunziker das Gesicht der Schweiz für immer verändert.

Bastian hatte seinen Teil dazu beigetragen, aber es war nicht sein Kampf. Nicht sein Ruhm. Er war bald siebenundzwanzig. Die meisten Männer in seiner Situation würden inzwischen eine eigene Praxis, ein Haus, eine Frau und ein Kind ihr Eigen nennen. Zumindest sagten das alle. Seine Eltern und Schwestern erwähnten es mindestens zweimal in jedem Gespräch. Im Ort wurde das Thema Teresa und das brüske Ende ihrer Beziehung taktvoll vermieden. Bastian verbrachte seine Tage im Krankenhaus, schüttelte Hände und klopfte Rücken, wich Einladungen aus und träumte von der Flucht. Es verging kein Tag, an dem er nicht über einen verlorenen und hoffnungslosen Plan nachdachte. Sein Brief an Seraphine, so sorgfältig formuliert und höflich, war im Äther verschwunden. Er verbrachte Wochen damit, sich vorzustellen, warum sie nicht geantwortet hatte, und zauberte die außergewöhnlichsten Ereignisse herbei, bis er das Offensichtliche akzeptierte. Ihr Schweigen war eine höfliche Absage und ein Zeichen, dass er weiterziehen sollte.

Deshalb versuchte er, Zürich zu meiden. Er redete sich ein, dass die Stadt seiner Jugend zu viele Emotionen in sich barg und ihn regelmäßig mit einer schmerzhaften Erinnerung oder einem Schamgefühl aus dem Hinterhalt überfiel. Er verbrachte eine Woche in Freiburg, um seine immer größer werdende Familie von Nichten und Neffen zu besuchen. Dreimal reiste er nach Bern, um dem Bundesamt für Gesundheit Unterlagen zu übergeben. Ein oder zwei Mal stieg er am Zürcher Hauptbahnhof auf dem Weg nach Luzern oder Basel um, sah aber keinen Grund, länger als nötig zu verweilen.

Bis zum Juli, als Dr. Eggenberger einen seiner Gedankensprünge machte.

„Wenn das Wetter so bleibt, werden wir den Nationalfeiertag mit Sonnenschein feiern können. Wie würde Ihnen eine eigene Praxis an einem See gefallen?"

Bastian dachte nach, bevor er sprach. „Sonnenschein ist wirklich ein Segen. Hoffen wir, dass es so bleibt, für alle. Egal ob See, Berg, Wald oder Tal, ich kann in jeder Umgebung zufrieden sein. Die Schwierigkeit, irgendwo in der Schweiz eine eigene Praxis zu eröffnen, ist wohl eher, dass es mir an der nötigen Reputation fehlt."

„So ist es, so ist es. Normalerweise könnten Sie mir nachfolgen und unseren langjährigen Patienten versichern, dass sich nichts geändert hat. Aber unser Erfolg hat uns in die Falle gelockt, verstehen Sie? Die politische Natur unserer Jod-Initiative bedeutet, dass ich noch ein paar Jahre im Amt bleiben muss. Im Idealfall würde ich ein bis drei Nachwuchskräfte einstellen und ausbilden, die meinen Platz einnehmen, wenn ich in Rente gehe. Bastian, glauben Sie mir, wenn ich sage, dass niemand besser für eine solche Aufgabe geeignet wäre als Sie. Aber wenn ich jetzt zurücktrete, um Platz für Sie zu machen, ist das eine halb erledigte Arbeit. Sie sind ein hervorragender Arzt, und wenn Sie hier in Herisau in meinem Schatten bleiben, erweisen Sie sich einen Bärendienst. Ein Mann mit so viel Können und Intelligenz verdient eine eigene

Praxis." Hans Eggenbergers Blick wurde weicher und er lächelte.

„Wenn ich mich nicht täusche, möchten Sie, dass ich Sie verlasse."

„Sie denken, dass ich das möchte? Ganz sicher nicht." Eggenberger massierte sich die Stirn. „Sie waren der verlässlichste Partner, Forscherkollege, Resonanzboden und – ich wage es zu sagen – konstruktive Kritiker während der größten Herausforderung meiner Karriere. Die Schlacht ist noch lange nicht gewonnen. Deshalb sträubt sich meine egoistische Seite dagegen, auf Ihren Beitrag zu verzichten. Meine selbstlose Seite sagt, dass es für Sie an der Zeit ist, zu glänzen, und das werden Sie zweifellos. Waren Sie schon mal in Brienz?"

Bastians Gedanken waren noch dabei, das Kompliment zu verarbeiten. „Brienz? Das kenne ich nur dem Namen nach."

„Ein See, ein Berg, ein Wald oder ein Tal würden Sie zufrieden machen, wenn ich mich nicht verhört habe. Brienz im Kanton Bern hat alles. Genug der vagen Andeutungen und Anspielungen. Ein alter Freund aus meiner Studienzeit wird sich aus einer sehr kleinen Praxis außerhalb von Brienz zurückziehen. Er sucht jemanden, dem er vertrauen kann und der die Leitung übernimmt. Ich habe Sie empfohlen."

Sprachlos starrte Bastian auf seine Füße und nickte dankend.

„Es bleibt nur eine Sorge. Es handelt sich um eine alteingesessene Familienpraxis, die von einem einheimischen Ehepaar geführt wird. Mein Kollege ist der Arzt, seine Frau die Krankenschwester. Der ideale Nachfolger wäre ein verheirateter Mann, dessen Ehefrau seine Fähigkeiten ergänzen würde. Wenn das nicht der Fall ist, können Sie vielleicht eine qualifizierte Krankenschwester einstellen, die mit Ihnen zusammenarbeitet. Wie Sie wissen, ist Frau Neff eine treue Stütze für mich und das Krankenhaus, meist fürsorglich, manchmal hartnäckig und immer angemessen. Was sagen Sie, Bastian? Sind Sie bereit, die Flügel auszubreiten?"

Ohne Vorwarnung versammelte sich ein Schwarm Spatzen auf dem Pflaumenbaum vor dem Büro des Arztes und zwitscherte lauthals. Die beiden Männer lachten und freuten sich über einen Moment der Heiterkeit.

„Ich fühle mich durch Ihr Vertrauen geehrt, Herr Eggenberger. Das ist eine einmalige Chance und ich würde den Doktor und die Gemeinde Brienz sehr gerne besuchen, sobald Sie mich entbehren können. Wenn er mich für zufriedenstellend hält, werde ich Zeitungsanzeigen für Krankenschwestern aufgeben, bis ich eine geeignete Kraft für die Stelle finde. Für mich persönlich war es eine Freude und ein Privileg, mit Ihnen zusammenzuarbeiten. Julius hat mir ein unbezahlbares Geschenk gemacht."

„Wir beide sind Julius zum Dank verpflichtet." Der Arzt kramte in einer Schreibtischschublade herum. „Ich war vielleicht etwas anmaßend, aber ich habe einen Ordner mit allen wichtigen Informationen über Brienz zusammengestellt. Lesen Sie sie sorgfältig durch. Ich kann Sie von Ihren täglichen Pflichten entbinden, wann immer Sie sich auf die Reise machen wollen. Was die Krankenschwester angeht, könnten Sie sich etwas Zeit sparen, indem Sie sich bei der Pflegerinnenschule in Zürich erkundigen. Die Frauen dort wissen, was sie tun."

„Danke, Herr Doktor."

„Ich danke Ihnen, Bastian. Das ist die richtige Vorgehensweise, aber ich möchte, dass Sie eines wissen: Ich werde den Verlust meiner treuen rechten Hand von Herzen betrauern."

Im Zug nach Zürich fand er sich mit der Tatsache ab, dass er bereits zu spät dran war. Gute Krankenschwestern hatten sich schon vor Monaten eine Stelle gesichert, und die, die keine hatten, waren nicht die, die er suchte. Seine beste Hoffnung bestand darin, eine führende Krankenschwester zu bitten, ihm eine von den Neueingetretenen vorzuschlagen. Warum eine junge Frau mit optimistischen Zukunftsaussichten ihr Studium für eine winzige Praxis an einem unbestreitbar hübschen See aufgeben würde, war unklar. Was Seraphine betraf, so hatte ihr Jahrgang bereits abgeschlossen, also musste sie schon lange weg sein. Er war froh über diese Tatsache. Ihr zu begegnen, nachdem er ihr diesen Brief geschickt hatte, wäre unerträglich gewesen. Er schüttelte alles von sich ab, als er aus dem Zug stieg. Er musste positiv bleiben.

Auf der Brücke über die Limmat wehte ihm ein warmer Luftzug den Hut vom Kopf. Er fing ihn mit einer Hand auf und suchte mit finsterer Miene nach der Höllenmaschine, die seine Kopfbedeckung zu entreißen suchte. Dann wurde es ihm klar. Der Föhn, ein starker Wind aus dem Süden, blies über die Berge und brachte die natürliche Ordnung durcheinander. Der Föhn war eine Naturgewalt, die oft für unerklärliches Verhalten von Tieren und untypische Handlungen von Menschen verantwortlich gemacht wurde. Bastian ging weiter, seine Haare peitschten ihm ins Gesicht und er betete, dass auch er zu untypischen Handlungen fähig sein würde. Gegen eine Naturgewalt zu kämpfen, war reine Energieverschwendung.

Er nahm das Tram nach Hottingen, genau wie an dem Tag, an dem er die Nachricht abgegeben hatte. Heute war viel weniger los, weniger als zehn Fahrgäste saßen an Bord. Er erntete ein oder zwei anerkennende Blicke und setzte sich in den hinteren Teil des Wagens, um seine Rede an die zuständige Schwester einzuüben. Draußen bemerkte er zwei Jungen, die Räder der Straße entlang schlugen. Ihre Ausgelassenheit und gute Laune entlockte auch seinen Mitreisenden ein Schmunzeln. Als er an der Haltestelle ankam, zerrte der stürmische Wind an seiner Kleidung und versuchte erneut, ihm den Hut

vom Kopf zu reißen. Er gab den Kampf auf und nahm ihn stattdessen in die Hand.

Als das Tram abgefahren war, betrachtete er die Größe der
Pflegerinnenschule. Das neue Krankenhaus stand prächtig
neben dem ursprünglichen Gebäude, ein Zeugnis des Erfolgs.
Bastian schüttelte voller Bewunderung den Kopf. Wie viel eine
kleine Gruppe von unbeugsamen Frauen erreichen konnte! Sein
Blick fiel auf die Straße, wo eine Frau auf der Treppe saß und
sich die Hand über die Augen hielt. Ihr blondes Haar wehte um
ihr Gesicht, ihr Kleid blähte sich in der Brise auf und sie
umklammerte Papiere in ihrem Schoß. Er blieb wie erstarrt
stehen, unfähig, einen weiteren Schritt zu tun. Der Föhn, so
erinnerte er sich, spielt dem Verstand Streiche.

Die Frau hob ihren Kopf und starrte ihn direkt an. Diese
Augen konnten zu niemand anderem als Seraphine gehören. Er
wusste nicht, wie er mit einer so peinlichen Situation umgehen
sollte, während er in ihr unvergessliches Gesicht blickte.

„Herr Doktor Favre?" Sie wischte sich über die Wangen,
stopfte ihre Papiere in ihr Schürzenkleid und stand auf. Es ging
ihr nicht gut, so viel konnte er erkennen, und das lag nicht nur
an seinem unerwarteten Erscheinen.

„Seraphine!" Ohne Hut und ohne Rücksicht auf den
Anstand überquerte er die Straße und rannte die Treppe hinauf,
um sie zu begrüßen. „Geht es Ihnen gut? Ist alles in Ordnung?"
Sein Blick fiel auf den Umschlag, der aus ihrer Tasche ragte.
„Ich bete, dass Sie keine schlechten Nachrichten erhalten
haben."

Ihr Gesicht war gerötet und ihr Gesichtsausdruck düster. Sie
hatte Mühe, sich zu beherrschen, schluckte und blinzelte,
während sie mehrmals tief durchatmete. „Warum sind Sie hier,
Herr Doktor, wenn ich fragen darf?" Ihr Blick blieb unbeirrt auf
dem Boden.

„Sie dürfen. Ich bin hier, um eine gut ausgebildete Krankenschwester für meine neue Praxis zu suchen." Er neigte den Kopf und versuchte, ihren Blick zu erhaschen. „Ich nehme an, Sie kennen nicht zufällig jemanden?"

Sie hob ihren Blick, aber nur so weit, wie seine Hände reichten. „Glückwunsch. Der Einfluss von Dr. Eggenberger, Dr. Bayard und Dr. Favre ist in der Krankenpflegeschule in aller Munde. Ich bin immer stolz, wenn ich in der Zeitung über Ihre Leistungen lese. Meine Familie und ich schulden Ihnen unseren Dank. Wir haben sehr von Ihrer Arbeit profitiert."

Sie wich der Frage aus und schaute ihn immer noch nicht an. „Ihre Familie? Sind Ihre Eltern und Ihr Bruder bei guter Gesundheit?"

„Es scheint so." Für einen kurzen Moment flackerte ein Schmerz in ihrem Gesicht auf. „Ja, den Widmers geht es gut, Herr Doktor, vielen Dank. Ich hoffe, das gilt auch für Ihre Frau."

Eine gewaltige Windböe fegte von der Seite über sie hinweg, Seraphine taumelte und Bastian hielt sie am Arm fest. „Meine Güte, aber der Föhn ist heute zum Verrücktwerden. Sollen wir reingehen?"

Sie festigte ihren Stand und zog den Arm aus seinem Griff. Zum ersten Mal richtete sie ihre strahlend blauen Augen auf sein Gesicht. „Ich habe mich nach Ihrer Frau erkundigt."

„Meine Frau? Ich bin unverheiratet." Er studierte ihr Gesicht, die rosafarbenen Blüten des Zorns auf ihren Wangen, das wütende Stirnrunzeln und die geballten Fäuste. „Falls Ihnen ein Gerücht zu Ohren gekommen ist, ist es unwahr. Ich bin Junggeselle."

„Nicht einfach so ein Gerücht. Vor weniger als zwei Monaten habe ich Sie mit einer weiblichen Begleitung beim Kaffeetrinken vor der Confiserie Sprüngli gesehen. Eine elegante Dame mit Federhut, die einen Ehering trug und mit der Sie offensichtlich sehr zärtlich waren. Wenn sie nicht Ihre Frau war, kann ich nur annehmen, dass Sie ein ziemlich treuloser Dilettant sind."

Hätte sie ein anderes Wort gewählt, hätte Bastian seine Ehre mit Aufrichtigkeit und Leidenschaft verteidigt. Stattdessen lachte er, und der wilde Wind ermutigte ihn, den Kopf zurückzuwerfen und seiner Erheiterung freien Lauf zu lassen.

„Ein einziges Mal nur habe ich vor der Confiserie Sprüngli Kaffee getrunken, und zwar mit meiner Schwester. Eloise hat in der Tat eine Vorliebe für große, extravagante Hüte. Seit sie verheiratet ist, trägt sie ein auffälliges Symbol ihres Ehestandes." Er erinnerte sich an die Ereignisse dieses Tages und sein Lachen verkümmerte in seiner Kehle. „Sie haben ganz recht. Es war im Mai, als ich einen halben Tag mit meiner Schwester verbracht habe. Nachdem sie im letzten Moment ihren Zug erwischt hatte, fuhr ich mit dem Tram hierher, mit dem ausdrücklichen Ziel, Ihnen eine Nachricht zu überbringen."

Es dauerte eine Weile, bis sich ihre Wut legte. Ihr Kiefer und ihre Fäuste lockerten sich allmählich und ihr Blick huschte zwischen seinen Augen hin und her, die Wahrheit suchend. Sie sprach nicht.

„Seraphine, ich verspreche Ihnen, dass ich kein treuloser Dilettant bin. Als ich von Frau Bayard erfuhr, dass Sie in Zürich sind, habe ich Ihnen einen Brief geschrieben, um unsere Freundschaft wieder aufleben zu lassen. Ich habe ihn selbst überbracht, damit wir zusammen nach St. Niklaus reisen und uns wie früher in geselliger Runde unterhalten können." Sein Rockschoß flatterte nach oben und klopfte ihm gegen den Rücken, wie ein Lehrer, der einen unbedachten Schüler zurechtweist. Eine fatale Unbekümmertheit überkam ihn und er sprach die Wahrheit. „Ich gebe zu, ich hatte gehofft, dass wir irgendwann eine andere Art von Bindung eingehen würden. Als Sie nicht geantwortet haben, habe ich akzeptiert, dass diese

Hoffnung unrealistisch ist und habe meine Enttäuschung heruntergeschluckt."

Sie blinzelte, ihr Haar wehte wie wildes Gras um ihr Gesicht, aber sie sagte kein Wort.

„Einen Brief von einem Mann zu erhalten, den Sie für verheiratet gehalten haben, muss Ihnen ziemlich unpassend erschienen sein. Ich sehe das jetzt ein und entschuldige mich aufrichtig. Auf zukünftigen Briefen soll nicht nur meine medizinische Qualifikation, sondern auch mein Familienstand vermerkt sein."

Das rief den Anflug eines Lächelns hervor. Zum ersten Mal, seit er sie wiedergesehen hatte. Doch sie sprach immer noch nicht, sondern konzentrierte sich auf seine Schuhe. Ein Satz hallte in seinem Kopf wider. Immer, wenn er etwas getan hatte, was seine Schwestern verärgerte, nahmen sie einen vorwurfsvollen Ton an und sagten: *„Was glaubst du, wie es mir geht?"* Er versuchte, sich in die Lage von Seraphine zu versetzen. Ihre Wut ließ auf mehr als nur Gleichgültigkeit ihm gegenüber schließen. Aber er war zu ihr gekommen, als sie bereits in einer gewissen Notlage war, und hatte diese nur noch verschlimmert. Ihr Gesicht war blass, ihre Augen rot und ihre Körperhaltung zeugte von Erschöpfung.

„Nichts steht mir ferner, als Sie zu verärgern, Seraphine. Tränen in Ihren Augen durchbohren mein Herz wie Glasscherben. Andererseits kann ich es jetzt, wo ich Sie wiedergefunden habe, nicht ertragen, Sie gehen zu lassen."

Sie stand wie eine Statue da, ihre blauen Augen suchten seine, während der Wind unverschämt an ihrem Kleid zerrte.

Seine poetische Muse ließ ihn im Stich. „Vielleicht sollten wir ins Haus gehen und ein Glas Wasser trinken?"

Sie nickte und führte ihn die Treppe hinauf.

Der Wind peitschte rosafarbene und weiße Blüten hoch und ließ sie wie Konfetti regnen.

23

Weder Fisch noch Fleisch, noch guter roter Hering

— John Heywood

Oktober 1938

„Unser heutiges Thema ist ein Mann, dessen Einfluss auf die Ernährungswissenschaft in den Vereinigten Staaten unschätzbar ist. Dennoch ist sein Name von Ost bis West für eine einzige medizinische Studie bekannt. Nur eine. Wenn jemand in diesem Raum vorhat, die angewandten klinischen Standards zu wiederholen, wird er aus dem Arztregister gestrichen."

Gelächter hallte durch den Hörsaal.

Der Professor fuhr fort. „Die Hauptfigur in unserer Geschichte ist David Marine, geboren und aufgewachsen in Maryland. Der junge Mann zeigte schon in zartem Alter vielsprechendes Potential und brillierte an der Johns Hopkins Universität. Sein erstes Jahr verbrachte er mit dem Studium der

Zoologie, was uninteressant erscheinen mag, aber im Laufe unserer Geschichte an Bedeutung gewinnen wird. Sein Interesse an Biologie wurde bald allgemeiner und er wechselte an die medizinische Fakultät. Glaubt mir, es ist keine Übertreibung, wenn ich behaupte, dass er in seinem Fach glänzte und seinen Abschluss unter den besten fünf seines Jahrgangs machte.

Bei so guten Noten ist leicht anzunehmen, dass jedes Krankenhaus in Maryland und darüber hinaus versucht hat, ihn für sich zu gewinnen. Sie wurden aber alle enttäuscht. Ein Krankenhaus in Cleveland, Ohio, bot ihm eine Assistenzarztstelle mit Blick auf den See an. Wie hätte David Marine das ablehnen können?

Man sagt, und das ist vielleicht nicht mehr als ein Gerücht, dass der gute Doktor keinen brennenden Wunsch hatte, sich auf eine bestimmte medizinische Fachrichtung zu spezialisieren. Ich kann mich nicht für den Wahrheitsgehalt der Geschichte verbürgen, aber sie ist gut, also werde ich sie wiederholen.

An seinem ersten Tag im Krankenhaus hatten seine neuen Arbeitgeber hohe Erwartungen an Forschungsarbeiten, Veröffentlichungen, Zuschüsse und Ruhm. Haben wir das nicht alle? Der junge Arzt überlegte kurz. In seinen ersten Tagen in der Stadt Cleveland war ihm eine beträchtliche Anzahl von Hunden mit Klumpen am Hals aufgefallen. Einheimische erzählten ihm, dass dieses Merkmal nicht nur bei Vierbeinern üblich sei. David Marine glaubte, dass der Kropf etwas mit der Schilddrüse zu tun hatte. Dorthin, so erklärte er, würde er seine Energien lenken."

Eine Reihe von Hmms und Nicken ging durch sein Publikum.

„In der Tat. Jetzt wisst ihr, warum ich auf Marines erste Studienrichtung aufmerksam gemacht hatte. Wo sonst sollte ein in Zoologie ausgebildeter Mann seine Arbeit beginnen? Im Tierreich und insbesondere bei der Spezies, die seine Aufmerksamkeit zuerst erregte. Hunde. Die Behandlung von kranken

Hunden bestätigte seine Theorie. Straßenköter, die schlapp und lustlos waren, wurden aktiv und widerstandsfähig, nachdem Marine sie mit Jod behandelt hatte. Schafzüchter berichteten von bemerkenswerten Ergebnissen bei ihren Herden, nachdem sie dem Futter Jodsalz beigemischt hatten. Sogar bei Fischen! Ich habe die Geschichte selbst kaum geglaubt, aber ein Forellenzüchter bat um Hilfe. Marine stellte fest, dass es den Fischen tatsächlich an irgendeinem Nährstoff fehlte und schloss die übliche Annahme einer ansteckenden Krankheit aus. Er schlug vor, das Futter von gehackten Schweineorganen auf frischen Meeresfang umzustellen, und siehe da, die Klumpen lösten sich auf und die Tiere gediehen wieder."

Der Professor hielt inne und beobachtete die kritzelnden Hände. Jetzt war es an der Zeit, naheliegende Schlussfolgerungen zu unterbinden.

„Großes Gerede und wilde Behauptungen haben unseren bescheidenen Doktor nicht beeindruckt. Ganz sicher nicht. Er stellte seine Ergebnisse nie als endgültig dar und führte die Ursache des endemischen Kropfs auch nicht auf einen bestimmten Grund zurück. Er behauptete, es handle sich offenbar um „eine Ausgleichsreaktion auf einen Mangel" und Jod sei „der wichtigste Faktor". Ist seine Vorsicht nicht bemerkenswert? Der Mann war Wissenschaftler bis in die Knochen und verfolgte die neuesten Fortschritte in der Welt. Aus Europa kamen Nachrichten mit ähnlichen Überlegungen, die leider durch den Kriegsausbruch unterbrochen wurden. Ich frage mich oft, wie viele Leben noch hätten gerettet werden können, wenn die Kommunikation zwischen brillanten Köpfen nicht unterbrochen worden wäre."

Die Atmosphäre kühlte sich ab. Professor Mulcahy war kein Narr und hielt sich von allem fern, was ins Politische abglitt.

„David Marine wandte sich dann dem komplexen menschlichen Organismus zu und versprach, das Problem der weit verbreiteten Kropfbildung und der Unterentwicklung von Kindern an den Großen Seen anzugehen. Er begann in seiner eigenen Klinik. Der erste Einsatz von Natriumjodid bei Kindern war positiv und widersprach in keiner Weise seinen bisherigen Erkenntnissen. Er warb um Unterstützung für eine öffentliche Gesundheitsaktion mit dem Ziel, Schulmädchen über einen Zeitraum von drei Jahren zu behandeln und zu testen. Wie viele Vordenker vor ihm stieß Marine auf Widerstand und festgefahrene Vorstellungen, nicht nur in der Öffentlichkeit, sondern auch bei seinen eigenen Berufskollegen."

Mulcahy blickte die Zuhörer mit einem finsteren Blick an. „Zufällig war der Vorsitzende der Schulbehörde ein Arzt. Dieser Mann war der Meinung, dass Jod giftig sei und setzte seine Macht ein, um das Projekt zu verhindern. In Cleveland traf Marine auf einen Medizinstudenten namens Oliver Perry Kimball. Gemeinsam erreichten die beiden Pioniere eine Vereinbarung mit der Schulbehörde in Akron, Ohio, und der Versuch konnte beginnen."

In der dritten Reihe ging eine Hand hoch. Mulcahy knirschte mit den Zähnen. Hatte er nicht ausdrücklich gesagt, dass Fragen bis zum Ende warten müssen?

„Entschuldigung, Professor, aber ich glaube, Sie sagten Schul*mädchen*?"

„Ja, das habe ich. Hättest du noch einen Moment länger gewartet, wäre deine Frage überflüssig gewesen. Übrigens ist das Heben der Hand eine Bitte um Aufmerksamkeit und kein Freibrief zum Unterbrechen.

Machen wir weiter. Warum also nur Mädchen? Leiden Jungen, Frauen und Männer nicht unter demselben Problem? Ich kann euch sagen, dass im Jahr 1916, als dieses Projekt ins Leben gerufen wurde, das Wachstum der Kröpfe bei Mädchen 50 % höher war als bei Jungen. Für ausgewachsene Erwachsene planten Marine und Kimball eine hohe Dosis Jod, um die

Entstehung solcher Schwellungen zu *verhindern* und die bereits vorhandenen zu behandeln.

Ich habe die Fortschritte erwähnt, die gleichzeitig in Europa gemacht wurden. Einige von euch, die den gestrigen Vortrag verfolgt haben, erinnern sich vielleicht an den Grund, warum die von Coindet Anfang des 19. Jahrhunderts vorgeschlagene Jodbehandlung in Verruf geraten ist. Irgendjemand?"

Viele hoben die Hand und aus reiner Widerborstigkeit, die eifrigen jungen Böcke in den vorderen Reihen auflaufen zu lassen, wählte Mulcahy eine Frau in einer der obersten Reihen. „Ja, junge Dame?"

„Wenn ich richtig verstanden habe, schlug Coindet seinen Patienten vor, täglich 165 mg Jod einzunehmen. Das toxische Potential löste eine Kontroverse aus und die öffentliche Meinung wandte sich gegen ihn."

„Das hast du richtig verstanden. Wir behalten das im Hinterkopf und nun sage ich euch, dass Marine und Kimball die Fünftklässlerinnen zehn Tage lang 200 mg pro Tag einnehmen ließen. Mädchen ab der achten Klasse nahmen die doppelte Menge ein. Diese Dosis wurde in sechsmonatigen Abständen wiederholt."

Dass der Saal kurz die Luft anhalten würde, war vorhersehbar.

„Ja, meine Damen und Herren, was glaubt ihr denn, wie viele von den 2000 Mädchen an einer Jodvergiftung gestorben sind? Ich sage es euch. Kein einziges. Die Ergebnisse waren unmissverständlich. Bei über 60 % der Mädchen mit einer vergrößerten Schilddrüse verringerte sich der Kropf oder er verschwand ganz. Von denjenigen, die keine sichtbare Vergrößerung hatten, schwollen nur 0,2 % an. Marine und Kimball hatten ihre Theorie bewiesen, mussten aber, als wissenschaftliche Veröffentlichungen in der Nachkriegszeit wieder aufgenommen wurden, feststellen, dass sie nicht die ersten waren. In ähnlichen Versuchen erzielten zwei Ärzte in der Schweiz verblüffende Ergebnisse, indem sie einfachem Speisesalz Jod beifügten.

Wie dem auch sei, im Rennen um die menschliche Gesundheit gibt es keine Konkurrenten, sondern nur Gewinner. Und das sind die Menschen. Marine und Kimball veränderten die Menschen nicht nur körperlich, sondern auch geistig. Die Schuld für körperliche oder geistige Missbildungen den Betroffenen in die Schuhe zu schieben, ist faul, ungerecht und die schlechteste Anwendung wissenschaftlicher Erkenntnisse. Die Uhr sagt mir, dass sich unsere Zeit dem Ende zuneigt. Ich habe euch gebeten, keine Fragen zu stellen, bis mein Vortrag beendet ist. Ich bedanke mich und erteile euch nun das Wort. Bitte hebt eure Hände und wartet, bis ihr zum Sprechen aufgefordert werdet, und steht dabei auf."

24

*Ich bin nicht sentimental – ich bin so romantisch wie du. Der
Unterschied ist, weißt du, dass die sentimentale Person denkt, die
Dinge würden dauern – die romantische dagegen vertraut verzweifelt
darauf, dass sie es nicht tun.*

— F. Scott Fitzgerald, *Diesseits vom Paradies*

August 1922

Am Schweizer Nationalfeiertag kehrte Seraphine dann doch nach St. Niklaus zurück. Nicht um Tränen der Schande zu weinen und um die Liebe ihrer Mutter zu betteln. Sie wollte die Erlaubnis, zu heiraten. Tradition schrieb vor, dass der Bewerber dem Vater seinen Fall darlegen musste, während Mutter und Tochter mit Spannung und Bangen auf die Entscheidung warteten. Das war nicht nach Seraphines Geschmack. Sie hatte die Absicht, den Antrag unabhängig von der Meinung ihrer Eltern anzunehmen. Trotzdem beschloss sie, sich an die Konventionen zu halten.

Sie beantwortete Clothildes Brief mit einer fröhlichen Nachricht, in der sie ankündigte, dass sie am 1. August ins Tal reisen würde. Josef habe seine Wette also doch noch verloren, und sie hoffe, er möge ihr verzeihen. Anstatt sich ihren Eltern und ihrem Bruder aufzudrängen, würde sie im Dorf bleiben, höchstwahrscheinlich in ihrer alten Unterkunft bei Frau Fessler. Sie freue sich darauf, sie bei den Feierlichkeiten zu sehen und würde hoffentlich gute Nachrichten bezüglich ihrer Arbeitsaussichten mitbringen.

Es war leicht, sowohl im Ton als auch im Inhalt, genau das, was Seraphine beabsichtigte. Sie würde Ihre Überraschung im richtigen Zeitpunkt persönlich kundtun.

In der Nacht vor der Reise schlief sie kaum zwei Stunden am Stück. Aus Besorgnis, er würde nicht wie versprochen kommen, aus Überzeugung, dass sie sich über seine Zusagen getäuscht hatte, aus Furcht vor der scharfen Zunge ihrer Mutter und aus Angst, er könnte es sich anders überlegt haben. Nachdem die Glocken drei Mal geläutet hatten, erlagen ihre überreizten Nerven endlich dem Schlaf. Die Schwesternschülerinnen standen um halb sechs auf, mit viel Türenknallen und morgendlichem Geplapper, an Ruhe war nicht mehr zu denken.

Die erste Verbindung sollte um neun Uhr fünfzehn vom Züricher Hauptbahnhof abfahren. Seraphine war schon um halb neun auf dem Bahnsteig. Zu ihrem Erstaunen wartete er bereits auf sie.

„Du bist früh dran!", bemerkte er und sprang auf, um ihr die Tasche abzunehmen.

„Danke, gleichfalls", erwiderte sie mit einem erleichterten Lächeln.

„Ich habe den ersten Zug genommen. Ich konnte nicht

schlafen, weißt du. Ich habe mich die ganze Nacht hin und her gewälzt, weil ich Angst hatte, du würdest deine Meinung ändern. Aber du bist gekommen und du siehst schöner aus als je zuvor. Du hast deine Meinung doch nicht geändert, oder, Seraphine?"

Sie sah ihm ins Gesicht, bevor sie den Blick senkte. „Nein ..." Sie konnte ihn noch nicht bei seinem Vornamen nennen. „Nein, das habe ich nicht, obwohl auch ich schlecht geschlafen habe. Es scheint, dass wir unter ähnlichen Ängsten gelitten haben. Trotzdem sind wir jetzt hier." Sie schaute ihm in die Augen.

„Wir sind hier." Die Intensität seines Blicks ließ sie erröten.

„Und da wir beide schlecht geschlafen haben, brauchen wir den stärksten Kaffee. Ich kenne ein ausgezeichnetes Wiener Kaffeehaus auf der anderen Straßenseite. Wollen wir?" Er bot ihr seinen Arm an und sie hängte ein, ihre ruhige Miene verbarg den Sturm in ihrem Bauch.

Die Leichtigkeit, mit der sie die letzten Stunden verbracht hatten, verließ sie drei Züge später beim Besteigen ihrer letzten Verbindung in Visp. Ihre persönliche Seifenblase der Geborgenheit und Vorfreude würde bald zerplatzen und sie der realen Welt aussetzen, in der nichts Sicher war. Bastian schlug vor, auf der letzten Etappe in getrennten Abteilen zu reisen, damit niemand, der sie kannte, ihre Vertrautheit bemerken würde. Klatsch und Tratsch verbreiteten sich schneller im Mattertal als der Wind. Er verbeugte sich höflich und vertröstete sie auf das gemeinsame Abendessen, zu welchem er die Bayards eingeladen hatte.

Er saß zwar nur im nächsten Wagen, aber das Fehlen seiner Anwesenheit neben ihr machte Seraphine zu schaffen. Es war, als hätte ihr jemand den Mantel abgenommen, sodass sie sich nicht mehr wohlfühlte und den Elementen schutzlos ausgeliefert war. Sie wählte einen Platz gegenüber von zwei Frauen, offensichtlich Mutter und Tochter, die nach Zermatt fuhren, um das Matterhorn zu sehen. Die freundliche Verbundenheit und das lockere Gespräch zwischen ihnen vergrößerten Seraphines Angst, ihre eigene Mutter zu sehen, nur noch mehr.

Sie blickte auf das Tal, das sie so sehr liebte, und fragte sich, warum sie ihre eigene kleine Regenwolke hinter sich herschleppte. Ihre Träume waren zum Greifen nah. Sie hatte eine Ausbildung als Krankenschwester gemacht. Der Mann, den sie liebte, wollte sie heiraten. Gemeinsam würden sie ihre eigene Praxis in einem wunderschönen Teil des Landes führen. Sie hatte allen Grund, vor Freude zu platzen. Warum fühlte sie sich immer noch unwürdig? Der Zug rollte entlang der Vispa, grünes Laub überzog das Tal und Sommerblumen säumten die Flussufer. Nach dem vorletzten Halt vor St. Niklaus in Kalpetran rannten zwei Knaben einer Straße entlang, die parallel zu den Zuggleisen verlief, und winkten den Fahrgästen mit selbst gebastelten Fahnen zu. Die eine war die klassische Schweizer Flagge, ein weißes Kreuz auf einem roten Quadrat. Die andere trug rote und weiße Sterne, die die dreizehn Bezirke des Wallis repräsentierten, auf einem kontrastreichen rot-weißen Hintergrund. Seraphine erinnerte sich an Schulstunden, in denen sie und ihre Klassenkameraden diese Sterne nachmalten, und an die mit roten Farbklecksen übersäten Kleider.

Anders als dem Zug ging den Kindern bald die Puste aus, sie wurden langsamer und verschwanden hinter einem Wäldchen. Ohne Vorwarnung liefen Seraphine die Tränen über die Wangen. Sie holte ein Taschentuch und schnäuzte sich die Nase, während sie den Kopf zum Fenster hielt.

Henri und Anton wären, wenn sie noch lebten, viel älter als diese strohblonden Knirpse gewesen. Trotzdem stellte Seraphine sich vor, wie sie lachend neben einem Zug herliefen, Fahnen schwenkten und sich umdrehten, um Barry zu sehen, der sie stolz mit dem Schwanz wedelnd verfolgte. Was würde sie nicht alles dafür geben, ihre Brüder wiederzuhaben!

Die ältere Frau gegenüber streckte eine Hand aus und tätschelte ihr Knie. „Brauchen Sie etwas, meine Liebe? Wir haben ein Kännchen mit Tee.“

„Danke, mir geht es ganz gut. Vielleicht bin ich ein bisschen überwältigt von dem Gedanken, nach langer Zeit wieder nach Hause zu kommen und meine Familie zu sehen. Das ist sehr nett von Ihnen.“

Die Frauen nickten verständnisvoll und Seraphine wischte sich das Gesicht mit ihrem Taschentuch ab. Nach einer fast schlaflosen Nacht, einer emotionalen Reise und einem Wasserfall von Erinnerungen war ihre Unruhe verständlich. Sie war nur froh, dass Bastian nicht hier war, um sie so zu sehen.

Du hast doch einen kleinen Bruder. Die Stimme schien ihr aus den Knochen zu kommen. *Er braucht dich nicht so sehr wie Henri oder Anton, aber auch er hat die Liebe einer Schwester verdient.*

Ein Pfiff kündigte ihre Ankunft in St. Niklaus an. Seraphine sah einen klaren blauen Himmel und einen Weg nach vorn.

F rau Fessler war hocherfreut, ihre alte Untermieterin wiederzusehen. So sehr, dass sie bei der Ankunft auf sie wartete.

„Seraphine! Hier drüben! Wie geht es Ihnen, mein Schatz? Ich bin außer mir vor Freude, dass Sie wieder da sind. Sie sind sicher erschöpft von der Reise. Lassen Sie uns spazieren gehen, Tee trinken und dann werden Sie wahrscheinlich eine Pause brauchen. Gerhard kann sich um Ihre Tasche kümmern.“

Ein stämmiger Mann mit einem üppigen Bart neigte den

Kopf und hob ihre unförmige Reisetasche auf seine Schulter. Seraphine wandte sich zum Zug, winkte ihren leutseligen Reisegefährtinnen und erlaubte sich, ihren Blick abschweifen zu lassen, um der hochgewachsenen Gestalt eines Arztes zu folgen, die zum Dorf hinuntermarschierte.

Frau Fessler folgte ihrer Blickrichtung. „Ist das nicht Herr Doktor Favre?"

„Nein, ich glaube nicht. Ich habe den Arzt als wesentlich kleiner in Erinnerung. Oh, Frau Fessler, es ist eine Freude, wieder in St. Niklaus zu sein! Sie sind so nett, mich wieder zu beherbergen, besonders zu dieser Jahreszeit, wenn Ihr Gästehaus so gefragt ist. Seit die Eisenbahn nach der Überschwemmung repariert ist, sind Sie sicher ausgelastet." Als sie sicher war, dass die Begleitung nicht mehr in Hörweite war, sagte sie: „Darf ich fragen, ganz unter uns, wer Ihr freundlicher Helfer ist?"

„Ah, ich sehe, Sie sind während Ihrer Zeit in der Stadt schelmisch geworden! Gerhard ist mein Handwerker, Gärtner und Vorleser."

Sie folgten dem Mann die Straße hinunter, an der Schule vorbei und die Gasse entlang zu Frau Fesslers hübscher Pension.

„Ihr Vorleser?", wiederholte Seraphine.

„Ich kann hier bei Tageslicht sehr gut sehen. Ich habe Sie zum Beispiel gleich erkannt, als Sie aus dem Zug gestiegen sind. Doch meine Augen werden mit dem Alter immer schwächer. Am Abend lese ich am liebsten große Schriftsteller. Sie wissen sicher noch, wie sehr ich dramatische Romane liebe. Eine unserer Gemeinsamkeiten. Gerhard hat eine ähnliche Vorliebe für gute Bücher. Wir sitzen am Feuer in meiner Stube, er liest, ich höre zu und wir reden über den Text. Ich muss sagen, er hat ein ausgesprochenes Gespür für Spannungsbögen. Der Mann hätte, wie ich ihm oft sage, Lehrer für Literatur werden sollen."

„Guten Tag, Frau Fessler." Ein Bauernsohn, den Seraphine vom Gesicht her kannte, an dessen Namen sie sich aber nicht erinnerte, lüftete seinen Hut. „Fräulein Widmer, schön, Sie wiederzusehen!"

„Wo könnte man den 1. August besser verbringen?", antwortete Seraphine. „Es ist auch schön, Sie zu sehen, und grüßen Sie bitte Ihre Familie von mir. "

Als er gegangen war, flüsterte sie: „Ich habe seinen Namen vergessen."

„Wilhelm Brigger aus Grachen. Seine Frau hat letzten Monat Zwillinge zur Welt gebracht. Beide sind kerngesund, dank Dr. Bayard", fügte sie hinzu, bevor Seraphine überhaupt eine Frage formulieren konnte. „Dieses Tal hat viel, wofür es dankbar sein kann. Sagen Sie mir, haben Sie schon gegessen? Ich kann etwas Wurst und Käse aufschneiden oder möchten Sie lieber eine Suppe? Was das Abendessen angeht, haben Sie vor, heute Nachmittag Ihre Familie zu besuchen und falls ja, soll ich Ihnen eine Portion *Älplermagronen* aufheben?"

„Das ist sehr nett von Ihnen, aber wir haben in Visp gegessen."

„Wir?"

Die Röte kroch Seraphines Hals hoch. Sie hasste es, ihrer ehemaligen Lehrerin Unwahrheiten zu erzählen, auch wenn es sich dabei nur um eine Auslassung handelte. „Eine Mutter und ihre Tochter waren meine Reisegefährten. Ich winkte ihnen, als der Zug abgefahren ist."

„Oh, wie schön. Frauen sind sehr gut darin, sich umeinander zu kümmern."

„Stimmt. Die Reise war lang und ich würde heute lieber auf eine Busfahrt verzichten. Außerdem habe ich eine Verabredung zum Abendessen mit den Bayards. Ich werde meine Familie morgen bei den Feierlichkeiten sehen und die Farm besuchen, bevor ich abreise. Wenn es Ihnen nicht widerstrebt, würde ich es vorziehen, mich ein wenig hinzulegen. Letzte Nacht habe ich kaum ein Auge zugetan. Die Vorfreude auf die Heimkehr, kein Zweifel."

„Das ist verständlich. Reisen ist sehr anstrengend. Vor der Aufregung morgen sollten sie sich stärken." Sie öffnete das Tor und ging den Gartenweg hinauf. „Ich habe Sie in Ihrem alten Zimmer untergebracht. Ziehen Sie die Vorhänge zu, aber lassen Sie die Fenster offen, damit eine frische Brise hereinkommt. Gerhard hat den Rasen heute Morgen gemäht, Sie sollten also nicht gestört werden. Es ist eine große Freude, Sie wieder im Haus zu haben."

„Es ist eine große Freude, wieder hier zu sein." Seraphine meinte es ernst. Noch immer tanzten Schmetterlinge in ihrem Bauch, aber Bastians Zusicherungen hatten die schlimmsten Ängste besänftigt. Sobald Josef und Clothilde ihnen ihren Segen gegeben hatten, würde Seraphine Frau Fessler die Wahrheit sagen. Aber solange ihre Verlobung mit Bastian nicht offiziell war, konnten sie es niemandem anvertrauen. Außer den Bayards.

Sie kam ein wenig zu spät zum Abendessen, weil Frau Fessler darauf bestanden hatte, dass Gerhard sie zum Haus der Bayards begleitete. Da sie nicht zum Haus der Bayards, sondern zum Hotel Lochmatter gehen wollte, kam das nicht infrage. Zudem hätte eine Einwilligung automatisch bedeutet, dass sie auch auf dem Rückweg wieder von ihm abgeholt worden wäre.

„Das wird nicht nötig sein, danke. Das Angebot ist nett und ich weiß es zu schätzen. Aber ich habe mich zwei Jahre lang allein in der Stadt Zürich zurechtgefunden und bin nicht zu Schaden gekommen. Seit meinem fünften Lebensjahr bin ich allein durch dieses Tal gezogen. Ich bin jetzt zwanzig Jahre alt und mehr als fähig, durch das Dorf zu gehen."

„Bei Tageslicht, vielleicht. In der Nacht ohne Begleitung zu gehen ist töricht!" Der Tonfall von Frau Fessler hatte einen Anflug von Trotz.

„Herr Doktor Bayard ist ein angesehener Ehrenmann und wird für meine Sicherheit garantieren. Ich lehne es kategorisch ab, Sie und Gerhard ihres Leseabends zu berauben, wenn es völlig unnötig ist. Was für ein Werk lesen Sie denn gerade?"

Gerhard räusperte sich. „Der Prozess, von Franz Kafka. Meine Wahl und ich gebe zu, es ist eine Herausforderung. Als Nächstes lesen wir einen englischen Autor, oder?"

„Ja." Frau Fesslers Stirn glättete sich. „Das Buch heißt *The Rainbow*, von einem neuen Autor namens D.H. Lawrence. Nach allem, was man hört, ist es ziemlich skandalös, deshalb warte ich schon sehnsüchtig auf die deutsche Übersetzung. Seraphine, Gerhard wird weniger als zehn Minuten brauchen, um Sie durch das Dorf zu begleiten. Ich weiß, ihr modernen jungen Frauen haltet mich für eine Närrin, aber ich würde mich sehr viel besser fühlen."

Seraphine schaute auf die Uhr. Sie hätte schon vor einer Viertelstunde losgehen sollen. Jetzt würde sie in Eile sein und aufgeregt und hektisch ankommen. „Danke, aber ich muss wirklich ablehnen. Wenn ich alleine gehe, kann ich meinen Kopf freibekommen. Genießen Sie Ihren Abend und das Buch mit Gerhard. Ich verspreche, vorsichtig zu sein. Ich wünsche Ihnen einen schönen Abend und wir sehen uns bei meiner Rückkehr." Sie schlüpfte aus der Tür, um weitere Proteste zu vermeiden, und huschte den Weg entlang. Als sie das Tor schloss, sah sie die beiden in der Tür stehen, ihre Gesichter ein Spiegelbild von Sorge. Sie winkte und ging gemächlich den Weg entlang, bis sie um die Ecke gebogen war. Dann raffte sie ihre Röcke hoch und rannte los.

Auf der Dorfstraße verlangsamte sie ihren Schritt, als sie ein anderes Paar die Straße entlangkommen sah. Da sie sich ihrer rosigen Wangen und ihrer zerzausten Haare bewusst war, hielt sie den Kopf gesenkt und hoffte, nicht erkannt zu werden.

„Guten Abend, Seraphine.“

Sie blickte auf und sah Philipp Niederer bei Romy Seethaler eingehakt.

„Hallo, Herr Niederer, hallo, Romy. Schön, Sie wiederzusehen. Geht es Ihnen beiden gut?“

„Meiner Frau und mir geht es sehr gut und wir freuen uns auf die Geburt unseres zweiten Kindes.“

„Ich gratuliere Ihnen von ganzem Herzen.“

Romy setzte ihr typisches gutmütiges Lächeln auf. „Ich danke dir! Was ist mit dir, Seraphine? Wie gefällt es dir in der Stadt? Sie muss so aufregend sein.“

„Aufregend, aber furchtbar warm. Es ist eine Wohltat, im Sommer wieder hier zu sein. Leider bin ich spät dran für meine Verabredung, ich muss unbedingt weiter. Einen schönen Abend und wir sehen uns morgen beim Dorffest.“

„Wir werden dort sein. Es wäre so schön, mit einer alten Freundin zu reden. Ich wünsche dir einen schönen Abend.“

„Seraphine!“ Frau Bayards Gesicht leuchtete auf. „Sehen Sie sich an!“

Seraphine verstand die Begrüßung fälschlicherweise als Vorwurf und fuhr sich mit der Hand über die Stirn. „Entschuldigen Sie, ich war in Eile.“

Frau Bayard stand auf und küsste sie auf die Wangen. „Sie sehen strahlend aus, meine Liebe! Nicht wahr, Otto? Wie erwachsen und anmutig Sie sind! Als Bastian erwähnte, dass Sie an diesem Wochenende an den Feierlichkeiten teilnehmen werden, habe ich mich sehr gefreut. Und dann höre ich, dass Sie mit uns zu Abend essen werden! Ich bin ganz aus dem Häuschen.“

Seraphine hatte Mühe, ihre Gefühle im Zaum zu halten. „Ich bin so glücklich, mit Ihnen allen hier zu sein. Herr Doktor Bayard, es ist mir eine Freude, Sie zu sehen.“ Sie reichte Bayard, der aufgestanden war, um sie zu begrüßen, die Hand.

Er schüttelte sie herzlich. „Zwei Vertreter der nächsten Generation der Medizin auf einmal zu sehen, ist wirklich eine besondere Freude.“

Erst dann richtete sie ihre Aufmerksamkeit auf den großen Mann neben ihrem Stuhl. „Nochmals hallo, Herr Doktor Favre. Ich danke Ihnen für die Einladung und entschuldige mich für meine Verspätung.“

Seine Augen leuchteten und er versuchte vergeblich, ein Lächeln zu unterdrücken. „Sie sind nicht zu spät dran. Wir hatten uns gerade erst hingesetzt. Darf ich?“ Er zog ihren Stuhl nach hinten und sorgte dafür, dass sie es bequem hatte.

Seine Mimik ließ keine Zweifel offen und Seraphine wagte es nicht, ihm direkt ins Gesicht zu sehen, aus Angst, zu viel zu verraten.

Zu spät. Frau Bayard, die hochsensible Antennen für Veränderungen in der Atmosphäre besaß, zuckte zusammen wie ein Feldhase. „Ist es Ihnen klar, dass es fast zwei Jahre her ist, dass wir am selben Tisch gesessen haben? Wie viel hat sich in dieser Zeit verändert! Die Arbeit meines Mannes ist landesweit anerkannt, Dr. Eggenbergers Initiative wurde in das Gesetz aufgenommen und Ihr Einsitz im Gesundheitsausschuss ist beeindruckend, Bastian! Was uns Frauen betrifft, so ist Seraphine eine voll ausgebildete Krankenschwester. Ich für meinen Teil habe eine weitere schöne, gesunde und sehr laute Tochter. Wir haben eine Menge zu feiern, nicht wahr?“

Bastian warf Seraphine einen fragenden Blick zu. Sie neigte ihr Kinn.

„Es gibt noch mehr zu feiern und ich hoffe, es stört niemanden, dass ich eine Flasche Champagner bestellt habe. Es ist noch nicht offiziell, denn ich habe noch nicht mit Herrn Widmer gesprochen. Deshalb müssen wir in der Öffentlichkeit unsere Contenance wahren. Ich werde demnächst die Leitung einer Allgemeinpraxis in Brienz übernehmen und habe Seraphine gebeten, mir als Oberschwester, Assistentin und geliebte Ehefrau zur Seite zu stehen. Zu meiner grenzenlosen Freude hat sie zugestimmt."

Bevor Frau Bayard den Mund aufmachen konnte, ergriff ihr Mann das Wort, die Stimme zurückhaltend, die Sprache weniger. „Ich wusste es! Ja, meine Liebste, du hast einen untrüglichen weiblichen Instinkt. Aber dieses Mal beanspruche ich die Weitsicht für mich selbst. Ich habe mir eine solche Verbindung von Anfang an gewünscht. Bastian, Seraphine, ich gratuliere Ihnen von ganzem Herzen. Es ist eine Ehre, dass Sie uns eine solche Nachricht anvertrauen. Meine Frau hätte in ihrer Weisheit wohl die Umstände herbeigeführt, um Sie beide zusammenzubringen. Ich hingegen habe der Natur ihren Lauf gelassen, und man sehe sich nur das Ergebnis an!"

Frau Bayard sah Bastian mit einer hochgezogenen Augenbraue an. „Umstände herbeiführen? Als ob ich zu so was imstande wäre. Meine Lieben, ich habe Mühe, mich im Zaum zu halten. Ich möchte am liebsten von meinem Stuhl aufspringen und Sie mit unanständiger Hemmungslosigkeit umarmen. Sie haben um Diskretion gebeten und ich werde mich trotz meiner außerordentlichen Freude an Ihre Wünsche halten. Aber wenn die Nachricht öffentlich wird, brauche ich keine Erlaubnis, um Freudentränen zu weinen. Sie sind das perfekteste Paar." Ihre Augen wurden feucht und sie tupfte sich mit einem Spitzentaschentuch die Nase.

Ein Kellner, den Seraphine noch nie gesehen hatte, stellte

einen silbernen Sektkühler auf den Tisch. „Möchten Sie jetzt den Champagner, Herr Doktor?"

Während das Entkorken und Einschenken weiterging, sehnte sich Seraphine nach Bastians beruhigender Berührung. Das war jedoch unmöglich, ohne ihr Geheimnis zu verraten. Es stimmte, dass die meisten Gäste Fremde oder Ausländer waren. Doch Dr. Bayard hatte sich weit über das Mattertal hinaus einen gewissen Respekt und ein gewisses Renommee verschafft. Alois döste in seiner üblichen Position am Feuer, die Augen geschlossen, aber die Ohren offen. Die Kellner, die Empfangsdame und natürlich Herr Lochmatter selbst, der ab und zu durch den Speisesaal ging, kannten Seraphine und ihre Familie.

Eine Hand ruhte auf der ihren. Frau Bayard neigte ihren Kopf zu Seraphine und flüsterte: „Das ist besser als eine Geburt. All das Wunderbare und keine Schmerzen, und dazu noch Champagner trinken! Ich wünsche Ihnen alles Glück der Welt, Sie wunderbare, wertvolle junge Frau."

Seraphine umklammerte ihre Hand und schluckte den Kloß in ihrem Hals hinunter. „Ich habe bereits alles Glück der Welt und ich glaube – auch wenn ich nicht sicher bin, wie – Sie sind für einen großen Teil davon verantwortlich."

„Meine Damen, sollen wir anstoßen?", fragte Dr. Bayard. „Trinken wir auf die Zukunft. Auf Sie, auf uns, auf die ganze Schweiz! Auf die Zukunft!"

Das Essen war eine lebhafte Angelegenheit, es wurde ununterbrochen geredet, außer wenn zufällig Vorbeigehende Dr. Bayard begrüßen wollten. Es war viel zu schnell vorbei und trotzdem gerade rechtzeitig, denn Seraphines Unerfahrenheit im Umgang mit Alkohol in Kombination mit einem langen Tag forderte ihren Tribut. Bastian bezahlte die Rechnung und nach einer ewig dauernden Verabschiedung auf der Straße wünschten sie den Bayards eine gute Nacht. In den schwach beleuchteten Straßen schien es sicher genug zu sein, die Arme einzuhängen und sich leise zu unterhalten.

Bastians Euphorie und möglicherweise auch der Champagnerkonsum führten dazu, dass er sich seiner Lautstärke weniger bewusst war. Zweimal drückte Seraphine einen Finger auf ihre Lippen, um ihn dazu zu bringen, leise zu sein. Beim dritten Mal, an der Ecke der Gasse, nahm er den Finger weg und drückte stattdessen seine Lippen auf ihre.

25

---

*Von einem keuschen jungen Mädchen geliebt zu werden, es als erster
in dieses seltsame Geheimnis der Liebe einzuweihen, ist gewiss ein
großes Glück, aber doch das einfachste auf der Welt. Ein Herz zu
erobern, das nicht auf einen Angriff vorbereitet ist, heißt, eine offene
Stadt ohne Besatzung einzunehmen.*

— Alexandre Dumas der Jüngere, *Die Kameliendame*

August 1922

Da es sich nicht um einen offiziellen Feiertag handelte,
legte jeder Kanton oder jede Gemeinde ihre eigenen
Regeln für den Geburtstag der Schweiz fest. In den Städten
arbeiteten viele Menschen am 1. August wie gewohnt und
machten vielleicht etwas früher Feierabend, um auf die
Gründer der Nation anzustoßen. In ländlicheren Gegenden wie
dem Mattertal beendeten die Menschen ihre Arbeit bis zum
Mittag und verbrachten den Nachmittag und oft auch den
Abend damit, mit ihren Nachbarn ein Zeichen der Gemein-

schaftlichkeit zu setzen. Die Kinder trugen Trachten und sangen Volkslieder, manchmal begleitet von einem Alphornbläser. Bauern grillten Würste, Hausfrauen backten Kuchen und Kunsthandwerker verkauften ihre Waren an kleinen Ständen rund um den Schulhof. Bunte Wimpel mit Schweizer- und Kantonsflaggen flatterten in der Sommerbrise. In der Mitte des Schulhofs standen lange, mit weißen Tüchern bedeckte Tische, an denen Freundschaften aufgefrischt und neue Bekanntschaften geschlossen wurden, wobei Bier aus der Region nicht fehlen durfte.

Bastian, der nie mit Tradition brechen wollte, bot seine Dienste in der Praxis von Dr. Bayard für die morgendliche Sprechstunde an. Es war ein günstiger Zeitpunkt. Viele Talbewohner waren an diesem Tag nach St. Niklaus gereist, um den Arzt wegen kleinerer Beschwerden aufzusuchen und den Rest des Tages mit Feiern zu verbringen. Bastian diagnostizierte, verband, säuberte, verarztete und verschrieb vier Stunden lang Medikamente. Zur Mittagszeit kehrte er in sein Zimmer zurück, zog sich sein Sonntagsgewand an und schritt mit einem Ziel vor Augen nach St. Niklaus hinaus: Seraphine.

Die Erinnerung an den Kuss der letzten Nacht kehrte zum hundertsten Mal zurück, nicht weniger stark als beim ersten Mal. Er hatte die Klischees von schwachen Knien in der Belletristik gelesen und das Phänomen dem weiblichen Geschlecht zugeschrieben. Die letzte Nacht hatte ihn eines Besseren belehrt. Im ersten Moment hatten seine Beine fast ihre ganze Kraft verloren, im nächsten trugen sie ihn auf Flügeln nach Hause. Seraphine.

Aus der Mitte des Dorfes wehte der Klang von Jodlern und der Duft von gebratenen Würsten herüber. Bastian zögerte einen Moment am Ende der Straße und sammelte seinen Mut.

„Herr Doktor Favre?"

Der alte Mann, der seine Zeit im Hotel Lochmatter zu

verbringen pflegte, stand auf der gegenüberliegenden Straßenseite und winkte ihn zu sich.

Bastian überquerte die Straße und hoffte, dass der Mann keine spontane Konsultation benötigte. „Ah, hallo, guter Mann. Albert, stimmt's? Oder habe ich das falsch in Erinnerung?"

Der Mann nahm beide von Bastians Händen in die seinen. „Alois, Herr Doktor. Mein Name ist Alois. Ich weiß, dass Ihre Neuigkeiten ein Geheimnis sind und seien Sie versichert, meine Lippen sind versiegelt. Ich möchte, dass Sie einen Alpenstock als Geschenk annehmen. In meinem Alter tauge ich nicht mehr viel, aber ich kann immer noch einen soliden Spazierstock herstellen. Ich habe dieses süße Fräulein aufwachsen und aufblühen sehen. Ich sagte mir: „Alois, sie hat einen anständigen Mann verdient. Nicht Niederer, den Busfahrer, oder diesen Tiroler Filou Zanetti. Einen guten, freundlichen, ehrlichen Mann wie Sie. Deshalb, und ich hoffe, Sie mögen mir verzeihen, habe ich Ihnen an jenem Abend ins Ohr geflüstert. Ich bin mir sicher, dass Sie sich an unser Gespräch erinnern, auch wenn Sie ein wenig angeschlagen waren. Wenn Sie der Welt Ihre Verlobung bekannt geben, Herr Doktor, wäre es mir eine Ehre, Ihnen einen meiner schönsten Spazierstöcke zu schenken. Betrachten Sie ihn als meinen Segen für Sie beide."

„Das ist eine sehr unerwartete und rührende Geste, Alois. Aber ich muss Sie bitten, darüber zu schweigen, bis ..."

„Glauben Sie mir, Josef Widmer wird zustimmen, bevor Sie überhaupt die Frage stellen. Clothilde, auf der anderen Seite, ist ein harter Brocken. Ich würde sie Seraphine überlassen." Er lächelte und seine Augen verschwanden in seinen Falten. „Ich habe ein Gefühl für Menschen. Als ich Sie das erste Mal sah, wusste ich, dass Sie Glück bringen würden. Mein Alpenstock wird es mit Ihnen in Ihre Zukunft tragen."

Ein Dreiklang ertönte. Alois legte den Kopf schief. „Das ist das Postauto, das ins Tal hinunterkommt, wahrscheinlich mit der Familie Widmer als Passagieren. Ich werde Sie nicht länger aufhalten. Viel Glück, Herr Doktor." Sie schüttelten sich die Hände.

„Danke, Alois, ich stehe in Ihrer Schuld." Er schritt die Straße entlang, ermutigt durch die freundlichen Worte und etwas beschämt darüber, dass er den alten Mann unterschätzt hatte. Als er sich dem Ende der Straße näherte, sah er zu seinem Erstaunen Seraphine und Frau Fessler aus der *Weisshornstube* kommen. Er lüftete seinen Hut.

Guten Tag, meine Damen. Es freut mich sehr, Sie wiederzutreffen, Sie sehen sehr schick aus, wie geschaffen für die heutigen Festivitäten. Ich hoffe, es geht Ihnen gut?"

„Herr Doktor Favre! Habe ich nicht gesagt, ich hätte ihn aus dem Zug steigen sehen, Seraphine? Uns geht es in der Tat gut, danke für Ihre Nachfrage. Was ist mit Ihnen? Bleiben Sie lange in St. Niklaus? Meinen Sie nicht auch, dass das Wetter für unser Dorffest nicht besser sein könnte? Seraphine und ich sind auf dem Weg zum Postauto. Meine Schwestern und die Widmers sind heute auch angereist. Wir sind alle ziemlich aufgeregt."

„Mit gutem Grund. Ich will Sie nicht von Ihren Familientreffen abhalten. Ich wünsche Ihnen einen schönen Tag und hoffe, Sie später zu sehen. Vielleicht ist Fräulein Widmer bereit zu tanzen?"

„Vielleicht." Ihr Lächeln blitzte auf, nur für einen Augenblick. Er konnte ihre Erregung spüren und geriet sofort in Panik. Er hätte sie niemals küssen dürfen. Seine Aufmerksamkeiten erdrückten die Frau. Sie suchte verzweifelt nach einem Ausweg und er hatte alles ruiniert.

„Ich tanze gerne, so viel ist wahr. Aber in diesem Moment denke ich vor allem an meine Familie. Ich würde gerne ein oder zwei Stunden in ihrer Gesellschaft verbringen, bevor ich etwas anderes tue." Ihr fester Blick unterstrich ihre Aussage.

„Es spricht für Sie als loyale Tochter, dass Sie Ihre Familie an erste Stelle setzen. Guten Tag, meine Damen, und einen schönen Nationalfeiertag!"

Arm in Arm gingen sie weiter zum Postauto, das gerade vor dem Bahnhof hielt. Bastian trat in den Schatten der *Weisshornstube* und beobachtete die Szene, während er sich außer Sichtweite hielt. Das Fahrzeug war offensichtlich voll besetzt und eine große Gruppe von Einheimischen wartete bereits darauf, die Ankömmlinge zu begrüßen. Es dauerte einige Minuten, bis sich der Bus entleert hatte, und eine weitere Viertelstunde, bis die Menge zerstreut war. Zum ersten Mal seit Alois' Bemerkung schenkte Bastian dem Busfahrer seine Aufmerksamkeit. Der Mann saß auf dem Zaun mit Blick auf die Stadt, rauchte eine Zigarette und beobachtete die Familien, Nachbarn und Freunde, die sich überschwänglich begrüßten. Er trug eine Mütze, um seine Augen zu verdecken, was seinen Gesichtsausdruck unleserlich machte, selbst wenn man ihm ziemlich nah war. Seine Körpersprache strotzte jedoch nur so vor Feindseligkeit.

Frau Fessler und ihre Schwestern eilten die Gasse entlang und unterhielten sich angeregt. Ein kleiner, blonder Junge in kurzen Hosen mit dekorativen Hosenträgern rannte den Hügel hinunter. An der Kreuzung kam er ins Schleudern und rief: „Wo geht's lang, Seraphine?"

„Warte auf mich und ich zeige es dir", antwortete sie.

„Du bist zu langsam!"

„Ich bin zu langsam, ja? Das werden wir sehen!" Sie löste sich von dem Pärchen, mit dem sie geredet hatte, hob ihre Röcke und tat so, als ob sie losrennen würde. Der Junge kreischte vor Freude und hockte sich hin wie ein Torwart, um ihre Laufbahn zu erraten. Sie scherte rechts aus, und er lief vor ihr davon, nur eine Armlänge an Bastian vorbei.

„Falsche Richtung", lachte sie, machte einen Schlenker nach links und rannte auf die Schule zu.

Der Junge raste seiner Schwester nach, so schnell es seine

kleinen Beine erlaubten, sein Gesicht rot vor Lachen und Anstrengung. Er holte sie schnell ein und sie hob ihn in ihre Arme und gab ihm einen Kuss auf die Wange. Herr und Frau Widmer verfolgten die Szene mit einem nachsichtigen Lächeln und bemerkten so ihren stillen Beobachter nicht.

Josef Widmer erinnerte Bastian an einen streunenden Hund. Seine Haltung war wachsam und opportunistisch, immer auf der Hut vor seiner Umgebung. Seraphines Rat, zu warten, bis er mindestens zwei Bier getrunken hatte, machte Sinn. Clothilde hingegen sah aus, als wäre ein Lächeln ein seltenes Ereignis. Ihre scharfen Augen blickten in seine Richtung und er schlüpfte durch die offene Tür der *Weisshornstube*, in der Absicht, einen Kaffee zu trinken und den Widmers etwas Zeit allein zu geben. Er hatte die Tradition vergessen, dass Schulkinder für den Tag das Restaurant führten, während die Erwachsenen den Schulhof übernahmen. Die Erinnerung an die junge Seraphine traf ihn so heftig, dass er nur einen Espresso an der Bar trank und wieder ging.

Sein Puls pochte an seinem Schlüsselbein. Einen Kaffee auf bereits nervösen Gemütszustand zu trinken, war vielleicht ein Fehler gewesen. Er wanderte zwischen den Ständen umher und wünschte sich, er könnte irgendwie anonym bleiben – ein Ding der Unmöglichkeit inmitten so vieler Menschen aus der Region. Jeder Zweite wollte sich bedanken, wenn nicht für sich selbst, dann für ein Familienmitglied. Viele hatten sich in der Nachmittagssonne ihrer Hüte und Jacken entledigt, und Bastian wünschte sich, dasselbe tun zu können. Doch er musste die Förmlichkeit wahren, bis seine Pflicht erfüllt war.

Mit schwitzenden und zitternden Händen schlenderte er über den Schulhof und wartete auf seinen Moment. Irgendwann versammelte sich eine Blaskapelle, um sich einzustimmen. Die Kinder rannten nach vorn, fasziniert von dem Spektakel. Als die Musik begann, rückten Seraphine und ihre

Mutter näher und stellten sich schützend hinter den kleinen blonden Jungen. Josef Widmer saß allein am Tisch und schaukelte mit der Musik hin und her.

Jetzt war der Moment gekommen. Bastian kaufte zwei Bierkrüge und ging zwischen den Tischen hindurch, um sich neben den Mann zu setzen.

„Herr Widmer, darf ich mich vorstellen? Mein Name ist Bastian Favre, zeitweiser Assistent von Dr. Bayard. Ich möchte Ihnen ein Bier ausgeben, um auf den Geburtstag unserer Nation anzustoßen.“

Widmers Augen weiteten sich, verengten sich und konzentrierten sich auf den Krug. „Sehr großzügig. Moment, ich erinnere mich an Sie. Sie haben meine Frau behandelt. Ja, sie waren derjenige, der ihr das Spezialsalz gegeben hat!“

Bastian spannte sich an. „Das Salz war für ihr Baby, Herr Widmer.“

„Das weiß ich! Jeder weiß, was das Salz für dieses Tal getan hat. Ich bin Manns genug, um zuzugeben, dass ich anfangs misstrauisch war, aber niemand kann den Unterschied zwischen unseren Frauen und unseren Kindern übersehen. Der Kloß in ihrem Hals war eine Ungeheuerlichkeit. Vielen Dank, Herr Doktor. Prost!“

„Prost! In Wahrheit ist Dr. Bayard derjenige, der Ihre Dankbarkeit verdient. Er ist einer der drei großen Männer, die unser Land stark verändert haben. Meine Rolle war lediglich die eines Assistenten. Allerdings werde ich demnächst meine eigene Praxis im Kanton Bern übernehmen. Und ich würde Ihrer Tochter gerne die Stelle als Oberschwester anbieten. Das ist nicht nur ein praktisches Arrangement, Herr Widmer. Meine Zuneigung zu Seraphine ist aufrichtig.« Die Band steigerte sich zu einem Crescendo und zwang Bastian dazu, sich näher heranzuwagen und den letzten Akkord zu rufen. „Ich bitte Sie um Ihre Erlaubnis und Ihren Segen, damit wir heiraten können.

Mit der Hand auf meinem Herzen verspreche ich, alles zu tun, was in meiner Macht steht, um sie glücklich zu machen.« Es war nicht das ruhige Tête-à-Tête, das er sich vorgestellt hatte, aber er wollte die Gelegenheit nicht ungenützt verstreichen lassen.

Josef nahm Bastians rechte Hand in die seine und seine Mundwinkel verzogen sich zu einem breiten Lächeln. Die Musik endete mit einem dem Oktoberfest würdigen Stampfen und Jubeln. Das Aneinanderstoßen der Krüge von Josef und Bastian war nichts Ungewöhnliches.

„Sie haben meine Erlaubnis, junger Mann, und meinen hundertfachen Segen. Das Mädchen hat nur das Beste verdient. Sie, mein Herr, sind wirklich ein guter junger Mann mit einer glänzenden Zukunft. Ich bin stolz, Sie in unserer Familie willkommen zu heißen." Mit einer großen Hand klopfte er Bastian auf die Schulter und mit der anderen winkte er einer Serviertochter. „Giuliana! Noch zwei Biere, zwei Kirsch und eine halbe Flasche Wein für die Damen!"

Einen Moment lang konnte Bastian vor Erleichterung nicht sprechen. Auf der anderen Seite des Hofes entdeckte er Seraphine und Clothilde, die jeweils eine Hand des kleinen Jungen hielten und ihn in die Luft schwangen. Sie warf ihm einen besorgten Blick zu. Er nickte nur kurz, und ihre Augen wurden groß.

„Was für ein Tag! Wo sind die Frauen? Ich muss Clothilde die Nachricht überbringen. Ich muss allen die Neuigkeiten erzählen!" Josef winkte seine Frau heran, die sich bereits mit misstrauischem Blick einen Weg durch die Dorfbewohner bahnte. Sie kamen gerade an, als die Kellnerin ein schwer beladenes Tablett auf den Tisch stellte.

„Setz dich, Clothilde. Füll ein Glas für dich und unsere liebste Tochter. Herr Doktor Favre hat mich um Erlaubnis gebeten, Seraphine zu heiraten und ich habe Ja gesagt!"

„Ist das wahr?" Seraphine schlug die Hände vor den Mund, Tränen funkelten in ihren Augen.

„Hast du *sie* gefragt, ob sie *ihn* heiraten will? Meine Tochter ist keine Ziege, die man auf dem Markt verkaufen kann." Clothilde starrte ihren Mann an, ohne Bastian eines Blickes zu würdigen.

„Seraphine?" Josef schenkte zwei Gläser Wein ein. „Bist du bereit, diesen feinen jungen Arzt als deinen Ehemann zu akzeptieren? Es ist nicht nur ein häusliches Arrangement, sondern eine bezahlte Arbeit. Meiner Meinung nach könntest du es viel schlechter treffen."

„Maman, Papa, ich kann mein Glück kaum fassen. Nichts könnte mich freudiger stimmen, als den Mann zu heiraten, den ich liebe, mit dem Segen meiner Eltern und, nicht zu vergessen, mit dem meines kleinen Bruders. Peter, was sagst du dazu? Ich sage ja!"

„JA!", wiederholte Peter. „Ich habe Hunger."

Clothilde zog einen Stoffbeutel aus ihrer Tasche. „Iss ein paar Nüsse, nachher kaufen wir uns einen Cervelat. Seraphine, Herr Doktor Favre, ich freue mich sehr für Sie beide. Ich wünsche Ihnen viel Glück." Über den Kopf des Jungen hinweg lehnte sie sich an Seraphine. Sie legten sich ihre Arme gegenseitig um die Schultern und schlossen, während sich ihre Stirnen berührten, ihre Augen.

Sobald sich die Nachricht herumgesprochen hatte, kamen alle mit Glückwünschen an ihren Tisch und die Band spielte eine fröhliche Melodie. Seraphine hob Peter auf ihre Hüfte und ging zu Frau Fessler, um ihr die Nachricht persönlich zu überbringen. Nachbarn, Verwandte, Kollegen und völlige Fremde schüttelten Bastian die Hand. Die einzige Person, die seine Anwesenheit kaum zur Kenntnis nahm, war Clothilde Widmer. Irgendwann kam Seraphine mit den Fessler-Schwestern und Peter zurück, der in ihren Armen schlief. Vor lauter Eifer, seine

Verlobte zu begrüßen, trat Bastian auf den Absatz von Clothildes Schuh.

„Es tut mir leid, Frau Widmer.“

Sie senkte den Blick und sprach in einem erstickten Flüsterton. „Nein, es tut mir leid. Als ich Ihnen vom Busfahrer erzählt habe, wollte ich sie beschützen. Ich dachte, Sie würden mit meiner Tochter spielen und sie als Experiment benutzen. Ich habe mich geirrt. Sie waren gut zu meiner Familie und ich hoffe, Sie werden auch weiterhin gut zu Seraphine sein. Lassen Sie uns nicht mehr darüber sprechen. Hallo, Frau Fessler, haben Sie die Neuigkeiten gehört?“

Die Party dauerte bis tief in die Nacht. Als das letzte Postauto, das die Widmers nach Hause brachte, abfuhr, traf ein später Gast ein. Weder Dr. Bayard noch seine Frau hatten sich den ganzen Nachmittag über blicken lassen – ein ungewöhnliches Phänomen, das im Getümmel um die Verlobung fast gänzlich untergegangen war. Als der Arzt aus dem Schatten auftauchte, brach unter den übrigen Männern ein Jubel aus. Die meisten der Damen hatten sich ins Bett zurückgezogen, auch Bastians Verlobte. Obwohl er eine unangemessene Menge an Bier getrunken hatte, wusste Bastian, dass etwas nicht stimmte.

„Herr Doktor? Ist alles in Ordnung?“

„Guten Abend, alle miteinander. Meine Frau lässt sich entschuldigen, sie wäre gerne dabei gewesen. Unsere Tochter Elsa ist heute Nachmittag ganz plötzlich und heftig erkrankt. Daher war meine Verspätung leider unvermeidlich. Sie ruht sich jetzt aus und ihr Fieber ist gesunken. Wie schade, dass ich all die Unterhaltung und die Tänze verpasst habe. Hatten Sie alle einen schönen Tag?“

Nachdem sie ihre Besorgnis und ihre guten Wünsche für die

kleine Elsa zum Ausdruck gebracht hatten, überboten sich die Leute gegenseitig, um dem Arzt die Neuigkeiten zu überbringen. Er tat so überrascht, dass sogar Bastian es ihm fast abnahm.

Bayard saß am Tisch umringt von Kerzenlicht und Pfeifenrauch und gratulierte wie alle anderen auch. „Brienz? Ich würde sagen, Sie sind auf Ihren Füßen gelandet, junger Mann. Eine charmante und fähige junge Braut, ein hervorragender Standort für Ihre Praxis und eine günstige Lage, um von dort aus ab und zu Ihre alten Freunde zu besuchen. Ich wünsche Ihnen viel Erfolg. Denn das haben Sie verdient. Alois, das Feuer wird schwächer. Noch ein paar Holzscheite, vielleicht ein Kirsch und eine weitere Runde Glückwünsche, bevor wir uns in unsere Betten verabschieden. Sagt mir, waren Seraphines Eltern zufrieden?"

Bastian hatte keine Chance, die Stimmen der Einheimischen zu übertönen, also stützte er seine Ellbogen auf den Tisch und hörte den anderen zu.

„Josef Widmer hätte sich nicht mehr erhoffen können!"

„Er hat es selbst gesagt. Ein Schwiegersohn, der ein Ex-Armeeangehöriger ist? Er ist perfekt!"

„Herr Doktor Favre könnte nicht besser sein, es sei denn, er hat eine geheime Ziegenherde!"

Ihr Lachen hallte auf dem dunklen Schulhof wider. Dr. Bayards Zähne blitzten im Schein des Feuers, als er einstimmte.

„Es muss seltsam für Frau Widmer sein. Einige Jahre lang hatten Clothilde und Seraphine niemanden außer sich selbst. Ja, das Mädchen ist jetzt erwachsen, mit einem Beruf und sicher in den Händen ihres zukünftigen Ehemanns. Dennoch kann niemand an diesem Tisch leugnen, wie sehr es uns schmerzt, wenn ein Kind das Haus verlässt, ganz gleich, wie groß unsere Hoffnungen sind. Herr Doktor Favre, versprechen Sie uns, dass Sie sie gelegentlich nach Hause bringen werden. Am Nationalfeiertag zum Beispiel. Auch Sie sind ein Teil dieses Dorfes. Ihre

Erfolge sind unsere Erfolge und in gewisser Weise sind wir alle eine Familie. Noch ein Prost, meine lieben Freunde, und dann werde ich diesen jungen Mann zu seinem Hotel begleiten. Es wäre nicht gut, den zukünftigen Bräutigam in der Gosse zu finden."

„Das wird nicht passieren, wenn Alois dabei ist." Die Stimme von Herrn Lochmatter dröhnte unter der Eibe hervor. „Der Mann ist ein Schäferhund. Nie lässt er die Lämmer unbeaufsichtigt."

„Er macht auch gerne ein Nickerchen am Feuer", erklärte Alois unter allgemeinem Gelächter.

Die Gruppe leerte ihre Gläser, schlug sich auf die Schultern und machte sich auf den Heimweg. Als Bastian sein Zimmer aufsuchte, bemerkte er etwas, das an der Tür lehnte. Ein wunderschöner polierter Alpenstock, das Symbol der Bergführer. Er strich über seine glatten, starken Kurven. Dies war Talisman, Stütze und Beschützer zugleich, ein Schlüssel zu den Alpen. Er nahm ihn mit ins Zimmer, legte seinen Mantel ab und ließ sich aufs Bett fallen, stolz, bewegt und erschöpft.

26

April 1923

Liebe Seraphine,

ich hoffe, es geht dir und Bastian gut. Du bist jetzt bestimmt schon im letzten Drittel. Nach allem, was du in deinem letzten Brief geschrieben hast, bin ich mir sicher, dass du einen Jungen bekommst. Ob das nun stimmt oder nicht, spielt keine Rolle. Ich bete, dass es leicht für dich wird. Wie sollte es auch anders sein für eine Krankenschwester mit einem guten Arzt als Ehemann?

Gefällt dir Brienz immer noch so gut wie am Anfang? Du hast immer gesagt, dass es nirgendwo so schön ist wie im Mattertal, aber das war zu einer Zeit, als du noch wenig von anderen Orten wusstest. Als ich jung war, habe ich dasselbe über Montreux gesagt, aber jetzt können mich keine zehn Pferde dorthin zurückbringen. Ich für meinen Teil bin hier zu Hause und möchte nichts anderes.

Auf dem Hof läuft es wirklich ausgesprochen gut. Die Kühe haben bereits ihren Kaufpreis erwirtschaftet und unsere Ziegen sind seit April auf der Weide. Josef hat einen neuen Hund gekauft, einen Deutschen Schäferhund, kannst du dir das vorstellen? Noch schlimmer ist, dass er ihn Beau genannt hat. Der Mann ist ein Narr, aber das Tier ist treu. Das beigefügte Bild ist eine Zeichnung von Peter. Der Hund ist schwarz und braun, nicht blau und rot, aber ansonsten ist das Werk sehr präzis.

Peter wird von Tag zu Tag stärker und hungriger. Er fragt oft nach dir. Er hat ein Bild von seiner Schwester gemalt, das er seinen Freunden zeigt und von dem er sich nicht trennen will, nicht einmal für einen Zimtstern. Ich bin optimistisch, dass du uns besuchen kommst, wenn das Baby reisefähig ist. Vielleicht am ersten August?

Du hast sicher Freunde und Nachbarn um dich herum, wie jede neue Mutter. Meine Hilfe ist wahrscheinlich unnötig. Du sollst nur wissen, dass ich bereit bin, den Hof mit Josefs Segen zu verlassen und nach Brienz zu reisen, wenn du denkst, dass ich von Nutzen sein kann.

Als ich mit dir schwanger war, Seraphine, haben die Leute oft gesagt, dass sie hoffen, es werde ein Junge. Ich bin mir ziemlich sicher, dass sie das auch zu dir sagen. Ignoriere sie. Das Beste, was ich je in meinem Leben getan habe, war, meine kleine Tochter zu gebären.

Mit liebevollen Grüßen an dich und Bastian
Deine Mutter, Clothilde

27

*Es gibt kein größeres Glück als das, von seinen Mitmenschen geliebt zu
werden
und zu spüren, dass deine Anwesenheit zu ihrem Wohlbefinden
beiträgt.*

— Charlotte Brontë, *Jane Eyre*

Mai 1923

Der Mai war kein leichter Monat für Seraphine. Die
Temperaturen stiegen, aber es nieselte fast jeden Tag
und ließ die Bäche anschwellen, die wiederum die Seen füllten.
Die Atmosphäre war schwül und die Luft drückend. Es war fast
unmöglich, die Wäsche trocken zu bekommen, ihr Haar wurde
unkontrollierbar und ihr Rücken schmerzte Tag und Nacht.
Schlimmer noch, sie weinte bei der kleinsten Sache. Eines Tages
trat sie auf einen Marienkäfer, ein bekanntes Glückssymbol,
und war über eine Stunde lang untröstlich.

Da sie sich für den Rest der Schwangerschaft aus dem

Berufsleben zurückgezogen hatte, blieb sie meist im Haus und hatte kaum etwas anderes zu tun als zu putzen, zu kochen und Wäsche zu waschen. Eine kleine Stimme in ihrem Inneren flüsterte ihr zu: „*Mach das Beste aus dieser Zeit. Wenn das Baby kommt, wirst du keinen Moment mehr für dich haben.*" Was zwar stimmen mochte, aber da sie kaum genug Energie hatte, um die Treppe hoch und runter zu gehen, wechselte sie zwischen Aktivität und Ruhe ab. Ihr liebster Zeitvertreib war etwas, das ihr schon als Kind viel Trost gespendet hatte – Romane lesen. Eine ganze Stunde konnte sie mit *Der Graf von Monte Cristo* verbringen. Ungerechtigkeit, Rache, Bildung, Freundschaft und Selbsterkenntnis waren Lektionen, die sie zu lernen bereit war. Sie sah den Diskussionen mit Frau Fessler und dem weisen Gerhard bei ihrem nächsten Besuch mit großer Neugierde entgegen. Vorausgesetzt natürlich, sie konnte das Buch zu Ende lesen. Ihre Konzentration war flatterhaft wie eine Motte.

Sie vermisste die Arztpraxis furchtbar. Sie vermisste das Gefühl des Gebrauchtwerdens, den ständigen Strom von Menschen und Gesprächen und am schmerzlichsten die Nähe ihres geliebten Ehemannes. Den ganzen Tag über arbeiteten sie in getrennten Räumen. Aber jedes Mal, wenn sie sich auf dem Flur begegneten oder wenn sie ihm Sachen bringen musste, gab es einen Blick, eine Berührung oder ein Lächeln. Ohne Worte sagte er ihr über ein Dutzend Mal am Tag, dass er sie liebte.

Jetzt war sie ersetzt worden. Eine sehr fähige Frau aus Thun hatte ihre Rolle bis September übernommen. Ihre eigene Zeit mit Bastian reduzierte sich auf ein paar Stunden am Abend, in denen sie meistens unter großer Trägheit litt.

Seine Zärtlichkeit nahm in direktem Verhältnis zu ihrem Unbehagen zu. Allein seine Anwesenheit beruhigte sie und in den Stunden der Dunkelheit sprach er leise Worte der Zuversicht. Auch nachdem sie eingeschlafen war, ließ seine Stimme die Matratze vibrieren. Jeden Abend brachte er ihr die letzten

Neuigkeiten, einen Strauß Wildblumen, handgefertigte Geschenke von Patienten und manchmal einen Brief mit nach Hause.

Vronis Korrespondenz war regelmäßig und dank ihres trockenen Humors aufmunternd. Frau Bayard schrieb ihnen als Paar, mit Nachrichten, die Mann und Frau amüsierten. Tante Margots Briefe kamen immer in einem Paket: Eau de Cologne in einer hübschen Flasche, Handcreme mit Lavendelduft, ein Päckchen mit Kräutern aus der Provence, Olivenöl von einer griechischen Insel. Sie waren gewissermaßen Postkarten von ihren Reisen und ein Zeichen, dass sie nicht vergessen war. Schon der Anblick der Handschrift und der exotischen Briefmarken ließ Seraphine aufleben.

Liebste Seraphine

New York ist die außergewöhnlichste Stadt der Welt! Ich wünschte, du wärst hier, und das ist keine leere Plattitüde. Alle Sehenswürdigkeiten, von den Wolkenkratzern bis zu den Schuhputzern, lassen sich besser mit einer Gefährtin teilen, und Thierry ist dauernd in Sitzungen mit lauten Männern, die nur einen Tonfall zu kennen scheinen: das Schreien. Du, meine süße Nichte, würdest alles an Amerika lieben. Jedes Detail, von dem wir in Romanen gelesen haben, wird hier lebendig.

Kannst du dir vorstellen, wie hart dein Onkel arbeiten musste, um mich zu überreden, ein transatlantisches Schiff zu besteigen? Diese schreckliche Katastrophe ist schon zehn Jahre her, aber sie verfolgt mich immer noch. In einem Segelboot auf dem Lac Leman bin ich schon nervös. Deshalb kannst du dir vorstellen, dass ich fast hysterisch wurde, als wir an Bord eines Atlantikliners gingen, der die gleiche Route fahren sollte.

Laut Thierry sind Eisberge im Sommer seltener und abgesehen von ein oder zwei stürmischen Nächten verlief unsere Reise reibungs-

los. Das Schiff war wirklich außergewöhnlich und bot allen erdenklichen Komfort, einschließlich abendlicher Unterhaltung und namhafter Köche.

Bei unserer Ankunft bezogen wir eine Suite im Iroquois für die Dauer unseres Aufenthalts. Die Menschen hier sind hemmungslos in ihrem Streben nach Vergnügen. Manchmal finde ich das ziemlich überwältigend, manchmal aber auch inspirierend. Man kann fast vergessen, dass es jemals einen Krieg gegeben hat.

Ich bedaure nur, dass ich bei einem der aufregendsten Ereignisse in unserer Familiengeschichte nicht in der Schweiz bin. Deine Niederkunft rückt sicher näher und ich hoffe, dass deine Erfahrung als Krankenschwester deine Nerven beruhigt. Viel Glück, mein Schatz, und ich kann es kaum erwarten, meinen kleinen Großneffen oder meine Großnichte kennenzulernen.

Mit herzlichen Grüßen an dich und den charmanten Bastian. Ich hoffe, das beiliegende Fotobuch mit den lustigen Epigrammen amüsiert dich.

Deine dich liebende Tante, Margot

Am 15. Mai kam Edith in Brienz an. Seraphines war so erleichtert, sie brach in Tränen aus. Ihre Freundin sollte einen Monat lang bleiben, als Angestellte der Praxis, um frischgebackene Mütter zu beraten. Der wahre Grund für ihre Anwesenheit war, dass sie Seraphines Kind zur Welt bringen sollte. Es gab niemanden, dem sie mehr vertraute. Edith hatte sich kaum verändert, sie war wach und aufgeweckt wie eine Amsel und fand immer etwas, worüber sie lachen oder sich freuen konnte. Sie bezog das Kinderzimmer, machte sich in der Praxis sofort beliebt und verbrachte die Abende damit, Seraphines Bedenken zu zerstreuen.

Am ersten Samstag nach Ediths Ankunft glitzerte die Sonne auf dem See, eine leichte Brise umspielte den Ort und die Menschen gingen nach draußen, um sich daran zu erinnern, warum sie ihren Wohnort liebten. Seraphine schloss sich Bastians und Ediths Enthusiasmus an, und trotz des Gewichts, das sie mit sich herumtrug, war sie begierig darauf, an die frische Luft zu gehen. Als sie sich auf einen Hocker setzte, um ihre Stiefel zu schnüren, durchfuhr sie ein Krampf wie ein Blitzschlag. Sie keuchte, ballte die Fäuste und war schockiert darüber, wie ihr Körper sich selbst eine solche Gewalt antun konnte. Im Verstand hakte ihre innere Krankenschwester die rituellen Abläufe ab, aber irgendwie geriet alles durcheinander.

„Bastian?"

„Ich bin hier, mein Engel. Auch Edith ist an deiner Seite. Glaubst du, es ist soweit?"

Das Nachbeben hallte noch immer durch ihren Körper und ihre Hand zitterte, als sie nach ihrem Mann fasste.

„Können wir uns eine Weile setzen? Es war vielleicht nicht mehr als ... oh!" In ihrem Inneren schien etwas zu platzen und Flüssigkeit durchtränkte ihre Unterröcke. „Ja! Es ist soweit."

Edith packte sie an den Schultern. „Von dieser Minute an hörst du auf mich, du tust, was ich sage und egal, was du denkst, ich weiß es besser. Bastian, bring den Badestuhl und beeil dich. Jemand hat es eilig!"

Seraphine sagte nichts, die Sprache vom Schmerz geraubt.

Gebären war eine außergewöhnliche Reise durch Schmerzen, Erschöpfung und das quälende Wissen, dass noch mehr kommen würde. Jede Welle drohte sie zu töten, bis sie zu glauben begann, dass es tatsächlich passieren könnte. Sie hörte Ediths Stimme, sie spürte Bastians Hand, aber ihre ganze Welt drehte sich um das Leben, das sie verzweifelt aus ihrem Körper pressen wollte. Eine weitere Wehe zerrte an ihren Eingeweiden wie eine Hausfrau, die ein Geschirrtuch auswringt. Der Drang zu urinieren, sich zu übergeben oder Stuhlgang zu haben, überzeugte sie davon, dass sie etwas Kontrolle hatte. Sie weinte niedergeschlagen.

„Ich kann nicht. Es will nicht kommen."

„Seraphine Favre, du kannst und du wirst es bekommen." Ediths Stimme war so streng, dass Seraphine hätte lachen können, wäre ihr Gesicht nicht eine Fratze der Qual gewesen. „Pressen, wenn ich es dir sage. Das Baby ist im Begriff zu kommen. Nimm meine Hand und wir werden gemeinsam pressen. Eins. Zwei. Drei!"

Irgendwie löste sie sich von ihrem Körper, spürte den brennenden Riss und beobachtete ihn wie aus großer Ferne. Edith säuberte den Säugling, Bastian überprüfte seine Lebenszeichen und sie legten das winzige Ding auf ihre Brust, die noch immer vor Anstrengung bebte.

„Hier ist er." Edith stieß einen glücklichen Seufzer aus. „Dein kleiner Sohn."

Seraphine wischte sich die Tränen weg, damit sie den Säugling sehen konnte. „Ein Junge? Meine Mutter hat gesagt, dass es ein Junge wird."

„Es ist tatsächlich ein Junge", sagte Bastian und seine Augen funkelten. „Unser kleiner Junge, der Julius heißen soll."

28

———

Es gibt zwei Klassen von wohltätigen Leuten:
die einen, die wenig tun und viel Lärm machen;
die anderen, die viel tun und überhaupt keinen Lärm machen.

— Charles Dickens, *Bleak House*

Mai 1924

Als er vom Bahnhof nach Hause kam, bot sich ihm der schönste Anblick: Seine Frau, seine Schwiegermutter und sein Sohn saßen auf dem Rasen. Bastian musste am Tor anhalten, um sich zu sammeln. Julius saß auf dem Knie seiner Großmutter und knabberte an einem Apfelstückchen. Mutter und Tochter waren in ein Gespräch vertieft, während Seraphine den Kopf über ihre Näharbeit gebeugt hatte. Das Knarren des Gartentors ließ sie aufblicken.

„Guten Tag, meine Damen! Was sagt ihr zu diesem herrlichen Wetter?"

„Bastian! So früh zu Hause!" Seraphine legte ihre Handarbeit nieder und nahm Clothilde das Baby ab. „Schau, Julius, Papa ist zu Hause. Hier ist dein Papa!"

Julius ballte eine Faust um sein aufgeweichtes Stück Apfel, lachte sein zahnloses Lachen und streckte die Arme nach seinem Vater aus. Bastian ließ seine Tasche auf den Weg fallen und umarmte seine kleine Familie. Die Sorgen des Tages fielen von seinen Schultern ab wie Regentropfen von Entenfedern.

„Hallo, Clothilde, habt ihr ein paar schöne Tage verbracht?" Er küsste sie dreimal auf die Wangen.

„Das haben wir, danke. Durch die Wanderungen um den See, die Besuche in der Praxis, die Einkäufe auf dem Markt und die Unterhaltung des kleinen Kerls ist mein Aufenthalt wie im Flug vergangen. Heute Nachmittag haben wir ein Huhn gerupft, Kartoffeln und Äpfel geschält und uns gerade eben hingesetzt. Wie war deine Reise nach Bern? Ich hoffe, sie war ein Erfolg."

„Leider nicht. Das macht nichts. Ich werde so lange an die Tür hämmern, bis diese Leute ihren Verstand öffnen. Hast du Poulet und Kartoffeln erwähnt? Ist meine Annahme richtig, dass das nur eines bedeuten kann?"

Seraphine und ihre Mutter tauschten einen zufriedenen Blick aus. „Ja, das tut es. Ich dachte, da es Mamans letzter Abend bei uns ist und du nach deiner Reise sicher müde bist, essen wir grilliertes Poulet und Kartoffeln mit Soße und Gartengemüse. Zum Dessert haben wir sogar Apfelstrudel gemacht."

„Perfekt! Das ist der Grund, warum ich nie von zu Hause weggehen sollte. Clothilde, nimm bitte deinen Enkel, während ich mich aus dieser steifen Garderobe herausschäle."

Er zog sich um, wusch sich im Waschbecken, packte seine Reisetasche aus und kämmte sein Haar. Ihr Schritt war leicht, aber sie kam die Treppe hinauf, wie er es erwartet hatte. Er küsste sie in dem Moment, als sie die Tür schloss, und genoss die Wärme ihres Körpers, ihre sanften Streicheleinheiten auf seinem Rücken und den Rosenduft in ihrem Haar.

„Du bist so blass, dass du fast grau wirkst", flüsterte sie. „Schreckliche Begegnungen oder eine miserable Reise? Hoffentlich war es nicht beides."

„Die Reise war angenehm. Allerdings musste ich meine Frau und meinen Sohn drei Tage lang verlassen, um mich in mittelalterlichen Denkweisen belehren zu lassen, und habe deshalb weniger als nichts erreicht."

„Weniger als nichts? Wie ist das möglich?" Sie hatte ihre Hände auf seine Schultern gelegt und ihr ihm zugewandtes Gesicht war voller Sorge.

„Weil ihre vorgefassten Meinungen noch fester verankert sind als zuvor."

Er strich ihr ein verirrtes Haar aus dem Gesicht und bemerkte, dass ihre Haut von der Sonne glühte. Warum brachte er die staubige Luft abgestandener und hartnäckiger Versammlungen zurück in sein friedliches Zuhause?

„Lass uns nicht mehr darüber sprechen. Ich bin des Themas überdrüssig und du solltest dir keine Sorgen machen. Wann fährt Clothildes Zug morgen ab? Sollen wir drei sie zum Bahnhof begleiten?"

„Das ist ein netter Gedanke. Ihr Zug fährt um viertel vor zehn, da solltest du eigentlich in der Praxis sein. Außerdem glaube ich, dass unser Abschied ehrlicher ausfällt, wenn wir unbeobachtet sind. Warum verabschiedest du dich nicht nach dem Frühstück, gehst zur Arbeit und überlässt den Rest mir?"

„Du hast recht, wie so oft. Hast du ihren Besuch genossen, meine Liebe? Von meinem Standpunkt aus scheint alles harmonisch zu sein, aber ich bin oft nicht in der Lage, weibliche Unterströmungen wahrzunehmen."

Seraphine schaute aus dem Fenster, ihr Blick nachdenklich. „Ja, ich habe es genossen, mein Haus und meinen Sohn mit ihr zu teilen. Die Bande, die uns verbinden, sind jetzt freiwillig, und das macht den Unterschied. Soll ich dich für eine Stunde allein lassen, damit du die Post lesen kannst, während ich Julius füttere und ins Bett bringe? Dann können wir zusammen mit meiner Mutter dein Lieblingsessen essen."

„An dem Tag, an dem ich dich geheiratet habe, habe ich mir gesagt, dass ich der glücklichste Mann der Welt bin. Jeder Tag seitdem hat mir verdeutlicht, wie recht ich damals hatte."

Er lag wach, die Augen geschlossen, und versuchte, sein Gehirn abzuschalten. Er hatte keine Ahnung, warum er nicht schlafen konnte. Ein gutes Essen, eine angenehme Unterhaltung und ein ruhiger Spaziergang zum See hatten ihn beruhigt. Hinzu kam die Freude am Körper seiner Frau und die Notwendigkeit der Geräuschlosigkeit, was ihn mehr als sonst erregte. Normalerweise schlief er nach den ehelichen Verpflichtungen sofort ein. Nicht so heute Abend.

Er versuchte, sich nicht zu bewegen und das Bettzeug nicht zu zerwühlen. Seraphine hatte keinen besonders tiefen Schlaf und lauschte immer mit einem Ohr auf Julius' Schreie, und sie wusste instinktiv, wenn ihren Mann etwas beunruhigte. Er öffnete die Augen und starrte die Balken an. Alles, um diese hartnäckigen Gesichtsausdrücke, die zugewachsenen Augenbrauen und das süffisante Grinsen aus seinem inneren Blickfeld zu entfernen. Er dachte an Julius, dessen Wangen so prall und geschmeidig wie aufgegangener Teig waren, dessen türkisfarbene Augen vor Neugierde leuchteten und der immer zum Lachen bereit war. Er seufzte.

Seraphine drehte sich um und legte ihren Kopf auf seine Schulter. „Früher glaubten manche Leute, dass eine Schwellung im Hals durch unausgesprochene Wut verursacht wird. Das ist natürlich ein Ammenmärchen, wie du besser weißt als die meisten. Trotzdem ist es besser, über das zu sprechen, was einen beunruhigt, und sei es nur, um die Last zu lindern."

Er zog sie näher zu sich und legte seinen Arm um ihren Rücken. „Du brauchst deine Ruhe, mein Engel."

„Die brauchst du auch. Was ist los, Bastian? Dein Körper fühlt sich an wie der Vulkan in Italien, der kurz vor dem Ausbruch steht. Wenn du keine Lust hast, darüber zu reden, werde ich schweigen und dich schlafen lassen."

Er schluckte und versuchte, seine Gedanken zu ordnen. „Die Schweizer Ärzteschaft nennt stolz einige der brillantesten Köpfe der Welt ihr Eigen. Sie beherbergt aber auch bösartige Kröten, deren einziger Wunsch es ist, Macht anzuhäufen und sich daran festzuklammern. In den letzten drei Tagen habe ich sie alle getroffen."

Mit der Hand streichelte sie seine Brust, aber sie sagte nichts.

„Es ist zwei Jahre nach Bayards Experimenten, seit Eggenbergers Triumph und den Empfehlungen der Kropf-Kommission. Unser Land verändert sich, und nur die absichtlich Blinden sehen das nicht. Eugen Bircher, dieser aufgeblasene Schafskopf, behauptet immer noch, wir würden die Öffentlichkeit täuschen. Er hat mich praktisch des Verrats beschuldigt!"

„Ganz ruhig, mein Schatz. Wir wollen doch nicht das ganze Haus aufwecken. War Bircher nicht selbst Mitglied der Kropf-Kommission?"

Bastian drehte sich zu seiner Frau um und konnte seine Empörung kaum unterdrücken, aber er flüsterte leise. „Ja, er war bei der Sitzung am 24. Juni 1922 anwesend, als der Beschluss gefasst wurde, Jodsalz zu empfehlen. Zu diesem Zeitpunkt hielt Bircher seinen Mund. Einen Monat später veröffentlichte er einen Artikel, in dem er behauptete, die Wirkung von Jod sei unbewiesen, übertrieben und dessen Verschreibung grenzwertig kriminell. Da er zu feige war, seine Einwände vor denjenigen zu äußern, die über stichhaltige Beweise verfügten, brachte er seine ungerechtfertigten Beschwerden gedruckt in Umlauf."

„Das scheint nicht sonderlich stichhaltig zu sein. Wenn man seine eigenen Argumente ständig wiederholt, ohne eine Infragestellung zuzulassen, ist Fortschritt unmöglich."

„Genau! Hätte er seine versteinerten Ansichten einfach an sämtlichen Stammtischen im Aargau von sich gegeben, könnte ich über seine Arroganz hinwegsehen. Aber nein, er hat diesen Artikel in der medizinischen Wochenzeitung geschrieben. Ärzte im ganzen Land verlassen sich auf sie, in der Erwartung, stets genaue und aktuelle Informationen vorzufinden. Er hat unsere Arbeit sabotiert. Das habe ich ihm gestern bei unserem Treffen gesagt."

„Oh."

Bastian ließ ein Lachen durch seine Nase entweichen. „Oh, in der Tat. Er und ich haben uns nicht in aller Freundschaft getrennt."

Sie dachte einen Moment lang nach. „Ärzte vertreten oft gegensätzliche Meinungen, soweit ich das gesehen habe. Nur weil dieser Mann deiner Meinung widerspricht und die Beweislage missachtet, warum sollte man seinem Urteil mehr Gewicht beimessen?"

„Wegen seiner Person, seiner Familie, seiner Rolle im Militär und seinem Einfluss in der Politik. Er ist kein gewöhnlicher Arzt. Genauso wenig wie Hegelin, Wolff, Frankel, Vogt oder Finkbeiner. Sie sind eine giftige Truppe, deren Einfluss immens ist. Dabei geht es ihnen nur um ihren Ruf und nicht um ihr Volk. Diese Männer verdienen es nicht, Arzt geschimpft zu werden!"

„Bastian." Sie legte einen Finger an seine Lippen. „Du bringst dich noch selbst aus der Fassung und wirst Julius aufwecken."

Er drückte seine Lippen in ihre Handfläche und küsste sie.

Sie streichelte sein Gesicht und fuhr mit ihrem Daumen über seine Lippen. Er versuchte sich zu entspannen und erinnerte sich an sein großes Glück: seine Frau, seinen Sohn und sogar seine Schwiegermutter im Zimmer gegenüber. Aber alle drei Freuden wurden durch das getrübt, was er in den Sitzungsräumen in Bern gehört hatte.

„Finkbeiner ist die schlimmste dieser Kröten. Er erkennt unsere Errungenschaften im Mattertal oder im Appenzell nicht an, sondern hält sie für gescheiterte Wunschträume. Seine These, die breit unterstützt wird, besagt, dass die Schweiz die Rassenreinheit anstreben muss."

Seraphine schwieg.

„Er hat vor zwei Tagen eine Rede gehalten, in der er seine Ideen aus seinem Buch „Die Kretinische Entartung" erläutert hat. Ich habe es anlässlich seiner Veröffentlichung im letzten Jahr gelesen und es als das Geschwätz eines kranken Geistes abgetan. Er glaubt an Prävention, genau wie wir. Hier hören die Gemeinsamkeiten allerdings auf. Anstatt die Frauen in den betroffenen Gebieten so zu ernähren, dass sie gesunde Kinder gebären können, will er dafür sorgen, dass sie sich nicht mehr fortpflanzen können. Herr Doktor Finkbeiner ist ein Verfechter der Eugenik."

„Das Wort ist mir nicht geläufig."

„Selektive Fortpflanzung. Er ist der Meinung, dass Kretinismus vererbt wird. Jede Frau, die mit einem Kretin in der Familie in Verbindung steht, egal wie weit entfernt, darf das defekte Gen nicht weitergeben. Das würde auch deine Mutter und dich betreffen. Das heißt, kein Peter und kein Julius und unsere künftigen Töchter dürften keine Kinder bekommen."

Sie ballte ihre Hände zu Fäusten und ihr ganzer Körper war angespannt wie ein Draht. „Aber es ist kein defektes Gen, Dr. Bayard hat das bewiesen. Man kann Frauen nicht verbieten, Kinder zu bekommen."

„Er geht noch weiter als das, meine Liebe. Es reicht nicht aus, Frauen, die einen Kretin in der Familie haben, die Fortpflanzung zu verbieten. Finkbeiner ist aufgestanden und hat es mit klaren Worten gesagt: Zwangssterilisation."

Seraphine saß kerzengerade und starrte ihn im Mondlicht an. „Das ist unmenschlich."

„Ganz ruhig, mein Engel, ganz ruhig." Er setzte sich auf und zog sie in eine Umarmung. „Wir werden das aufhalten, das verspreche ich. Sie mögen die Macht haben, aber wir haben Beweise. Die Kinder rennen, singen, hören und atmen jetzt ungehindert. Jeder einzelne Mann, ob Vater, Bruder, Sohn oder Soldat, hat eine Stimme und ein Stimmrecht. Kanton für Kanton sehen die Menschen nach Jahrhunderten der Finsternis das Licht. In ein paar feuchten und elenden Ecken krächzen noch Kröten. Doch oben in den Bergen, unten in den Tälern, an den Seen und in den Wäldern färben Kinderlachen und der Flügelschlag des Schmetterlings die Luft."

ANMERKUNGEN DER AUTORIN

Schweiz

Am 24. Juni 1922 traf die Eidgenössische Kropfkommission trotz heftiger Einwände eine historische und mutige Entscheidung. Sie empfahl offiziell, dass jeder Kanton seiner Bevölkerung Jodsalz (mit einem Gehalt von 1,9 bis 3,75 mg Jod pro kg) zur Verfügung stellen sollte. Dr. Eggenberger erklärte, die Dosierung sei zu niedrig, aber es sei ein wichtiger Schritt nach vorn. Der Verzehr von Jodsalz war eine freiwillige Maßnahme und nicht jodiertes Salz wurde weiterhin verkauft. Für viele ist dies das erste Mal, dass eine Regierung Lebensmittel-Zusatzstoffe als vorbeugende Gesundheitsmaßnahme zugelassen hat.

Zwei sich ergänzende Ansätze sorgten für eine gleichmäßige Verteilung: Jodzusätze für Kinder in der Schule und behandeltes Salz (dank der Schweizer Rheinsalinen zum gleichen Preis wie unbehandelt) für die gesamte Bevölkerung.

Die Ergebnisse waren beachtlich. Innerhalb eines Jahres meldeten die Familien in den Kantonen, die Jodsalz zur Verfügung stellten, einen drastischen Rückgang der Kropfgröße bei den Kindern (bis zu 66 %). Neugeborene mit Kropf und/oder

Taubstummheit verschwanden. Kretinismus wurde innerhalb von acht Jahren ausgerottet.

Militärische Aufzeichnungen zeigen, dass die Zahl der Männer, die aufgrund eines großen Kropfes, schwerer geistiger Mängel oder einer Körpergröße von weniger als 156 cm dienstuntauglich waren, zwischen 1920 und 1950 deutlich zurückging.

Einige Auswirkungen des langfristigen Jodmangels konnten nicht rückgängig gemacht werden, aber als Prophylaxe und frühzeitige Behandlung bei jungen Menschen war Jod kosteneffizient und effektiv und veränderte die Landschaft für immer.

Der Jodmangel hielt bis in die 1930er Jahre an, wie Untersuchungen der Jodausscheidung im Urin zeigten, aber die Kropfkommission konnte sich nicht auf höhere Dosierungen einigen. Schließlich einigten sich 1955 alle Kantone darauf, aufbereitetes Salz zur Verfügung zu stellen, obwohl viele darauf bestanden, den Jodgehalt so niedrig wie möglich zu halten. Erst 1962 nahmen die Schweizerischen Rheinsalinen die Sache selbst in die Hand und erhöhten die Joddosierung von 3,75 mg/kg auf 7,5 mg/kg.

Mitte der Sechziger Jahre nannte Professor Franz Merke geologische Gründe für den niedrigen Jodgehalt in der Schweiz und Umgebung. Gletscher, die sich durch mehrere Eiszeiten vorwärts und rückwärts bewegten, verlagerten große Bodenschichten und schwemmten mit dem Schmelzwasser mineralische Ablagerungen weg. Das geografische Muster dieser „Denudation" entspricht genau den Orten, die am meisten von Jodmangel betroffen sind. Gebiete wie der Jura in der Schweiz, der eine natürliche Barriere für das Eis darstellte, hatten folglich kein Problem mit einem natürlichen Jodmangel. Ein ähnliches Muster lässt sich in Gebieten der USA und Skandinaviens beobachten.

Die Vereinigten Staaten

Ein ähnlicher Eingriff erfolgte in den USA. Basierend auf der Arbeit von Marine und Kimball und dank der Arbeit von David Cowie, dem Vorsitzenden der Abteilung für Pädiatrie an der Universität von Michigan, begann der Staat 1924 mit der Einführung von aufbereitetem Salz. Die Dosierung betrug 100 mg/kg und da der „Kropfgürtel" stark unterversorgt war, kam es 1926 zu einem Ausbruch von Thyreotoxikose.

Das Landwirtschaftsministerium wollte zunächst, dass Jodsalz als Gift gekennzeichnet wird, lenkte dann aber ein. 1948 versuchte das *US Endemic Goiter Committee*, ein Gesetz zu verabschieden, das jodiertes Salz für alle Bürgerinnen und Bürger verbindlich machte. Das Gesetz wurde abgelehnt. Seit den 1950er Jahren liegt der Anteil der amerikanischen Haushalte, die ausschließlich jodiertes Salz verwenden, zwischen 70 und 76 %.

Der Rest der Welt

Alle europäischen Länder haben sich auf der Weltgesundheitsversammlung 1992 verpflichtet, den Jodmangel zu beseitigen. Die Weltgesundheitsorganisation stellt jedoch fest, dass Europa von allen Regionen den niedrigsten Versorgungsgrad mit Jodsalz aufweist. Veränderte Ernährungsgewohnheiten wie Veganismus oder der Verzicht auf Milchprodukte verschärfen das Problem, da pflanzliche Milch zum Beispiel nicht mit Jod angereichert ist.

Schätzungsweise 2,2 Milliarden Menschen leben immer noch in Gebieten mit Jodmangel. Hundert Jahre nach der Einführung von angereichterten Lebensmitteln in der Schweiz und den USA ist der Jodmangel immer noch ein weltweites Problem der öffentlichen Gesundheit.

JJ Marsh

DANKSAGUNG

Ein herzliches Dankeschön für die Unterstützung durch die Autorenkolleginnen Jane Davis, Lorna Fergusson, Clare Flynn und Liza Perrat. Vielen Dank an Dr. Maria Andersson (ETH/Kinderspital Zürich) und Professor Peter Kopp (Universität Lausanne) für die fachliche Beratung. Ein großes Dankeschön an Florian Bielmann, JD Smith und Julia Gibbs.

Jegliche Fehler oder Auslassungen sind allein meine Schuld.

9 783906 256269